Het derde huwelijk

I.

I | 1.

'Je trouwt met haar, je woont met haar, je leeft met haar. Maar raak haar aan en ik sla je morsdood.'

De man die deze repliek ophoest, zit tegenover mij. Hij heeft zich ontpopt tot een mogelijke geldschieter. Onze ontmoeting in dit café is er gekomen op zijn initiatief. Ik heb hem nooit eerder in mijn leven gezien.

Het is tien uur in de ochtend. En het licht is lelijk.

Zal ik zijn woorden boekstaven achter op een viltje van Maes Pils? Ik heb niets bij me om te schrijven. Je kunt een geldschieter moeilijk een potlood vragen om zijn eigen woorden neer te krabbelen. Hij lijkt me toch al geen man wie het te doen is om woorden. Het gaat hier om zijn toekomst. Dat heeft hij al drie keer gezegd. Het heeft weinig zin zo iemand te feliciteren met zijn verbaal talent. Je moet geldschieters sowieso niet feliciteren. Zeker niet als je ze nog maar een halfuur kent, als ze je binnen dat halve uur al iets hebben voorgesteld wat tegen de wet is en tegen je goesting, en waarvoor ze je net zo goed bedreigen.

Dit had ik nog aan Gaëtan moeten kunnen vertellen. Die had zich bescheurd. 'Zeg toch ja tegen die gast!'

De man en ik zijn de enige klanten in dit vergeethol. De verwarming staat amper aan, de ramen zijn in geen seizoen gelapt, buiten ligt de stad alweer op apegapen na de vroege spits van school en kantoor, het asfalt glimt, ik hoor in de verte de kusttram krijsen, er waggelt een matrone voorbij op een verroeste fiets, het schemert nog — of is dit de voorbode van nog meer hagel en zure regen? Ik voel walging opzetten, terwijl ik niet eens in de spiegel boven de lambrisering kijk.

Ik zou de man een antwoord in het gezicht moeten wrijven. Ik zou niet weten wat. Kuchen brengt de oplossing. Kuchen is altijd goed. Alles wat uitstel koopt, is goed. De grondwet der survivors.

Ik kuch twee keer.

Het heeft de hele nacht gegoten, het laatste restje karakter is weggespoeld uit deze lompenkoningin der kuststeden. De helft van haar centrum ligt open, ik heb er te voet langs moeten lopen.

James Ensor zou goedkeurend geknikt hebben. Een ordentelijk rampgebied: vierkante kraters van beton en roestend vlechtijzer, ronde rioolbuizen kronkelig als darmen, graafmachines en kranen in volle actie, arbeiders met roetmaskers op, waggelende vrachtwagens met modderzwarte uitlaatgassen aan hun kont... Ik rook niets. Zelfs de Noordzee niet. Er zal toch niets mis zijn met mijn neus?

Dat kan er nog wel bij. Het menselijk lichaam is een rij dominostenen. Raak er één aan en je maakt wat mee. En vallen doen ze toch. Sneller dan je denkt. Ik heb niet eens fatsoenlijk afscheid kunnen nemen van Gaëtan. Wie sterft er nu met sondes in zijn neus en in zijn buik, maar met geen hond naast zijn bed? Zelfs de nachtzuster wist van niets.

Gaëtan hield de waarschuwingsknop nochtans in zijn hand vastgeklemd, het snoer zelfs rond zijn pols gedraaid, zijn duim rustend op de knop, als op een knop die een lading dynamiet kan doen ontsteken. Men schat zijn doodsstrijd op een uur. Drukken deed hij niet. Ze hebben zijn vingers bijna moeten breken om hun knop terug te krijgen. Rigor mortis? Koppigheid.

Op en top Gaëtan.

Ik staar mijn mogelijke geldschieter aan. Je kunt niet blijven kuchen. Hij heet Norbert. Dat heeft hij me met een stevige handdruk ingepeperd, bij de begroeting, allebei nog staand, ieder aan zijn kant van het tafeltje, het ronde witmarmeren blad tussen ons in als een vliegende schotel op drift. 'Zeg maar Norre, of Bert, of Norbert. Kies maar.' Ik wantrouw mensen met drie voornamen. Zelfs als ze mij geld aanbieden.

Over mij wist hij alles wat er te vernemen valt. Via het web en de weinige vaktijdschriften, zei hij. Veel is dat niet. Voor hem was het genoeg. 'Je hebt prima referenties,' knikte hij geruststellend. Hij weigerde te onthullen wie.

De zeep waarmee de vloer is geschrobd vecht nog met de nicotinegeur en het gemorste bier van gisteravond. Dat ruik ik dan weer wel. Zeep en oud bier. Het zal wel aan mij liggen. Ik kijk rond. In de hoek flikkert de bingokast zonder geluid, het biljart staat onder een hoes van wijnrood simililleer gereed om in slow motion te exploderen, er speelt giftig zoete muziek — Johnny Mathis, durf ik te wedden. Mijn linkerarm doet pijn, mijn duim is al twee weken gevoelloos. Norre of Bert kijkt mij verwachtingsvol aan. Zelfs in een tekenfilm zou je nu spreken van spanning. Die muziek ís van Johnny Mathis.

Het verlepte wijf achter de toog zet — goed getimed — de koffiemolen aan. We schrikken allebei. De molen staat pontificaal plaats in te nemen op de toog. Een doorschijnend plastic compostbakje, taps naar onderen toe lopend, gevuld met chocoladebruine bonen. Ze zinken schoksgewijs naar beneden, naar het mechaniek van kleine messen. Die ratelen als een drilboor voor kabouters, nijdigjes, daverend, oorverdovend. Ik heb mijn shot cafeïne nog niet gekregen, de medicijnen schrijnen in mijn maag, ik mag niet vergeten correct te ademen — met de onderbuik!, de onderbuik! Als ik mijn ogen even durf te sluiten, duizelt het me. Straks moet ik hier in een broodzak beginnen te ademen om niet te bezwijmen. Ik houd mijn ogen dus wijd open en ik adem als een vis in een vismijn. Ik ben zo geboren. Ik heb er een halve eeuw over gedaan om het te beseffen. Het enige exemplaar van zo'n vissoort uit de diepzee, in geen naslagwerk beschreven. Ze kunnen hun ogen niet sluiten, ze raken toch in een sleepnet verstrikt en ze worden bovengehaald, tot verbazing van de bemanning en van zichzelf. Voor het eerst de zon zien, en niet eens met je ogen kunnen knipperen. Het moet mij weer overkomen.

'Meneer Seebregs?' dringt Norre of Bert aan. Zijn familienaam is Vandessel.

Wat wil hij dat ik antwoord? Dat ik zijn oogappel eerst wil testen? Dat ik wil weten in welke uitvoering ze verkrijgbaar is — met of zonder tieten? Met of zonder conversatie? De geur van gemalen bonen verspreidt zich om ons heen. Ik hou van verse koffie.

Vandessel niet. Hij drinkt tomatensap uit een hoog glas met een geel rietje. Het rood en het geel steken prachtig af tegen het witmarmeren blad. Echt spijtig van dit licht. Dit is de eeuw van het verkeerde licht. De vorige eeuwen zien er zoveel beter uit, op al die schilderijen. Dat kan toch niet alleen aan al die schilders liggen? Het ligt aan ons. Wij zijn wandelende zwarte gaten. Wij slokken het mooiste licht om ons heen op en wij vernielen het. Ik heb van weinig verstand, maar over licht hoef je me niets te komen vertellen. Zeker niet over lelijk licht. Ik zie het overal.

De handen van Vandessel zijn varkensroze, met te veel haar erop. Hij tokkelt met één wijsvinger op het marmer. Zijn zilveren ring met diamant is grotesk. Fouter dan discomuziek op een uitvaart. Op de uitvaart van Gaëtan speelde 'You Should Be Dancing' van de castratenbroers The Bee Gees.

Mijn eerbewijs. Mijn complot.

Ik had de begrafenisondernemer een cd'tje gegeven waarop ik met viltstift 'Missa solemnis' had geschreven. De uitdrukking op zijn gezicht was goud waard, vlak nadat hij in de plechtstatige stilte van het crematorium op de playtoets had gedrukt. 'You Should Be Dancing.' Ik vond het kinderachtig. Gaëtan had het fantastisch gevonden.

Zijn familie vond het niet fantastisch. Die maakte bezwaar. Wat had ze verwacht? 'Staying Alive' van The Bee Gees? Sister Sledge met 'We Are Family'? Van de twee broers was er eentje me voor de dienst komen condoleren. Van de drie zussen geen enkele. Zelfs niet de jongste, Gaëtans lieveling.

Ik ging weg voor ze begonnen te speechen.

De drilboor der kabouters valt eindelijk stil. De rust is subliem. Die muziek past hier dan toch. Er is altijd wel een scène waarbij deze of gene muziek past. Als Johnny Mathis past, past alles. Zolang je maar niet naar de woorden luistert.

Om de spanning te vergroten zou je nu moeten couperen van het hele tafereel naar een close-up. Vandessel, frontaal, met zijn zwarte hoornen bril, met zijn zwarte haar tegen de schedel geplakt, onbeweeglijk in zijn witte hemd en zijn doordeweekse das en pak. Mooie ogen achter dikke glazen. Op zijn twintigste moet hij aantrekkelijk zijn geweest. Ik schat hem zesendertig. Het viriele type, getemd door een kostuum. Er zou nu een zweetdruppel van zijn voorhoofd moeten glijden. De bal ligt bij hem.

En hij doet het. Hij herhaalt zich. Misschien betwijfelt hij of ik hem verstaan heb. Misschien houdt hij ervan wezenlijke dingen twee keer te zeggen. Hij is verkoper van verzekeringen, of dakbekleding. Dat komt op hetzelfde neer. Of kattenvoer. Waar wórd je rijk mee, tegenwoordig? Ik zit ongeschoren tegenover hem, ik stink uit mijn mond en mijn blik zal wel niet helder staan, waterig wit, kleine adertjes. Een ochtendmens ben ik nooit geweest, de pillen hebben dat niet gecorrigeerd. Hoe zou Vandessel zich mij hebben voorgesteld, gisteren, aan de telefoon? Híj beantwoordt alleszins aan mijn verwachting: instant replay, woordelijk. Voet bij stuk. Een man met een missie. 'Trouw met haar, woon met haar, leef met haar. Maar raak haar één keer aan en ik sla je morsdood.'

Misschien heeft hij het geplagieerd uit een Spaanse film. Iets met een hitsige plot, bizarre overlijdens, droge humor, snelle seks. Harde kleuren, katholieke symboliek. In Madrid vind je daar subsidie voor. En een publiek. En betere locaties. In dit land moet een mens roeien met de riemen die hij heeft. Daar is dit café wel het beste bewijs van. Vandessel heeft het voorgesteld. Je kunt niet overal talent voor hebben. Hij heeft bonkige schouders en grove handen. Honderd jaar geleden zou hij uit een boerenfamilie stammen. Honderd jaar geleden zouden we allemaal uit een boerenfamilie stammen. Dat is de tragiek van deze tijd, dit land, dit continent. We gaan te snel. De een is nog altijd een vis, de ander nog altijd een boer.

'Is mijn prijs niet hoog genoeg?' vraagt Vandessel. Voor het eerst met irritatie in zijn stem. Ik ben al vergeten hoe groot het bedrag was. Het was groot. Het was cash. Het was zwart. Ik ben het vergeten. 'Ik kan je niet meer aanbieden,' zegt hij, 'het is alles wat ik heb.'

Ik geloof hem. Ik voel zelfs iets wat kan passeren voor medeleven. 'Het is niet het geld,' zeg ik. Mijn stem klinkt aarzelend.

Als ik ergens goed in ben, is het in aarzelen. 'Ik zie mij dit gewoon niet tot een goed einde brengen, meneer Vandessel.' Blijf ademen. Dialogen zíjn een probleem. Denk aan je onderbuik. Denk aan je onderbuik van dertig jaar geleden. Denk aan de buik van Gaëtan, met en zonder sonde. Er stond een telefoon op het tafeltje naast zijn bed. Hij had één hand vrij. Hij kon weer vlot spreken. Schijnt het. De laatste opflakkering. Zo gaat dat. Hij had me kunnen bellen. Koppige hond. Ik was gegaan. Als ik het geweten had? Ik was gegaan. 'Ik weet niet of ik dit wel kan,' zeg ik tegen Vandessel.

'Trouwen kan iedereen,' zegt Vandessel. 'Het is een kwestie van willen of niet willen.' Hij wil er iets aan toevoegen, iets beslissends, iets onontkoombaars, maar dit keer overstemt het espressoapparaat ons, met gesis en geborrel.

We kijken elkaar zwijgend in de ogen. Een shoot-out zonder wapens, in een minderwaardig Vlaams café.

Als deze scène dan toch in onze contreien gedraaid moest worden, in plaats van in Madrid? Dan had ik de regisseur gedwongen een boîte te kiezen naast een abattoir. Dat werkt altijd. Passioneel drama? Misdaadserie? Biopic van stakingsleider of gevallen priester? Zoals je collateral damage hebt, heb je collateral drama.

Een abattoir, bijvoorbeeld, dat werkt altijd, qua sfeer. Of een oude gasfabriek, of een failliete scheepswerf. Gebouwen en steden dragen littekens, net als iedereen. En om de littekens is het te doen. Als je niet tegen littekens kunt, moet je maar commercials draaien voor margarine of mobiele jongerentelefoons. Daarin zie je nu nooit eens een oude gasfabriek, laat staan een abattoir. Context is alles, zelfs in Oostende. Zeker in Oostende. *La Morte.* De espressomachine valt stil. 'Doe het dan voor haar,' zegt Vandessel meteen, met zowaar een trilling in de stem.

Hij slaat zijn blik neer en roert omzichtig met het gele rietje in het onnatuurlijk rode tomatensap, alsof hij iets onaangenaams op moet vissen. 'Dat kind verdient een betere toekomst,' zegt hij. Waarom kijkt hij mij niet meer aan? Gelooft hij zelf niet wat hij zegt? 'Als je eens wist uit wat voor een hel zij vandaan komt? Geef haar een kans. Ze verdient het. En ik hou van haar.'

Mijn god. Laat dat potlood maar zitten, Vandessel. 't Was goed dat je even doorging op je elan. Beter te veel materiaal dan te weinig. De montagetafel brengt wel redding. Zolang er materiaal ís, tenminste. Ik heb geen centimeter pellicule waar Gaëtan op staat.

Twintig jaar in het vak. Niet één spoel, geen stukje video, geen dvd. Niets met een bewegende Gaëtan erop. En beelden koesteren die niet bewegen? Daarvoor heb ik nooit aanleg gehad. Op de portretfoto naast Gaëtans urne — schaamteloos gefotoshopt naar sepia, de schutkleur van het sentiment — grijnsde een onbekende naar me terug. Wie was dat scharminkel met die krachteloze kin, die fletse blik? De helft van het gebroed dat zijn familienaam draagt barstte bij binnenkomst in tranen uit, na een enkele blik op het sepiaplaatje. Vervolgens gingen ze ook nog eens een groet uitbrengen voor die foto. En allemaal eender. Verdriet is de beste dompteur, zo te zien. Allemaal met hun hoofd op dezelfde manier gebogen, snikkend of niet. Allemaal met de handen gevouwen op hun onderbuik, en met hun hielen tegeneen. Uniformdrift van emotioneel gehandicapten. Aha. Daar is de koffie.

'Jij bent haar laatste kans, meneer Seebregs,' besluit Vandessel nog snel, terwijl hij zijn lijf al achteroverhelt. 'Help haar. Red haar.'

Zonder ons aan te kijken zet de bazin het kopje voor me neer en sloft weer weg.

Ik zie het meteen. Het laagje schuim ontbreekt. Het koekje ook. Ik word niet snel kwaad, maar een espresso zonder schuim en zonder koekje? Ik heb lijsten aangelegd met meer dan zeshonderd etablissementen, in België alleen al, ingedeeld naar bruikbaarheid. Er zijn cafés voor amoureuze rendez-vous en cafés voor afrekeningen in de autozwendel. Er zijn cafés voor ontboezemingen en verzoeningen, voor doopfeesten en drinkgelagen, voor vechtpartijen en joodse trouwfeesten. Dit café, ik zweer het, wordt nooit in een van mijn lijsten opgenomen. Niet alles wat de werkelijkheid ophoest is de moeite van het vastleggen waard. Grondige selectie, en niet een of ander opperwezen, is de basis van het voortbestaan. Selectie op grond van bruikbaarheid. En wat niet bruikbaar is, verdwijnt. Geen haan die ernaar kraait.

'Waarom zou ik trouwen met je vriendin? Ik ken haar niet.'

'Ze komt zo dadelijk,' zegt hij, somber, toonloos. Hij gaat er al van uit dat ik nee zal zeggen. Ik had meer volharding verwacht van hem. Wat is dat toch met de jongere generatie? 'Ze wil je ontmoeten,' zegt hij. 'Ongeacht je antwoord. In haar cultuur staat beleefdheid hoog in het vaandel.'

'Hoe lang zou zo'n huwelijk moeten duren?' vraag ik. Ik voel de onweerstaanbare drang om Vandessel een hart onder de riem te steken. Tezelfdertijd besef ik dat ik nee zál zeggen. Er zijn grenzen, aan mijn behoeftigheid, mijn zelfbeklag, mijn vermogen om mezelf te vernederen met behulp van wildvreemden. Hoeveel bood hij ook alweer?

'Vijf, zes maanden moeten volstaan,' zegt Vandessel, zuchtend. Een halfuur, één drankje en drie stiltes. Meer heeft hij niet nodig gehad om mij af te schrijven. Het gaat almaar sneller tegenwoordig. 'Na een halfjaar laten ze je wel met rust,' zegt hij.

'Waarom uitgerekend ik?' vraag ik. Het is niet omdat een mens op het punt staat een voorstel af te wijzen dat hij zijn troeven niet wil kennen.

'Jij hebt alles mee,' zegt Vandessel. 'Alleenstaand, globetrotter, allang werkeloos maar gewend aan een zekere train de vie. Toch met een kleine vriendenkring bedeeld. Zo vind je er niet veel, geloof me.' Hij kijkt me aan, in bewondering lijkt het wel. 'We hebben er nochtans heel wat de revue laten passeren.'

'Dan heb je mij de revue niet goed doen passeren,' zeg ik. 'Ik heb geen kleine vriendenkring. Ik heb gewoon geen vriendenkring.'

'Dat weet ik,' zegt Vandessel. 'Maar ik wou je niet kwetsen.'

'Oh? Bedankt.'

'Zonder dank. Je sociaal isolement maakt je des te geschikter. Zo heb je zelf ook wat aan je huwelijk. Onderschat de voordelen niet van gezelschap. Je hebt niet eens een huisdier, nu.'

Wie heeft hij ingehuurd om mij te screenen? Een detective? De staatsveiligheid? 'Meneer Vandessel,' zeg ik, 'globetrotten en huisdieren bezitten gaan zelden samen.'

Hij haalt zijn schouders op. 'Je hebt al in geen vijf jaar een reis ondernomen. Misschien is het moment aangebroken voor wat gezelligheid dicht bij huis.'

'Ik ben doodziek,' zeg ik. 'Ik mag niet eens reizen van mijn dokter. Misschien moeten we hem vragen of ik eigenlijk wel mag trouwen. Als je de kenners hoort, zijn wereldreizen kattenpis, vergeleken bij een huwelijk.'

'Je aandoening is je belangrijkste pluspunt,' zegt Vandessel. 'Het maakt jou als verloofde geloofwaardiger.'

'Ziek zijn als huwelijksconditie? Er schuilt een logica in.'

'Dat is al eeuwen zo,' zegt Vandessel. 'Niemand sukkelt graag in zijn eentje naar het eindstation. De lijdende mens zoekt troost en steun, zeker als hij zijn bed niet meer uit kan. Een helpende hand is dan uiterst welkom. En waar vind je die? Bij een jonge vrouw. Zo wil het de natuur. De jonge vrouw heeft sowieso aanleg voor zorg en aanhankelijkheid. Deze heeft ook nog voeling met tradities waarin meisjes toewijding vanzelfsprekend vinden jegens de oudere man met wie ze getrouwd zijn en aan wie ze veel te danken hebben. Een nieuwe nationaliteit, bijvoorbeeld, en een echte toekomst.'

'Ik ben een nicht,' zeg ik. 'Is dat jullie niet opgevallen bij het vlooien van mijn levensloop?'

'Daar viel niet naast te kijken,' geeft Vandessel toe.

'Is dat geen minpunt?'

'Ik treed met dit voorstel in de illegaliteit,' zegt Vandessel. 'Wie staan daar klaar, om afspraken te maken? Smokkelaars, oplichters of erger. Souteneurs, drugsdealers, wapenhandelaren. Dan kies ik voor het lichtste slag crapuul. Jullie soort smokkelt geen wapens en geen mensen. En statistisch is de kans groot dat jij van haar lijf kunt blijven.'

'Een huwelijk impliceert het tegendeel. Zeker in het oog van de bevoegde instanties. Die laten niet meer met zich sollen, tegenwoordig. De grenzen van onze welvaart worden bewaakt tot in onze slaapkamers.'

'Bijt van je af. Het gaat om je fundamenteelste burgerrechten. Niemand mag komen snuffelen in je bed.'

'Nog een paar terroristische aanslagen en er wordt gesnuffeld in ieders bed. Zeker in dat van afgeleefde nichten die trouwen met een jonge buitenlandse zonder papieren.'

Vandessel zucht zelfs niet meer. Hij kijkt me aan. 'Dit is geen grap, Seebregs. Dit gaat over levens, en hoe ze worden vermalen door de bureaucratie. Trouw met haar, zorg dat haar papierwerk in orde komt, leef zes maanden met haar samen en vraag een scheiding aan. Wat heb je te verliezen? Je maakt twee mensen gelukkig, je helpt een schreeuwend onrecht de wereld uit, en alle kosten zijn voor mijn rekening.'

'De hele procedure?'

'Dat spreekt vanzelf.'

'De nodige verplaatsingen?'

'Alles.'

'De documenten, de getuigschriften?'

'Alles.'

'De advocaten?'

'Alles.'

'Het huwelijksfeest?'

Vandessel schudt zijn hoofd en wendt zich af, klaar om de rekening te vragen. Ik reik over het blad naar zijn elleboog. Hij trekt zijn arm weg zodra hij mijn hand gewaar wordt.

'Het spijt me, ik wilde je verzoek niet ridiculiseren. Maar...'

'Wat?'

I move the twentyseven muscles it takes to smile. Dat las ik ooit in een gedicht. Het kunnen er ook vijfhonderd zijn, of tien. Ga nooit af op de kennis van dichters. Hoe dan ook, ik beweeg ze. Mijn glimlachspieren. Alle vijfhonderd. Alle tien. 'Meneer Vandessel, beste man... Ik heb eigenhandig de roze beweging uit de klei helpen trekken. Toen ik jong genoeg was om te geloven in bewegingen. Dat staat gedocumenteerd. Ik figureer in overzichten en in standaardwerken. Het is van mijn gezicht af te lezen.

En niet alleen van mijn gezicht. Waarom – tenzij bij wijze van schijnhuwelijk – zou uitgerekend ik mij in de echt verbinden met een uitheems meisje dat amper meerderjarig is?'

'Dat soort verhalen hoor je meer,' houdt Vandessel vol. 'Een homoseksueel vormt dertig jaar een koppel met zijn jeugdvriendje, dat vriendje sterft op tragische wijze en wat doet de langstlevende? Hij gooit zijn kap over de haag. Daar bestaat onderzoek over. Hij begeert geen mannen meer uit eerbied voor zijn gestorven vriend. Hij verdraagt alleen nog vrouwen in zijn buurt, hoe jonger hoe liever. Zo'n ommekeer is begrijpelijk en zelfs normaal wanneer je grote liefde sterft. Dan kan er van alles gebeuren. Leer mij de liefde kennen. Waarom denk je dat ik hier zit?'

Ik voel hoe ik mijn stoel naar achteren schuif en ga staan. 'Excuseer mij,' hoor ik mezelf zeggen. Mompelend, slecht getimed. Aarzelend.

'Ik moet naar het toilet.'

I | 2.

De toiletten in het souterrain vallen alleen te bereiken via een stenen trap met een koperen leuning en ze vormen een bewijs van mijn stelling. Ook kamers hebben littekens.

Zelfs kelders.

Roze buislamplicht, een wandspiegel met een spinnenweb van barsten erin, en een indringende pisgeur. Ontbrekende steentjes in de vloer, ontbrekende tegels in de muren, overal stickers van sportclubs. Waar er geen stickers kleven, is de muur vergeven van de viltstiftgraffiti. Er hangt behalve die van pis nog een andere stank, die ik niet thuis kan brengen, iets chemisch. Het plafond is ooit bestreken geweest met goudverf en in een hoek staat een plastic palmboom, manshoog. Aan één kant bladerloos, aan de andere bedekt met stof en spinrag. In de jaren zeventig moet iemand hier een minidancing zijn begonnen, met Miami als inspiratiebron. Het kan ook Kingston zijn, of de dierentuin van Antwerpen. Het zou me niet verwonderen als hier ooit iemand is doodgeslagen.

De herentoiletten bestaan niet uit porseleinen urinoirs maar een aluminium pisgoot, lang genoeg om met z'n vieren naast elkaar te staan zeiken, elleboog tegen elleboog. Als dit café toch ooit op een van mijn lijsten terechtkomt, is het vanwege deze pisgoot. Voor een scène waarin smeergeld wordt uitbetaald na een gefikste wielerwedstrijd. Een van die buislampen moet flikkeren, meer niet. De sfeer is direct perfect. Twee bullebakken, ruziënd voor die pisgoot, lul in de hand, bijna slaags om een vuistvol geld. Ze pissen op hun schoenen zonder het te merken, zo kwaad zijn ze.

Ik sta aan de lavabo, ik heb koud water in mijn gezicht gespat — niet dat het helpt — en ik wrijf mijn gezicht droog terwijl ik in de spiegel kijk. De handdoek rook naar andere gezichten en naar modder. Mijn gezicht nu ook. Met mijn reukorgaan is alvast niets mis. Tenzij de vorm. Voor een operatie is het veertig jaar te laat.

Wie weet wat een mens niet allemaal in zijn leven mist, alleen vanwege de vorm van zijn neus. Zeker die van mij. In Hollywood raakte ik nog niet binnen bij een agent, laat staan bij een producent of een auditie. Geef ze eens ongelijk. Eén close-up, en elke bioscoopzaal schreeuwt tien minuten van ontzetting. Het is al moeilijk genoeg om een publiek bij de verhaallijn te houden.

Ik inspecteer mijn reukorgaan op mee-eters. Eén ding moet je die Vandessel nageven. Hij brengt zijn replieken ijzersterk. Ik ken weinig professionelen die het hem nadoen. De amateur zoekt zijn kracht doorgaans in een overslaande stem en in gestes die zijn bedoelingen dubbelop vertolken. Het resultaat is van kracht gespeend. Vandessel is niet van kracht gespeend. Hij spreekt onderkoeld, bijna terloops, zonder al te veel fysieke benadrukking van zijn boodschap, niet eens een vuist die op het tafeltje slaat. Er moet veel voor hem op het spel staan. Alleen de juiste inzet maakt van de leek een aannemelijk acteur. Mij heeft het een jaar gekost om aanvaardbaar te kunnen janken om Gaëtan.

Nooit heb ik, behalve in dat ene jaar dat ik niet kon janken, zo veel mensen ontmoet die vonden dat ik een interessante kop bezat. Voor het eerst vroegen ze mij dan toch. Als figurant in een politieserie. Slachtoffer zonder tekst, spectaculair neergemaaid, nog tijdens de begintune. Twee volle draaidagen, vanwege de stunts. Ik kreeg meer geld aangeboden dan ik als vaste kracht verdiende in een week. Ik heb geweigerd. Een maand later was ik ontslagen. Twintig jaar locatiescout, de eerste in ons land. Noem eens een prent van eigen bodem? De lekkerste plekken, de strafste decors? Ik heb ze ontdekt. Ik.

Eén figurantenrol geweigerd en meteen gedumpt. Ik ga nu naar boven en ik zeg tegen Vandessel dat hij mijn huwelijk kan steken waar de zon nooit schijnt. Of nee, ik ga pissen. Laat hem wachten.

Het blijft merkwaardig, dat vage, flinterdunne genotsgevoel waarmee de ontlasting, zelfs het pissen, gepaard gaat. En het levert geen mis beeld op, ook: ik in mijn eentje, in dit buislamplicht, voor die pisgoot, op de rug bekeken. Een mooi desolaat tussenshot. Het drukt een scala aan gevoelens uit. Hier hoeft niet eens muziek onder. Mijn straal klatert dof maar betekenisvol tegen het aluminium. Het lijkt wel een trog voor varkensvoer. Op het roostertje liggen twee kristalwitte mottenballen te glimmen. Wie is die Vandessel eigenlijk? Hij heeft het appel van een predikant maar het voorkomen van een gangster. Een echte dan. Die zien er niet uit als gangsters. Toneelspelers, díe zien eruit als gangsters. Als ze lang genoeg in die rol worden gecast. Dat is de doem van acteren op de planken. De een gaat lijken op zijn hond, de ander op zijn rollen.

Dan toch nog liever op een hond. Het liefst van al een hazewind. De neus heb ik al. En ik houd van hazewinden. Als ik ze maar niet in huis moet nemen. Hazewinden? Niet zindelijk te krijgen. Ongelooflijk, de hoeveelheid uitwerpselen die per sessie uit één zo'n smal wezen kan komen. Je zou bijna vergeten hoe schoon ze zijn. Akkoord, niet terwijl ze kakken. Dat is geen gezicht. Kakkende hazewinden? Stokoude, uitgehongerde ballerina's, steunend op twee handpalmen, de benen voor zich uitgestrekt in een wanhopige spreidstand. Een afwezige, zelfs treurige blik. En maar kakken, jongens. Mooi in een concentrische cirkel. Met in het midden een opstekend puntje als bij een slagroomtaart. Het is een kunst, akkoord. Een wonder van kontgatbeheersing. Maar schoon kun je het niet noemen. Als hazewinden lopen, dát is schoon.

Ik heb eens meegewerkt aan een documentaire over hazewinden. Met hun vijven, die hazewinden dus, vertraagd over een renbaan, achter dat lokvod aan. Daar kan geen ballet tegenop. Ik heb de afgelopen paar jaren niets echt meer bekeken behalve die documentaire. Ik zat eindelijk te snotteren. Elke keer zelfs. Om de schoonheid van vijf rennende hazewinden. Die naam alleen al. 'Hazewind'. De kracht van poëzie wordt onderschat. Ik heb een groot gevoel voor gedichten ontwikkeld sinds ik ziek ben. Gezonde poëzieliefhebbers bestaan niet. Ziektes hebben een bevrijdende kracht. Je stoot door tot de kern. Je hebt geen schrik meer van de grote woorden. Ik kan het weten. Ik heb lang genoeg stront en kots geruimd voor Gaëtan.

Opeens kon ik er niet meer tegen. Ik was zelf nog niet ziek, toen. Misschien was dat het. Hoe dan ook, ik hield het niet meer vol. Gaëtan kon nog volop spreken. Ook dat kon ik niet meer aan. Een wrak? Tot daaraan toe. Maar niet een wrak dat nog kan spreken. Dat iets terug kan zeggen, met die stem van hem. Dat dierbare herinneringen kan ophalen en verwijten kan formuleren. Als ooit een tong een wapen was? Gaëtan.

Ik heb gewacht tot hij niet meer kon spreken voor ik hem weer durfde aan te raken. Niet eens in het ziekenhuis. In het voorgeborchte van het crematorium. Twee dagen voor de asverstrooiing. Vlak voor ze zijn lijk zouden afvoeren naar de oven, voelde ik onder zijn kleren aan zijn lul. Zijn schaamhaar deed denken aan de vulling van een oude crapaud. Droog kokoshaar vol stof. Zijn lul zelf leek vertrouwd. De vorm dan toch. Voor de rest koud en hard als arduin. We bestaan voor het grootste deel uit water.

Misschien laten de meeste mensen zich daarom liever verbranden dan begraven. Ik kan me geen van beide voorstellen. Op Borneo zijn er inboorlingen die aflijvige verwanten en geliefden opeten. Allicht sterven daar weinig mensen van de ouderdom, anders zouden ze nooit op zo'n gedachte komen. Het oog wil ook wat, als er moet gegeten worden.

Er moeten toch andere manieren bestaan dan begraven, verbranden of opeten? Zo voorspelbaar kan het leven toch niet zijn?

Ik ga nu naar boven en ik zeg tegen die Vandessel waar het op staat.

Terwijl ik de trap op loop, komt de herrie me tegemoet. Er is een ruzie gaande. Ik herken de stem van Vandessel, maar hij spreekt in een taal die ik niet ken. Een meisjesstem blaft terug, in dezelfde taal. De bazin moeit zich, met een paar kijvende uithalen vol vloeken.

Meteen vallen Vandessel en het meisje stil.

I | 3.

Ze kijken me zwijgend aan als ik weer aan het tafeltje plaatsneem, het meisje mokkend, Vandessel ingehouden woedend. Hij beweegt in een halve minuut meer met zijn bovenlichaam dan daarnet in een halfuur. 'Voor mij nog een koffie,' zeg ik tegen de bazin, 'en neem er zelf ook een.'

Ze begint er meteen aan.

'Tamara wil weten waarom jij haar afwijst,' zegt Vandessel. Hij illustreert elk woord. Bij 'Tamara' wijst hij met beide handen naar het meisje, bij 'jij' naar mij, bij 'haar afwijst' weer naar haar. Wellicht wil hij Tamara diets maken wat hij zegt tegen mij. Hij spreekt ook luider dan toen ik alleen met hem aan het tafeltje zat.

Traag van begrip is Tamara anders niet. Ze begint ogenblikkelijk weer tegen hem te kiften, met een hand die in mijn richting wappert. Om haar pols rinkelen dunne, sierlijke braceletten en haar vingernagels zijn turkoois gelakt. Ze heeft een te hese, te diepe stem voor iemand die negentien lijkt. Ze heeft de zwartste huid die ik ooit in het echt heb gezien, een koninklijk voorhoofd, en echt wat je noemt 'volle lippen'. Het negroïde type, zeg maar: een negerin. Haar lippen bewegen snel, haar tong maakt klikgeluiden zonder dat de klankenstroom stokt, haar onnatuurlijk roze tong flitst af en toe tevoorschijn tussen haar smetteloos witte, maar ongelijke tanden.

Met een opgeheven hand en een gebogen hoofd legt Vandessel haar het zwijgen op. Hij zucht. 'Vind je haar niet mooi genoeg?' vraagt hij, naar mij opkijkend. 'Voel je je te goed voor haar? Ze voelt zich beledigd omdat ze hier onverrichter zake op moet draven. Heb je ergens al een vrouw zitten? Ben je van plan haar op te lichten? Dat wil ze allemaal weten.'

'Verstaat ze Nederlands?' vraag ik.

Vandessel kijkt me lang aan, als vraagt hij zich af of ik hem in de maling neem. Dan haalt hij zijn schouders op. 'Ze spreekt Frans en enkele woorden Vlaams en Engels. Behalve als ze kwaad is. Dan komt haar dialect naar boven.'

'Ze mag naar boven laten komen wat ze wil,' zegt de bazin, 'maar niet in mijn café.' Ze zet opnieuw een schuimloze espresso op het tafelblad zonder iemand aan te kijken en sloft weer weg.

'Waarom trouw je niet gewoon zelf met haar?' vraag ik aan Vandessel. Mijn knieën raken onder het tafeltje bijna die van hem. We zitten alle drie belachelijk dicht opeen. Wie ontwerpt dit soort tafeltjes? Het blad is kleiner dan het reservewiel van een deux-chevaux.

Tamara rommelt in een handtasje van lichtblauw velours, niet veel groter dan een pralinedoos aan een ketting. Ze haalt een sigaret tevoorschijn, steekt op, inhaleert zo diep als ze kan en blaast, hoofd in de nek, de rook zo driftig uit dat je denkt dat ze het plafond wil raken. Ik durf haar niet te vragen om haar sigaret te doven.

'Mij houden ze in de gaten,' zegt Vandessel. 'Ik heb een voorgeschiedenis. Ik ben al eens getrouwd geweest met een Filippijnse. En met een Thaise. De Filippijnse is weggelopen met de huisbaas. De Thaise is uit zichzelf weggelopen. Ik weet niet wat het is met mij. Het is mij niet gegund. Ze vallen mij uit de handen als kostbare vazen. Bij die tweede was er voor het huwelijk al gezeur van de Dienst Vreemdelingenzaken en vertraging bij de Burgerlijke Stand. Ik krijg nog altijd politie aan de deur voor die teef. Ze willen niet geloven dat ze zomaar is weggelopen. Er is een dossier tegen mij opgemaakt. Je wilt niet weten wat daarin staat.'

Ik wil wel weten wat daarin staat, maar dat zeg ik niet. Ik zit mij in te houden om niet te hoesten. Ik rookte vroeger ook, als een Turk. Als ik daar nu aan terugdenk, zijn het herinneringen aan een andere persoon. Er is zoveel wat ik gedaan heb en waar ik nu volledig buiten sta. Ik ben van alles geweest, hartstochtelijk en humorloos als de ware zeloot, zonder dat het enig spoor heeft nagelaten. Ik zou net zo goed ja kunnen zeggen op Vandessels voorstel als nee, en in beide gevallen consistent zijn met wat ik ooit, in een of ander vroeger bestaan, heb uitgevreten.

Vandessel gaat door met soebatten. Ik kan zijn geld prima gebruiken, zegt hij. Wat je noemt een sterk argument. In mijn toestand wordt alles wat je kunt spuiten of slikken een pijnstiller. Helpen doet het niet echt maar het kost je de oren van je kop. Dan heeft een mens de neiging winstgevende projecten toe te juichen. De economie vertroebelt het beoordelingsvermogen. Negen van de tien wereldoorlogen kunnen het getuigen. Sommige mensen gaan, als ze ziek zijn, wel naar de hoeren in plaats van naar een dokter. Je bent even duur af en het resultaat is niet per se slechter. Pijn is pijn, delen is de boodschap. Ik vraag me af wat ik werkelijk had gedaan, indien Gaëtan op het laatste nippertje had gebeld om te zeggen dat hij lag te creperen met die waarschuwingsknop in zijn vrije hand. Wat zou hij hebben gezegd? Welke woorden dringen zich op als je minder dan een uur te gaan hebt? Overheersen de verwijten of overheersen de vragen? 'Je overvalt me, Vandessel,' zeg ik. 'De eerlijkheid gebiedt me te zeggen dat ik het niet zie zitten.'

Het volgende moment breekt Vandessel. Hij is geen gangster

of acteur. Hij is niets. Hij is een man die tegen de veertig loopt en smoorverliefd is. Hij slaat nu toch met zijn vuist op het tafeltje, en zijn stem slaat door. 'In godsnaam, Seebregs,' zegt hij. 'Wat kan het jou schelen, man? Jij hebt geleefd voor twee. Jij hebt je ticket al opgesoupeerd. Wat kan een mens nog betekenen in jouw toestand? Je kunt iemand anders aan een beter leven helpen. Meer niet. Je kunt twéé mensen aan een beter leven helpen. Jij bent een sleutel, zie je dat niet? Jij bent een toegangsdeur. Een achterpoort. Dat is het enige wat jij nog kúnt zijn. Wees realistisch. Dat je het voor het geld niet wilt doen, of voor mij, dat kan ik nog begrijpen. Doe het dan voor haar. Doe het voor Tamara.'

Het is abominabel, zoals hij smeekt. Slechte frasering, zijn stem niet onder controle, een stortvloed aan clichés, onnodige herhalingen. Ik wend mijn blik af en fixeer het tafelblad, in een pose van schaamte. Een scène afronden blijft penibel. Correct couperen, dat is het hele eiereten.

Ik hoor de bazin naderbij sloffen. Offscreen stopt Vandessel met jammeren. Hij snift wat na en snuit zijn neus. Een benige hand, een soort kippenklauw, schubbig en van een kleur die nauwelijks is te onderscheiden van het marmer, schuift een asbak in beeld, tot hij uitgemeten in het midden van het tafelblad staat. Perfect. Zeker als vervolgens een andere hand, pikzwart, lenig, de peuk van een filtersigaret voorzichtig naar die asbak brengt, de askegel eraf tikt en vervolgens alsnog de peuk plet, met één brutale draai van duim en wijsvinger.

Perfect in het midden van die asbak.

Perfect in het midden van dat tafelblad.

Zelfs het licht is opeens volmaakt. Het hoort erbij — dat vale, onbestemde. Met daarin: dat zwarte vel, die turkooizen nagels, die smalle pianovingers, aan de pink een klatergouden ring met gifgroene glazen kraal. Ze hebben dan toch iets gemeen, Vandessel en zijn Tamara. Wansmaak. Liefde zoekt gedeelde grond, al gaat het om tien korrels.

Ik volg met mijn blik de zwarte hand naar boven. Ranke pols, elleboog, blote schouder, hoofd. Op de achtergrond hoor ik de bazin wegsloffen. Ik moet hier absoluut eens terugkomen met een geluidsrecorder.

Tamara lijkt niets te horen. Zij houdt haar volle lippen kwaad opeen. Ze is nauwelijks geschminkt. Haar kroeshaar is kortgeschoren en ze heeft kleine puntige tieten. Ze kan zo meezingen in een avant-gardejazzgroepje. Haar schouders steken uit een eenvoudig geel topje en ze houdt haar benen gekruist onder een witte minirok. Haar muiltjes met stilettohakken zijn eveneens wit. Ze kijkt voor zich uit alsof ze niet hier is maar in een of ander township. Het enige wat aan haar beweegt, is haar hoofd. Dat deint nauwelijks merkbaar heen en weer, als de kop van een cobra, of van een straatbitch die in New York op het punt van schelden staat. Haar voorhoofd draagt drie littekentjes, alle drie lichtjes gezwollen en even groot, een centimeter lang maar. Drie streepjes, drie zwarte zonnestraaltjes, vertrekkend uit een onzichtbaar punt, precies tussen haar wenkbrauwen. Een ongelukje of een etnisch ritueel? Uit haar rechteroog – het wit verblindend als kalk op vers asfalt – valt een snelle traan over haar jukbeen. Er blijft een slakkenspoortje achter. Ze gunt me geen blik.

Ze heeft niet de brede billen en dijen van zo veel andere zwarte vrouwen. Als ze naakt op haar buik lag, zou het net zo goed om een jongen kunnen gaan. Een jongen van haar leeftijd.

'Ik doe het,' zeg ik tegen Vandessel. 'Je hebt me overtuigd.'

II.

II | 1.

Vanaf het eerste ogenblik dat hij bij me introk, heeft Gaëtan gehouden van de dolfijnen op de badkamermuur. Op de donkerste van mijn dagen vrees ik dat hij van weinig anders heeft gehouden. Het waren er drie. Dolfijnen, bedoel ik.

Het zijn er nog altijd drie. Ze overleven iedereen. Ze zijn zelfs het enige waarbij die Tamara glimlacht, op de dag dat zíj bij me intrekt. De mensheid valt uiteen in twee groepen. Zij die ergens intrekken, en zij die daarbij staan te vloeken.

Eén fletse trek met haar zevenentwintig glimlachspieren: haar enige teken van enthousiasme. En ik maar denken dat de zwarte medemens de gave van de levenslust bezit. Zelfs in de living — ons hoogtepunt van cool, Gaëtan heeft er twaalf jaar over gedaan om de juiste art-deco-meubeltjes te kruisen met de foutste oosterse tapijten, de gekste theepotten en de kekste popartposters — kijkt ze rond alsof ze de inboedel komt opkopen, maar niets aantreft van haar gading. Als je zulke lippen hebt, krijgt pruilen iets episch.

Ik liet haar het hele huis zien, van zolder tot kelder, de voortuin, de achtertuin, de bezemkast. Had ik een hondenhok en een duivenkot bezeten, ik had haar ook daar haar kop doen binnensteken. Niet dat het zou helpen. Haar eerste woord moet ze nog altijd zeggen. Ik weet niet eens of ze op eigen houtje naar Antwerpen is gekomen, dan wel of Vandessel haar gedropt heeft met de wagen. Ik denk het eerste. Die gast is zo paranoïde? Ik heb geen enkel papier of document met zijn naam erop. Ik kreeg niet eens zijn telefoonnummer. Hij belt me zelf wel, zei hij. Alles verloopt 'in wederzijds vertrouwen'. Als er iets is wat ik niet vertrouw, dan is het wel wederzijds vertrouwen. Het plan blijft niettemin overeind. Ik moet zo snel mogelijk in de echt verbonden raken met zijn Tamara.

Mijn toekomstige bruid knikte hooguit, in iedere kamer, ten teken dat ze het hier wel had bekeken, en dat we verder konden met onze tour de la maison. Geen spoor van interesse. En ik stond me nog zo uit te sloven. Ik heb in geen jaren mijn huis zo grondig van boven tot onder bekeken.

Ik moet zeggen: het viel mee. Zo'n slechte partij ben ik niet, mocht ik geld op de bank hebben staan, een vaste baan bezitten, en niet op sterven na dood zijn. Je kunt niet alles willen. Je moet blij zijn met het weinige dat je hebt.

Nou en of. Ik ben in lang niet zo content geweest. Ik draafde welgemutst en energiek mijn eigen huis door, molenwiekend haast, van alles aanwijzend en verduidelijkend, van zekeringenkast tot vuilnisemmer, plus de dag waarop die op het trottoir moest worden gezet, om de gemeentediensten de kans te geven hem te ledigen, alsook het tijdstip waarop hij weer binnen diende te worden gehaald, wilde je niet dat hij ontvreemd werd door de buren, of in brand gestoken door wildvreemden, want het zijn onzekere tijden waarin we leven, ook in Europa inmiddels. Waar moet het heen?

Ikzelf keek op geen inspanning. Integratie en huwelijk beginnen bij hetzelfde. Duidelijkheid en goede afspraken. Mij zal niemand iets kunnen verwijten. Ik taterde mij dol. In een Babylonisch dialect van flarden Frans, slecht Engels, joviaal Vlaams, bekakt Nederlands, plus de paar Arabische toeristenwoorden die ik ken. Allemaal met die Tamara achter mijn kont aan. Doe het me maar eens na, op mijn leeftijd, en met mijn diagnose. Alleen bij de paar woorden Arabisch steeg achter mijn kont een reactie op. Een verbaasde grom.

Voor de rest volgde het schaap me zonder morren maar zonneklaar steeds meer tegen haar goesting. Slepend met haar voeten, stilettohakken of geen. Een kop groter dan ik, maar wel slepen met haar voeten. Minstens een maat veertig. Dat kon ik zo horen. Ik heb niet veel, maar ik heb een gouden gehoor. Ik zei er niets van, van al dat voetenslepen. Maar het beviel me niks. Samenleven moet van twee kanten komen.

Ik zette van de weeromstuit nog een tandje bij. Hoe meer zij slefte, hoe meer ik uitleg verschafte. Ik heb in geen jaren zoveel achter elkaar gezegd tegen een en dezelfde persoon. Of het moest mijn therapeut zijn die ik twee jaar geleden de bons gaf. Die zei al even weinig terug. Behalve toen ik hem de bons gaf. Hij wenste mij veel succes in mijn verder leven.

Alleen in de studeerkamer van Gaëtan — die ik bewaar zoals ik ze na zijn dood heb aangetroffen, onverklaarbaar clean, alles gepoetst en geordend, alleen de *Verzamelde werken* van Shakespeare lagen open, op de liefdessonnetten natuurlijk, daar viel niet naast te kijken; en zo ligt dat boek er nog steeds, *Shall I compare thee to a summer's day?*, het rode leeslint verkleurd, de bladzijden vergelend en vol stof, de gedichten zelf ken ik inmiddels vanbuiten — alleen daar dus kan ik Tamara betrappen op een beweging die belangstelling verraadt. Ze haalt de punt van haar wijsvinger langzaam over het eikenhouten bureaublad, haar turkooizen nagel schraapt er net geen krol af, en ze bekijkt haar vingertop. Met opgehaalde neus.

Heeft Vandessel haar ook maar iets verteld over mij? Ik woon al bijna vier jaar alleen, er komt niemand over de vloer, een werkster kan ik mij niet permitteren, ambulant noch inwonend, anders was ik wel eerder voor de schijn getrouwd. Dat had niet eens een slechtere deal hoeven op te leveren. Zoveel betaalt Vandessel mij nu ook weer niet, als je het risico in acht neemt, en de last. Het gaat hier wel om de herfst van mijn bestaan, die ik opoffer aan gedoe met een buitenlandse. Ik had het mij anders voorgesteld. Ik had sowieso een betere prijs moeten bedingen voor mijn jawoord. 'Bruidsschat' is geen ijdel woord. Zeker niet in Afrika. Daar wisselt na één echtverbintenis soms de helft van de nationale veestapel van eigenaar, of het nu gaat om koeien of kamelen. Dus als hier iemand het recht heeft om zijn neus op te halen? Zeker met de neus die ik heb.

Hij is zelfs Tamara niet ontgaan. Indien ze mij al bekijkt? Dan is het zijdelings, in een flits, in een mengeling van spot en medelijden, scherp stellend op mijn reukorgaan. Ze lijkt erdoor gebiologeerd. Zoals ik somtijds in badhuizen, als er een rasgenoot van haar zijn kloten staat te soppen. De ene mens valt op neuzen, de andere op wat anders, zolang hij maar kan denken: 'Wat een joekel.' Zo is de mens.

Haar neus is schattig plat en klein. Dat moet gezegd. En geuren doet ze — van kop tot teen, en veel te heftig — naar meiklokjes. Een geur die vanwege de connotatie met pijnlijk witte kelkjes onnatuurlijk aandoet voor iemand met zo'n zwart vel, en met zo'n grote schoenmaat bovendien. Wat een joekels, inderdaad. En nog platvoeten ook, durf ik te wedden. Zoals zij ermee kan slepen? Twee strijkijzers op hoge hakken.

Maar wel fris, hoor. Dat geurtje, bedoel ik. Verdrietig stemmend vrolijk. Er heeft in dit huis maar al te lang niets meer geroken naar meiklokjes. Zelfs geen meiklokjes. Gaëtan kocht er ieder jaar.

Eén keer. Niet om hun schoonheid, of hun geur, of om de lente te vieren. Hij vierde zo Eén Mei. De optimist. Dag van de Arbeid? Lelietjes-van-dalen kopen! Aan een stalletje op de markt. Indien mogelijk bij een gebochelde werkeloze. Ontwaakt en ruikt, Verworpenen der Aarde! Maar daar konden ze het dan ook mee doen, de proletariërs van vandaag. Eén bosje te duur betaalde bonsaibloemen. In een socialistische stoet meelopen? Dat vond Gaëtan te ordinair. Te veel mottenballenzweet, te veel goedkope haarlak, te veel bierwalmen, te veel gebral. Te veel arbeiders, tiens. Wie heet er nu Gaëtan, stamt uit zulke familie als hij, en heeft desondanks communistische sympathieën? Gaëtan.

Zelfs voor Stalin vond hij, na het rondborstig beamen van diens staatsterreur en massadeportaties, toch nog altijd een of andere vergoelijking. 'Op zijn minst kreeg van Stalin de avantgarde vrij spel.' 'In het begin, akkoord. Maar daarna?' 'Toen was het geen avant-garde meer.' 'En dus mochten ze wegrotten in Siberië?' 'Dat hoor je me niet zeggen. Maar artistiek gesproken was het scherp al behoorlijk van hun snee.' Begin er maar eens tegenin te discuteren zonder je belachelijk te maken.

De enige keer dat Gaëtan wel degelijk in socialistisch gezang uitbarstte — jawel: de Internationale, in de bar van een luxehotel in Jakarta, in het midden van de nacht, na een dispuut over de wereldhandel, met een ultrarechtse en griezelig knappe nicht — bewees hij ongewild, de lieve schat, waarom hij bij vriend en kennis onverbeterlijk te boek stond als de Queen of Design. 'Ontwaakt,' zong hij, 'Ontworpenen der Aarde!'

Toen ik hem 's anderendaags wees op die lapsus, keek hij hogelijk verbaasd. Ik kon niet opmaken of hij zich erover verwonderde dát hij zich had vergist, dan wel dat de authentieke tekst niet overeenstemde met zijn versie. Ik denk het laatste. Ik vraag mij zelfs af of hij zich bij het concept verworpene sowieso iets heeft kunnen voorstellen, ooit. Tenzij op het eind, wellicht. Met die alarmknop in zijn hand. In Jakarta schakelde hij, weinig tekstvast, na twee zinnen over op: 'Ta-ta, tata-tata-tataaa-ta.'

Het klonk, uit zijn schallende mond, amper nonsensicaler dan de zinnen daarvoor.

Ten slotte laat Tamara zich meetronen naar de slaapvertrekken. Nog altijd sleffend en wel. Maar alerter. Alsof ze weet dat het eerste gevecht eraan komt. Het oudste gevecht van de wereld. Op verkrachting na dan. Geen huis, geen dorp, geen land, of zijn ontstaan begint met het afbakenen van het territorium. De burenruzies en de oorlogen? Die komen pas daarna.

In de grootste slaapkamer – die met het breedste bed en de hoogste ramen, met zicht op het park en niet op de drukke straat, met de gerieflijkste leeslamp en de kussens van dons, met de handige bidet en de pittoreske lavabo – in míjn kamer, zeg maar, kijkt ze me dan eindelijk recht in de ogen. Onze zwarte jazz madonna met de ongelijke tanden. Miss Black Mamba. Klaar om te spuwen.

Maar nog altijd geen woord. Ze draagt dezelfde kleren als in het Oostends café – geel topje, witte minirok – onder een wijd openhangende oude beige regenmantel. Een afdragertje van Vandessel, vermoed ik. Het zwarte vilten mannenhoedje staat haar dan weer beeldig. Zelfs Gaëtan zou goedkeurend hebben geknikt. Zeker vanwege de combinatie van het sleetse vilt met haar klatergouden oorringen, groter dan de ringen door stierenneuzen. Zoiets hangt bij haar – het moet gezegd: met stijl – gewoon aan een oor. Aan elk oor.

Ze steunt op haar ene been. Een kolossaal lang schitterend mahoniezwart gespierd prachtbeen. De knie van haar andere prachtbeen wiegt ze heen en weer, op een onhoorbaar strak muziekje. Haar lange armen houdt ze ter hoogte van haar middenrif gekruist. In het gespannen katoen van haar T-shirt tekenen haar kleine spitse tieten zich scherp af. Contouren van een bh, hoe klein ook, tekenen zich niet af in het katoen. Ik kan wel zien waar haar tepels zitten. Niet echt joekels zo te zien.

Naast haar grote voeten staat de versleten koffer die ze de hele tijd heeft meegezeuld, kamer in, kamer uit. Haar draagbare schatkist vol weet-ik-veel. Kleren en toiletspullen neem ik aan. De vrouw is een ijdel wezen, net als iedereen.

Ze tuit haar volle lippen. Zo kijkt ze me aan. Uit de hoogte. En met een schuin hoofd dat geen vertedering vertolkt. Eén ijzige oogopslag zonder woorden.

Zo verbant ze me naar de logeerkamer.

Zo begint onze verloving.

II | 2.

Ik lig verdorie in de logeerkamer van mijn eigen huis, tijdens de eerste nacht van de laatste verloving van mijn leven, en ik doe geen oog dicht. Waarmee een eeuwenoude wet bewezen wordt. Als je niet kunt slapen, ligt het zelden aan de kamer of het bed. Het ligt aan de kwaliteit van de slaapmiddelen.

Ik heb één voordeel. Ik ben het gewend. Wakker liggen is overal hetzelfde. Het tegendeel, slapen als een blok omdat ik toevallig naar mijn logeerkamer ben verdreven — dat zou me pas zorgen baren. Zeker met een wildvreemde in huis. Die nog wel ligt te maffen waar Gaëtan en ik zo veel jaren hebben gelegen, niet zelden lepeltje lepeltje. Dat bleef een klassieker. Overdag verwijdering, 's nachts toch weer lepeltje lepeltje. Mensen zijn gewoontedieren, ze willen mordicus in mekaar passen, ondanks het opbollen van de buikjes in de loop der jaren. Wat is een man? Hij wordt geboren, hij kweekt een buikje en hij sterft.

Het is hetzelfde bed waarin ik hem een eerste keer heb achtergelaten. Gaëtan, dus. Hij sliep eindelijk. Het koortszweet stond op zijn bovenlip. Ik was te laf om hem te kussen, of zijn voorhoofd te strelen, of zijn kruin, wat dan ook. Bang dat hij wakker zou worden en opnieuw de scherpte van zijn tong zou wetten aan mijn bijzijn. Dit wordt de laatste keer dat ik hem in leven zie, dacht ik. Ik durfde bij het buitengaan niet eens de deur dicht te trekken.

Ik liep door de ijzige stad, een wandeling van een paar uur, dat was jaren geleden, mijn voeten deden pijn, ik klappertandde van de kou en mijn hart klopte als een zoutzweer, van schuldbesef neem ik aan. Tegen het ochtendgloren ging ik maar terug naar huis. Hij lag er nog altijd bij zoals ik hem had achtergelaten, moeilijk ademend. Ik greep zijn hand en had mezelf willen troosten en zelfs belonen voor mijn terugkeer, door de koortsige warmte van zijn hand tegen mijn voorhoofd aan te drukken, of tegen de zoutzweer van mijn hart. Hij werd wakker, trok zijn hand terug en schold me verrot.

In dat bed ligt die Tamara.

Nog genoeglijk knorrend ook, durf ik te wedden.

In grondeloze nachten als deze, die steevast volgen op mijn donkerste der dagen — dat zijn er twee op de drie, want behalve voor aarzelen heb ik ook talent voor lijden — vrees ik dat ik Gaëtan weinig meer te bieden heb gehad dan die dolfijnen. Vijfentwintig jaar? Saldo: drie dolfijnen. Een positief zelfbeeld vormt nu eenmaal geen onderdeel van mijn diagnose. Gevoel voor verhoudingen ook niet. En dan vraag ik me af of ook de lijst van bijverschijnselen op de bijsluiters wel compleet is. Maar misschien is ook dat een bijverschijnsel.

Het moeilijkste blijft: de moeheid. Je lever raakt overwerkt, je nieren willen niet meer mee, je oren beginnen te flapperen. Moe, moe, moe. Zelfs van het weinige slapen op den duur. En de dingen niet op een rij krijgen. Van de hak op de tak springen. Leven in twee dimensies. Opeens staan er overal spiegels om je heen en je loopt er dwars door, zonder dat er iets breekt behalve jezelf. En de dingen herhalen. Dat is nog het ergste. De dingen herhalen, zeg maar. Of heb ik dat al gezegd?

Soms zie ik mezelf zitten, tijdens de schaarse ogenblikken dat ik niet bezig ben om pillen te slikken of pillen te kopen. Ik kijk op me neer en ik zie mezelf kijken naar tv, of ik zie me schransen, of schijten, of bloemen schikken, noem maar op. Ziehier Maarten Seebregs. Een gewezen dit, een gewezen dat, een ex-van-alles. Maar toch nog altijd het lot delend van de eveneens tv kijkende, schransende, schijtende mensheid, waarvan een aanzienlijk deel na het bloemen schikken ook nog eens overgaat tot copuleren of onaneren, waar ook ter wereld. Desnoods met bekenden of met familieleden. Zo is de mens. Geen ontkomen aan. Een lidmaat ben je, een lidmaat blijf je, zonder de kans je abonnement op te zeggen. Ik zou wel kunnen schreien, soms. Maar zo wil ik me niet ook nog eens zien zitten. Het is al gênant genoeg, met al dat schransen, en dat tv kijken, en de rest. Laat het schreien maar over aan wie dáár talent voor heeft. Er zijn er genoeg. Het klagen neem ik wel voor mijn rekening. Klagen zonder janken. Een mens moet zich toeleggen op waar hij goed in is. Klagen en medicijnen slikken. Lijden en aarzelen.

En niet kunnen slapen. Nog wel in je eigen logeerkamer. Ieder z'n dagtaak. Ieder z'n loon.

Wat zou die Tamara voor werk hebben gedaan? Kan ze überhaupt iets? Niets zei ze. Dat heb ik nu toch ook niet verdiend. Niets!

Zelfs niet toen ik mij verwijderde uit mijn slaapkamer, begripvol knikkend naar mijn zwijgzame aanstaande, behoedzaam achteruitstappend als bij het afscheid van de koningin van Engeland. Naar buiten glippend als een betrapte dief, mijn eigen deur omzichtig dichttrekkend achter mij, mijn eigen hoofd als laatste deel van mezelf nog zichtbaar, met mijn bevroren grijns, met mijn kalende kruin. Almaar heftiger knikte het, dat hoofd van mij, zoals de kop van een missiebeeldje waarin met een katapult een goudmunt is geschoten. Op en neer slaand van begrip, zeg maar. Met mijn rug ook nog eens stijf neerwaarts gebogen, onder die ijzige blik van dat mens, onder die toet van vlezige en onnatuurlijk roze lippen. Een vleesetende parasiet in het midden van een amper menselijk lijkend gezicht. Als ik niet beter had geweten, en ik had in de zak van mijn kamerjas niet de rol bankbiljetten gevoeld die Vandessel haar had meegegeven als eerste aanbetaling, ik had gedacht dat ik hallucineerde. Het is zover! *The night of the body snatchers* is begonnen.

Meteen nadat de deur in het slot viel, rechtte ik mijn rug en begon als een bezetene de biljetten te tellen. Ik hoopte op een tekort, zodat ik die deur weer kon opensteken en kon zeggen: 'A propos schat, is er niet iets aan je vingers blijven kleven? Ik mis vijfhonderd euro.'

Ik mocht tellen wat ik wilde.

Het was er allemaal.

Jezus Maria Youssef... Ik doe echt geen oog dicht in de logeerkamer. Ik denk dat ik maar eens in de living ga liggen. Wat let me? Het is mijn living. Het woord zegt het al.

Ik leef daar graag. De meeste andere nachten ga ik er net zo goed liggen dubben en trekkebekken. Die Tamara moet niet denken dat ze mijn leven zal kunnen verstoren. Correctie. Dat ze dat nu al kan. Nog voor de trouwerij. Ik ben benieuwd of ze dan nog altijd even weinig noten op haar zang zal hebben. Als ze dankzij mij vrij en vrolijk helemaal Belg zal zijn. Zodat ze vervolgens elke nacht met die Vandessel in het nest kan kruipen, om hem af te zuigen tot zijn matrasbeschermer in zijn reet plopt. Je zou voor minder je tong verliezen. Ze moet zich sparen voor het grote werk.

Ook toen ze me dat geld overhandigde, zei ze niets. Meteen na binnenkomst was dat. Ze heeft een onmiskenbaar gevoel voor timing. We kunnen het negroïde type veel ontzeggen maar dat niet. Ritme. Timing. Buikgevoel.

Waarom werkt ze op mijn zenuwen?

Ze stond nog maar in het gat van de voordeur en ze duwde me die rol al in de hand. Zonder boe of ba. Wie weet, misschien is dat zwijgen van haar wel een tribaal gebruik. Er zijn volkeren waarbij een aanstaande bruid twee weken geblinddoekt rond moet lopen. Je moet niet vragen hoe appetijtelijk de manspersonen er ginds uitzien. Twee weken tegen deuren en muren aan lopen, plus de straat oversteken op eigen risico. Begin er maar aan. En dan zijn er nog vrouwen zat die na hun twee geblinddoekte weken weigeren te trouwen. Geef ze eens ongelijk. De heldinnen. Na twee weken blindheid zie je des te beter. Het mag een wonder heten dát er nog mensen trouwen, dan.

Ik keek ernaar, naar die rol biljetten dus, in mijn handpalm, en ik voelde me een hoer. Ook Tamara keek er met een opgetrokken wenkbrauw naar. Gefascineerd? Gedegouteerd? Je weet het zo gauw niet, bij vrouwen die van zo ver komen, zonder blinddoek. Maar haar wenkbrauwen optrekken, dat kan ze als de beste.

Wel een mooi beeld, anders. Een lange, desolate close-up waard: een oudere mannenhand, geopend en behoorlijk trillend. In de palm een rol bankbiljetten. Groezelig, klam. Bijeengehouden met een elastiekje. De nieuwsgierigheid van de kijker is meteen gewekt. Geld trekt aan. Zo is de mens.

Nog zo'n waardige close-up. Het koppel ogen van Tamara. Zwanger van betekenissen. Gloeiend onder die opgetrokken wenkbrauwen. Al dan niet in beeld gebracht met op de voorgrond die rol biljetten.

Nog een close-up. Haar mond.

Weer klaar om te spuwen.

Naast het geld.

Maar op mijn hand.

II | 3.

Ik heb ze niet eens zelf besteld of ontworpen. Die dolfijnen, bedoel ik. Ze hingen al lang en breed aan de badkamermuur toen ik dit huis kocht met — zoals dat nu eenmaal heet — zichtbare en onzichtbare gebreken. Dan weet je het wel. De vastgoedmarkt verschilt in weinig van de huwelijksmarkt. De kat in de zak staat op nummer één. Huiszwam, houtworm, optrekkend vocht, verzakkende funderingen. Niets bleef me bespaard. Aan de linkerkant trokken ook nog eens mormonen in.

Aan de andere kant eerst hippies, daarna getuigen van Jehova. Het verschil was niet meteen duidelijk. Tot ze begonnen te zingen.

Als ik mijn buren mag kiezen, geef mij dan maar mormonen. Ze bellen zelden aan om je te bekeren, en ze kruipen niet om drie uur 's nachts stoned over je tuinmuur op zoek naar hun frisbee, die ze nota bene tussen hun tanden geklemd houden omdat ze denken dat het hun joint is.

Daarmee vergeleken zijn mormonen de mens op zijn gerieflijkst. Zeker als ze naast een koppel nichten wonen. Ze keken Gaëtan en mij aan met de nek, ze hielden hun hond kort aan de lijn en ze gingen dagelijks bij de kruidenier hun beklag doen over de aanwezigheid van een levensgevaarlijke pedofiel naast hun deur. Correctie. Twee pedofielen. Tot ze de kruidenier achter de primeurtoog zagen tongzoenen met zíjn vriendje. Ik woon niet voor niets in de hipste buurt van de stad. De hipheid van een buurt laat zich afmeten aan de seksuele voorkeur van zijn kruideniers.

Toen het de voorkeur van ónze kruidenier uitvond, verhuisde het mormonengezin nagenoeg 's anderendaags. Om de kennelijk uitgebroken seksepidemie te ontvluchten, alsook de nakende toorn van God. Dat is het voordeel van heilige teksten. Hun lezers zijn snel bang en tot handelen geneigd. Voor je het weet heb je nieuwe buren.

Akkoord, al dat verhuizen drukt de prijzen van het vastgoed. De aanwezigheid van een gelovig kerngezin heeft niet alleen nadelen, zoals daar zijn: geluidsoverlast en de geur van gul gevulde luiers. Het heeft ook voordelen. Vraag me alleen niet welke, op een stijgende grondprijs na. Om het sexappeal van mormonendondertjes kan het alvast niet gaan. Veelwijverij vormt duidelijk geen garantie tegen incestkoppen. Zelfs orthodoxe jodenspruiten zijn knapper.

Ik was blij dat ze verhuisden. Als alle kinderen afstamden van mormonen? De pedofiel stierf vanzelf uit, bij gebrek aan lustobject. Wat wil een mens meer, van zijn tijdelijke buren aan de linkerkant? Of was het de rechterkant?

Niets heeft mij ooit meer verbijsterd dan de kracht van het toeval in een mensenleven, met name het mijne. En dan heb ik het niet eens meer over mijn buren. Ik heb het dan opnieuw over mijn huis. Of heb ik dat al gezegd? Dat herhalen altijd.

Ik was met moeite student af en op zoek naar een flatje om te huren. Een week later was ik de bezitter van een ruïne die weer een decennium later zou worden uitgeroepen tot beschermd monument. Zo gaat dat, met politici. Zij benoemen je huis tot monument, en jij draait op voor de kosten. En de subsidiepot die ze hebben voorzien, is na één maand opgesoupeerd door hun vriendjes.

Het huis zelf was spotgoedkoop. Maar met het geld voor de herstellingen had ik in de loop der jaren net zo goed een kleine lintbebouwing kunnen verwerven. Ik heb meer dan eens op het punt gestaan het van de hand te doen om de winst te incasseren. Gaëtan wilde er echter blijven wonen, hoeveel insecten en grondwater we ook aantroffen. 'Dit is het huis waar we tot elkaar kwamen,' zei hij. *Tot elkaar kwamen.* Ik lag dubbel. Wie zegt zoiets, in het dagelijkse leven? Gaëtan. Die zei dat soort dingen, in het dagelijkse leven. In het begin is dat schattig. In het begin is alles schattig. Later gaat het op de zenuwen werken. Het huwelijk in een notendop.

Zeker de manier waarop iemand spreekt, kan op de zenuwen gaan werken. Niet dat hij er iets aan kon doen. Dat werkte nog het meest op mijn zenuwen. Hij 'was nu eenmaal zo'. Cultuur is onuitroeibaar, zeker vanaf het derde levensjaar. En Gaëtan was al in de twintig toen ik hem leerde kennen. Geaffecteerd, en toch affectiegestoord.

Onherstelbaar afkomstig uit een familie waar men 'nu eenmaal' gemakkelijker over cosmetica en Immanuel Kant sprak dan over stront en schulden. Afkomst ís een letsel. Niemand kan het ontkennen. Ik zeker niet. Míjn vader spreekt alleen maar over stront en schulden. Zeker nu hij in een bejaardentehuis resideert.

En mijn moeder heb ik nooit gekend. Ze is in mijn bevalling gebleven.

Ik weet niet of ze dat bedoeld heeft als een statement. Ik wil maar zeggen: ik weet niet of ze de geest gaf vóór ze me te zien kreeg, of erna. Ik vermoed erna. De keizersnee is uitgevoerd, de streng is amper doorgeknipt, de nonnen tonen mij aan haar — spartelend, krijsend, nog niet goed gewassen. Mijn moeder werpt één blik op me en ze zegt: Is dat alles? Naai me dan maar dicht, geef me een spuit en bestel me een kist. Ik heb nu al genoeg met hem afgezien.

Misschien is het zo gegaan. Misschien ook niet. Ik weet het niet. Mijn vader heeft nooit over haar dood willen praten.

Elk jaar gingen we op één november samen naar het kerkhof, dat wel. Allerheiligen. De drukste dag op het knekelveld. Aandacht verzekerd. Mijn vader begon luidop voor moeders graf te snotteren dat het een aard had, terwijl hij mijn hand vastklemde. 'Ze is in zijn bevalling gebleven,' snikte hij tegen iedere passant, terwijl hij voor alle duidelijkheid met zijn kin naar mij wees. Soms hief hij, om helemaal geen misverstanden te creëren, de knuist waarin hij mijn hand vastklemde ook een beetje op. Soms deed hij, met het oog op de ultieme verduidelijking, die knuist zelfs nog wat trillen. Alsof we onder elektrische stroom stonden, hij en ik. 'Dit hier is de dader, ja. Je zou het niet zeggen, met zijn schijnheilige smoel. Maar hij is de dader.' Hand in hand sidderend als door de bliksem getroffen, staande voor het graf van moeder de vrouw. Zo heb ik ooit een renner, een kopman, over de eindmeet zien rijden. Hand in hand met een wantrouwig om zich heen kijkende knecht, zijn oudste ploegmaat, met wie de kopman een zuur verdiende overwinning deelde, voor het eerst. Zo ostentatief dat de gedeelde overwinning een blamage werd voor de knecht, en een openbare desavouering vanwege de kopman. Niets zo verraderlijk als de gebarentaal der vriendschap. Of het moet de gebarentaal van de liefde zijn.

Ik voelde voor mijn vader vriendschap noch liefde. Het duurde tot ik vijftien was, voor ik mijn hand durfde weg te trekken uit die trillende knuist van hem. En tot mijn zeventiende, voor ik niet meer mee wilde gaan naar dat kerkhof. Correctie. Ik mocht al niet meer mee. Ik was die ochtend net op tijd teruggekeerd van een nachtje stappen. Doodmoe, niet nuchter, nog stoned, niet afgeschminkt, mijn zijden sjaaltje nog om. Het rode. Een erfenis van mijn moeder.

Hij begon zowaar te snotteren, mijn vader, terwijl we nog niet eens in de buurt van een graf waren. We waren zelfs nog niet onderweg. We stonden in de gang. Hij droeg zijn paasbeste kleren. Ik ook, vond ik. Maar daar ging het juist om. Hij wees naar mijn gezicht en naar mijn hals. 'Jongen, jongen... Had je moeder je zo gezien? Ze was nog eens in haar bevalling gebleven.' Ik gaf hem gelijk. Het rood van het sjaaltje paste niet bij het groen van mijn bloes. Een mens zou voor minder in zijn bevalling blijven, zei ik. Recht in zijn gezicht. Toen hoefde ik al niet meer mee. Oprechtheid heeft voordelen.

Sindsdien heb ik geen kerkhof meer gezien. Zelfs niet voor Gaëtan. Waarom zou ik? Zijn familie heeft hem laten verstrooien. Ik kan moeilijk op handen en voeten op die weide gaan rondkruipen in de hoop nog iets van hem op te snuiven. Zeker na vier jaar. Ik ga overigens naar geen enkel kerkhof meer. Ik ben bang dat ik, voor ik het weet, toch op handen en voeten zou rondkruipen. Op om het even welk kerkhof, op om het even welke strooiweide.

Het gaat om het gebaar.

'Oké dan, wij zíjn dit huis,' antwoordde Gaëtan. Gepijnigd. Omdat ik had gelachen met zijn 'Dit is het huis waar we tot elkaar kwamen'. Hij was daar goed in, Gaëtan. In gepijnigd kijken zonder pijn.

'Wij *zijn* dit huis?' vroeg ik. Opnieuw lachend. 'Zelfs grammaticaal is dat een fout. Je kunt hoogstens zeggen: "Dit huis is wat wij zijn." '

'*Dit is het huis wat wij zijn?*' vroeg Gaëtan. Ongelovig. Gepijnigd. Op zijn pik getrapt. Ook dat kon hij als geen ander.

'Nee!' zei ik. 'Dit. Huis. Is. Wat. Wij. Zijn. Vandaar die insecten en dat grondwater.'

Je had zijn smartelijke kop moeten zien. Het enige wat ontbrak was een doornenkroon.

De meeste heterokoppels blijven, na de eerste jaren van passie, bijeen voor de kinderen. Of omdat ze juist geen kinderen kunnen krijgen. Gaëtan en ik bleven samen voor een huis uit de vorige eeuw. Als ik eerlijk mag zijn? Dan liever kinderen.

Kinderen hebben het voordeel dat ze opgroeien en uitvliegen. In het slechtste geval duw je ze het nest uit. Schoppen en slaan kan ook. Alles mag, in de natuur. Daar is het de natuur voor. Het is de enige reden waarom ik van de natuur hou. Nu en dan.

Een huis groeit niet op. Als je het niet verkoopt, blijf je ermee zitten.

'Maar dit pand is een stuk geschiedenis,' riep Gaëtan uit. Ik had die keer zelfs al een advertentie in de krant geplaatst. Buiten zijn medeweten. Hij nam 's anderendaags vrij en bleef thuis om iedere mogelijke koper de huid vol te schelden. Per telefoon of aan de deur. Vakwerk, hoor. Dat moest zelfs ik bekennen.

'Alles is een stuk geschiedenis,' riep ik. Hij had de advertentie net gelezen, in de krant. Ze hing dan ook vol fruitsap. Ook verschieten kon hij als geen ander, zeker tijdens het drinken. Akkoord, ik had erom gevraagd. Ik had vergeten de vastgoedpagina eruit te scheuren. Niemand is perfect. 'Laten we verhuizen,' riep ik, 'dat is ook een stuk geschiedenis!'

'Laten we blijven wonen! Dat is dan ook geschiedenis!'

'Laten we op elkaars bakkes timmeren. Dat is nog meer geschiedenis!'

'Dat is geen geschiedenis,' zei Gaëtan, 'dat is een slechte gewoonte. En gebruik niet zulke platte woorden!'

'Welke platte woorden?'

'Bakkes!'

'Nu zeg je het zelf!'

'Onnozelaar!'

'Is dat dan geen plat woord, "onnozelaar"?'

'Onnozelaar!'

'Als ik mag kiezen tussen slechte gewoontes,' riep ik, 'dan verkies ik op mekaars bakkes timmeren boven blijven wonen op mekaars lip!'

'Het is een voorrecht om hier te wonen,' stampvoette Gaëtan, net niet op mijn bakkes timmerend. 'Een opdracht jegens ons erfgoed! Een gemeenschapsplicht! Een plezier!'

Dat soort woorden. 'Gemeenschapsplicht.' 'Plezier.'

De maand daarna, tijdens de Open Monumentendag, kirde hij tegen de talrijke bezoekers, waar ik bij stond, dat 'ons pandje' niet veel bijzonders of vermeldenswaardigs bezat. Behalve die dolfijnen, dus.

Hij had ons huis, buiten míjn medeweten dit keer, als Open Monument opgegeven. Een kwestie van wraak. De liefde lijkt wel vaker op een scorebord. Ik stond ongewassen en ongeschoren in mijn onderbroek toen de eerste bezoeker aanbelde en informeerde naar mijn bezienswaardigheid. Het werden er honderden. Op één dag. Ik werd gek van onze deurbel. En van al dat geïnformeer naar mijn bezienswaardigheid.

Gaëtan glunderde. Hij troonde alle nieuwsgierigaards de trap op naar onze badkamer, waar hij ze nog thee serveerde ook, met een kaakje en een chocolaatje toe. Het chocolaatje in de vorm van een zeevrucht. De snob. En elke keer hield hij zijn zelfde praatje. Allemaal vanwege die kankerdolfijnen.

Wedden dat het nog dolfijnenkoeien zijn ook? Onze drie gratiën van gebakken aardewerk?

Ik kan ze, liggend in de living inmiddels, horen sissen en piepen tot hier. Zoals iedere nacht.

Sissen? Piepen? Lachen, ja.

De hyena's van de zee.

Iemand moet ze maar eens verdelgen.

Waarom niet ik? Waarom niet nu?

II | 4.

Ik had ze niet eens opgemerkt bij mijn eerste bezoek. Die dolfijnen, dus. Wie gaat er nu nauwgezet koekeloeren in een groezelige douchecel? Van een huis dat hij toch niet gaat kopen?

Tot ik de prijs hoorde. Iedereen wilde toentertijd dit soort panden alleen maar neerhalen. Je betaalde alleen voor de grond, nog verminderd met de geschatte kosten van de afbraak. Nu staat heel onze art-nouveau-boulevard gerestaureerd en wel te blinken in toeristenfolders en architectonische zwijmelbrochures. Het is nooit te laat om carrière te maken.

Als je een huis bent, toch.

Hoe zit dat met een negerin? Qua carrière maken? Tenzij door striptease te dansen en rijk te trouwen? Ik zou het niet weten. Ik ben geen negerin.

Die van mij hierboven heeft voorlopig niet te klagen. Ze slaapt dat de stukken eraf vliegen. In míjn slaapkamer. In óns bed. In het hólst van de nácht. Ik kan haar horen snurken tot híer. Of is dat die koelkast weer?

Zelf kan ik nog steeds de slaap niet vatten. Ik mag scheten tellen en gapen turven zoveel ik wil. Moe, moe, moe. En toch klaarwakker liggen. In je eigen living, languit op je sofa. Nippend van je goedkope whisky, snoepend van je dure medicijnen. Hoe laat is het eigenlijk? Op de meeste zenders lopen alleen nog herhalingen. Van programma's die de eerste keer al niet om aan te zien waren.

Er plakten lange haren in de smurrie op en rond die fucking dolfijnen. Blonde of grijze, daar wil ik af zijn. Ik ben er niet met mijn neus gaan ophangen. Toen gruwde ik nog van smurrie. Als typisch tere jongeling op huizenjacht? Ik was hogelijk gesteld op properheid. Mijn opvoeding versterkte die neiging. Je mag van mijn vader zeggen wat je wilt, hij heeft tijdens mijn jeugd altijd voor prima werksters gezorgd nadat mijn moeder in mijn bevalling was gebleven. Oostblokteven. Zo noemde hij ze. Wie was ik om hem tegen te spreken? Je moet je moederbeeld ergens vandaan halen. Desnoods van achter het IJzeren Gordijn. Nooit begrepen hoe hij dat flikte.

De kost die de Oostblokteven ons voorzetten was niet te vreten. Mijn vader en ik zaten op den duur uit te kijken naar een oorlog. Culinair hadden we er alleen maar op vooruit kunnen gaan.

Maar poetsen konden ze als de beste. Volgens mij haalden ze daar juist hun soep vandaan, en de meeste van hun sauzen. Er bleven althans geen haren op de muren van onze douche kleven.

Ik heb nog overwogen ze te laten weghakken. Die dolfijnen. Ik vond ze een toonbeeld van burgerlijke kitsch. Dat vind ik nog altijd. Maar ik heb leren houden van burgerlijke kitsch. Als je maar lang genoeg doorgaat, word je zelf een vorm van kitsch. Een beetje zelfliefde is nooit weg. De oudere werkloze heeft het al moeilijk genoeg. Zelfbeklag is zijn lang leven.

Als dit land ooit een fatsoenlijke inburgeringcursus opstelt? Dan is klagen het eerste vak. Eindelijk een studierichting waarin ook onze migranten kunnen uitblinken. Reken maar. Het lijkt wel of de grootste zeuren hier blijven hangen, en de zonnetjes in huis zo snel mogelijk doorreizen naar Engeland en verder. Wij blijven ermee zitten. Met de bokkers en de mokkers. Hoe zou dat toch komen? Voelen ze zich hier thuis, of zo? Dat belooft, met die Tamara. Dat ís toch zij, die zo ligt te snurken in de verte?

Haar kont bleek overigens heel wat minder smal te zijn dan toen ze er nog op zat, in dat café in Oostende. Zo gaat dat, met de schone schijn en de foute lichtinval. Ik, of all people, had het moeten weten. Toen ik nog werkzaam was in de vaderlandse filmindustrie, nam ik nooit vrede met een locatie alvorens ik ze op minstens drie verschillende momenten van de dag had kunnen beoordelen, zowel bij natuurlicht als bij kunstlicht. Bij elk van die omstandigheden ziet zelfs een steeg of een autostrade er al totaal verschillend uit. Voor een kont is dat niet anders.

Ik zou bijna zeggen: au contraire.

Hoe laat is het eigenlijk? Met moeite een hond op straat. Geen bal op tv. Geen kloten te doen. Geen herinnering het herinneren waard. En ik heb zo al weinig wat van waarde is. Ik heb niets. En dat wil ik vooral zo houden. Zakgeld wil ik desnoods nog aanvaarden, zelfs delen, waarom niet? Maar hoop niet. Hoop hoef ik niet. Niet voor mezelf, niet door mezelf, niet voor een ander.

Niets is erger dan hoop. De mensheid zou er heel wat beter voorstaan, mocht ze dat eindelijk eens willen beseffen. We moeten mekaar met rust leren laten. Behalve die zekerheid bezit ik niets. Bezit niemand iets.

Maar ik heb wel mijn gewoontes. En die wil ik op mijn leeftijd met niemand meer delen. Zoals andermans gewoontes mij ook gestolen kunnen worden. Ze interesseren mij niet. Correctie. Ik ben er vies van. Als iemand geopereerd wordt, ga je toch ook geen blik werpen op zijn blootliggende darmen, bij wijze van toerisme?

Tamara zal er maar aan moeten wennen. Aan de blootliggende darmen van mijn humeur. Aan het ingewand van mijn tics. Dat ik, meermaals, tegen de ochtend, exact zoals nu — uitgeput, met rauwe stekende ogen en een maag die samenknijpt van het zuur, drinkend en slikkend, ruftend en wel — lig te kijken naar mijn overjaars model tv. Naar een video met vijf hazewinden in slow motion, looping the loop. Ik heb niemand nodig. Koffie hoeft ze niet eens te maken. Mij met rust laten is voldoende.

Waarom zou ze zich moeien? En waarom zou ik níet kijken naar een videoband met de hazewinden? Wie denkt Tamara dat ze is? Mijn wijf of zo? Er bestaan wel mensen die kijken naar een plaasteren beeld van een eeuwige maagd, of naar een houten olifant met twaalf armen. Krek dezelfde verwachting koesterend. De waan van de verlossing. Geef mij dan maar vijf hazewinden in slow motion.

Al doen ze me niets meer, nu. Hé? Het is verdorie al bijna tegen zessen. Heb ik dan toch een uiltje geknapt? De tijd gaat snel, misbruikt hem wel. Buiten komt de stad zowaar alweer tot leven. Zelfs in deze wijk. Zo zie je maar. Hipheid is geen garantie tegen drukte.

Ik wil niet tranerig klinken — al staat het vocht mij in de ogen, maar dat kan ook van de whisky komen. Hoe dan ook: die stomme hazewinden in slow motion? Die leggen het tegen zonsopgang toch weer af tegen die stomme windhonden van de zee. Boven, in die badkamer. Onbeweeglijk opgebouwd uit vierkante gebakken tegels.

Ik denk dat ik toch nog eens naar ze ga kijken.

Of nee. Dat ze verrekken.

Met hun stenen.
Hun glazuur.
Hun eeuwig opgewekte bekken.
Het is verbazingwekkend hoeveel begrip iemand om bijna zeven uur in de ochtend op kan brengen — terwijl buiten een volledige stad zich irritant hoorbaar op gang begint te trekken — voor slachters in Alaska, die met honkbalknuppels een kudde zeezoogdieren de kop inslaan. Selectie is de maat van alles. Niemand zegt het. Iedereen weet het.
Selectie is beschaving omgezet in dadendrang.

II | 5.

Selectie is: om halfacht 's morgens nog altijd niet kunnen slapen, en in je kamerjas voor je ongelapte raam gaan staan, en de lamellen van je luxaflex pathetisch langzaam doen kantelen, teneinde de lokale jeugd naar school te zien vertrekken, per bus of op de fiets, de uitslovertjes. Met hun krullen, hun kwetsbare schedels en hun schreeuwerige kledij. Daar gaan ze. De neuroten en de zelfmoordenaars van morgen. En maar lachen. En maar juichen. Ze stralen een wreedaardige frisheid uit die me, voor het eerst in jaren, doet terugverlangen naar een sigaret. De mens is een gewoontedier met afkickverschijnselen.

Gaëtan was ertegen. Tegen luxaflex. Zelfs luxeluxaflex. 'Het vloekt met de stijl van het huis.' Ik heb moeten wachten tot hij dood was. Voor ik er heb durven laten installeren. Luxaflex. Onmisbaar voor de sfeer van de film noir. Een flard flair van Richard Gere, *American Gigolo.* Straks wordt het nog acht uur. En voor een mens het goed beseft: halfnegen. Een etmaal zonder slaap. En nog altijd dubben over drie dolfijnen, een lijk met een alarmknop in zijn kouder wordende klauw, en een negerin die qua gesnurk niet te onderscheiden valt van een frigidaire.

Het strijklicht dat op ochtenden als deze over mijn stad en zijn primaten kan strelen, is mijn enige troost. Ik heb geen talent voor religiositeit — maar strijklicht in de vroege ochtend? Wanneer die ellendige straatlantaarns hun oranje lichtvervuiling eindelijk opgeven, en de straten zich langzaam zuiveren van schoolgaand uitschot? Mijn hart weet zich gezalfd. Mijn ziel zingt halleluja. Gezegend zij het strijklicht op een lentedag, met de Japanse kerselaar van de overbuurman al in bloei. Zalig ook het strijklicht in de winter, als de rijp op alle daken schittert en de plassen zijn veranderd in troebele spiegels, met restjes poedersneeuw erop.

Op mijn allereerste draaidag, 's morgens in de vroegte, smeekten de cameraman en de chef de photo met opgeheven handen om meer strijklicht. Ik raakte in paniek. Ik dacht dat ze het tegen mij hadden. Het manusje-van-alles op de set. Zelf nog gruwelijk jong. Niet vies van uitgelatenheid en kleren met veel kleur. Sjaaltje hier, sjaaltje daar. Het anusje-van-alles.

Strijklicht, dacht ik, mijn broodheren vragen strijklicht! Het scheelde niet veel of ik was een strijkplank, een strijkijzer en een lampenkap gaan kopen. Je had toen nog behoorlijke budgetten voor de vaderlandse film, al werden er maar twee per jaar gedraaid. En de jeugd had nog eerbied voor de ouderdom en zijn verlangens. Tenzij het om je vader ging. Of je moeder, dood of niet.

Ik werd om mijn paniek eerst uitgelachen, op de set. Later, diezelfde avond, werd ik alsnog geïnitieerd. Het was de meest artistieke van het stel, de echte kunstenaar van de filmindustrie — de chef de photo — die mij mijn tweede leven schonk. Hij bleef niet bepaald in de bevalling. Hij genoot er juist van. Op zijn knieën. En met volle teugen, om maar eens een tautologie te bezigen.

Ook ik genoot volop van zijn teugen. Het voorrecht van de jeugd. Achterover leunen en laten betijen. Je werkt in de vaderlandse film of je werkt niet in de vaderlandse film. Het was mijn eerste pijp als meerderjarige. Tegelijk een van de laatste die ik zelf zou krijgen. Zo knap was ik nu ook weer niet. En de ouderdom komt niet alleen met zijn gebreken. Hij komt ook met zijn ijzeren rolverdeling. Het was zoals broeder econoom al zei, van wie ik mijn allereerste pijp als minderjarige kreeg. Of was het de prefect van het college? Hoe dan ook, het was in de sacristie. Of in de refter, ik wil eraf zijn. Of nee, het wás in de sacristie. Het komt door die hosties, en die miswijn, dat ik altijd aan schaften denk.

Hoe dan ook, broeder econoom kroop na afloop moeizaam overeind, veegde zijn mond af met zijn stool en zei, als was het een les in mijn vormsel: 'Vergeet het nooit, mijn jongen. De eenwording met Den Hoge is een sacrament dat men het best geknield ontvangt.' Een dubbelzinnigheid die hij nog gestolen bleek te hebben ook. Evenals mijn schrale bloem.

Mijn trauma was niet zozeer dát mij een pijp was gezet. Mijn trauma was dat het zo lang duurde voor er een tweede kwam. Zeker een van die kwaliteit.

Jaren later schonk de chef de photo, als naspel op zíjn sacrament, mij ook op nog een andere manier het licht. Het echte licht. Het filmlicht. Tijdens het roken van het sigaretje wijdde hij mij in. In het duister, dat wel. Maar zijn gezicht lichtte rood op bij iedere trek. Onbedoeld symbolisch, zeg maar: aanschouwelijk onderricht. Zo leerde hij mij de basis van zijn vak. De kennis van reflectieschermen en filters, en van de juiste onbewolkte invalshoek. Het soort licht waarbij een regisseur het aandurft om eindelijk 'actie!' te roepen. Het licht dat van een paar losse woorden een onvergetelijke dialoog kan maken. De grootste acteur, met een onsterfelijke repliek op de lippen? Een knoeier als het licht niet klopt.

En van alle filmlicht is strijklicht de keizerin. Omdat ze zich niet laat oproepen of ensceneren. Ze doet me denken aan mezelf: ze komt of ze komt niet. Zo is haar natuur. En met haar luie lange schaduwen onthult ze de tragiek van de banaalste dingen. Van volkstuin tot bakstenen muur, van poriën tot puist... In haar keizerlijke omarming tonen we ons allemaal zoals we zijn. We onthullen onze eenzame, kwetsbare strijd. De strijd om te mógen bestaan, al was het maar een paar seconden, voor we alweer worden opgeslokt door een of ander universum.

Strijklicht verleent zelfs aan een vetplant iets heroïsch. De definitie van film in een notendop.

'Context is alles! En het licht is zijn meester!' Dat leerde mij de chef de photo, sporadisch rood oplichtend in het duister. En met zijn ene tengel alweer in mijn broek. Context ís alles, zeg dat wel.

Ik wist het meteen. Dit is mijn echte vormsel. Ik wil nooit meer ergens anders werken. Ik word een dienaar van het licht. Een bedienaar van het licht. Een misdienaar van licht.

Mijn god is licht.

Mijn lot is zwaar. Ik heb al in jaren geen voet meer op een set gezet. En mijn leven is lucht. In mijn badkamer hangen drie dolfijnen te glinsteren aan de muur. Het mag donker zijn, ook zij lichten gedrieën op — demonisch, honend in stilte, grijnzend met hun fijngetande bekken. Het is dat ik er fut voor mis, ik hakte ze alsnog weg.

Geef mij een beitel, een hamer en een dosis vitamine, en ik hak me blaren op mijn beide handen. Elk tijdperk heeft zijn stigmata. Ik hak me bij de buren naar binnen. Ik hak mijn hele huis van binnenuit kapot.

Komaan, ik doe het nu.

Alsnog! Dan toch!

Ik begin eraan.

Vandaag.

Hef je kont op van die sofa!

Ga naar boven.

Sla ze stuk.

Het is een mooie dag voor drama.

II | 6.

Het is halfnegen, ergens in het jaar des Heren weet-ik-veel, hoe dan ook mijn laatste levensjaar, en ik beklim mijn notenhouten wenteltrap, ooit gerestaureerd, inmiddels weer flink verwaarloosd. Trede voor trede hemelwaarts wankelend, in een langzame spiraal omhoog: *ecce Maarten Seebregs*, de dolfijnendoder. Op weg naar wat hij al veel langer had moeten doen. Met zijn ene hand klemt hij zich theatraal vast aan de markante sierleuning. In zijn vrije hand draagt hij een hamer. Ik hoop maar dat ik Tamara niet tegen het lijf loop. Straks denkt ze dat ik háár de hersens in wil slaan. Ach wat. Laat ze maar flink gillen. Het ís een mooie dag voor drama.

Op voorwaarde dat ik boven raak.

Juist dan zie ik ze lopen. Alle twee. Ze snellen me gewoon voorbij. De een links, de ander rechts. Ook die trap op, dus. Gaëtan en ikzelf. Zo irritant jong. Zo helemaal ik en hij. Op de dag dat híj hier voor het eerst binnenkwam. En dat ik verdoofd, verdwaasd, bedwelmd, achter hem aan dartelde.

We lopen gezwind die hele trap op, hij en ik. In een mum van tijd. En we laten mij verpletterd achter, met mijn hamer. Naar adem happend.

We hadden gesport of zo, gelopen of getennist, of gesquasht, ik wil eraf zijn. Ik deed niet aan sport. Hij ook niet, zou later blijken. We hadden allebei een sportverslaving verzonnen om de ander te verleiden. Sommige geliefden faken nog voor hun eerste orgasme.

Het enige voordeel aan sport is dat er na afloop moet worden gedoucht. Zonder veel vieren en vijven kwam de beslissing tot stand dat het douchen maar beter kon geschieden in mijn gloednieuwe bouwvallige woonst. Heel soms is de liefde eenvoudig.

'Maar dat is echte art-nouveau-faience,' zegt Gaëtan, al direct in zijn onderbroek staand. Hij neemt voor mijn ogen plaats onder de grote koperen douchekop terwijl hij mijn dolfijnen bewondert. Hij staat echt met één hand in de zij en zo, zijn bekken lichtjes gekanteld. Een levend standbeeld in mijn douchecel. Zelfs zijn neus zou niet misstaan in hellenistische catalogen. Legde hij zijn andere hand in de nek, hij had op een sekskalender kunnen figureren.

Hij heeft een van de mooiste strakke buiken die ik in mijn leven heb mogen aanschouwen, in het echt zowel als in gespecialiseerde pornovideo's. Met van die spierbundeltjes die je kunt zien liggen. Drie, vier kleine welvingen boveneen, aan elke kant van de navel. Van lies tot middenrif, om het maar eens technisch uit te drukken. De wetenschap staat voor een mysterie als het erop aankomt te verklaren waarom buikspieren — op zich niet eens een erogene zone — er toch moorddadig geil uit kunnen zien.

Die van Gaëtan smeken om handtastelijkheden. Ze zijn nog helemaal onbehaard, in dat jaar, op wat penseelhaartjes na, onder de koddige knoop van zijn navel, de finesse van de Vlaamse Primitieven waardig. Met de kleur van donkere tabak. Die haartjes. *Fleur de Matras*, zo noemde mijn vader de plukken waarvan zijn Oostblokteven hun eigen sigaretten draaiden. Ik heb hem nooit durven vragen of hij ze naaide, die vaak wisselende meisjes met hun ongezonde huid. Sommige hadden meer snorharen dan hij. Andere hadden een treurige blik en mooie handen. Maar als ze me over het hoofd streelden, glimlachten ze allemaal. Ik kreeg er een wee, opstandig gevoel van in de buik.

Bij Gaëtan lopen de tabakshaartjes in een strak lijntje van zijn navel naar de rand van zijn onderbroek, waaronder ze uitnodigend wegduiken. In plaats van helemaal te strippen blijft hij met zijn vingertoppen het lijnenspel bepotelen van de glanzende dolfijnenstenen, en van de helblauwe zee van mozaïek eromheen. Ten langen leste begint hij zelfs de langwerpige siertegels erboven te strelen. Als hij maar stenen kan strelen, zo lijkt het wel. Hij staat op de tippen van zijn tenen, in dat jaar van geluk en beginnende verbouwingen. Zijn lijf appetijtelijk rekkend. 'Italiaans handwerk,' zucht hij, nu toch uit zijn onderbroek stappend. Onhandig. Hij moet even op één been huppelen om niet ten val te komen.

Zijn neus is zo te zien niet het enige wat kan figureren in hellenistische catalogen. 'Wat een joekel' is niet de uitdrukking die zich opdringt. De vertedering is des te groter. Temeer omdat het hele zaakje, vanwege Gaëtans gehuppel, snaaks aan het bungelen slaat.

Zijn lul, al half stijf, steigert nog zienderogen, een snelle hartenklop verradend. Maar Gaëtan doet of zijn neus bloedt. Hij zegt, met een bijna afwezige hoofdknik naar de tegels: 'Ik durf te wedden dat ze uit Toscane komen.' Hij wist dat soort dingen. Hij wist alles. Vooral wat ik niet kon weerstaan. Hij had net al een fles whisky meegebracht. Nu gooit hij me ook nog zijn onderbroek voor de voeten. Daarna keert hij mij zelfs zijn vakantiebruine rug toe. Zijn kont steekt er belachelijk bleek maar des te heter tegen af. Nog zo'n raadsel. De spierwitte kont als afrodisiacum. Op voorwaarde dat ze vergezeld gaat van een goed gebruinde rug, van een zestien- à vierendertigjarige. Daarna gaat het steil bergaf, met de menselijke rug, en met alles wat eraan vasthangt.

Die van Gaëtan, zijn kont bedoel ik, is behalve duizelingwekkend stevig al even blank als de schuimkoppen op de golven achter hem, waaruit de art-nouveau-dolfijnen bewegingloos omhoog tuimelen, inmiddels al meer dan een eeuw. En dat wordt er niet beter op, al dat duizelingwekkende wit, zodra er dan toch water overheen begint te gutsen.

Ik sta erbij en ik kijk ernaar.

Het voorspel komt in alle vormen en formaten. Sommigen doen er een jaar over, met cadeautjes en geheime rendez-vous. Anderen besnuffelen en betasten mekaar twee uur lang, met strelen en graaien en kussen à volonté, en vogelen daarna nog geen minuut.

Ons eerste voorspel beslaat een minuut of tien, en bestaat uit verrukkelijk weinig. Gaëtan doucht en zwijgt. Ik sta naar hem te gapen. Die tien minuten duren hartverscheurend lekker lang.

Smachten is het halve werk.

De rest van vrijen is labeur.

II | 7.

Ik had daarvoor nog nooit in een en dezelfde ruimte vertoefd met één enkele andere persoon die naakt was, terwijl ikzelf nog al mijn kleren aanhad. Het was een onwerkelijk ogenblik. Aangenaam beklemmend. Later slijt dat gevoel.

Wat slijt er niet? Behalve domheid en aluminium?

Ik ging niet meteen ook onder die douchekop staan. Waarom? Misschien wilde ik alleen maar aan de liefde beginnen als de enscenering klopte. Dan zat er op z'n minst al één ding goed.

Wat schort hier toch, stond ik koortsachtig te denken. Wat kan er dramaturgisch verbeteren? Tijdens een sequentie die ik nu een ereplaats zou geven in de film van mijn leven. Dat wordt een kortfilm, akkoord. Toch indien hij belandt op de montagetafel van een eerlijke regisseur. Als ik het moet doen, schiet er niets van over.

Uit hoeveel scènes die de moeite lonen zou hij kúnnen bestaan, die kortfilm van mijn leven? Het is een gedachte die me wel vaker overvalt, in de vroege ochtend, na een slapeloze nacht. Welke setting zou de beste zijn, voor deze scène?

Ik kwam toen, tot mijn ontzetting, niet verder dan mijn eigen badkamer, op dat moment. Een gevoel van zwakte, zelfs van schuld, benam me de adem. Alsof mijn creativiteit en mijn voorstellingsvermogen tekortschoten om zelfs maar deze eenvoudige opdracht tot een goed einde te brengen. Op sommige momenten is je leven gewoon beter dan om het even welke film. Maar wat doe je daar vervolgens mee? Wat ben je met je perfecte ogenblik?

En er kwam nog zo'n moment aan. Je hebt van die dagen. Correctie. Ik heb ooit eens één zo'n dag gehad. Verlamd door de tweespalt tussen deelnemen en ensceneren — tussen douchen en een betere setting verzinnen — viel mijn oog op de onderbroek die Gaëtan me voor de voeten had gegooid. Uitgekookt nonchalant. In zijn viriele variant op de dans der duizend sluiers. Het was zo'n witte, van geribd katoen. Dat had nog niets van doen met de modieuze herenslip van tegenwoordig. Andere onderbroeken had je toen nog niet. Of het moest gaan om de bejaardenonderbroek. In één stuk, met lange pijpen en een opening ter hoogte van je reet, zodat je je gevoeg kon doen zonder je uit te kleden.

Ik haatte die dwangbuizen, met hun tochtgat tussen je billen. En met het shirt eraan vast. 'Het onderlijfke.' Zo noemt de volksmond dat nog steeds. Terwijl het toch van boven zit, zeg maar.

Ik ben met de volksmond opgegroeid. Ik heb zijn hazenlip, zijn spraakgebreken. 'Hebt ge mijn onderlijfke ergens gezien?' Het was een zin die Gaëtan tot waanzin kon drijven. Of tot lachstuipen, naargelang van zijn stemming. 'Je onderlijf? Het hangt aan je bovenlijf. Ik heb het erbij moeten nemen. Net als iedereen in je omgeving.' Dan was hij meestal kwaad.

'Je onderlijfke? 't Hangt te drogen aan je snuiterke.' Dan dreef hij de spot met me.

Als ik eerlijk mag zijn? Ik verkoos de kwaadheid boven de spot. Zeker bij Gaëtan.

Hijzelf verkoos de spot boven al de rest.

II | 8.

In mijn herinnering had Gaëtan zijn onderbroek precies in een zonnevlek neergelegd. Diffuus mooi licht, gefilterd en gekoesterd door matglas. En toch haarscherp afgesneden op het aftandse linoleum van de vorige eigenaar. Ik zie het motief nog altijd voor me. Rode roosjes, met hier en daar een bloemblad en een doorn, kwijnend op een veld van antraciet. Heerlijk treurige kitsch.

Ze was binnenstebuiten gekeerd. Die onderbroek. Ik kon een opgedroogd pisvlekje zien in het hagelwitte kruis. 'Ze moeten fortuinen gekost hebben,' hoorde ik Gaëtan sputterend zeggen. Onder het overvloedige schuim van mijn shampoo, en met zijn ogen stijf dicht. Hij had het nog altijd over de tegels. Ik was hem wis en waarachtig even vergeten. Dát hij sprak, verbrak nog het meest mijn verlamming.

Als ik voor de kortfilm van mijn leven dan toch recht heb op een goede regisseur? Dan knipt hij na die ene blik van mij op die onderbroek met zijn gele vlekje, en na die ene sputterende repliek van Gaëtan, direct naar de essentie.

Er valt geen water meer uit de grote douchekop, al zit het haar van Gaëtan nog steeds onder de shampoo. Hij houdt zijn ogen nog steeds stijf dicht. Maar dit keer, maak ik mij sterk, toch vooral van genot.

De rechterkant van zijn gezicht is tegen de dolfijnen aan gedrukt. Zeg maar: geplet. Zijn antiek verantwoorde neus staat aandoenlijk scheef. Zijn samengedrukte lippen staan een weinig open gestulpt. Suggestief, dat wel. Ik kan een hagelwitte tand zien, omgeven door wat speeksel, of is het shampoo? En het beweegt een beetje op en neer. Zijn gezicht, dus. Flink tegen die art-nouveau-dolfijnen aan gedrukt. En toch nog op en neer bewegend. Zachtjes maar gedecideerd. Zoals een stug stuk deeg dat moet worden uitgerold.

Dat rollen lijkt Gaëtan niet te deren. Al is het wel degelijk kreunen dat hij doet. En nog niet zo stil. Ik ben blij dat ik nog geen buren heb.

Laat staan mormonen.

Er genot in scheppen je te laten bezigen? Ter bevrediging van een ander? Bijna als een ding? Terwijl jij toch degene bent die de teugels van de liefdesmacht in handen houdt? Onze andere toekomstige buren, de hippies, zouden het ongetwijfeld bestempelen als 'het ontdekken van je vrouwelijke kant'.

Ik weet het zo nog niet. Je laten gebruiken — en je toch de sterkste wanen? Ik heb er altijd de enige verklaring in gezien waarom Gaëtan zich rekende tot arbeidersmassa's.

Terug naar de kortfilm van mijn leven. Want daar verschijnt nu ook mijn kop in beeld. Hij kreunt en hijgt eveneens. En hij beweegt in eenzelfde cadans. Maar hij is nergens tegenaan geplet. Hij knikt juist verbeten op en neer in de leegte. Headbangend zeg maar. Alsof de toekomstige soundtrack gerust mag bestaan uit loeiharde rockmuziek. En nog een lang nummer ook.

Mijn ogen staan wijd open. Ze kijken verbaasd om zich heen, alsof ze niet geloven wat hun bezitter overkomt. De camerastand blijft naar de hedendaagse filmconventie opvallend lang dezelfde. Minstens een minuut of drie.

Ten slotte buig ik me zo ver mogelijk over die bruine rug heen en ik lebber aan het oor van Gaëtan. Ik spuw meteen met een vertrokken gezicht wat shampoo uit. Gaëtan grijnst.

Ik hap direct weer naar zijn oorschelp, shampoo of geen shampoo. Mijn reputatie van beest staat op het spel. Tevergeefs. Het gezicht van Gaëtan heeft zich van de dolfijnen losgemaakt en draait zich, schokkerig, naar mij toe. Geen vanzelfsprekende beweging, bij deze houding en deze bezigheid. Ik hoop maar dat hij geen spier verrekt. Dat zou niet bevorderlijk zijn voor het verloop. We zijn nog geen van beiden klaargekomen. Ik heb geen zin in een medische pitstop. Uitstel wordt afstel. Zo steekt seks ineen. Zelfs de eerste keer.

Zijn mond zoekt blind de mijne, mist hem een paar keer, vanwege ons gebrekkig gecoördineerde bewegen, vindt hem ten slotte toch, en begint gulzig te kussen. Mijn mond kust terug. Ook niet zonder gretigheid. Maar Gaëtan moet natuurlijk het laatste woord hebben. Zo is hij. Dat kan ik nu al voelen. Hij bijt mij in de onderlip. Niet eens zo zachtjes. Ik proef de smaak van bloed.

Van de weeromstuit begin ik nog heftiger te headbangen en te hijgen. Met een snelheid en een verbetenheid dat je denkt: het is toch weer cinema.

Volgende shot. Het gezicht van Gaëtan wordt niet meer tegen die dolfijnen geplet. Het kijkt naar beneden. Naar het roostertje van de afvoer allicht. Het is nu zijn kruin die ertegenaan bonkt. Almaar sneller. Almaar feller. Zijn behaaglijke gekreun wordt er niet minder om. Het is een wonder dat we ooit nog buren hebben gekregen.

Het was geen cinema. Het was een van die shootings waarvoor een crew na afloop — de regisseur heeft eindelijk 'cut!' geroepen — spontaan applaudisseert. Zelfs de schminkster kraait: 'Het is te hopen dat er film in de camera stak. Dit kunnen die jongens geen tweede keer. Zeker niet vandaag.'

Toch deden we het. Diezelfde dag. Een re-shoot, bijna ogenblikkelijk. Opnieuw in mijn douchecel. Opnieuw tegen die dolfijnen aan. *Bis repetita placent*, zeiden de Romeinen al. Vrij vertaald? Al is het worst met boerenkool waar je van houdt, iedereen schept graag een tweede portie op.

Het enige wat je op mijn kortfilm niet zou kunnen zien, is dat ik — met evenveel vuur als waarmee ik stond te stoten — ook de tweede keer stond te hopen: 'Laat hij zijn ogen dichthouden, alsjeblieft. Laat hij niet de eerste dag al van dichtbij, in dit perfecte licht, mijn kokkerd moeten zien.'

En zie. Hij híeld zijn ogen dicht. Twee keer. Ik werd er zelfs wat wantrouwig van.

Had hij het nodig, misschien, om zijn ogen dicht te houden, teneinde te kúnnen komen tijdens het vrijen met mij? Was mijn aanblik, toen al, wat de volksmond noemt 'een remedie tegen de liefde'?

Als ik eerlijk ben: ik zou ook mijn ogen dichthouden als ik zou moeten vrijen met mezelf. Zelfs op die leeftijd. Van een ander is dat, zeker op die leeftijd — en zeker als je smoor bent op hem — minder gemakkelijk te aanvaarden.

Ik vroeg er Gaëtan maar niet naar, na afloop. Hij zag er zo gelukkig uit. En ook ik was in een bui die ik niet graag had laten bederven door de waarheid. Maar toen we op bed lagen uit te puffen, in mekaars armen zeg maar, keek hij me wel degelijk aan. Van dichtbij. Hij drukte zelfs een kus op mijn kokkerd. Een compliment zal dat wel niet geweest zijn. Maar toch ook geen duiveluitdrijving.

In ruil drukte ik een innige kus op zijn kruin. Hij kreunde grijnzend. Dit keer toch echt wel een beetje van de pijn.

Zo kwamen wij, zeg maar, 'tot elkaar'. Gaëtan en ik. En daarom moeten die dolfijnen eindelijk maar eens van die muur af worden gebikt.

Als ik daar tenminste ooit geraak.

II | 9.

Ik heb eindelijk die hele trap beklommen, op het laatst als een bejaarde, voetje voor voetje plaatsnemend op de ene trede voor ik aan de volgende durf te beginnen. Mij met de ene hand naar boven hijsend aan die leuning. En met die steeds zwaarder wegende hamer in mijn andere, naar beneden hangende hand.

Ik strompel de overloop over. Ik steek vol vernielzucht de deur van mijn badkamer open. Ik val nagenoeg voorover naar binnen. Klaar voor de aanval. En daar staat ze. Pontificaal in de weg. Vlak voor mijn drievoudige toekomstige slachtoffer. Tamara.

Ik was haar helemaal vergeten.

Monsterlijk goed uitgeslapen, en al grondig gedoucht, zo te zien en vooral zo te ruiken aan de geur van mijn speciale eiershampoo tegen roos. Zo keert ze zich glimlachend af van de dolfijnen. Die stond ze van dichtbij te bekijken toen ik binnenviel.

Ze draait zich om naar mij — en ze blijft maar draaien, lijkt het wel, ze draait zich om en om, ze draait dat het een aard heeft, het zal wel weer een bijverschijnsel zijn, of uitputting, of een geintje van de afdeling special effects, ze draait alleszins als een derwisj, ik word er zelf draaierig van.

Ten slotte kijkt ze me toch aan, onze huisnegerin, een en al glimlach, in een licht dat er mag zijn op dit uur van de dag, al schijnt de zon niet eens in dit godvergeten seizoen, over deze godverlaten stad en zijn godverwaten primaten.

Wat valt er verdomme te lachen, Tamara?

Ze is gekleed in een te kleine handdoek. Spierwit. Ze houdt goddank de twee bovenste uiteinden vastgeklemd onder haar linkeroksel, haar bovenarm stevig tegen het lichaam aangedrukt, de handdoek verworden tot een rudimentaire jurk. Die reikt tot halverwege haar dijen. Maar haar linkerflank geeft zich bloot. Helemaal. Ik kan de aanzet zien van een borst en een paar ribben, de hoge welving van haar heup, en als ze niet oppast: de schaduw van haar poes.

Wie denkt ze dat ik ben? Een vent? Wat gaat ze nog meer doen? Kwansuis toevallig de controle verliezen over haar linkerbovenarm? Die handdoek naar beneden laten kletsen als een nat valscherm? Zich aan mij vertonen in haar pure wijfdelijkheid?

Dat ze maar oppast. Ik ga gillen. Ik heb een hamer in mijn hand.

Ze doet niets van dat alles. Ze houdt haar bovenarm zelfs angstvallig onder controle. Ze glimlacht alleen maar, wat op zich al een gebeurtenis is — die lippen? Dat wordt echt wel wennen, hoor. En ze spreekt zowaar. '*Qu'ils sont beaux, vos dauphins.*' Voor het geval ik geen Frans versta, wellicht, voegt ze eraan toe: 'Schoon. Heel schoon.' Nauwelijks een accent. En een stem zo rauw als een rasp. 'Heel heel schoon.'

Ik antwoord iets als: 'Dat hebben er nog al gezegd.' Terwijl ik nu zelf sta te draaien als een gieter. Wat moet ik anders doen? Met een hamer in mijn hand, 's morgens in de vroegte? Zij lijkt er niet eens door afgeschrikt. Alsof het de normaalste zaak is van de wereld dat er iemand met vervaarlijk gereedschap opduikt in je badkamer. Kun je nagaan uit welk hellegat ze afkomstig is. Het is nog een klauwhamer, ook. Waarom geen knipmes? En muziek van een Hitchcock op de achtergrond? Of de soundtrack van een burgeroorlog?

Om mij een houding te geven wijs ik met de hamer nonchalant naar het medicijnkastje. Als het een pistool was en ik schoot tien kogels af, ik zou negen keer het kastje missen. '*Mes médicaments,*' zeg ik. 'Ik wilde alleen maar een paar pillen nemen. *Mes excuses.*'

'*Non, non,*' zegt ze, met een glimlach nog steeds tot achter haar oren. '*Fini, içi. A vous, maintenant.* Aan u.' En voor de duidelijkheid, allicht: '*It is all yours.*' En zelfs: '*Merci.*' Meer woorden dan ze ooit al tegen mij heeft gezegd. En meer dan ik er, eerlijk gezegd, ooit verwacht had van haar te zullen horen.

Een echt talenwonder, onze Tamara.

Ze stapt me parmantig voorbij, er zorg voor dragend dat haar rudimentaire kleed niet open flappert en een flits toont van haar naaktheid.

Nog preuts ook.

Duidelijk une évoluée.

Ik neem desondanks haar raad ter harte. De douche doet me deugd. Eerst koud water, dan warm, dan weer koud. Ik fleur op. Zo simpel is dat. Een straal water plus een glimlach in de morgen brengt voor velen al een uurtje zonder zorgen.

Zo ver wil ik het niet drijven. Maar ik kan, staande onder de koude harde stralen, toch volop monkelen om mijn voornemen van daarnet. Mijn pathetische beklimming van een vermolmende wenteltrap, met een hamer in mijn poten. Voor de zoveelste keer op weg om de dolfijnen te vernielen, zonder het te doen. Die dolfijnen, ocharme. Ik kan het zelfs niet weerstaan, ze met het klaarliggende washandje te strelen. Een washandje, warempel. Met de initialen van Gaëtan.

Het lag op de zeep in het zeepbakje. Dat kind moet het hebben aangetroffen in de kast waarin ze ook die handdoek vond. Washandjes.

Een erfenis van hem. Een van de vele.

Een van de draaglijke. Ondanks de initialen.

Shall I compare thee to a summer's day?

Als ik, na lang en duchtig schrobben, naar beste vermogen fris en monter naar beneden kom, slaat de geur van toast en verse koffie me tegemoet. Heel vaag ook: het parfum van een sigaret. Ze moet meteen na het roken zowaar de kamer hebben gelucht. Attentheid. Het begin van alle beschaving.

Op de tafel staat, op een plastic onderlegger van Keith Haring, een bord voor me klaar, compleet met servet en mes en vork. Op het bord een eierdop. Met een ei waarvan het vermoeden gerechtvaardigd lijkt dat het gekookt is.

Uit de keuken klinkt verdacht opgewekte muziek.

Een week later bellen de eerste controleurs aan.

III.

III | 1.

'Waar hebben jullie elkaar ontmoet?' vraagt het mannetje. Het wijfje noteert zijn vraag. Een controleur komt nooit alleen. Ze moeten ook mekaar controleren. Als er één systeem een onwrikbare logica heeft, dan is het wel de bureaucratie.

Er zijn nog meer wetmatigheden. Het wijfje schrijft, het mannetje stelt de vragen. Rolpatroon in dienstverband. Het had minstens andersom moeten gaan om dramaturgisch interessant te zijn. Ook hun koppen deugen niet. Geen van beiden ziet eruit als een geboren controleur. Ze hadden net zo goed tupperware kunnen verkopen, of een geloof.

De sociaal controleurs zitten op een meter van elkaar, elk op een stoel. Tamara en ik zitten naast elkaar, bijna opeen, op mijn geliefde sofa. We zitten zelfs hand in hand. Het is de eerste keer dat we elkaar aanraken. Dat straalt ervan af, durf ik te wedden. En wat onze ongedwongenheid nog minder ten goede komt: ik kan mezelf zien zitten. Tamara dus ook. We worden hand in hand weerspiegeld door het raam dat ze gisteren heeft gelapt, en waarvan ze de luxaflex heeft omhoog gezwengeld tot die aan het oog onttrokken werd door de sierkap van gordijnstof.

Ze heeft alle ramen gelapt en alle luxaflex omhoog gezwengeld. In een of ander hiernamaals stond Gaëtan haar toe te juichen. De Queen of Design heeft een bondgenoot gevonden.

De buitenwacht dient zich sindsdien weer ongefilterd aan. Mijn straat zoals ze is. Een succes zou ik het niet noemen. Dit is een dag met plaatselijke buien, matige opklaringen en een stijve bries. Daarnet vloog er een paraplu voorbij. En de Japanse kerselaar van de overbuurman is verdacht kaal. Misschien is er een atoomoorlog gaande. Of misschien is het gewoon nog steeds geen lente.

Ook dat nog.

'Was het in Centraal Afrika dat jullie elkaar tegen het lijf liepen?' vraagt het mannetje. 'Of bij Racing Beveren — om maar eens een voetbalploeg te noemen waar het ook sterft van de negers voor wie veel te veel geld is neergeteld?'

Het wijfje kucht. 'Het is Sportkring Beveren,' zegt ze. 'Afgekort SK Beveren. Niet Racing Beveren.' Dat doet ze niet slecht. De juiste pauzes. Een afgemeten en toch zachte toon. De terechtwijzing is onmiskenbaar.

'Ach mens, wat maakt het uit,' zegt het mannetje, zijn gezicht zowaar begravend in zijn handen. 'Sportkring Beveren, Racing Dynamo, Rapid Zoetenaaie — dat is het punt toch niet? In het voetbal lopen er ook negers rond bij bosjes. En die worden ook dik betaald. Dát is mijn punt.' Zijn naam is Karel. Dat heeft hij ons meteen bij de begroeting diets gemaakt. Hij draagt een baardje, een geruit pak en een kegel van knoflook. Als je je ogen sluit, zou je denken dat hij veel kans maakt om zelf een mediterrane illegaal te zijn.

Zijn houding jegens de vrouw versterkt die indruk. Dit soort man kijkt op het wijfje neer. Zeker een wijfje in dienstverband. En hier schrijnt nog een ander oud zeer. Je hoeft geen therapeut te zijn om een neurose waar te nemen.

Zijn ze te vaak samen op pad gestuurd? Scoort zij hoger dan hem in rang en wedde? Weigert ze hem te pijpen? Iets irriteert hem mateloos. Ze heet Jenny. Misschien is dat het. Bij de minste kuch of beweging van haar rolt hij met zijn ogen. Of hij kijkt Tamara en mij verbouwereerd aan, met opgetrokken wenkbrauwen en open mond, tegelijk met een zijdelingse ruk van zijn hoofd te kennen gevend dat we zijn collega niet serieus hoeven te nemen. Het gaat dan om de zeldzame keren dat Jenny het woord rechtstreeks tot ons richt.

Ze hebben mekaar nog niet aangekeken sinds hun binnenkomst. Daarvoor allicht ook niet. Misschien zijn ze gewoon getrouwd, en hebben ze zich voor dit werk opgegeven om zich te wreken op andere trouwlustigen. Of om zich te kastijden voor hun eigen jawoord, lang geleden.

Ik hou het erop dat ze hem niet wil pijpen.

'Dus ik mag Racing Beveren schrappen, en vervangen door Sportkring Beveren.' Het is geen vraag. Het is een constatering. En al mist ze geen lettergreep, haar toon is zo bedeesd dat de oppervlakkige toehoorder zou denken dat ze oprecht informeert naar de wenselijkheid van Racing dan wel Sportkring Beveren in het verslag van hun bezoek. Ze is bereid om Karel in alles te volgen, zolang hij haar op dit ene punt maar gelijk geeft.

'Het was maar een voorbeeld, mens,' zegt Karel, luider dan daarnet. 'In de hoop een antwoord te krijgen. De antwoorden, díe moet je opschrijven.'

'Ze geven er zo weinig,' zegt Jenny, niet zonder spijt.

'Ze geven er altijd weinig,' zegt Karel. 'We mogen al blij zijn als een van de twee ons verstaat.'

'Maar als zelfs die ene niet begrijpt dat je Sportkring Beveren bedoelt in plaats van Racing Beveren,' zegt Jenny, 'dan ben je nog altijd even ver van huis.'

Karel zucht. 'De standaardvragen staan op het formulier,' zegt hij. Hij schreeuwt net niet. 'Hoe ik ze precies formuleer — dat is toch niet van belang? Je wilt toch niet iedere pietluttige aanvullende vraag van mij woordelijk noteren?'

'Ik zal Racing Beveren én Sportkring Beveren schrappen,' zegt Jenny, een en al welwillendheid, 'en vervangen door "een voetbalploeg".'

Ik voel dezelfde nieuwsgierigheid die je overvalt wanneer in een restaurant het koppel naast je ruzie begint te maken. Je zit met stijgend amusement te luisteren. Desnoods neem je een tweede dessert om de afloop niet te missen. Ik kan het weten. Ik heb er genoeg zien gluren en luistervinken naast Gaëtan en mij.

Als Gaëtan en ik eens begonnen ruzie te maken in de horeca? Wij waren goed voor een omzetstijging van tien procent. We entertainden met gemak een middelgroot gezinsrestaurant. Het keukenpersoneel kwam mee achter de toog staan genieten.

Meestal werd ons uiteindelijk toch de deur gewezen. Dat was toen de eerste borden eraan moesten geloven. We hoefden niet eens de rekening te betalen, ondanks het kapotte servies. Als we maar beloofden nooit meer terug te keren.

De lijst met etablissementen waar wij op de zwarte lijst stonden groeide met de jaren. Lastig voor mensen zoals wij, die er niet van hielden om elke dag zelf te koken. Ons motto luidde:

het is met gastronomie zoals met prostitutie. Waarom zou je koken voor jezelf, als je iemand anders aan een broodwinning kunt helpen?

Ons culinair altruïsme vond weinig gehoor, gezien ons geruzie. De dag dat Gaëtan een eerste maal werd opgenomen, moesten we al naar Brussel rijden om nog een fatsoenlijke tent te vinden die ons geen reservering weigerde. Al kon dat ook te maken hebben met hoe Gaëtan eruitzag, toen al. Zelfs in Brussel werden we door de maître d'hôtel vriendelijk maar kordaat van de gereserveerde tafel aan de straatkant weggedirigeerd naar een achterafzaaltje.

Daar maakten we alsnog binnen de kortste keren ambras dat het kletterde. Zelden zo veel mensen om ons heen drie keer dessert zien nemen. Gaëtan zelf liet alles onaangeroerd, van amuse bouche bij het aperitief tot versnapering bij de koffie. De borden vlogen uiteindelijk net zo goed door de lucht. Gevolgd door het peper-en-zoutstel, waar nog een fles olijfolie aan vastzat. We werden verzocht de zaak te verlaten en nooit meer weer te keren.

Gaëtan maakte zich meteen klaar om, in zijn beste Frans, ook die maître d'hôtel zijn vet te geven. Maar hij stuikte ineen en begon over te geven. Puur gal en bloed.

De ambulance arriveert in minder dan vier minuten. Het voordeel van dineren in een hoofdstad.

'Schrijf wat je wilt, mens,' zegt Karel tegen Jenny, 'wat kan het mij verrotten?'

Tamara en ik durven nauwelijks te ademen. De stilte stapelt zich in mijn living op als een ontvlambaar gas. Ik ben opeens blij dat ik door mijn raam weer de buitenwereld kan bekijken.

Niet dat er ginds meer gebeurt dan hier. Er vliegt zelfs geen paraplu meer voorbij. Alleen de ontbladerde kerselaar lijkt me moed toe te wuiven. Toch wel mooi, hoor. Zo'n boom, teruggebracht tot zijn essentie. Stam en takken. Een skelet dat me ten dans vraagt. Ik moet me inhouden om niet terug te wuiven.

Ten langen leste kijk ik toch maar weer naar Jenny. Ze draagt een bezorgde rimpel op het voorhoofd. Die zat er al toen ze binnenkwam en hij is nooit weggegaan. Ook niet toen ze driftig begon te schrijven. In steno zo te zien. Waar vind je ze nog? Vrouwen van onder de veertig die de kunst van steno beheersen en die er niet eens mottig uitzien, mochten ze hun haar los dragen, en hun broekrok ruilen voor een broek óf een rok. Haar brilmontuur mag ze houden. Dat siert haar. 'Karel,' zegt ze. Na een eeuwigheid en week als de dood. Ze blijft naar haar knieën kijken. 'Karel?'

Karel antwoordt niet. Zijn gezicht gaat schuil achter zijn handen.

Tamara en ik kijken elkaar aan. Zij haalt haar schouders op. Ik ook. We hebben geen andere keuze dan af te wachten wat de toekomst brengt. Voorlopig is dat stilte. En kijken naar het raam als naar een buitenmaats tv-toestel. Zo te zien is men ook in de werkelijkheid al toe aan herhalingen van herhalingen. Die boom blijft maar naar me wuiven. Eindelijk weer eens sjans. Ik had mijn raam veel eerder moeten laten lappen.

'Karel?'

Karel antwoordt niet.

Bestaat er een Cel Schijnhuwelijken? Ik heb het nooit in mijn leven beseft maar sinds een uur weet ik er alles van. Ons interview begon met een uiteenzetting van Karel. Over het schijnhuwelijk door de eeuwen heen, en het schijnhuwelijk in de huidige strafwet in het bijzonder. Een fraaie manier om aan je dag te beginnen, laat staan aan een verhoor over je ondertrouw. Ik loop het risico op boetes, confiscatie bij ingebrekestelling, gevangenschap, een bezoedeld strafregister, en een slechte naam bij familie en lokale middenstand. Ik begin te begrijpen waarom Vandessel het vuile werk door iemand anders op wil laten knappen.

'Luister,' zucht Karel ten slotte. Hij bevrijdt zijn gezicht uit zijn handen en kijkt naar een punt op het parket vlak voor Jenny's voeten. 'Vergeet Racing Beveren. Oké? Vergeet Sportkring Beveren. Schrap alles. We beginnen van voren af aan.'

'Dat gaat niet, Karel, dat besef je ook wel,' piept Jenny, nauwelijks hoorbaar. Ze richt haar blik op een van onze gekke theepotten op de art-deco-commode die Gaëtan nog heeft gekocht in Luik, in een kringloopwinkel. Geen moeite was hem te veel, als het ging om art deco en theepotten.

Het spreken valt Jenny moeilijk. Ik denk niet dat het komt door de aanblik van onze theepot. 'Als ze een ander antwoord geven, op een en dezelfde vraag, dan kan ik dat niet onvermeld laten. Daar begin ik niet aan, Karel. De richtlijnen zijn er om nageleefd te worden. Elke tegenstrijdigheid kan een teken zijn van bedrog of onwil. Als we dat al niet meer noteren? Wat zitten we hier dan nog te doen?'

Karel blijft het antwoord schuldig. En Jenny is al uitgekeken op onze theepot. Ook zij kijkt nu naar een punt op het parket, vlak voor de voeten van Karel. Hun blikken moeten elkaar kruisen, ergens in het ijle. Het geknetter van een kortsluiting is niet hoorbaar.

Maar de toon van Jenny is het verdriet gepasseerd. Er is iets strijdbaars in geslopen. 'We hebben onze plicht, Karel,' zegt ze, 'hoe onprettig jij het ook vindt om die te vervullen aan mijn zijde. Ik kan daar ook niets aan doen. We staan ervoor, we moeten erdoor. Zo simpel is het. Voor ons allebei.'

'Oké dan!' lacht Karel, met opgestoken handen, alsof hij het slachtoffer is van een hold-up. 'We gaan gewoon door! Geen probleem! Waar waren we gebleven?'

De wijsvinger van Jenny daalt naar het notitieblok op haar knieën. 'Je vroeg hun of ze elkaar in Afrika ontmoet hadden, dan wel in Beveren.'

'Hoe kon ik het vergeten?' lacht Karel. 'Dankjewel, Jenny.' Zijn lach sterft op zijn gezicht. Hij leunt voorover op zijn stoel, plaatst zijn ellebogen op zijn knieën en laat zijn bebaarde kin rusten op zijn beide handen. 'Meneer Seebregs,' zegt hij. Zijn ogen bijten zich vast in mijn blik. De geur van knoflook slaat me als nat wasgoed in het gezicht. 'U hebt Jenny gehoord. Vertelt u het eens. Waar hebt u uw verloofde ontmoet?'

Hij kijkt alleen mij aan. Tamara lijkt niet te bestaan voor hem. Ik heb zelden meer tristesse en desinteresse gezien, in één oogopslag.

Ook Jenny kijkt me naar de ogen. Zij knikt me zelfs bemoedigend toe. Ze straalt een hernieuwde, zij het vermoeide, welwillendheid uit. Ze houdt haar pen alvast in de aanslag.

In mijn hand voel ik die van Tamara bewegen. Nauwelijks merkbaar. Een trilling. De slankheid van haar vingers verbaast me al de hele tijd. Evenals de textuur van haar huid. Minder zacht dan ik had verwacht. Geen eelt, maar toch de huid van een vrouw die meer doet dan alleen maar nagels lakken en een occasioneel raam lappen.

Wat voerde ze uit, in het leven voor onze verloving? Ze wilde het me nog niet vertellen. Ze heeft me nog maar bitter weinig verteld. Niets, om precies te zijn.

'Meneer Seebregs?'

Opnieuw trilt de hand van Tamara. Het kan net zo goed gaan om een teken van zenuwachtigheid als van steun. In het spiegelende venster zie ik dat ook zij mij aankijkt.

We hebben een curieuze week achter de rug, zij en ik.

III | 2.

Het begin van onze dag kent een vast ritueel, dat teruggrijpt op onze eerste ochtend. Ik strompel tegen negen uur slaapdronken de badkamer binnen, in mijn kameelbruine kamerjas, zij het nu zonder hamer. En Tamara staat me al op te wachten, zo lijkt het wel. Gedoucht, opgeblonken en overdadig geparfumeerd met lelietjes-van-dalen.

Niet langer in haar rudimentaire jurk, bestaande uit één handdoek. Ze heeft in een kast de kamerjas ontdekt van Gaëtan.

Het is een indigoblauw zijden onding, bestikt met zilverdraad en gouden lovertjes, en met borduursel in drie kleuren, alle even schreeuwerig. Een miskoop tijdens onze reis naar Indonesië, thuis alsnog gebombardeerd tot een trofee.

Miskopen bestonden niet voor Gaëtan. Schoonheid werd vanzelfsprekend geroemd en gekoesterd. Zeker schoonheid in den vleze. Lelijkheid kon echter nog altijd worden bedekt met de mantel der ironie, en zodoende alsnog worden omarmd. Op voorwaarde dat ze opzichtig genoeg was. 'Lekker lelijk.' Luid, schril, exorbitant. De slechte smaak als eretitel. Hij gebruikte hem, op onze betere momenten, voor mij. 'Jij bent niet knap — jij bent lekker lelijk, jij.'

De eerste ochtend dat Tamara hem droeg, stond ze te gieren als een bakvis op een catwalk. '*Regardez! Dites-moi que c'est pas vrai!*' Ze draaide zich om en om voor mij, op haar grote blote zwarte voeten, met die aandoenlijk lichte voetzolen. Ze merkte in haar luide dartelheid niet op dat ik meer naar haar voetzolen keek dan naar het onding van Gaëtan.

Ik stond, tot mijn verwondering, opeens te raden naar de kleur van haar poes. De binnenkant, bedoel ik. De twaalf paar lippen en lellen en de rest van de santenboetiek. De eikel van de zwarte man is ook zo'n raadsel. De ene keer dieproze, de andere keer diepzwart als te goed ingevet olifantenleer. Percentages over hoevelen tot de eerste dan wel de tweede groep behoren, zijn niet voorhanden. Ik doe nochtans al jaren research op internet. En in menige andere pornoshop.

Toen ik twaalf was, liep er een zwarte over de markt van het stadje waar ik woonde. De eerste zwarte die in den lijve te aanschouwen viel in de bekrompen contreien waaruit een jeugd toentertijd bestond. Het was nu niet bepaald alsof mijn vader mij ook nog elders mee naartoe troonde, behalve één keer per jaar naar de begraafplaats waar de botten van mijn moeder op ons lagen te wachten.

Naar het Oostblok ging mijn vader in zijn eentje, voor de rest bleef hij liever thuis. 'Een boer is overal hetzelfde,' luidde zijn devies. Daar kon ik het mee doen, als ik de mogelijkheid van een uitje durfde te opperen, in navolging van de halve wereldreizen waarover de rijkeluiskinderen van mijn college opschepten. 'Een boer is overal hetzelfde. En een varken ook.'

Zo luidde trouwens het devies van heel mijn geboortestreek. In mijn verbeelding staan de bewoners van mijn jeugd dat allemaal samen te roepen, unisono, op hun Grote Markt: 'Een boer is overal hetzelfde!' Terwijl er juist steeds minder boeren woonden. Wie van oudsher boerde, schoof juist in die jaren zijn ploegschaar en zijn varkens terzijde, en stortte zich op het fabriceren van textiel en plastic schakelaars voor huishoudelijk gebruik. Dat was winstgevend, toen, in Europa.

Het verschijnen van die zwarte, op m'n twaalfde, was dagenlang voer voor verhalen op school en in snoepwinkels. Wie was hij? Wat kwam hij doen? Niemand kon opheldering verschaffen.

Wie hem met eigen ogen had gezien, steeg een week lang in de achting. Wie hem niet had gezien, begon na die week het bestaan van de zwarte verongelijkt in twijfel te trekken. Omdat de zwarte zich niet opnieuw liet waarnemen, groeide de overtuiging dat het inderdaad maar om een verzinsel ging. Wie nog steeds beweerde hem gezien te hebben, werd ineens bespot. Kort daarop sprak niemand nog over hem. Het proces van socialisering in een notendop. Samenleven is voor gewillige slaven.

Gek genoeg kende iedereen, zeker op school, van ziens maar al te goed een andere zwarte. Maar die was dan weer zo vertrouwd dat ook hij niet helemaal echt leek. Hij dook alleen maar op als een soort carnavalsfiguur. In de rand van optochten, tussen de praalwagens van het bloemencorso, of tussen de voertuigen van de reclamestoet die voorafging aan wielerkoersen, op zon- en feestdagen.

Nu ik eraan denk, zijn kledij leek op die van Tamara, toen die hier aanbelandde de eerste dag. Die regenjas. Plus dat zwarte vilten hoedje. Die droeg hij ook, onze carnavalsneger. Alleen was bij hem de regenjas grijs.

Ook hij zeulde een versleten leren koffer met zich mee. Een grotere dan dat geval van Tamara. Zij is hier al een week, en ik weet nog altijd niet wat haar koffer bevat. Ze staat me niet toe dat ik zonder haar mijn slaapkamer betreed. Anders had ik er allang eens in gerommeld, in dat koffertje van haar. Het is per slot van rekening mijn huis, mijn kamer. Al zeven nachten heb ik er niet meer geslapen.

Amper zeven nachten, en de eerste controleurs zitten al in mijn living vragen te stellen. Zeg nu nog eens dat de staat zijn werk niet aankan.

De carnavalsneger liep half dansend langs de dranghekken waarachter de bewoners van de contreien van mijn jeugd zich stonden te vergapen aan de praalwagens van het jaarlijkse bloemencorso. Dat waren veelal oude jeeps — eentje zelfs nog achtergelaten door Canadese bevrijders, omdat de motor het had laten afweten, pal in het midden van de Grote Markt. Op zulke stokoude voertuigen steunde een gigantisch raamwerk met de ruwe vorm van een kasteeltje, of een prieeltje, of een natuurtafereeltje. Nooit een bordeeltje, want de kinderen keken mee.

Ieder dorp zijn bloemencorso! Pret voor het hele gezin! Lang voor de introductie van het themapark en Disneyland Europa.

Op de afgewerkte praalwagens, niet zelden vastgegespt, stond een lokale schoonheid de middeleeuwse jonkvrouw uit te hangen, soms in het topje van een wankele kasteeltoren. Was het geen jonkvrouw die haar leven riskeerde, dan stond het puikje van de keurturners, verkleed en wel, gestalte te geven aan Reinaert De Vos en zijn nest. Of aan de Vier Heemskinderen, of Napoleon te Waterloo. Als het maar bij wijze van tableau vivant kon afgebeeld worden op een praalwagen, begonia's troef, in alle kleuren van de regenboog.

De jeeps reden niet echt. Ze werden, onder het raamwerk en de daarop vastgemaakte kunststof en bloemenpracht, voortgeduwd door een groepje vrijwilligers, die onder het mondeling commando stonden van wie aan het stuur zat. Hij was de enige die het traject in de gaten kon houden, door een onooglijk luikje in het bloemendek. Geurige tanks in vredestijd. Vooral stoppen en draaien waren, gezien de afmetingen en de draaicirkel van de gevaartes, manoeuvres die een perfecte coördinatie vereisten van de duwers, die hun felle zweten compenseerden met bier en jenever. De coördinatie leed eronder. Elk jaar ging er wel een bloemenwagen bij een bocht rechtdoor. Eentje volgde ooit een totaal verkeerd parcours, omdat ook de chauffeur te veel gedronken had en zijn weg niet terugvond. Ook al stond het hele publiek te roepen van 'Naar links! Naar rechts! Nee, daar!'

Het mocht de pret niet drukken. Aan één stoet gingen maanden van voorbereiding vooraf. Het verenigingsleven bloeide even fel als de begonia.

Naarmate een praalwagen vorderde in een straat steeg achter de nadarhekken applaus en gejoel op. De jonkvrouw en Reinaert De Vos gingen er nog ernstiger van kijken, zich steeds meer bewust van hun historische rol. Na hun plechtstatige doortocht steeg, in plaats van applaus, her en der druppelend gelach op. Dat waren de plekken waar de carnavalsneger, met op zijn gezicht de breedst mogelijke glimlach, voorbij huppelde om zijn waren aan te bieden.

Bij de reclamestoet ging hem niet eens applaus vooraf — of het moest zijn voor een wielervedette, die een verkenningsrondje uitvoerde. De voertuigen van een reclamestoet bestonden grotendeels uit extra opgepoetste testmodellen van concurrerende garages. Niet zelden cabriolets, of oldtimers met een open dak, waaruit het kroost van de garagehouder oprees om vierkleurenfolders uit te delen, terwijl papa apetrots aan het stuur zat. In tegenstelling tot de bloemengevaartes reden deze wagens wel zelf, maar niet sneller. Ze moesten evenzeer bewonderd kunnen worden. Geen toonbeelden van historische folklore, maar van een snoeverig heden. De meeste modellen hadden opstaande vleugels naast de kofferbak, en banden in zwart en wit rubber. Het koetswerk was bij voorkeur roze of lichtblauw en leek voor de helft te bestaan uit chroom. Je had geen spiegel nodig om je vetkuif te checken, of de kuiten van je vriendin. Die droeg een nauw aansluitende rok en panty's met een naad op de achterkant van elk been.

Uit de achterdeur van bestelwagentjes, of vanaf de laadbak van lichte vrachtwagens, waarop soms ook een orkestje had plaatsgenomen, werd gratis kauwgom rondgestrooid. Glanzend witte Chicklets, elk in een minuscule kartonnen verpakking, zoals een losgekomen porseleinen tand in een te klein lucifersdoosje, in schreeuwerig geel, met rode letters. Of er vlogen balpennen door de lucht, zelfs pakjes sigaretten, of toch minstens sigarettenblaadjes. Of staaltjes van een nieuw wasproduct. De sigarettenblaadjes uit de blauwe verpakking waren zo dun dat ze, als je ze op hun geplooide kant rechtop zette en in brand stak, meer dan een meter opstegen. Een vurige tong veranderend in witte, vlokkige as.

Dit was nauwelijks een stoet. Meer een materiële manifestatie van de triomf des Westens, zoals die zich deed gevoelen tot in de kleinste uithoeken. Echte lofzangen op dat bestel bleven uit. Er weerklonk veeleer geroep, om de aandacht te trekken van wie de gratis hoornen des overvloeds beheerde op de laadbakken van de vrachtwagens en achter in de camionetten.

Alleen de carnavalsneger wist de nijdige concentratie van het publiek, tot en met het getrek en het geruzie om één reclameballon, om te buigen tot hilariteit. Hij bood zijn knullige snoepgoed aan, en af en toe zelfs een beeldje, glanzend wit, een olifant voorstellende of een giraf, of – merkwaardig genoeg – Visjnoe. Hij beweerde dat ze uit ivoorpoeder waren geperst, poudre d'ivoire, en daarom zoveel dienden te kosten. Wie afdong tot een tiende van de vraagprijs, kreeg het beeldje nog altijd in de handen geduwd, met een gutturale schaterlach van hem erbovenop, waarbij hij zijn hoofd in de nek legde en tegelijk begon te schuddebollen, met dichtgeknepen ogen, tot vermaak van alle omstanders. Niet zelden riep hij, ook nog eens stampvoetend, iets in de trant van 'Boela, boela!' Waarvan ik nu denk dat het niets betekende, behalve dat het hem nog meer interesse van de kijkers opleverde. Een mens moet de weinige troeven uitspelen die hij bezit.

Ik stond naast een kind dat van zijn moeder snoepgoed cadeau kreeg uit de koffer van de carnavalsneger. Hoe oud zou ik geweest zijn? Zes? Acht? Even oud als het eer geïntimideerde dan verwachtingsvolle kind. Zijn angstlip amuseerde zijn moeder nog meer dan het krakende 'boela, boela' van de carnavalsneger, die al achter het deksel van zijn geopende oude koffer wegdook. Achter hem en de openstaande koffer wiebelde een praalwagen voorbij, onder waarderend applaus.

Mij kon hij gestolen worden. Ik keek naar de zwarte hand die opeens over de nadar heen daalde en die zich opende vlak voor de beteuterde snuit van mijn leeftijdgenoot, een tiental snoepjes aanbiedend in een zakje van cellofaan. Tien doorzichtige beertjes, in diverse kleuren.

Het kind naast mij graaide het zakje weg van de handpalm. Die bleef leeg en merkwaardig bleek achter. Vol donkere lijnen, zoals de nerven in een herfstblad, met de levenslijn als hoofdnerf. Ik kon die bleekheid niet verkroppen. Ze boezemde mij een angst in die ik met niets in verband kon brengen. Het applaus om mij heen duurde voort. Mijn keel snoerde zich dicht.

De carnavalsneger merkte op dat ik naar zijn lege hand staarde. Hij knipte eerst met zijn vingers voor mijn neus — het klakte als een zweep — en vervolgens streelde hij mijn van angst verstijfde gezicht. Hij hield zijn ogen wijd open. Zijn getuite mond stiet een kreet uit in een taal, niet te noemen. Ik durfde niet te verroeren. Zijn ruwe palm streek over mijn wang, langzaam maar stevig, alsof er met één haal een of andere zalf in mijn gezicht moest worden gemasseerd.

Toen knipte hij me opnieuw voor de neus, draaide zich om en waggelde weg. Diep lachend, hoofd in de nek, schuddebollend en 'Boela, boela!' roepend. Circusdieren kennen maar één truc. Ik keek hem versteend na.

'Pas maar op,' zei de moeder van mijn leeftijdgenoot. Haar blik beviel me niet. 'Dat zwart geeft af. En hij heeft er al veel over hun kaak gestreeld, aan zijn handen te zien.' Tot hilariteit van de omstanders wreef ik meteen met een hand over mijn wang en keek naar mijn palm.

Ik had verwacht een donker gif te zien, of bloed, of beide. Ik zag niets behalve mijn eigen smalle, lijkbleke hand. Zonder nerven.

Het applaus was verdwenen.

Op een goeie dag was hij ook verdwenen, onze carnavalsneger. Zoals ook het bloemencorso en, later, het lokale wielercriterium zouden verdwijnen.

Niemand wist waarheen. Geruchten wilden dat hij was opgepakt. Iets met illegale handel, of met een vrouw, zelfs met minderjarigen. Een tijdje circuleerde het verhaal dat er, tijdens een of andere echte carnavalsstoet, van begin tot eind een grapjas achter hem aan had gelopen, verkleed als gorilla. De man droeg een lichaamsomvattend, langharig pak in latex of nylon, compleet met apenhanden en apenpoten. Waggelend, 'boela, boela' roepend en zeulend met een koffer vol bananen liep hij achter de carnavalsneger aan. Er zouden nog foto's van hen getweeën in de krant hebben gestaan.

Hoewel hij en de gorilla niet waren ingeschreven, wonnen ze als duo de eerste prijs, overhandigd door prins Carnaval zelf. Hij weigerde op het podium te komen. Onze carnavalsneger, bedoel ik. Hij had nauwelijks iets verkocht, die dag. Men zei dat hij er zijn lach bij had ingeschoten.

Diezelfde avond raakt de nog altijd als gorilla verklede grapjas, brooddronken door zijn dagjesfaam, in een danszaal verzeild in een woordenwisseling. In verband met een vrouw, of een tweedehands wagen — wie zal het zeggen? De gorilla weet alleszins van geen ophouden. Hij is de ster. Te midden van dat feestgedruis wil een andere grapjas, of een rivaal, hem een lesje leren. Hij steekt met een aansteker het gorillapak in brand.

Het volgende moment loopt er een toorts over de dansvloer, in de richting van de uitgang, rukkend aan zijn hoofd. Gillende carnavalsvierders deinzen achteruit, lopen weg van de toorts, raken vertrapt, het deurgat barricaderend met het kluwen van hun lichamen. De toorts, klaaglijk brullend, gooit zich dan maar neer op de dansvloer, waar hij in de uiteenwijkende massa al rollend zijn vlammen probeert te doven.

Na een tijdje stopt hij met rollen, en springen de eerste dapperen toe met jassen en met kleden die ze van de feesttafels hebben getrokken, in een kletterend kabaal van glazen en asbakken. Het balorkest valt stil — aarzelend, nog onzeker over de toedracht van de heisa. Jammeren doet de verkoolde gorilla nog wel, zij het steeds minder luid. Tot ook dat ophoudt.

Na dat voorval werd de carnavalsneger nergens meer gesignaleerd. Zegt men. Wie kon het ook schelen? Het waren de jaren zestig.

Eén schouder hoog, haar hoofd zo ver mogelijk naar achteren gedraaid, en nog altijd giechelend om haar nieuwe kamerjas — zo probeerde Tamara zichzelf op de rug te kijken in de manshoge spiegel, naast de douchecel met mijn dolfijnen. Die hingen mee te kijken, leek het wel, naar de gulden lovertjes en het bonte stiksel.

Ze heeft me niet gevraagd of ze de kamerjas krijgt. Ze gaat ervan uit dat ze hem mag inpalmen. Aan wie denkt ze dat hij heeft toebehoord? Niet aan mij, zegt haar lichaamstaal. Ik weet niet of ik dat een compliment moet vinden, of juist niet.

Ze staat er niet onknap mee. Gaëtan zou de eerste zijn om het toe te geven. Om vervolgens op hoge poten zijn pronkstuk terug te eisen. Al dan niet gespeeld. Al dan niet met toneelmatig duwen en trekken. En met nog meer gegiechel erbovenop. Dit keer van hem. Ik haatte het als hij de relnicht uithing. Hij was dat van zichzelf al meer dan genoeg.

Zij zou zijn gepruttel niet erg hebben gevonden. Drukte en lawaai zijn aan haar besteed. Ik maak me sterk dat ze zich nog tempert, tegenover mij. Dat had ze bij Gaëtan nooit hoeven doen.

Er is nog meer wat hem tot een betere schijnverloofde had gemaakt dan mij. Ze hadden samen kunnen kokkerellen. Koken is mijn ding niet, tenzij het gaat om het opendraaien van een blik goulash. Gaëtan brieste als hij dat zag. Hij voerde strijd tegen conserven zoals anderen tegen ganzenlever, of inspuitingen tegen polio. Hij noemde zich een ‘ridder van de productenkeuken’, waarmee hij bedoelde dat je beter verse spinazie kunt eten dan spinazie uit de diepvries. Mij kon dat niet schelen. Spinazie is spinazie. En ik haat spinazie.

Volgens mij hield Gaëtan vooral van het theater van schort en keukengerei, meer dan van het voedsel zelf. Hij kon, het ene moment, passioneel staan hakken en stoven in de keuken, vijf gerechten tegelijk bereidend bij wijze van lichte lunch, drie soorten spinaziebereidingen — met knoflook, met spekjes, met mascarpone — in porties groot genoeg voor een voetbalploeg, terwijl er amper vier gasten waren. Maar het volgende moment, dat met gemak kon uitdijen tot een volledige week, raakte hij geen houten lepel meer aan, en zaten we avond aan avond in een restaurant ofwel tongen te draaien ofwel ruzie te maken. Met eten toe, dat wel. De duurste gerechten eerst. Of we ons dat nu konden permitteren of niet. 'We gaan niet op restaurant voor een omelet met spek, Maarten.' Of: 'Wil je eieren? Neem kaviaar. Of die kelner daar.'

Tamara's kookdrift lijkt me evenmin gespeend van het nodige theater. Als ik 's ochtends zuchtend en kreunend plaatsneem onder onze douche, snelt zij met veel kabaal en enthousiasme naar beneden om ons ontbijt klaar te maken. Ik kan de radio en het kletteren van serviesgoed horen tot in de badkamer — waar ik inmiddels als eerbetuiging de dolfijnen weer even streel, om vervolgens onder hun waakzame oog weer wat leven in mijn leden te proberen te wrijven. Warm water, koud water, weer warm.

Tegen die tijd bereiken mij al de eerste koffiegeuren en hoor ik de voordeur dichtslaan. Tamara is boodschappen doen, bij de bakker en de kruidenier om de hoek. Ze zweert bij versheid, zelfs als het op melk aankomt — terwijl je die toch net zo goed in blik kunt kopen, gecondenseerd en al gezoet.

Ik vraag me af wat de bakker en de kruidenier van haar denken, en hoe ze zich bij hen verstaanbaar maakt, en wie ze zegt dat ze is. Ze hebben haar zeker mijn huis al uit zien komen, een paar ochtenden achtereen. Het vriendje van de kruidenier wierp me alvast een misprijzende blik toe, gisteren. Ik had achter het pasgelapte raam postgevat en knikte hem vriendelijk toe. Vroeger had-ie poesvriendelijk teruggeknikt, zelfs geflatteerd, om niet te zeggen veil. Ons kent ons, hippe nichten ondereen, de grootste familie zonder bloedband. Leeftijdsverschillen? Die gelden niet tussen de volgelingen van het slappe handje. Zolang het tenminste gaat om een hoofdknik, en er tussen beide partijen een raam met dubbel glas zit.

Nu keek hij terug met een blik van 'Wat wil je van me, teef?' Beledigd, op de een of andere manier. Ik vraag me af of hij Gaëtan nog zelf heeft gekend. Ik denk het niet. De kruidenier haalt regelmatig de nieuwste oogst in huis, en deze is wel heel jong. Hoe flikt-ie het toch? Het zijn geen kruideniers meer zoals vroeger. Ik heb mijn beroep gemist. Ik had me op de asperges en de courgettes moeten smijten.

Wanneer ik eindelijk naar beneden struin — nog altijd in mijn kamerjas, maar wel geschoren; voor het eerst sinds lang doe ik dat weer elke dag — heeft Tamara me een rijkelijk ontbijt voorgezet. Kraakverse croissant, gekookt eitje. Elke dag een ander soort sapje. Alles erop en eraan. Waar heeft ze het geleerd, vraag je je af. Mij hoor je niet klagen.

Haar wel. Zij het voorzichtig. Eerst was het alleen wat pruilen. De derde dag kreeg ik het uit haar losgepeuterd. Het is die kamerjas. Die van mij. '*Faut quand même s'habiller, le matin.*' En zelfs, met nauwelijks een accent: 'Meneer heeft mooie kleren. Veel!' Ze heeft klaarblijkelijk alle kasten geïnspecteerd.

Ik moet toegeven dat die gedachte me zowel irriteert als charmeert. Benieuwd of ze heeft durven rommelen in onze laden met porno. Ze heeft er alleszins niets van gezegd.

Ook niet van de laden met de honderden foto's waarop mijn vorige leven in beeld wordt gebracht. Ik heb er zelf al lang niet meer in gerommeld. Het stilstaande beeld was het domein van Gaëtan. Misschien moet ik Tamara later, als het ijs helemaal gebroken is, vragen om de foto's in de tuin op een hoop te gooien en in brand te steken. Zelf zie ik het mij niet doen. Er is nog zoveel anders wat ik moet verbranden. Ik heb nog niets verbrand sinds de crematie van Gaëtan.

De dag na haar pruilende klacht verschijn ik aan de ontbijttafel in, zeg maar, stadskledij. In vier jaar niet gedragen. Ik ruik naar mottenballen en werkloosheid. Een oetlul die daarop let, als hij een gezicht kan zien openbloeien als dat van Tamara, die komt aangelopen met haar gekookte eitje in een keukenwant. Ze neuriet mee met de muziek op de radio. De domste, commercieelste deuntjes eerst. Zie je wel dat ze beter bij Gaëtan had gepast dan bij mij? Ze draagt nu ook zijn keukenschort. Wat is het volgende? Zijn boxershorts? Zijn smoking? Ze zou er niet eens slecht uitzien in smoking. Misschien zelfs in die boxershorts.

Ze zouden de hele tijd mekaars kleren hebben kunnen dragen. Zij als mannetje, hij als wijfje. Een populair wisselnummer, in bepaalde kringen van het uitgaansleven. In andere kringen ook. Ze hadden als paar een grote toekomst voor zich gehad.

En Gaëtan had ook de controleurs beter aangepakt. Hij was de geboren leugenaar. Of heb ik dat al gezegd? De lafhartigste verzinsels voor waar verkondigen? Met een uitgestreken gezicht? Hij kon dat als de beste. Ik niet. Ik kan klagen als de beste. En overdrijven alsof het gedrukt staat. De hyperbool is mijn lang leven. En ik wrijf al eens een ongezouten waarheid in een open wond. Of ik loop juist zwijgend weg. In het midden van de nacht. Ik laat al eens iemand stikken, zonder meer.

Maar liegen?

Nooit.

'Mogen we even de kamer zien waar jullie samen slapen?' vraagt controleur Jenny, zacht als de vriesdood. 'En als we dan toch bezig zijn,' voegt ze er bedeesd glimlachend aan toe, 'meteen ook maar jullie badkamer. Een badkamer spreekt boekdelen.'

Karel geeft ons dit keer niet met een zijdelingse ruk van zijn hoofd te kennen dat we zijn collega niet serieus hoeven te nemen. Au contraire. Hij staat als eerste op.

'Onze slaapkamer is boven,' zeg ik.

Voor ik er iets aan toe kan voegen, snelt Karel al de kamer uit.

In zijn eentje de notenhouten molmtrap op.

III | 3.

Het verhoor was precies verlopen zoals Vandessel had voorspeld. Hij kende de meeste vragen inmiddels wel, had hij gezegd. Hij had de procedure immers al twee keer doorlopen. Met succes.

Als je het weglopen van zijn beide bruiden niet meerekende. Zolang Tamara en ik ons hielden aan wat hij had voorbereid, zou ons niets kunnen gebeuren. Dixit Vandessel.

Hij had me een eenvoudig verhaaltje doen instuderen. Tamara was de dochter van een kennis van een kennis, overgehouden aan een van mijn wereldreizen van weleer. Hij had me hun namen en contactgegevens bezorgd. Indien de bureaucratie het zover dreef de heren op te bellen, zouden ze mijn verhaal met verve bevestigen. Met hartelijke groeten en gelukwensen aan mij erbovenop.

Ik had, zo luidde het tweede luikje van onze liefdesroman, Tamara eerst alleen maar zullen opvangen en naar werk helpen zoeken. In een hamburgerrestaurant in de binnenstad hadden zij en ik voor het eerst afgesproken. Vlak bij het Centraal Station. Niet echt een amour fou met voorbedachten rade, dus. Dan had ik wel iets chiquers uitgekozen.

Getuigen daarvan kon ik niet meer opduikelen, nee. Daar liepen ook zo veel mensen in en uit? Zowel in het station als in dat hamburgerrestaurant. Sorry. Ik had het arme kind geholpen bij het bestellen van een Cheese Royale met frietjes en was gecharmeerd geraakt — toen al, ja — van haar montere hulpeloosheid. Temeer toen bleek dat ze nog geen slaapplaats had en dat een deel van haar geld was gestolen. Pech vertedert.

Jazeker, ik vermoedde ook eerst zelf enige opzet. Ze was uit op goedkoop logies, had ik gedacht. Wat dan nog? Ik kon gezelschap gebruiken, de vriend van haar vader had me destijds ook aan logies geholpen, ik draag alle globetrotters een warm hart toe, en mijn huis stond toch voor het grootste deel leeg. Tamara was een paar keer komen logeren en — derde luikje — van het ene was het andere gekomen. Samenwoonst werd samenzang. Tot mijn eigen verbazing, absoluut. Maar zo is het leven. Ik heb altijd al een zwak gehad voor alles wat uitheems was. Voilà.

Verder niet te veel uitleg. Hoe minder ze weten, des te minder slakken er zijn waarop ze zout kunnen leggen. En vooral niet kwaad worden. Kwaadheid wekt het vermoeden van onzekerheid en leugen. Kwaadheid stoot af, kwaadheid is voor losers. De wetten van de talkshow zijn niet anders dan de wetten van de bureaucratische controle.

Tamara, zo had Vandessel me bezworen, zou hetzelfde verhaaltje instuderen, maar dan bekeken van haar kant. Hij zou haar zelfs het hamburgerrestaurant bij het station doen bezoeken, zodat ze de locatie zou kunnen beschrijven, of zou kunnen herkennen op foto's. Hij zou haar niet aan zijn arm daarheen brengen, wees gerust. Je weet maar nooit of een van de personeelsleden — ondanks frituurdampen, hongerloon en geestdodend interieur — een scherp geheugen had. Tamara's gezicht? Dat mocht-ie zich nog wel herinneren. Maar niet het gezicht van een blanke man naast haar.

Waterdicht.

Dixit Vandessel.

'Aan welke kant van het bed slaapt u?' vraagt Karel, met zijn blik het bed inspecterend waarin Gaëtan meer dan eens heeft liggen braken tot-ie jankte om een spuit, een mes, een pistool. Hij vervloekte me, Gaëtan, omdat ik niets in huis had gehaald behalve de voorgeschreven medicijnen. Hij noemde dat lafheid. 'Typisch iets voor jou.' 'Verraad.'

Karel wacht mijn antwoord niet af. Hij neemt tussen duim en wijsvinger een punt van het dekbed beet en tilt het op, terloops bijna, als om te checken of er geen vergeten warmwaterkruik onder ligt, of een gebruikt condoom, of nog een verloofde. Met zijn vrije hand keert hij beide hoofdkussens om, achteloos, alsof hij niet eens van plan is conclusies te trekken, mocht hij toch iets bezwarends aantreffen.

Tamara staat ongelovig, met haar armen gekruist en met één wiebelende knie, naar hem te staren. Exact zo keek ze naar mij, in deze zelfde kamer, op de dag dat ze hier introk. Met die vooruitstekende, arrogante toet van haar. Vechtend om rechtmatig territorium. Van alle beklemmingen is déjà vu de wreedste. In het holst van de laatste nacht die Gaëtan doorbracht in deze kamer, eiste hij dat ik naar de apotheker reed om iets te kopen wat hem een overdosis kon opleveren. En wat zo mogelijk ook zijn pijn kon verzachten, echt verzachten, álle pijn, dat zou mooi meegenomen zijn, niets werkte nog zei hij, niets.

Ik beloofde dat ik naar een apotheker zou rijden, maar eenmaal beneden belde ik een ambulance. Nog geen kwartier later reed ik al met hem mee naar een hospitaal. Zonder zwaailicht en sirene, goddank. Hij lag vastgebonden op een brancard om zichzelf niet te verwonden. Hij schold me de huid vol. De twee begeleiders zaten vooraan, ik was met hem alleen in, zeg maar, de laadruimte van de ambulance. Omdat ik hem niet durfde aan te kijken, keek ik maar door het achterraampje, naar de voorbijglijdende pracht van onze art-nouveau-boulevard bij nacht. En naar ons in de verte verdwijnend huis, waar hij nooit meer een voet zou binnenzetten. Dat besef vulde de ruimte en reed met ons mee. Een container onbestemdheid op wielen. De soundtrack was gescheld.

'Ligt ze links van u,' vraagt Karel, de tip van het dekbed weer loslatend, 'of rechts van u?' Hij wijst met zijn kin naar Tamara zonder haar aan te kijken. De geur van knoflook heeft hem niet verlaten. De oogopslag vol tristesse en desinteresse ook niet. Ik weet het opeens. Hij en Jenny hebben een doodgeboren kind. Een mismaakte drieling. Aaneengegroeid. Een rattenkoning in een wieg. Ik mag hoe dan ook niet kwaad worden op hen. Karel en Jenny doen gewoon hun werk. Iedereen doet gewoon zijn werk. De wereld hangt aaneen van de mensen die gewoon hun werk doen.

In de ambulance, terwijl ik zijn hand vasthield en door het raampje de rest van de binnenstad voorbij zag flitsen, hoorde ik Gaëtan eisen dat ik hem zou verstikken. Zijn stem nam met de minuut af in kracht. Zijn woorden niet. Hij wilde dat ik hem wurgde. Ik bleef naar buiten kijken en negeerde zijn hand, die de mijne wilde vermorzelen maar de kracht miste om me zelfs maar pijn te doen. Vijf minuten later betichtte hij me ervan dat ik juist zinnens was om hem te wurgen. Om van hem af te zijn. Dat was ik al veel langer van plan, niet? 'Doe het dan. Doe het dan!' Hij verweet me opnieuw mijn lafheid.

Sommige dingen veranderen nooit.

'Ligt ze links van u of rechts van u?' wil nu ook Jenny weten. Ik kijk naar het nachttafeltje aan de linkerkant van het bed. Daar liggen ze. Op een wit zakdoekje. De twee pulpgouden oorringen van Tamara, groot genoeg om door de neuzen van een tweelingstier te haken. Op het nachttafeltje rechts staat dan weer haar flesje nagellak de aandacht te trekken. Pontificaal turkoois. Ik merk dat ik, werktuiglijk, mijn armen kruis voor de borst, zodat mijn handen zich kunnen verbergen in mijn oksels.

'Het hangt ervan af,' zeg ik. 'Nu eens links, dan weer rechts. Haar grootste charme is haar onvoorspelbaarheid.'

'Waar hangt het van af?' vraagt Karel. 'Dat je het licht hebt laten branden bij het vrijen? Dat jij als laatste het bed in stapt? Of juist als eerste?'

'Dat soort dingen,' zeg ik. 'Het is allemaal nog zo nieuw. Tamara en ik houden nog van experimenteren.' Uit een ooghoek zie ik Jenny schrijven. Hoe zou 'experimenteren' eruitzien in steno? En wat stelt Jenny zich voor bij experimenteren?

'Stappen jullie ooit weleens samen in bed?' vraagt Karel.

'De hele tijd,' zeg ik. 'We zijn er nog niet uit gestapt, of we stappen er alweer in. Zo gaat dat als de passie pril is.' Ik zie dat Jenny, terwijl ze mijn antwoord noteert, medelevend knikt. 'Ja zo gaat dat, als de passie pril is.' Ze lijkt het binnensmonds mee te prevelen.

'Volgens sommige van uw buren,' zegt Karel, 'blijft het licht in uw living zeer laat branden. Dat was vroeger ook al zo, en met het intrekken van uw verloofde is dat niet veranderd. U staat nog altijd aan het raam naar buiten te kijken. Tot 's morgens vroeg.'

'Welke buur zegt dat?' vraag ik.

'De kruidenier,' zegt Karel.

Ik geef geen krimp maar ik sta te koken. Niet te geloven. Ze zijn mijn kruidenier gaan uitmelken voor ze mij op de rooster zijn komen leggen. 'Mijn kruidenier is een viswijf,' zeg ik.

'Pardon?' vraagt Jenny. Ze is opgehouden met schrijven.

'Mijn kruidenier is een roddeltante,' zeg ik. 'Een mythomaan.' Ik moet ervoor zorgen dat ik niet te luid ga praten.

'Zijn partner bevestigt het verhaal,' zegt Karel.

'Ja,' zegt Jenny, 'en de bakker ook.'

'En de overbuurman?' probeer ik.

'Die gaf ons nog de meeste details,' zegt Jenny.

'Hij beweert dat u de laatste jaren in de living leeft,' zegt Karel.

'Waarom denk je dat het een living heet?' vraag ik. Mijn god! Met buren als deze — wie heeft er mormonen nodig?

'Uw overbuur maakt zich zorgen om u,' zegt Karel. 'Maar hij is het ook beu dat u bij hem naar binnen gluurt. Hij wil er geen zaak van maken. Hij beseft wat u hebt meegemaakt. Maar hij heeft me verzocht u te vragen ermee op te houden.'

'Waarom belt hij niet aan om het mij zelf te vragen?' Ik krijg het kalm uit mijn bek. Maar glimlach ik wel breed genoeg? De glimlach is het harnas van dit tijdsgewricht. Dat komt ervan als je overal camera's hangt.

'Uw overbuurman wil u niet storen,' legt Karel uit. 'Hij weet hoezeer u op uw privacy bent gesteld. Hij herinnert zich uw problemen met andere buren. Om welke problemen ging dat eigenlijk, als ik vragen mag? En met wie?'

'Is dat waar het hier om gaat?' vraag ik. Ik probeer opgewekte verontwaardiging de boventoon te laten voeren. 'Een uit de hand gelopen wissewasje tussen buren? Moeten jullie me daarvoor komen ondervragen?' Jenny noteert driftig.

'Waar het om gaat,' zegt Karel, met een oogopslag die zo mogelijk nog ongeïnteresseerder wordt, 'is dat u verkiest om in het midden van de nacht urenlang voor het raam te gaan staan in plaats van in uw bed te gaan liggen aan de zijde van uw aantrekkelijke, jonge verloofde.'

'Bestaat daar een wet tegen?' glimlach ik. Niet zonder hartzeer. Het gaat hier dus echt wel om het grootste cliché uit de geschiedenis van de derderangs politieserie. De held van het seizoen duwt zijn dienstwapen onder de neus van een straatboefje, hij confronteert het kutjoch met diens hanggedrag, en wat antwoordt het crapuultje? *Bestaat daar een wet tegen?* Beseffen deze twee ambtenaren tot welke diepten ze me doen afdalen? En die teef staat het nog te noteren ook.

'Het hangt ervan af,' zegt Karel. 'Als uw verloofde niet echt uw verloofde is, dan is daar wel degelijk een wet tegen, zodra jullie overgaan tot trouwen.'

'Dus als ik na het trouwen 's nachts nog voor mijn raam ga staan,' glimlach ik, 'is dat opeens een strafbaar feit?'

'Waarom wilt u dat weten?' vraagt Karel.

'Om te berekenen hoeveel echtelieden u per nacht op zou moeten pakken,' zeg ik.

'Zullen we naar de badkamer gaan?' vraagt Jenny, als om te verhinderen dat de gemoederen verhit raken. 'Een badkamer spreekt boekdelen.'

Dat laatste zegt ze alleen tegen mij, op een vreemd geruststellende toon. Alsof ze me er bij voorbaat van wil verzekeren dat we in mijn badkamer ongetwijfeld iets zullen aantreffen wat mijn dossier ten goede kan keren.

Maar ook: dat het hoog tijd is dat iets mijn dossier ten goede doet keren.

III | 4.

'Mooie dolfijnen,' zegt Karel. Hij is ons ook nu weer voorafgegaan en staat de douchecel al te bewonderen als we binnenkomen.

'Dat hebben er al meer gezegd,' zeg ik. Zelfs dat schrijft die Jenny op.

'Ik zie maar één washandje,' zegt Karel. Hij neemt het bewijsstuk ter hand, opnieuw tussen duim en wijsvinger, en bekijkt het van alle kanten. Wat verwacht hij te vinden? Vingerafdrukken?

'Wij gebruiken samen hetzelfde washandje,' antwoord ik. Naar waarheid.

'Ontroerend,' zegt Karel. Als je zijn intonatie niet hoorde, zou je denken dat hij zich wentelde in cynisme. Maar hij wentelt zich niet in cynisme. Er klinkt iets van oprechtheid in zijn timbre mee. Opeens weet ik het met zekerheid. Hij en Jenny zijn gewoon eenzaam. Moederziel alleen, alle twee. Uitgerekend zij zijn veroordeeld om, in dienstverband, de sporen van de liefde te ontleden. Op authenticiteit nota bene. 'Ontroerend,' knikt nu ook Jenny. Zonder op te kijken van haar notitieblok.

'Zo is de passie,' zeg ik. 'Zeker op rijpere leeftijd.' Ik zie Jenny knikken en, terwijl ze schrijft, geluidloos prevelen: 'Zo is de passie.'

'Maar van wie zijn die initialen dan?' vraagt Karel. Hij houdt mij het washandje voor, nog steeds tussen duim en wijsvinger, alsof hij nu toch een gebruikt condoom heeft ontdekt.

'Initialen?' vraagt Jenny. Ze tilt haar hoofd niet eens op.

'GT,' zegt Karel vagelijk in haar richting. Het klinkt als de specificatie van een of ander model. De iBook G4. De Volkswagen GTI. De Boeing 747.

'Die staan voor Gaëtan Tavernier,' zeg ik. Ik sta er zelf van te kijken hoe rustig ik dit zeg. Hoe onthecht.

'Gaëtan wie?' vraagt Jenny.

Karel is me voor. 'Tavernier,' zegt hij. 'Uitgesproken op zijn Frans.' Hij laat het washandje als een muizenkreng in de wastafel vallen en droogt zijn handen af aan een handdoek. 'En wie is Gaëtan Tavernier, meneer Seebregs?' Hij vraagt het terloops, maar de vraag hangt als een stalen plaat boven me. Als hij het weet, waarom vraagt hij het dan nog?

'Hij is dood,' zeg ik.

'Waarom slingeren zijn washandjes hier dan rond?' vraagt Karel.

Ik ben vergeten ze in stukken te knippen en te verbranden, wil ik antwoorden. Ik ben vergeten ze te overgieten met zoutzuur. Ik zeg: 'Ik vond het zonde om ze weg te smijten. Je kon zeggen van Gaëtan wat je wilde, maar hij wist wat kwaliteit was.' Ik zie Jenny instemmend knikken.

'Wie was hij?' vraagt Karel. Jenny draait een blad om van haar notitieboek. Als maakt ze zich op om aan een heel nieuw hoofdstuk te beginnen.

'Hij woonde hier vóór Tamara,' zeg ik. Verrast dat de waarheid zo onbekommerd van mijn lippen valt. Een valstrik maakt men het best onschadelijk door er met beide voeten tegelijk in te trappen. 'Een jaartje of vijfentwintig. We waren, zeg maar, een koppel.'

'Zo?' vraagt Karel. 'Je bent overgeschakeld van een Gaëtan naar een Tamara?'

Ik haal mijn schouders op. 'Het omgekeerde komt vaker voor.'

Karel lijkt mijn repliek niet te hebben gehoord. Hij zegt: 'Geen wonder dat uw kruidenier zijn wenkbrauwen fronst.'

Ik zeg: 'Verandering van spijs doet eten. Mijn kruidenier zou de eerste moeten zijn om dat te weten.'

'Over eten gesproken,' zegt Karel. 'Wie van u tweeën schiet ik het best aan, als ik verlegen zit om een typisch Belgische maaltijd?'

'Gaëtan,' zeg ik.

'Was die niet dood?' vraagt Jenny, nu toch opkijkend.

'Zelfs dan,' zeg ik. Ze noteert knikkend mijn antwoord.

'Ik bedoelde eigenlijk: u of Tamara,' zegt Karel. Met een lichte grijns, die in schermwedstrijden overeen zou komen met de term 'touché'. De grijns duurt een seconde. Daarna is die blik daar weer. Tristesse en de rest.

'In dat geval? Tamara,' zeg ik.

'Welk typisch Belgisch gerecht bereidt ze het liefst?' vraagt Karel.

'Het ontbijt,' zeg ik.

'Welk soort ontbijt?' vraagt Karel.

'Het continentaal ontbijt,' zeg ik.

'Het continentaal ontbijt?' vraagt Jenny. Ze kijkt weer even op, bang dat ze iets gemist heeft. In de conversatie of in haar leven, dat is niet meteen duidelijk.

'Fruitsap, koffie, een croissant en een gekookt ei,' zeg ik. 'De muesli mag je houden. Dat is voer voor eekhoorns.'

'Zou u,' vraagt Karel, 'het continentaal ontbijt omschrijven als een typisch Belgisch gerecht?'

'Ik kan mij niets Belgischers voorstellen,' zeg ik. 'Op voorwaarde dat ik het niet zelf hoef klaar te maken.'

Alweer betrapt op een waarheid.

Van ons tweeën was het Gaëtan die het ontbijt bereidde. Zelfs op de dieptepunten van, zeg maar, onze band. Zelfs toen onze band alleen nog maar uit dieptepunten bestond. Een particulier Vietnam, uitgevochten met verbale ontbladeringswapens. Om het ondeelbaar bezit van een huis dat we geen van beiden wensten op te geven. Op den duur niet eens vanwege het huis zelf, maar omdat bij een nederlaag het huis in handen zou vallen van de ander. Dat nooit! Huizen geef je niet op. Waarin je woont, dat ben je.

Terwijl Gaëtan eindelijk door de twee verplegers uit de ambulance werd getild, met brancard en al, mompelde hij iets wat hij almaar bleef herhalen. Ik had zijn hand los moeten laten. Zijn voorhoofd nat van de koorts, zijn ogen stijf dicht. De pijn verteerde hem. Zeker met die bewegende, schokkende brancard. Pas in de gang kon ik zijn hand weer beetgrijpen, ik legde mijn oor meteen bij zijn mond te luisteren. 'Je hebt eindelijk gewonnen,' zei hij zacht. Ze rolden hem naar de intensive care. Ik verstond maar net wat hij zei. 'Het is van jou. Helemaal van jou. Je hebt gewonnen.' Twee weken later was hij dood.

Ik kon het wel appreciëren, eerst. Dat ontbijt. Tijdens onze dieptepunten, dus. Ik zag er het bewijs in dat Gaëtan wilde vechten om het laatste overschotje 'ons' te vrijwaren tegen verdere verrotting. In de vroege ochtend is de mens wel meer hoopvol gestemd. Vandaar de slechte smaak in zijn mond.

Al snel kreeg ik door dat ons ontbijt zelf een teken van ontbinding was. Hij maakte het niet voor mij klaar, maar voor zichzelf. Ook al at en dronk ik gulzig van wat hij had bereid — dat maakte geen donder uit. Als hij maar zijn ei kon koken, en zijn koffie kon zetten. Hij begon de dag met, zeg maar, tegelijk een vredespijp en een triomferende slag op de borst: kijk eens? Ik doe ten minste nog een poging om het mechanisme van het samenleven gaande te houden. Wat is jouw bijdrage? Jij hebt het huis gevonden, ooit, akkoord. Bravo. Maar mazzel is geen verdienste. Ik heb de verbouwingen betaald, of uitgevoerd met eigen handen. Ik heb ons huis gemaakt tot wat het is. En nu sta ik toch weer ontbijt voor jou te maken!

Als ik dan toch eens — met veel moeite, toegegeven — eerder opstond dan Gaëtan, en zelf het ontbijt klaarmaakte, was hij ontzet. Ik had hem gekrenkt, leek het wel, ik haalde zijn raison d'être onderuit, ik stampte met olifantenpoten door zijn moestuin. Hij kwam niet eens opdagen aan mijn ontbijttafel. De dag daarna bleef ik weer in mijn nest liggen tot ik de koffie rook.

Ook Tamara maakt het ontbijt meer voor zichzelf klaar dan voor mij. Ik ben niet blind. Ze klampt zich eraan vast. Het is haar eerste brevet. Het kleinst mogelijke bewijs dat ze hier wel degelijk thuishoort, ook zonder mij. Ik ben maar het instrument waarop ze oefent. Van dit punt af kan het alleen maar beter worden, maakt dat schaap zich wijs. Ze heeft eindelijk haar kapstokje gevonden in het hart van het beloofde land.

Maar dit kapstokje heeft ze dan toch. En ze kwijt zich prima van die ene taak. Ze verdient de kans die ze denkt te hebben. Zie haar daar staan. Kwaad, zwijgzaam, door iedereen genegeerd. Wie is zij eigenlijk? Zonder het bezoek van Karel en Jenny zou haar lot mij, eerlijk gezegd, worst zijn. Ze brengt geld binnen en ze lapt mijn ramen, en haar verblijf is tijdelijk. Daar had ik vrede mee, de afloop na onze scheiding kon me bij voorbaat gestolen worden. Maar nu? Met dat gezeur en dat gepeuter van ons bureaucratisch duo? Ik krijg jeuk aan mijn laatste restje rechtvaardigheidsgevoel.

Ik hád met gemak een goede kennis kunnen hebben in Afrika. Toch? Ik hád bereid kunnen zijn tot wederdiensten — ik ben meer dan eens in Afrika door wildvreemden uit de penarie geholpen. Ik ben evengoed nog steeds bereid tot moordaanslagen in Afrika, vanwege de keren dat Gaëtan en mij moedwillig de verkeerde weg werd gewezen, dat we werden opgelicht en — één keer — met de dood bedreigd. Maar daar gaat het nu niet om. Ik hád iemands dochter een plezier kunnen willen doen. En ik hád op het kind verliefd kunnen worden.

Bij nader inzien vind ik dat ook een lachwekkende gedachte. Maar daar gaat het niet om. Het gaat om het principe, niet de anekdote. Ik ben op een leeftijd gekomen dat de principes opnieuw belangrijker worden dan de feiten. Mijn rechten worden hier met voeten getreden. Als ik wil trouwen met een negerin van amper twintig, dan moet ik kunnen trouwen met een negerin van amper twintig. Ook dat is Verlichting. En als Karel en Jenny of wie dan ook daarover een wedstrijd willen houden, dan kunnen ze die krijgen. Wat heb ik te verliezen? Behalve het geld van Vandessel, als de deal niet doorgaat? Of een blanco strafblad op mijn sterfbed?

Ik kan niet tegen mijn verlies. Ik kan niet tegen verlies tout court.

'Van wie is deze kamerjas?' vraagt Karel. Hij heeft zowaar een leesbril tevoorschijn gehaald om het stiksel op het erfstuk van Gaëtan aan een nader onderzoek te onderwerpen.

'Je mag één keer raden,' zeg ik.

'Oké,' zegt Karel. 'Hij is van u.'

'Fout,' zeg ik.

'Ik geef het op,' grijnst Karel.

'Hij is van Tamara?' vraagt Jenny voorzichtig.

'Je bent er pal op,' zeg ik.

'Het was een kwestie van eliminatie,' legt Jenny uit, niet zonder trots.

'Dat is het bij jullie wel vaker,' zeg ik.

'En wat zijn dit?' vraagt Karel. Hij leest de zijkant van een van de vele doosjes medicijnen op het rekje boven de lavabo.

'Je mag twee keer raden,' zeg ik.

'Geneesmiddelen?' vraagt Karel.

'Je bent er pal op,' zeg ik.

'Voor wie zijn ze?' vraagt Karel.

'Wat dondert het voor wie ze zijn?' vraag ik. Te luid. Het kan me niet meer schelen. Ik heb besloten luid te spreken en voluit te grijnzen.

'Omdat ze op dit rekje staan,' zegt Karel, 'naast spulletjes als mascara en — eens kijken — deze lichtgroene oogschaduw.'

'En wat dan nog?' vraag ik.

'Het zou erop kunnen wijzen, meneer Seebregs, dat u en Tamara deze badkamer delen. En dus ook de intimiteit die dat veronderstelt. Dat is een punt in uw voordeel,' zegt Karel.

'Dat is waar,' zegt Jenny. Maar deze aanval is niet afgelopen. Dat voel ik. Karel maakt deze opening maar voor de schijn. Zo dadelijk komt zijn echte tegenstoot.

Hij blijft één voor één de zijkanten van medicijndoosjes lezen, alvorens hij ze toont aan Jenny, die hun naam en merk noteert. 'Zo veel!' zegt zij, hoofdschuddend. 'En zo veel verschillende! Niet dat het ons verwondert. Uw toestand kennende.'

'U kent mijn toestand?' vraag ik. Mijn kaakspieren doen al pijn van het grijnzen. Grijnzen is niets. Blijven grijnzen is wat anders. 'Valt mijn toestand niet onder het medische geheim?'

'De vraag is veeleer,' zegt Karel, 'of ook uw aanstaande op de hoogte is van uw toestand.'

Ik kan mij ertoe brengen mijn schouders op te halen en tegelijk zwakjes te proesten. Zo vertolk je onverschilligheid, oog in oog met provocatie. 'Zie ik eruit alsof ik in een blakende gezondheid verkeer? Zelfs naar Afrikaanse normen?'

'Dat kunnen we niet zeggen,' geeft Karel toe. Hij begint ervan te houden, van dit gesprek. Hem kan dit niet lang genoeg duren.

'U eet toch wel voldoende verse groenten?' vraagt Jenny. 'Uw kruidenier beklaagde zich erover dat hij u nog weinig ziet.'

'Aan mijn groenten zal het niet liggen,' stel ik haar gerust. Over de kruidenier zeg ik haar niets.

'Er is maar één ding dat ik hier mis,' zegt Karel, in een pose van overpeinzing, linkerhand onder rechteroksel, rechterhand aan de kin. Hij kijkt om zich heen. O jee. De tegenstoot komt eraan. 'Waar is úw kamerjas?'

'Mijn kamerjas?' vraag ik. Meteen in de verdediging. Een herhaling beoogt maar één ding. Tijd kopen. Behalve bij een therapeut. Als die jouw laatste woorden herhaalt, wil dat alleen maar zeggen dat hij te laf is om je de waarheid in het gezicht te spuwen. Hij wil dat jij de waarheid zelf ontdekt. Dat heet dan therapie.

'Iedereen had het over uw kamerjas,' zegt Karel. 'Hij is lichtbruin, geloof ik?'

'Kameelbruin,' knik ik. Niet meer grijnzend. Ik weet wat er komt. Er is niets wat ik kan doen.

'In de slaapkamer heb ik hem niet gezien,' zegt Karel. 'Hier ook niet. Is dat niet de wasmand daar? Ligt hij daarin?'

'Nee,' zeg ik.

'Misschien ligt hij gewoon in een andere kamer,' zegt Jenny.
'Daar zeg je iets,' zegt Karel. En hij beent de badkamer uit.

Als ook ik even later — in het spoor van Jenny, en gevolgd door Tamara — de logeerkamer binnen kom, staat Karel al triomfantelijk aan mijn kameelbruine kamerjas te snuiven. Ik kan mijn ogen niet geloven. Er staat een sociaal controleur in het midden van mijn logeerkamer, en hij ruikt aan mijn kamerjas als aan een glas wijn.

'Deze is van u?' vraagt hij, zich naar ons omdraaiend.

'Aan de kleur te zien wel,' zeg ik. Ik zie Jenny alweer schrijven.

'En dit bed is onlangs beslapen,' zegt Karel. Hij streelt zowaar het laken, als om te voelen of het nog warm is. 'Het is zelfs nog niet opgemaakt.'

'Ik heb een verloofde,' zeg ik, 'geen werkster.'

'Meneer Seebregs,' zegt Karel, 'laten we elkaar geen muts noemen. Kan men uit deze hele constellatie iets anders concluderen dan dat u in deze kamer slaapt en uw verloofde in de andere?'

Ik geloof in onthouding, had ik graag geantwoord. Maar ik zeg: 'Ik heb vannacht te lang staan piekeren voor mijn raam. Ik wilde Tamara niet wekken. Dus ben ik hier maar komen maffen.'

'Het probleem is,' zegt Karel, 'dat we daar geen getuigen van hebben. Ons kompas bestaat uit vermoedens. Wettelijke vermoedens. En die zijn, in uw geval, redelijk verpletterend. Tenzij?'

Hij keert zijn gezicht naar Tamara. Voor het eerst sinds hij de trap op is gelopen.

Tamara heeft, zo te zien, weinig zin om verstandig of vriendelijk te blijven. Ik zie haar hoofd zachtjes heen en weer wiegen van de ingehouden woede. Ze zet alvast haar handen in de heupen klaar, haar wenkbrauwen staan in een minachtende frons.

Karel beseft niet waaraan hij begint. Of juist wel.

'Laat Tamara erbuiten,' probeer ik nog.

Jenny roept me tot de orde. 'U kunt tijdens haar verhoor maar beter niet tussenbeide komen, meneer Seebregs. Dat is tegen de reglementen en het geeft een slechte indruk op papier. Als u wilt mag u beneden wachten.' Ze zegt het zacht en met grote spijt.

'Ik ben er liever bij,' zeg ik. Niet geheel naar waarheid. Ik ben er niet graag bij. Ik kan niet tegen het verlies dat eraan komt.

Karel let niet op Jenny of op mij. Hij heeft al een stap gezet in de richting van Tamara. Hij houdt zijn gezicht dicht bij dat van haar en articuleert overdreven, dit keer met een hoofdknik in mijn richting. 'Heeft hij of iemand anders u gedwongen tot handelingen tegen uw zin? U kunt vrijuit spreken. Wij zullen u helpen.'

Tamara bijt op haar onderlip. Haar hoofd wiegt nog wel heen en weer, maar ze zwijgt. De briefing van Vandessel was niet tevergeefs.

'Begrijpt u wel wat ik zeg?' vraagt Karel.

Tamara zwijgt.

Karel herhaalt zijn vragen in het Frans en in het Engels.

Tamara zwijgt.

Jenny schrijft.

Ik kijk toe.

Karel probeert het nog eens. Hij gebaart met zijn duim naar mij. 'Bij wie heeft hij u besteld?' vraagt hij. 'Hoeveel is er voor u betaald?

Ik barst in lachen uit.

Tamara valt me bij.

Jenny schrijft.

Karel kijkt me aan. 'U vindt dat om te lachen, meneer Seebregs?'

'De gedachte dat ik haar zou hebben besteld?' vraag ik. 'En dat ik nog zou betalen ook? Dat idee vind ik amusant, ja.'

'Waarom?' vraagt Karel.

'Omdat het van de pot gerukt is,' zeg ik.

'Ik zal eerlijk met u zijn, meneer Seebregs,' zegt Karel. Hij stapt van Tamara weg en ziet er niet geamuseerd uit. Ik ben duidelijk niet de enige hier die slecht tegen zijn verlies kan. 'Het ziet er niet goed uit voor u. Probeer het eens te bekijken met onze ogen. Bekijk uw toestand. Bekijk de staat van dit huis. Bekijk uzelf. En bekijk dan dit meisje. Ze spreekt geen woord. Ze weet van niets. Hier kan ik onmogelijk een gunstig rapport over opstellen.'

Jenny is gestopt met schrijven. Ze knikt me bezorgd toe, Karel bijvallend.

Ik weet niet waarom, maar de moed zakt me in de schoenen. Ik sta ervan verbaasd hoezeer het vooruitzicht me aangrijpt een ongunstig rapport te krijgen aangaande Tamara. 'Ik smeek u,' zeg ik. Ook ik heb de zachtheid ontdekt. Mijn stem klinkt raar. Zo heb ik al een hele tijd niet geklonken. Mijn mond voelt droog aan. 'Poeier haar niet af. Ze is nog maar een kind.'

'Precies daarom,' zegt Jenny. Ze spreekt alsof ze me met grote spijt terecht moet wijzen. 'Ze verdient alle bescherming die ze kan krijgen.' Dit keer is het Karel die instemmend knikt.

'Is er dan niets wat ik zou kunnen doen?' vraag ik. 'Wat zou u kunnen overhalen om de zaak in beraad te houden?' Ik moet opeens denken aan de rol bankbiljetten van Vandessel. Je leest genoeg verhalen over corruptie. Ambtenaren worden onderbetaald. Wie wil dit slag werk sowieso doen? Voor dat schamele loon?

Karel wisselt even een blik met Jenny. Maar het is niet de blik van wie smeergeld wil. Het is de blik van de plicht. Ze hebben me er ingeluisd. Er komt nog een tegenstoot. De genadestoot.

'Haar eigen spullen,' zegt Karel. 'Waar zijn de spullen die ze heeft meegebracht?'

'Haar spullen?' vraag ik.

'Het kan toch niet dat een verloofde hier zomaar aan komt waaien, met alleen wat kleren en oogschaduw?'

'Oogschaduw?' vraag ik. De poëzie die verscholen gaat in dat woord, overvalt me. *De schaduw van een oog.* Mijn mond is kurkdroog.

'Wat had het meisje zelf bij zich?' vraagt Jenny.

'Een koffertje,' zeg ik, zonder verpinken. Ik ontwijk de blik van Tamara. Dit is een gok die even goed als slecht kan uitpakken. Maar op zijn minst zal ik dan eindelijk weten wat het bevat. 'Het ligt onder het bed in onze slaapkamer.'

Terwijl Karel en Jenny de logeerkamer verlaten, vang ik toch een blik op van Tamara. De ontsteltenis is van haar gezicht af te lezen. Het is duidelijk dat ze meer Nederlands begrijpt dan ik vermoedde.

Meteen slaan de twijfels toe. Wie is zij toch? Waarom neem ik al die risico's voor haar?

En wat bevat dat koffertje?

III | 5.

De eerste week met Tamara was niet helemáál vlekkeloos verlopen. Ondanks haar deugddoende continentale ontbijten. Naarmate de dag vorderde nam de irritatie toe.

Wederzijds, neem ik aan.

Ik ergerde me aan haar muziek, zij ergerde zich aan mijn zwijgen. Maar wat viel er te zeggen? Behalve dat ze, als ze per se wilde roken, maar op het binnenkoertje moest gaan staan vernikkelen. Ik kan het ook niet helpen dat Afrika zijn bewoners niet traint op aanhoudende koudefronten. En een kamer luchten na het roken lost het probleem niet op. Ik ruik het nog altijd. En ik kokhals elke keer.

Eén keer betrapte ik haar in de keuken, terwijl ze met het raam half open stond te roken, de smoor zorgvuldig naar buiten blazend. Ik nam haar de brandende sigaret voorzichtig uit de hand, gooide ze naar buiten en sloot het raam. Dat zijn van die universele gebaren die overal begrepen worden. Ze stampvoette de kamer uit, de deur achter zich dicht smijtend. Wie zegt dat samenleven woorden nodig heeft? Ik voelde me meteen weer even thuis.

Na een uur mokken in de slaapkamer kwam ze toch weer naar beneden, om de keuken op te ruimen. De borden en het bestek kletterden dat het een aard had. Ik liet het niet aan mijn hart komen. Ik ging het strijdtoneel genaamd 'de keuken' in, liep mijn aanstaande trouwboek zwijgend voorbij en prepareerde me zonder één woord een whisky on the rocks. Er zorg voor dragend dat ik nauwelijks geluid produceerde, ook niet bij het loswrikken van de ijsblokjes. Ik sloot omzichtig de deur van het vriesvak en liep op mijn tenen de keuken weer uit. Zonder haar gevraagd te hebben of ze ook iets wou drinken. We hebben niet veel meer over, wij Europeanen, behoeders van het Oude Continent, om trots op te zijn. Maar we hebben één wapen. Subtiliteit.

Er is veel waar Tamara aan dood zou kunnen gaan, maar niet aan subtiliteit. Na haar kletteroffensief in de keuken begon ze te stofzuigen. Ze begon me te achtervolgen als met een vlammenwerper. Ging ik aan tafel zitten, kwam ze daar stofzuigen als een gek. Ging ik in de logeerkamer zitten, kwam ze zelfs daar stofzuigen. Ging ik daarna opnieuw naar de televisie kijken? Dan moest ze die per se beginnen af te stoffen. Het beeld is sindsdien weer scherp en helder als vanouds, dat geef ik toe.

Op een bepaald moment stond ze, in minirok en op de punten van haar tenen, zelfs te wankelen op het krukje dat Gaëtan nog gekocht heeft in een uitdragerij op de Vrijdagsmarkt. Zo probeerde ze de sierstang van de kroonluchter af te stoffen. Met een klamme doek. Terwijl de lichten brandden. Ik wilde het haar niet afraden. Het zou haar alleen maar hebben gesterkt in haar drang om opgemerkt te worden. Ik ben meer gewend. Ik heb gewerkt met acteurs. Nog erger: met regisseurs. Ik heb drie decennia mijn brood verdiend met concurrerende diva's. En ik leef al heel mijn leven met mezelf. Mij hoef je niets te vertellen over aandacht trekken. Ik heb het uitgevonden.

Maar ik moet toegeven dat ook Tamara symptomen van talent vertoont. Ze begon nog net niet het plafond af te wassen met tandenborstels onder haar voeten. En energie? Niet te geloven. Ik zou er niet graag mee getrouwd zijn.

Ten slotte plofte ze naast mijn sofa neer, op onze Ottomaanse poef — nog gekocht in Pamukale, onze eerste keer Turkije — en begon zuchtend en kreunend mee te kijken naar de tv. Ik heb zo mijn series, waar ik naar kijk om me te ergeren. Ieder zijn irritatie.

Zij had mij.

Ze staat, de armen gekruist, naast het bed en kijkt Karel in de ogen. Hij vraagt haar, voor de derde keer al, om het koffertje open te maken. Het ligt op bed. Hij heeft het al gevraagd in alle talen die hij machtig is. Dat zijn er, toegegeven, veel. Tamara reageerde op geen enkele.

'Kunt u het openmaken?' vraagt Karel aan mij.

'Nee,' zeg ik.

'Weet u wat het bevat?' vraagt Karel.

'Nee,' zeg ik.

'Vindt u dat normaal, als verloofde?' vraagt Karel. Ik zie Jenny weer schrijven.

'Weet u wat de handtas van uw vrouw bevat?' riposteer ik.

'Mijn vrouw bewaart haar handtas niet onder een bed,' zegt Karel. Hij staat zowaar in dubio. 'We zouden natuurlijk de sloten kunnen forceren,' aarzelt hij. Jenny kijkt bedenkelijk. Ze schudt nee. Er bestaat vast een reglement tegen het forceren van sloten. Karel buigt zich nog wat dieper over het koffertje, bekijkt het van alle kanten, legt zijn duimen op de knipjes en drukt.

Het koffertje wipt open. Het was al die tijd niet eens op slot.

Karel rommelt er gehaast in, alsof hij op zoek is naar iets wat hij maar niet kan vinden. Hij blijft maar rommelen. Ik bewonder de zelfbeheersing van Tamara.

Ten slotte legt Karel al haar spullen één voor één naast het koffertje op het bed, ze luidop benoemend om Jenny de kans te geven te noteren zonder op te hoeven kijken.

Tamara kijkt versteend voor zich uit.

'Twee bh's,' zegt Karel. 'Een paar sokken. Drie onderbroeken. Losse tampons. Een aangebroken slof sigaretten. Een doosje condooms.' Hij kijkt me even aan, met die trieste oogopslag van hem, en gaat gewoon verder. 'Een flesje parfum,' zegt hij. Hij houdt het Jenny even voor de neus.

'Lekker,' zegt Jenny. Ze knikt goedkeurend. 'Lelietjes-vandalen?'

Tamara geeft geen sjoege. Ik kan me vergissen, maar in haar ene oog zie ik het begin van een traan. Er gaat een siddering door haar bovenlijf.

'Een bloes. Een rokje. Een short. Papieren zakdoekjes. En een strip met aspirines. Dat is het,' zegt Karel. 'Daarna alleen nog boeken. Leerboeken, zeg maar. Een woordenboek, een grammatica. En een paar oefenschriften, met opdrachten. De meeste in het Nederlands.'

'Oh maar dát is goed nieuws,' zegt Jenny, tegen mij zowel als tegen Tamara. 'Ze wil Nederlands leren! Toch? Je wilt onze taal leren, nietwaar? Onze taal!' Ze spreekt twee keer luider dan daarnet. 'Dit is echt een heel goed punt,' prevelt ze. Ze onderstreept iets op haar notitieblok. 'Prima!'

Karel is minder overtuigd. 'Het bezit van boeken bewijst niets,' zegt hij. 'Het drukt het verlangen uit naar kennis. Ik heb vandaag niets gehoord wat mij overtuigt van het bezit van die kennis.'

'Komaan Karel,' zegt Jenny. 'Je gaat toch niet weer zo beginnen?' Ze kijkt op haar horloge. 'Dit volstaat. We zijn nu al te laat voor de volgende.'

Karel negeert haar. Hij kijkt mij aan. 'Als uw verloofde nog Nederlands moet leren,' zegt hij, 'hoe behelpt ze zich dan in het dagelijkse leven? In welke taal communiceren jullie bijvoorbeeld met mekaar?'

'Karel, alsjeblieft,' zegt Jenny. Ze bergt pen en notitieblok al weg in haar grote, weinig elegante handtas. 'Laten we daar bij ons volgende bezoek over doorgaan. Het is nu wel genoeg geweest.'

Het bevalt Karel maar matig dat Jenny hem op zijn nummer zet. 'Ik vind dit een punt van primordiaal belang,' zegt hij tegen haar. 'Welke taal spreken jullie met mekaar?' vraagt hij aan ons.

'Het staat niet op onze standaardlijst met vragen,' zegt Jenny.

'Het zou erop moeten staan,' zegt Karel. 'Een huwelijk is niet mogelijk zonder taal.'

Een huwelijk is ook onmogelijk met taal, wil ik antwoorden. Het lijkt me, in deze context, geen tactische meesterzet.

'Het is niet aan ons om dat te beslissen,' zegt Jenny.

'Je mag op je kop staan,' zegt Karel, 'maar ik ga niet naar buiten zonder dat ik het weet. Welke taal spreken jullie met elkaar?'

'Ik heb mijn notities al opgeborgen, Karel,' zegt Jenny.

'Welke taal spreken jullie met elkaar?' vraagt Karel.

'Je ondermijnt mijn autoriteit, Karel,' zegt Jenny.

'Welke taal spreken jullie met elkaar?' vraagt Karel.

'De taal der liefde.'

Het is Tamara die dit zegt. Smalend, en zonder noemenswaardig accent. Ze voegt er, bijna triomfantelijk, aan toe: 'Van 's morgens vroeg tot 's avonds laat.' Opnieuw nauwelijks een accent te bespeuren. Ze moet al behoorlijk hebben zitten te studeren. Al weet ik niet of ze helemaal beseft wat ze uitkraamt. Zulke oefenschriften staan vol voorbeeldzinnetjes en passe-partouts. *How are you? How long have you been picknicking?* Of weet ze het toch?

'Zullen we dan nu maar gaan, Karel?' vraag Jenny.

Karel kauwt op iets. Zijn kaken gaan althans op en neer. 'Oké,' zegt hij. 'Oké.' En hij keert zich naar mij. 'Eén laatste ding, meneer Seebregs. U zei dat u haar naar werk helpt zoeken?'

Ik knik.

'In welke sector, als ik vragen mag?'

'De vaderlandse filmindustrie,' zeg ik.

'De vaderlandse filmindustrie?' vraagt Karel. Het kauwen maakt plaats voor grijnzen.

'Die ken ik als mijn binnenzak,' zeg ik.

'Hou ons vooral op de hoogte,' zegt Karel, 'als er wat van komt. U hoeft ons niet te bellen. Ik vraag het u wel bij ons volgende bezoek.'

'Wanneer is dat?' vraag ik.

'Dat kan op om het even welke dag gebeuren,' zegt Karel. Hij kijkt naar Tamara. 'En van 's morgens vroeg tot 's avonds laat.' Dan draait hij zich om en stapt de kamer uit. We horen hem de trap af snellen. Iemand die op de vlucht slaat zou niet meer lawaai produceren. Iemand die ten aanval stormt ook niet.

We wachten gedrieën tot het gestommel is weggestorven. 'Let u alstublieft niet te veel op Karel,' zegt Jenny ten slotte, gedempt. 'Hij heeft het zo moeilijk. Met zijn zenuwen en zo? En met zijn kinderen, uit twee vorige huwelijken?' Ze drukt Tamara en mij ongevraagd de hand, ten afscheid. 'Hij bedoelt het beter dan het lijkt.' Haar hand is verbazingwekkend koel en droog.

'Jenny!' Karel staat beneden aan de trap en roept.

'Ik kom eraan!' roept Jenny, al op de overloop, met de deurknop nog in haar hand. 'Oh ja,' zegt ze, de deurknop loslatend en toch weer even de kamer binnen stappend, 'ik heb nog iets vergeten te vragen. Kent u deze man?' Ze diept een foto op uit haar handtas en toont ze mij.

Het is een foto van Vandessel.

Ik bekijk ze lang genoeg om geloofwaardig te kunnen klinken. 'Nee,' zeg ik.

'Nooit gezien?' vraagt Jenny.

'Nee,' zeg ik.

'Het was maar een vraag,' zegt Jenny. 'Op goed geluk.' Ze bergt de foto zorgvuldig weer weg.

'Wie is hij?' vraag ik.

'Jenny!' roept Karel offscreen.

'We weten het nog niet,' zegt Jenny, 'het onderzoek is volop aan de gang.'

'Jenny!' roept Karel.

'In godsnaam, Karel! Ik kom!' roept Jenny, kwaad. Meteen richt ze zich weer tot ons, getemperd en vriendelijk. 'Maken jullie je niet te veel zorgen. Het interview is prima verlopen, al met al. Er staat hoegenaamd niets een spoedig huwelijk in de weg.' Ze slaat haar koele, droge handen samen en brengt ze voor haar mond, als een verrukt schoolmeisje. 'Ach, hemeltje... Een huwelijk, een huwelijk! Het is altijd toch iets bijzonders, vindt u niet?'

'Jénny!'

'Ik kom!' brult Jenny, zich weer even omdraaiend in de richting van de trap.

Dan keert ze zich terug naar mij. Haar blik is veranderd. Hier komt de echte tegenstoot. Niet van hem. Van haar. Een sociaal controleur komt nooit alleen.

'Je vader moet een gelukkig mens zijn, dat hij dit nog mee kan maken,' zegt Jenny. Zacht, meelevend, met een scheef hoofd.

'Jenny!' roept Karel. 'Alsjeblieft, zeg!'

Jenny antwoordt hem niet. Ze kijkt mij aan. Zo kijkt een chirurg naar een aderspat.

Het duizelt me. Nu pas voel ik hoeveel energie dit verhoor heeft opgeslorpt. Ik hang in de touwen. Vuisten laag, verdediging neer. Ik kan niets meer verzinnen. 'Mijn vader?' vraag ik.

'Karel en ik hebben hem gisteren bezocht,' knikt Jenny, minzaam. 'Hij laat u de groeten doen. Hij heeft u al té lang niet gezien, zegt hij.'

'Dat kan kloppen,' zeg ik. Ik moet me inhouden of ik geef dat mens een kopstoot. Met de kracht die ik overhoud, zou ze denken dat ik haar wil kussen.

'Hij kijkt ernaar uit om uw verloofde te ontmoeten,' zegt ze.

'Mijn vader weet van Tamara af?'

'We hebben hem toch alles over haar verteld,' zegt Jenny. 'De brave man wist nog van niets.'

Ik voel mijn mond bewegen. 'We waren van plan om hem van de week te bezoeken. Om hem het grote nieuws mee te delen.'

'Oeps. Het spijt me oprecht, dat we die verrassing hebben verknald.'

'Jénny!'

'Ik kom!' brult Jenny, niet eens meer in de richting van de trap. Ze blijft me chirurgisch aankijken. Haar toon zakt opnieuw. 'Maar maken jullie je geen zorgen,' zegt ze, nu toch achteruit stappend, minzaam sussend, het gat van de deur verlatend als een terugtredende Engel des Doods in een broekrok en met een te grote handtas. 'Je vader vroeg me te zeggen dat hij in de zevende hemel verkeert. Hij verwacht jou en Tamara met open armen. Doe hem de groeten van ons. Tot ziens. Tot ziens!'

IV.

IV | 1.

Hij gaat het zeggen. Mijn verwekker gaat het zeggen. Ik zag het aan zijn gezicht, meteen bij het binnenkomen. Hij gaat het zeggen. Er bestaan zekerheden. Schaars in getal.

Maar ze bestaan.

Mijn verwekker en ik zijn verwikkeld in een wedren naar het einde. Een gefikste wedstrijd, uiteraard. Het moet gezellig blijven en in lijn met ons verleden. Wij zijn spookrijders op elkaars racebaan. We naderen de finish elk van de andere kant en geen van beiden die de baan ruimt voor de ander.

Als ik maar win. Aan mijn voorbereiding zal het niet liggen. Ik speel met verve vals. Mijn mouw zit vol troeven, mijn arm zit vol gaten en mijn maag zit vol zweren. Het moreel is hoog. Al ben ik 'uit hem' geboren — mijn moeder even niet meegerekend — ik bereik als eerste die eindstreep. Wedden? Eindelijk iets waarmee ik hem definitief de loef zal hebben afgestoken.

Al staat zelfs dat niet vast, als ik hem zo eens bekijk, hier in zijn kamertje, in zijn versleten kloffie, in zijn magnifieke rustoord, gelegen in de uiterwaarden van de Kempense heide. Niet alleen de heide ziet somtijds paars, de adertjes op de wangen van mijn verwekker staan ook in bloei.

Hijzelf iets minder, de valsspeler. Scheef hangend in zijn rolstoel, slecht geschoren, nagenoeg kaal, kleiner dan ik me herinner van een jaar of drie geleden — of waren het er vijf? De tijd gaat snel, misbruikt hem wel. Dat hoef je mijn verwekker niet te komen vertellen. Hij weet er alles van. Schriel en mager geworden als een kippetje zonder veren. Onder zijn kin hangt het vel te zwabberen als bij een zeeschildpad. Hij draagt zowaar een bril op zijn snuit. Psychedelisch groot en zwart van montuur. Een charmezanger uit de jaren vijftig is er niets bij. Goddank heb ik de neus van hem. Op zo'n erfstuk mag je parkeren wat je wilt, dat schuift nimmer naar beneden. Lieve help — wat is er met zijn ogen aan de hand? Zijn bril bevat lenzen die gemaakt zijn van een visbak voor haaien. Zijn ogen zwemmen navenant.

Waterig en uitvergroot, alle richtingen uit drijvend, soms onafhankelijk van elkaar, zachtjes gek wordend achter hun gevangenis van visbakglas, bevreesd voor dobbers en zwevende haken. Het ene oog vertoont wat staar.

Zijn ogen zijn niet het enige wat zwemt. Ook zijn kunstgebit zwemt, in de mondholte waarmee hij ooit mijn moeder moet hebben gekust, ik bedoel: waar haar kussende tong zich moet hebben begeven.

Het komt de verstaanbaarheid van wat hij zeggen wil niet ten goede. Arme Tamara. Dan zit je te studeren op een vreemde taal. Dan verheug je je al eens op de ontmoeting met de verwekker van je aanstaande — de vader van je vrijgeleide naar de Nieuwe Wereld, de bewaarnemer van wortels en waarden van weleer. Kom je oog in oog te staan met dit uitgemergelde kadaver.

Hij ruikt naar bruine zeep en lauwe koffie, met slechts een zweem van oudemannenpis. Dit is een prima bejaardentehuis, het bewijs is nu wel geleverd, olfactorisch: zo geurt alleen echte koffie. Zijn kopje staat voor hem op tafel, met alleen een bodempje erin. Dat is genoeg. Ik ruik het zo. Hier geen cichoreiaftreksel of extract van gebrande Oostblokeikeltjes, dat mijn hele jeugd zozeer voor koffie door moest gaan dat ik bij vriendjes, waar mij voor het eerst echte koffie werd voorgezet, het bocht uitspuwde omdat ik dacht dat ik vergiftigd werd door hun moeder.

Nu drinkt hij zelf echte koffie. En aan de ontstentenis van stank te meten worden zijn luiers adequaat ververst. Waar haaltie het geld vandaan? Hij had zijn hele leven niets dan schulden. Zei-ie. Riep-ie. Uitentreuren. Als ik weer eens zakgeld eiste, of geld voor een neusoperatie, of een nieuwe garderobe. Hij zat zijn hele leven in de stront, als je hem moest geloven. Nu resideertie hier, proper gewassen, in het walhalla van het goed verzorgde uitdoven. Het Eindstation van Pierlala. De toekomst van Europa in een notendop: het incontinente continent. Benieuwd wat Voltaire ervan zou hebben gevonden. Of Napoleon.

Of Gaëtan. Die zou niet meegekomen zijn. Die had bedankt. Die had dit voorspeld. Die had overschot van gelijk gehad. Zoals wel vaker. Waar het mijn vader betrof.

Het mag dan ontluisterend zijn om jezelf 's morgens in de spiegel te moeten bekijken, het is nog minder opbeurend om, na jaren van verbroken contact, je verwekker in het gelaat te moeten zien, zeker niet als het kwijlt en grient van de ontroering. Als er iets is wat ik haat, is het wel ontroering die er authentiek uitziet. Die mond van hem blijft maar mompelen en smiespelen, in een overdaad van snot en speeksel. We zijn al een kwartier binnen en ik weet nog altijd niet waarover hij het heeft.

Ik weet maar één ding. Hij gaat het zeggen. Ik weet nog niet wanneer, maar het zal geschieden. En al staat zijn tv-toestel keihard te spelen en al zwemt het gebit in zijn bakkes nog zozeer alle kanten uit, tot wanhoop van de luisterbereidwillige Tamara — ze kijkt hem aan met haar schuinste, verdrietigste toet — ík zal hem verstaan. Ik alleen, ik weer. Altijd ik. Waarom bevat ons brein geen knop die het begrijpen aan en uit kan schakelen? De wereld zou er zoveel beter uitzien, met zo'n knop.

Ik heb geen knop. Ik heb koppijn en een verstoord gevoel voor evenwicht. Hij gaat het zeggen. En al mis ik elk talent voor geloof, ik zal hopen dat op zijn minst een Heilige Familie mag verschijnen, hier op de tv van mijn verwekker, om een driestemmige lofzang ten beste te geven, met de volumeknop op het maximum en het kleurenpalet op 'warm' of zelfs 'persoonlijk', dat maakt niet uit, als hun gezang maar oorverdovend is, en goedertieren, en dat soort dingen. Als ze met hun drieën maar presteren wat een goede godsdienst hoort te doen. Overstemmen en verdwazen. In God geloof ik niet, in religies en hun werking des te meer. Hoe strenger, hoe straffer. Hoe luider, hoe liever. Hoe bonter, hoe beter.

Kom. Kom en zing. Kom en brul.

IV | 2.

We zijn hierheen gekomen, Tamara en ik, met de transportmiddelen der onbemiddelden. Tram, trein, bus. Wie arm is, verplaatst zich in groep. Dat is een ijzeren wet van dit tijdsgewricht.

Doodgaan in groep? Dat lukt nog niet helemaal, als we de genociden van de afgelopen twee eeuwen even niet meerekenen. Maar jezelf verplaatsen? Daar maakt 'de groep' alleen maar opgang. Als onze beschaving ergens een hoogtepunt in heeft bereikt? Dan is het wel in groepsverplaatsing.

De genocide staat op twee.

Alleen jammer dat de spoorboekjes niet altijd kloppen. Tamara en ik hadden in één uur ter plaatse moeten zijn. We deden er drie uur over, vergissingen onzentwege inbegrepen. Een verkeerd perron is rapper gevonden dan een juist perron.

Niettemin: drie uur. Voor een afstand, nota bene, die Gaëtan en ik vroeger in een dik halfuur hadden afgelegd met onze Alfa Romeo. Ook dat zegt veel over onze beschaving. Of toch minstens over de Alfa Romeo. En niet alleen die van ons. Het is een merk met een rijke geschiedenis vol martelaren, terwijl het niet eens om een erkend geloof gaat. Gezegend zij Pier Paolo Pasolini! Met zijn eigen Alfa overreden door de gast die hij wou pijpen. De onze heb ik een jaar geleden moeten verkopen om de ziekenhuisrekening te betalen. Zelfs het noodlot heeft gevoel voor humor.

Het laatste stukje traject ging per autobus, in een steeds verlatener en platter landschap. Ik heb sowieso al tram-, trein- en busangst. Nu brak het zweet me helemaal uit. Ik durfde met moeite nog het raam uit te kijken. Ik mag dan werkloos zijn, ik bezit nog altijd mijn beroepseer. Het is, wat werken betreft, het enige wat ik nog bezit.

Veel eer viel hier niet te behalen. Een landschap kon je het op den duur niet meer noemen. Desolaat was een te vriendelijk woord voor de bijwijlen indrukwekkende enscenering van het volstrekte Niets. Het was niet eens een Interessant Niets.

Een platte zandplaat, toch al schamel begroeid, door een natte winter nog verder mismeesterd. Doorsneden met een voor de hand liggende provinciale hoofdweg, bestaande uit stukken beton, slecht aaneengekleefd met dwarse littekens van pek, en in de lengterichting in toom gehouden door een kaarsrecht lijnenspel, regelrecht naar de einder toe. Sommige lijnen wit, andere geel. Sommige met stippels, andere vol. Ze dienden om de baanvakken van de pechstroken, en de pechstroken van de fietspaden te onderscheiden. Dat lukte ze nog aardig ook. Als dat geen lijnen waren, weet ik het ook niet meer. En ze verdwenen ook nog eens allemaal samen in één punt, daarginds, in de verte. Een wiskundeleraar had er zijn hart aan kunnen ophalen, wegdromend bij de abstracte gedachte aan het oneindige, waar zulke evenwijdige lijnen ook echt samenvallen.

Het niets. Het niets! En die bus deinen, daaroverheen.

Behalve Tamara en ik zaten drie spuuglelijke scholieren te zwijgen, en twee matrones te kwebbelen. De scholieren met een boekentas, de bonkige dragonders met hun boodschappentas. Zeven reizigers en één chauffeur, in een ruimte groot genoeg voor twintig ton bananen en twee dozijn verstekelingen. Wie betaalt het allemaal? En maar deinen. Ik begon me een galeiboef te voelen, op weg naar een zeeslag bij Syracuse.

Voor enige visuele afwisseling zorgden de voorspelbare zijstraten, met een wildgroei aan reclameborden en wegwijzers. Sommige wegwijzers met dezelfde plaatsnaam wezen totaal andere richtingen uit. Dat had wel iets. In de hoogbloei van de claustrofobie leiden alle wegen naar hetzelfde gehucht.

De kant van de weg was afgezoomd met ongeïnspireerde grachten en voor de hand liggende paaltjes met prikkeldraad. Merkwaardig maar waar: geen rund te bespeuren. In velden noch wegen. Je zit nochtans flink hoog in zo'n autocar. Dat is het enige positieve verschil met, om maar iets te noemen, een Alfa Romeo. Je ziet echt kilometers ver om je heen. Niet dat het winst opleverde. Hier en daar stond een boom die ik anders niet zou hebben opgemerkt. Of een afzichtelijk middelmatige villa met oprijlaan, de moeite van het bombarderen niet waard.

Ik werd onpasselijk, en niet alleen vanwege dat deinen. Ik zag niet welke scène zich in dit landschap betekenisvol had kunnen afspelen. En ik zag ook niet in waarom ik — als ik dan toch eens een voet buiten zette — uitgerekend hier mezelf moest komen herinneren aan het belangrijkste kenmerk van mijn vaderland. Zijn talentloosheid als het erop aankomt een arena te leveren voor wezenlijk drama. Zover het oog reikte: niet één bekken, niet één plek die smeekte om betekenis of om ter zake doende dialogen. Het belette de bus niet om nog meer te gaan deinen. Een galei? Een stuurloos vlot was er niets bij, zwalpend op een plaat van kolkend zand. Het was een modern vehikel van het vierkantige type. Geschilderd in de witte en gele kleuren van een staatsbedrijf waar, naar aloude sociaal-democratische traditie, het gebrek aan vorm en smaak een erezaak blijft.

Het enige wat enigszins wilde meewerken aan een fatsoenlijk decor was het zwerk. Als het om Vlaanderen gaat kunnen we kort zijn: zijn hemel is betrouwbaarder dan zijn bodem. Een beetje therapeut zou ons hemelgewelf diagnosticeren als fundamenteel zwaarmoedig. Het zwerk is gansch het volk.

En ja, ook nu pakten wolken zich samen, onheilspellend en veelbetekenend als vanouds. Helemaal zoals het hoort tijdens een bedevaart naar je verwekker, ook al voltrekt die boetegang zich met de regionale bus. Ze stapelden zich voor ons op. Dikkig, wattig, almaar donkerder, in alle tinten tussen grijs en graniet. We konden ze zien bewegen met het blote oog. Ze kozen stelling, rolden over mekaar, versmolten, zwollen op — en ineens vormden ze allemaal samen één orgaan. Een sidderend, kloppend, pompend orgaan. Het wachtte ons op aan het einde van de weg. Massief, het uitspansel omvattend, en diep ademend als van een kwaadaardig verlangen: we stonden op het punt een reusachtige long binnen te rijden. Aan de kleur te zien de long van een kettingroker. Eén hoest en ons vlot zou van de weg af vliegen.

De chauffeur stak de binnenverlichting aan, en elke tegenligger zijn koplampen. En in dat nakende noodweer, dat mijn gemis aan topografische dramaturgie toch enigszins compenseerde, doemde in de verte — onder een somber neerhangende wolkenkwab, al nagenoeg gitzwart — het bejaardentehuis op dat mijn vader had uitgekozen als laatste halte tussen geboorte en vergetelheid. Opgetrokken in witte steen, en met twee imposante zijvleugels, hield het tehuis het midden tussen een koloniale kazerne in de tropen en een mondain kuuroord in de Ardennen. Achter de gitzwart neerhangende wolkenkwab vandaan priemde een allerlaatste zonnestraal naar beneden, een gouden naald, en trof het pand perfect in de middenbeuk. Als diende een zeldzame vlinder van Franse steen te worden vastgeprikt op zijn bed van volstrekte Nietsigheid, om hem het ontsnappen te beletten, opgeschrikt als de vlinder was door onze nadering.

Het volgende moment hoestte de rokerslong alsnog, ratelend van jewelste, net toen we haar binnen reden, over haar provinciale slokdarm heen — of moet ik luchtpijp zeggen, om de beeldspraak niet te verknallen? Het begon hoe dan ook meteen oude wijven te regenen, en al snel was er geen sprake meer van gouden spelden. Van hagelballen des te meer.

Ze roffelden ten geleide op het dak van onze deinende bus.

Zoals ze even later ook neerroffelden op de geopende paraplu, waaronder Tamara en ik ons van een eenzame bushalte naar de ingang van het bejaardentehuis repten. Onwennig arm in arm. Maar wel tezamen, dicht bijeen, gehaast, en — hoewel niet bepaald synchroon — rekening houdend met elkaar. Ik met haar hoge hakken, zij met mijn bedenkelijke conditie. Ik kon mijn adem horen jagen, boven het roffelen uit van de hagel op het regenscherm.

Zo vielen we de inkomhal binnen, onder het verbaasde oog van een modern geklede non — van top tot teen in stemmig grijs, een piepklein kapje op haar hoofd. Wij: hijgend, elkaars arm loslatend, beiden knikkend naar de non, ik de kletsnatte paraplu in een koperen sierkit plaatsend, Tamara hoofdschuddend naar haar schoentjes kijkend. Dat noem ik nog eens een entree maken. De uitputting van het rennen nam ik er graag bij. De klamme kleren ook. De pruillip van Tamara ook — zij zal nooit wennen aan ons weer, zegt ze elke dag, een keer of drie. Alsof ik er ooit aan wen.

In een spiegel kijkend wreef ze haar gezicht en handen droog met een papieren zakdoekje. Daarna gebruikte ze het om haar naaldhakken schoon te wrijven. First things first. Ze wilde er op haar paasbest uitzien. Zij had aangedrongen op dit bezoek. Niet eens om goede punten te halen bij onze sociaal inspecteurs. En evenmin, had ik de indruk, om aan mijn zijde eindelijk eens het huis met de dolfijnen te kunnen verlaten, voor een ander uitstapje dan om inkopen te doen.

Nee. Ze wilde dit zelf. Ze wilde het echt. Dat had ze me dagenlang verzekerd. Ze keek ernaar uit.

De meeste mensen beseffen niet wat ze willen.

En als ze het beseffen is het te laat.

IV | 3.

Nog geen verstaanbaar woord heeft hij uitgekraamd, anders dan 'Jullie hadden vooraf moeten bellen' en 'Ik had me kunnen laten scheren'. De rest gaat ten onder in gesnotter, en in kreten en gefluister die aangezwengeld lijken door verbazing en vreugde, en naar ik vrees zelfs een vorm van dankbaarheid.

De tand des tijds is niet mals. Hij vreet aan alles, zelfs aan harteloosheid. Een boer is overal hetzelfde, behalve in het bejaardentehuis. Daar wordt hij een oud wijf.

Op de televisie speelt een zwart-witfilm, nog luid ook. Ik heb niet de indruk dat hij zit te volgen. Voorzover hij al zat te volgen toen we binnenkwamen.

Ook Tamara volgt niet wat zich op de buis afspeelt. Zij zit smartelijk mijn verwekker aan te kijken. Het is gewoon gênant. Dat kind heeft god weet welke uitzichtloze vergeetput achter zich gelaten, gegarandeerd vol hongersnood, structurele werkloosheid en weinig opbeurende verkrachtingsstatistieken. Maar nu pas, hier, gaat ze gekweld zitten kijken? Naar iemand die wat moeilijk uit zijn woorden komt?

Zo heeft ze in de weken dat we mekaar kennen nog niet één keer gekeken naar mij. Ik mag medicijnen slikken en in opvliegers uitbarsten zoveel ik wil. Misschien moet ik ook maar eens wat gaan snotteren en stotteren. Krijg ik eindelijk ook wat empathie en een blik vol smart. Wie is hier eigenlijk het slachtoffer?

Moesten we daar drie uur voor rijden en onszelf de pleuris lopen door het noodweer? Om compassie tentoon te spreiden met de nieuwste smartlapmode — een mannelijke en bejaarde versie van het meisje met de zwavelstokjes?

Mijn verwekker maakt nu zelfs met veel gebaren en een paar excuserende woorden duidelijk dat hij dringend naar de wc moet. Wellicht van de opwinding. Dat krijg je met prostaatverkalking. Misschien is het zelfs kanker. Aan zijn prostaat, bedoel ik. Het zou me niet verbazen. Het is de plek waar ik vandaan kom. Dan heeft het al met al nog lang geduurd voor die plek verkalkte of verkankerde. Het valt me tegen van mezelf.

Of misschien is het gewoon een kriebel, die mijn verwekker voelt. Dat kan gerust, met iemand als hij. Een zittend gat heeft hij nooit gehad. En zie hem nu eens zitten. Ik had mij, eerlijk gezegd, het beeld liever bespaard. Lang leve de sociale controle. Ik mag niet vergeten hem straks de groeten te doen van Jenny en van Karel.

De wc bevindt zich in dezelfde kamer. Goddank achter een scherm. Nog fraai vormgegeven ook. Een stuk zuivere belle époque. Dat had ik bij het binnenkomen meteen opgemerkt. Dat er een kamerscherm stond, met daarachter de wc. Dit pand mag er aan de buitenkant nog zo uitzien als een kurhaus, de voorzieningen zijn gebleven wat ze waren meer dan een eeuw geleden, schat ik. Wellicht heeft het een stoet van tbc-patiënten opgevangen. Indien het al geen lepralijders waren. Pater Damiaan moet zijn stiel ergens hebben geleerd. 'Ik zal er wel een verpleegster bij halen,' zeg ik.

'Nee, nee,' zegt hij, met een wegwerpgebaar van zijn opvallend magere hand. Ze staat vol levervlekken. 'Te druk,' zegt hij, geloof ik. 'Te druk!' Of zoiets. En hij wijst weer vagelijk naar mij en dan naar het kamerscherm. Zijn ogen drijven vergroot en vragend rond, achter hun schijven van haaienglas. 'Wc!' herhaalt hij. Luid en duidelijk.

'Wat doe je als je hier alleen bent?' vraag ik, zonder ook maar een moment aanstalten te maken om op te staan en hem te helpen. Ik ben te oud geworden om mij te laten commanderen of chanteren. Ik ben zelf ziek. Zie je mij iemand afblaffen of afdreigen? Om mij naar de wc te dragen, mijn leuter vast te houden, en hem na afloop af te kloppen tegen de rand van de houten bril?

Hij zegt iets wat zich, na herhaling, laat ontcijferen als: 'Hoezo — alleen? Ik ben hier altijd alleen.'

'Er moet toch een manier zijn om een verpleegster op te roepen,' zeg ik. 'Wat doe je als je uit je rolstoel stuikt?' Heb je geen drukknop? denk ik. Een alarmknop? Een sirene? Maar ik vraag het niet.

Hij haalt zijn schouders op. 'Wc,' herhaalt hij. Droever dan daarnet.

'Kun je geen nieuwe vriendinnen meer maken,' vraag ik, 'die jou hier kunnen komen oprapen en ronddragen?'

'Wacht,' zegt hij, 'wacht!' Hij kantelt zijn lichaam naar links. Hij gaat echt helemaal scheefhangen in zijn rolstoel, naar ik vrees om alvast een krakende scheet te laten. Maar nee. Hij haalt met veel moeite een propere zakdoek tevoorschijn uit zijn broekzak. Opnieuw wat rechter in zijn bolide zittend, plooit hij de zakdoek open in zijn schoot. Vervolgens buigt hij zich voorover, zijn ellebogen rustend op de leuningen, hij opent zijn mond en laat, met enkele slierten kwijl erbij, zijn kunstgebit in zijn schoot vallen. Midden op de propere zakdoek. Hygiëne was altijd een van zijn sterke troeven.

Tamara en ik zitten erbij en kijken ernaar.

Vervolgens begint mijn onverstoorde verwekker zorgvuldig zijn gebit droog te wrijven met de zakdoek. Tot in de kleinste hoekjes en randjes van zijn tanden, wit als pianotoetsen. Zonder de griezelig natuurecht roze welving te vergeten van zijn verhemelte. Hij werkt secuur en vol toewijding. Iemand die een handwapen demonteert en weer in elkaar zet, vlak voor een aanslag.

Tamara en ik blijven zwijgend kijken naar zijn handelingen. Op de televisie vangt een zeemzoete scène aan, ergens op een tabaksplantage in de jaren vijftig, bij valavond, met navenante muziek en twee verstrengelde geliefden. Hun replieken gaan verloren in de aanzwellende stormvloed van violen en sjirpende krekels. Ten langen leste kijkt mijn verwekker naar mij op en wijst naar een plastic flesje op de tafel.

Ik reageer niet. Ik kijk naar zijn gezicht. Het was al geen feest om dat terug te zien. Nu is ook nog eens alles in de buurt van zijn bovenlip naar binnen geklapt. Alsof het centrale deel van zijn gelaat zonder weerstand vacuüm is gezogen door een implosie in zijn hersens. Mijn god, kan ik niet nalaten te denken, mijn verwekker is begonnen zichzelf op te vreten.

Meteen zie ik – het zal wel weer een bijverschijnsel zijn, of een wensdroom – hoe zijn onderkaak inderdaad aan het kauwen slaat. In haar eentje. Een zelfstandig kauwende kin, opwaarts, almaar meer, naar boven toe, waar ze alles wegvreet wat ze op haar pad vindt, als in een of andere animatiefilm. Eerst moet zijn ingeklapte bovenlip eraan geloven, hap. Dan zijn neus – buitenmaats of niet, hij verdwijnt na één opwaartse hap van de zelfstandig kauwende onderkaak. Hap. Daarna, hap, gaan de beide verschrikt kijkende ogen eraan, met buitenmaatse bril en al. Daarna het voorhoofd, hap. Vervolgens hapt de kauwende onderkaak met één achterwaartse salto heel de schedel van mijn verwekker op en begint zich ongehinderd een weg naar beneden te vreten, almaar sneller, hap, hap. Eerst de nek, dan de borstkas met het hart erin, dan het middenrif, almaar meer naar beneden, hap, hap, de buik, het bekken, het kruis, de benen, tenen, hap, hap, hap. Tot de onderkaak met een laatste hapje zichzelf opeet en mijn verwekker – plof! – helemaal in het luchtledige is opgelost.

Hij zit er nog. Hij wijst nog steeds naar het flesje, met die mager geworden hand vol levervlekken, met zijn smekende, zwemmende ogen achter glas, en zijn naar binnen gezogen bovenlip. Op de televisie is, aan de muziek te horen, een of ander stormachtig afscheid aan de gang. Ik buig me zuchtend voorover en overhandig hem het flesje. Hij had er zelf bij gekund, als-ie maar wat meer moeite had willen doen.

Het flesje bevat een wit poeder dat hij kwistig op de bovenkant van zijn gebit aanbrengt. Ook deze handeling vergt zijn uiterste concentratie. Hij duwt met duim en wijsvinger op de weerbarstige flanken van het flesje totdat die plots meegeven, waardoor een wolkje poeder het spits toelopende flessenhalsje verlaat.

Met exact zo'n flesje heb ik ooit een acteur op de set coke zien snuiven. Zo opvallend mogelijk, de amateur. Hij beheerste van zijn vak alleen het onderdeel 'ik wil acteur zíjn'.

Het acteren zelf schoot erbij in.

'Ik ben verkouden,' had-ie bij binnenkomst gezegd, met een knipoog erbij. 'Kijk maar uit, niet kussen vandaag!' Hij hield één neusgat dicht met zijn duim, duwde in het andere de hals van zo'n plastic flesje, drukte een paar keer en inhaleerde alsof het geneesmiddel wortel moest schieten in zijn uiterste longpunten. Daarna keerde hij zich naar de draaiende camera en spuwde zijn replieken uit. Viermaal te snel. Geen donder van te begrijpen.

We hebben nog overwogen om zijn takes vertraagd in de film te monteren, maar dan zakte zijn stem en waren we even ver van huis. Hem ontslaan kon niet. Hij was, als beroemde slijmbal uit een familiesoap, onze enige bankgarantie. Zoals wij voor hem het enige ticket vormden van de hoop ooit te ontsnappen aan zijn soap. Vooral aan de rol waarmee iedereen — hijzelf inbegrepen — hem na tien seizoenen zo vereenzelvigde dat zijn leven uitgegomd raakte. Hij jankte meer om de dood van zijn tv-hond dan om de dood van een echte vriend. Ieder vak kent een beroepskwaal.

We hebben moeten wachten tot zijn flesje leeg was en zijn dealer niet bereikbaar, voor we de scène aanvaardbaar konden inblikken. En dan flopte de film nog aan de Belgische kassa.

Elders werd hij niet eens uitgebracht.

Mijn verwekker spuit geen coke op zijn gebit. Het is kleefpoeder. Dat mag ik toch hopen. Hij gebruikt alleszins zijn beide handen om het gebit weer aan te brengen. Met de palmen naar boven gekeerd, en de vingers wriemelend in het ijle. Alleen zijn duimen bevinden zich diep in zijn mond. Hij duwt er het gebit mee tegen zijn verhemelte en zijn bovenkaaksbeen. Drukje hier, drukje daar. Alsof hij een laag semtex op zijn plaats modelleert.

'Zo,' zegt hij na een tijdje, alvast een paar kauwbewegingen in het wilde weg makend. 'Dat zit weer voor een tijdje vast.' Verstaanbaar bij de eerste take.

Of dat een verbetering betekent moet nog blijken. 'Ik moet dringend naar de wc,' zegt hij. Die boodschap valt niet langer te ontkennen. Zelfs Tamara kan hem nu begrijpen. 'Kom, help je oude vader,' zegt hij.

'Waarom?' vraag ik.

Al zwemmen zijn ogen, hij kijkt me aan met die oude blik van hem. Tussen vanzelfsprekendheid en verwijt. Zijn toon is echter nieuw. Tussen zacht en redelijk. 'Ik wil eindelijk weer eens kunnen rechtstaan terwijl ik pis.'

'Waarom?' vraag ik.

'Echte mannen pissen staande,' legt hij uit, met weer een paar kauwbewegingen. Het schildpadvel onder zijn kin wiegt ervan.

'Staande pissen is voor mietjes,' zeg ik. 'Echte mannen schíjten staande.'

Hij schiet zowaar in de lach. Een krakende versie van zijn hinniklach van vroeger. 'Hij is me er eentje,' zegt hij tegen Tamara, met zijn kromme, nog speekselnatte duim wijzend naar mij. 'Die jongen van mij? Tjonge jonge. Niet de gemakkelijkste maar je lacht wat af. Als je hem over de vloer krijgt dan toch. Maar dat hoef ik jou niet te vertellen, natuurlijk.' Mijn verwekker grijnst haar toe. Hij geeft haar zelfs een waterige, uitvergrote, vette knipoog.

Tamara hangt aan zijn lippen. Op haar gezicht vechten medelijden en bewondering om de bovenhand. Wat is dat toch met vrouwen? Toon ze een wrak, een kind of een huisdier, en ze zijn verkocht. Mijn verwekker is de drie tegelijk.

'Kom,' zegt hij, weer tegen mij. Zijn articulatie verbetert met de minuut. Ik verdenk hem ervan dat hij het eerste kwartier een nummertje heeft opgevoerd. De verveling moet wel erg groot zijn in zo'n bejaardentehuis. Anders had-ie er zich wel meteen van afgemaakt met een korte kletterende ruzie, zoals vroeger. Waarna we elk ons weegs hadden kunnen gaan. Van elkaar bevrijd. Verlost. Ontlast. 'Ik wil nog eens echt kunnen pissen,' zegt hij. 'Ik wil het voelen, en niet aan mijn billen. Ik wil het voelen in mijn hand. Ik wil het horen stromen. Ik wil het horen klateren. Help me, jongen. Kom.'

Hij maakt aanstalten om te gaan staan, maar ik duw hem met zachte aandrang weer zijn rolstoel in. 'Je handrem staat niet op,' zeg ik. 'Een ongeluk is gauw gebeurd. Ik haal wel een verpleegster.'

'Een verpleegster, een verpleegster,' zegt hij. 'Die teven willen allemaal dat ik op die bril ga zitten. Ik wil verdomme eindelijk nog eens recht kunnen staan. Al was het de laatste keer.'

'Als je zo voortdoet, wordt het je laatste keer,' zeg ik.

'Help mij,' zegt mijn verwekker. 'Een zoon helpt zijn vader.'

'Ik roep wel een verpleegster,' zeg ik.

'Je laat mij in de steek,' zegt hij. 'Je hebt me altijd in de steek gelaten,'

'Dat is ook een manier van helpen,' zeg ik, 'zeker bij jou.'

'Je hebt me altijd al gehaat,' zegt hij, met weer af en toe een bijtbeweging in het ijle.

'Geen familietrek is mij vreemd,' zeg ik.

'Nooit kon ik iets goeds doen in jouw ogen,' zegt hij.

'Breng mij één weldaad in herinnering,' zeg ik, 'en ik help je. Noem ze. Zeg het dan.'

Zijn ogen zwemmen, al proberen ze me nog zo te fixeren. 'Ik stond er helemaal alleen voor,' zegt hij.

'Je had elk seizoen een andere Oostblokteef,' zeg ik.

'Jij joeg ze iedere keer het huis uit,' zegt hij. 'Geen enkele was goed genoeg. Jij maakte die arme meisjes het leven zuur. Ze voelden zich schuldig, door jou. Ze voelden zich verstoten, door jou. Zo klein als je was? Zo jong als je was? Je dreigde ze af, met je tranen, je woedeaanvallen, je leugens. En ik koos elke keer opnieuw voor jou. Mijn hele leven hielp ik naar de verdommenis, voor jou. Elke nieuwe liefde liet ik uit mijn handen glippen. Niet één hield het uit bij ons. Niet één.'

'Breng mij hier en nu de ziekste van hen,' zeg ik, 'de domste, de meest harteloze, de oudste, de lelijkste. Breng mij het grootste kreng en zet haar in een rolstoel voor me neer. Ik zal haar wassen en kussen, van voetzool tot oksel. Ik draag haar eigenhandig naar de pot en weer terug. Als het moet help ik om versteende drollen uit haar kont te peuteren. Maar vraag nooit hetzelfde voor jou.'

'Ik wil nog één keer staande pissen,' zegt hij. 'Is dat echt zoveel gevraagd?'

'Laten we die vraag voorleggen aan een bevoegde verpleegster,' zeg ik.

'Dat is een wildvreemde,' zegt hij.

'Niet meer dan ik,' zeg ik.

'Help mij,' zegt hij.

'Nee,' zeg ik.

'Ik doe het wel.' Voor ik iets kan ondernemen, staat Tamara al naast de rolstoel van mijn verwekker.

Ze schuift een arm onder zijn ene oksel en helpt hem met gemak overeind. Ze moet dit nog hebben gedaan. Ze komt uit contreien waar een burgeroorlog woedt, of een epidemie. Dat zie je zo. Geen greintje huiver. Ze bezit de koelbloedigheid van wie afgehakte ledematen heeft gezien, manchetehouwen, de ravage van pokken in een kleutergezicht, gezwollen buikjes, etter uit ogen, bloed uit geslachtsdelen. Alles is heftig in Afrika. Dat is algemeen bekend. De mensen worden er even uitbundig van als bikkelhard. Zou ze familie hebben die nog in leven is? Ze raakt mijn verwekker aan alsof ze hem al jaren kent.

Hij helpt mee, zo goed en zo kwaad als hij kan. Hij zet zich met zijn ene hand af tegen de leuning van zijn rolstoel en gaat schuin tegen het lichaam van Tamara aan leunen. Toch komt hij bijna ten val. Zijn ene voet is bekneld geraakt tussen de voetsteuntjes. Hij krijgt hem niet los, hoezeer hij met zijn vrije voet ook naar de steuntjes trapt. De rolstoel zelf maakt al een kwartdraai.

'Help me,' zegt Tamara tegen mij. Kalm maar met vlammende blik. '*Aide-moi, quand même.*'

Ik klem een voor een de handremmen van de rolstoel vast op de rubberen bandjes, en klap diep voorovergebogen de beide voetsteuntjes omhoog. Meer moeten ze van mij niet verlangen.

Dat doen ze ook niet. Ze strompelen al van me weg, zonder me een blik te gunnen, in de richting van het kamerscherm. Hij leunt zwaar tegen Tamara aan, met de vrijpostigheid van de patiënt die weet dat hij voor altijd patiënt zal blijven. De tirannie der hulpbehoevendheid. Als je maar één rol over hebt, speel je die met overgave.

'Oeps,' zegt hij, een beetje guitig, alsof hij eindelijk nog eens op schoolreis mag, 'voorzichtig, hoor.' Voetje voor voetje van het oude Perzische tapijt stappend waarop zijn eettafel staat — de mat en de eettafel die ik mij herinner uit mijn jonge jaren, toen ik nog onder hetzelfde dak woonde als de man die de rekeningen voor mijn schoolse ontwikkeling tot een prop frommelde en mij naar de kop keilde, omdat-ie ook zonder mij al genoeg schulden had. 'We zijn er bijna,' zegt hij, zich extra tegen Tamara aanschurkend, schokkerig stappend. Een maanwandeling in een bejaardenkamer.

Maar zijn hand, die schokt niet. Zijn magere gevlekte hyenaklauw, met het gerimpelde, zijige vel. Ze ligt stevig en wel om het middel van Tamara. Het enige wat ze doet, is allengs naar beneden schuiven. Ik zie het voor mijn ogen gebeuren. Zo is de man. Zie hem strompelen, naar een wc-pot of naar het einde, dat blijft allemaal eender. Hij ziet nog nauwelijks uit zijn ogen, heeft amper vlees aan zijn botten, hij heeft net ruziegemaakt met zijn enige afstammeling, hij is op weg om misschien een allerlaatste keer staande te pissen, als ging het om een parodie op een executie — en wat doet hij? Hij laat zijn magere hand zakken. Zoetjesaan. Tot ze, kwansuis toevallig, rust op de derrière van zijn aanstaande schoondochter. Alsof hij, kenner van buitenlands vlees, de koopwaar van zijn zoon even zal controleren. Ik verwacht elk moment dat hij zijn schildpadkop keert en kraait: 'Daar kunnen mijn Oostblokteven nog wat van leren.'

Op de televisie loopt, met de bombarie van een metropoolorkest, de aftiteling. Benieuwd hoeveel van de medewerkers nog in leven zijn.

De kop van mijn verwekker keert zich niet kraaiend om. Hij en zijn aanstaande schoondochter verdwijnen stommelend achter het kamerscherm, buiten beeld. Ik hoor gefrommel en gefluister, en het onmiskenbare geluid van een wc-bril die wordt opgetild, met het lichte piepen van weinig gebruikte scharnieren.

Kort daarop verschijnt Tamara weer in beeld. Mijn blik ontwijkt ze. Ze kijkt liever voor zich uit, naar het stuk kale muur tussen twee kasten, de armen werkeloos gekruist, haar rug naar de wc-pot toe, wachtend. Nee: op wacht. Alleen af en toe, als om te checken of alles goed gaat, keert ze haar hoofd en bekijkt, in een mix van schaamte en bezorgdheid, het tafereel waarvan de aanblik mij bespaard blijft.

Mijn verwekker op de rug gezien, staand voor de wc-pot, wankelend op zijn naakte, magere, spierwitte benen met vlekken en met hier en daar een grijs haar. Met zijn broek om zijn enkels, zijn onderbroek ook, een soort luier ook. Zijn aan vellen hangende kont goed zichtbaar. Zijn hoofd hangt voorover op zijn borst. Hij kijkt naar zijn kruis, naar de leuter die hij vasthoudt. Naar de blik op zijn gezicht is het raden.

Achter het scherm vandaan klinkt gesteun op, zelfs af en toe gekerm, alsof iemand daar een bovenmenselijke inspanning staat te leveren, plots gevolgd door één korte, heldere klatering van een straal, zo te horen in het midden van de pot. Zelfs de ouderdom kent kleine triomfen.

Na de klatering zucht mijn verwekker even, als van verzaligde opluchting, en begint dan opnieuw met het nodige gekerm naar de volgende kortstondige ontlading toe te werken. Steunen, klatering. Steunen, klatering. Hij pist met de regelmaat van een metronoom. Dit kan nog wel even duren. Dat begint nu ook Tamara te dagen. Ze kijkt ongerust weer even achterom.

Net op dat moment — terwijl op de televisie een bevallige zeemeermin in een aquarium hangt te watertrappen, in heftige kleuren, op de maat van onbezorgde muziek, oog in oog met de camera, en met het logo van haar werkgever in de rechterbovenhoek van het beeld — klinkt achter het kamerscherm vandaan de stem van mijn verwekker op. Hij richt zich tot Tamara, schat ik. Hij moet zich zelfs half naar haar hebben omgedraaid, want op het moment dat er, volgens de timing van de metronoom, een klatering zou moeten volgen, laat zich alleen een zwak geplens horen, als van een kwak lauw water op een stuk linoleum, indien het al geen stuk muur is. 'Zijn moeder is in de bevalling gebleven,' zegt de stem. Luid, klaaglijk, rancuneus. 'Wist je dat?'

Tamara draait niet alleen haar hoofd maar haar hele lichaam om, van de blinde muur weg. Ze bekijkt bezorgd het tafereel van mijn pissende verwekker, dat voor mij genadig verborgen blijft, en lijkt te aarzelen — ingrijpen of niet? Ik hoor weer een straal plenzen op het linoleum. Voorlopig blijft Tamara nog staan. Niet zonder stijgende weerzin op haar gezicht. Er zijn gruwelen die zelfs een Afrikaan niet kan voorzien.

'Heeft hij je dat nog niet verteld?' vraagt de stem, offscreen. Steeds onduidelijker, steeds omfloerster. Zijn gebit staat weer op het punt om los te komen. Er plenst weer iets op het linoleum. 'Ik durf te wedden van niet. Zijn moeder, dat arme mens. Een echte godin. En ze is in zíjn bevalling gebleven.'

Die laatste mededeling gaat over in een zwakke schreeuw. Tamara duikt als een schicht weg achter het scherm, waar niettemin een doffe bons hoorbaar is.

Het scherm trilt ervan, maar valt net niet om.

Ik blijf kijken naar de watertrappende zeemeermin. Verbaasd dat ze nog altijd geen adem heeft moeten halen. Hoe zouden ze dat in godsnaam doen? Cameratechnisch gesproken?

IV | 4.

Hij heeft de wedren nog niet van mij gewonnen, mijn verwekker. Hij leeft nog. Hij is alleen maar gevallen. Niets aan de hand. Coureurs vallen ook, op weg naar de top. Heilanden vallen op weg naar hun kruisiging. Mijn verwekker is gevallen omdat hij nog eens staande wilde pissen.

Dikke bult. Hij had maar moeten luisteren. Ik had hem gewaarschuwd. Haal er een verpleegster bij, had ik gezegd. Maar niet willen luisteren, níet willen luisteren.

Als je maar lang genoeg wacht, worden je ouders je kinderen. Als ze tenminste je bevalling overleven.

Hij zit opnieuw in zijn rolstoel, niet noemenswaardig beschadigd, als we zijn bril niet meerekenen, waarvan het ene beentje scheef staat, een beetje koddig omhoog.

Zijn neus is, net als zijn ene slaap, gezwollen en rood uitgeslagen. Hij moet met de zijkant van zijn gezicht tegen de wasbak gesmakt zijn. Hij klaagt ook over een zere arm en prijst zich gelukkig dat hij zijn heup niet heeft gebroken. En met zijn zwevende ribben is ook iets niet in orde, voorspelt hij, bijna met genoegdoening. Schrik voor drama slaat gemakkelijk om in verlangen ernaar. Al zijn ribben doen pijn, grijnst hij, grimmig voldaan. En zijn nek ook.

'Als je nek eind volgende week nog pijn doet,' zeg ik, 'moet je maar een nekdokter bellen.'

'Een dokter kost maar geld,' kreunt hij, met zijn ene arm zijn andere arm betastend, als om te controleren of hij niet toch minstens een ellepijp heeft gebroken. Op zijn grijze, sjofele broek en zijn hemd zijn vochtplekken zichtbaar. Hij is op zijn flank tegen het linoleum geploft, nadat hij eerst met zijn hoofd tegen die wasbak sloeg.

Maar het zou me niet verwonderen als hij, tijdens het vallen, toch nog altijd zijn leuter vasthield. Tot op het laatst paraat. Op en top een man van zijn generatie. Nog tegen de nazi's gevochten. Nog bij het verzet geweest. Nog twee schoten gelost en één Belgische vlag uitgehangen op een heikel moment. Zo zijn er bijna geen meer over. Mannen van die generatie, bedoel ik. Nazi's zijn er nog genoeg. Belgische vlaggen ook. Op de televisie is een voetbalmatch gaande, met veel gejoel en bedaagd commentaar. Niet één voetbalspeler draagt nog een normale naam. Dit moet of de Champions League zijn, of de vooravond van weer een wereldoorlog. Beide kan ook. Een ongeluk komt zelden alleen.

Ik ben alleen met mijn verwekker in zijn kamer. Tamara is, op eigen initiatief, gaan roken in de kantine, om ons de nicotinedampen te besparen. Zo vlot is ze daar bij ons thuis nog nooit opgekomen. Mijn vader heeft in alle opzichten bij haar een streepje voor. Misschien omdat hij aan haar kont heeft gezeten, en ik niet. Al vraag ik me af of ze dat wel gevoeld heeft. Hij deed het uitgekookt, mijn verwekker. Misschien heb ik het me zelfs verbeeld.

Ik heb het me niet verbeeld. Hij voelde aan haar kont. Hij keurde haar vlees. Ik vraag me af welke reputatie hij geniet bij de verpleegsters. We zijn hier al zeker een uur, en er is nog niemand van het personeel binnengekomen voor wat dan ook. Normaal kun je dat niet noemen. Het was een behoorlijk harde bons waarmee hij tegen het linoleum ging. Iemand moet dat soort dingen toch in de gaten houden? Waar dient een bejaardentehuis voor? Hoe verantwoorden ze de rekening?

Wellicht wil Tamara in de kantine ook bekomen van de schok. Ze had zo naar dit bezoek uitgekeken. Allicht is het niet geworden wat ze had verwacht.

Het was haar nochtans niet aan te zien dat ze geschokt was. Geen klacht, geen verwijt kwam over haar lippen. Ze hielp mijn verwekker eerst weer overeind, ze knoopte zijn broek dicht, ze waste de plekken schoon met warm water – vertrouwde geluiden, de handelingen zelf voltrokken zich allemaal offscreen, achter het genadige kamerscherm uit de belle époque.

Niet één keer vroeg Tamara mij om hulp. Integendeel, achter het scherm vandaan stelde ze me meermaals gerust, er was niets aan de hand zei ze, '*rien de grave*', 'alles oké'. En tegen mijn verwekker, stiller, sussend: 'Rustig, rustig. Alles oké.' Ze heeft, zeg maar, onze familiale verhoudingen inmiddels correct ingeschat.

Volgens mij zat ze achter dat scherm op haar knieën voor hem, en leunde hij met zijn rug tegen de wasbak, en liet hij zich gewillig wassen en schoonwrijven, zijn leuter misschien zelfs inbegrepen. Hij schaamt zich voor niets. Ik zie het zo voor me. Hij is ertoe in staat. Hij leunt achterover tegen die wasbak en hij biedt haar zijn gekneusde leuter aan, vol in de hand, als was het een van zijn stigmata. En zij wast die stinkende wond. Terwijl hij, op haar neerkijkend, en ondanks de pijn in zijn neus en zijn zwevende ribben, niet nalaat een blik in haar decolleté te proberen werpen.

Zou ze zoiets merken? Ze is niet dom. Ze is vreemd. Ze is mij vreemd. En dat blijft zo. We leven op elkaars lip, we wisselen zinnetjes uit, en beleefdheden, en irritaties. Akkoord, we zitten ook weleens hand in hand tijdens een ondervraging, en we lopen weleens gearmd door de regen. Maar voor de rest blijven zij en ik mijlenver van elkaar verwijderd.

Misschien maar goed ook. Wat bindt ons? Vandessel, en de puur willekeurige manier waarop die mij op het spoor is gekomen. Je kunt net zo goed worden bijeengebracht door een roulette.

Op het blinde toeval moet je sowieso niet rekenen. Je hebt genoeg aan jezelf om dat te bewijzen. Je weet maar nooit wat je zelf had kunnen worden, als op de beslissende momenten van je leven het toeval een slechte dag had. Of juist een topdag, waarom niet? Ik had iemand helemaal anders kunnen zijn. Misschien ben ik wel iemand helemaal anders. Verwisseld in mijn wieg. Ook dat nog. Eerst mijn verwekster vermoord, daarna spoorloos verdwenen. Over een sluitend alibi gesproken.

Wacht eens even? Als ik ben verwisseld in mijn wieg? Dan heeft iemand anders haar doen stikken. Ze zag al blauw van het persen, schijnt het. Ze hebben haar te laat opengesneden. En dan, vanwege de paniek, sneden ze te ver. Ze zijn uitgeschoten. Een scalpel moet je niet onderschatten, in de buurt van een gespannen onderbuik. En met al dat inscheuren erbij?

En ze wou juist niet dat er in haar gesneden werd.

Ze verzette zich. Tot op het laatst.

Tegen dat scalpel. Of tegen mij.

Toen mijn verwekker weer voldoende gefatsoeneerd was, kwamen ze samen achter het kamerscherm vandaan, hij en Tamara, arm in arm, voetje voor voetje — een trage, onbeholpen tango, weer naar die rolstoel toe. In een sfeer van intimiteit. Ze leken mekaar na dit halve uur al beter te kennen dan Tamara en ik na een paar weken. Misschien moet hij maar met haar trouwen. Kunnen zij en ik later nog een potje ruziemaken om zijn erfenis. Zou hij wel een erfenis te geef hebben? Een andere dan schulden en slecht af te schudden herinneringen?

Tamara hielp hem plaatsnemen in zijn rolstoel, draaide zijn voetsteuntjes naar beneden, hielp hem zijn voeten — in hun labradorbruine pantoffels — weer op de steuntjes te plaatsen, zette de beide handremmen weer in vrij en zei: 'Ik ga roken. In de kantine. *Parle avec lui.* Praat. Het is je vader.'

Waarna ze de rolstoel naar mij toe draaide en de kamer verliet.

Op de televisie heeft, aan het gejuich te horen, iemand net gescoord. Of de scheidsrechter neergeschoten.

IV | 5.

Mijn verwekker en Gaëtan hebben elkaar maar één keer ontmoet. Wat één keer gebeurt, vergeet je ofwel snel, ofwel nooit. Ik ben de ontmoeting van Gaëtan en mijn verwekker niet vergeten.

Hij wel, durf ik te wedden. Mijn verwekker, bedoel ik. Met Gaëtan heb ik er nooit meer onder vier ogen over gesproken. Maar hij kon de ontmoeting moeilijk vergeten.

Hij hoefde maar in een spiegel te kijken om er een spoor van te zien.

Al wie het ongeluk beschoren is om bij volle bewustzijn heen te gaan — hyperventilerend in een neerstortend vliegtuig, naar adem happend bij de sprong van een wolkenkrabber, verdrinkend onder een vuistdikke ijsschots met gefilterd zonlicht op het gezicht — ziet zijn doodsstrijd nog verergerd door het bekijken van 'de film van zijn leven', die zich naar verluidt in het aanschijn des doods voor je geestesoog afrolt. Wetenschappelijk valt dat niet te bewijzen, maar alle menselijke proefkonijnen met een bijna-doodervaring kunnen er hun mond niet over houden, dus er zal wel iets van kloppen. Zo niet zou hun mond wel overlopen van heel wat anders. Bijvoorbeeld dat ze nog altijd ademen en rondlopen, in blessuretijd zeg maar.

Een prettig vooruitzicht is het niet, zo'n film van je leven. Al je hoogtepunten, zomaar op een rij? Associatief verbonden, het goede en het beschamende dooreen? Flitsend gemonteerd, en zich vermengend met beelden van de werkelijkheid — een vliegtuigbevolking in paniek, een razendsnel naderbij zoevende straat vol auto's en omhoogkijkende voetgangers of juist een menigte boven je kop die de ijskorst kapot probeert te stampen met de hakken van hun schoenen? Je kunt maar beter voldoende tranquillizers binnen handbereik houden tegen dat het zover komt.

Ik houd geen tranquillizers binnen handbereik. Ik heb niets te vrezen. Ik mag me van een trapladder gooien, dan nog zal de kortfilm van mijn leven afgelopen zijn voor ik op de keukenvloer te pletter sla.

Indien de kortfilm van mijn leven dan toch een faire regisseur krijgt toebedeeld, zal die ene scène niet ontbreken waarin de minnaar van mijn leven zich introduceert bij de verwekker van mijn leven. Hij vond dat het hoog tijd was, Gaëtan dus, om de trompet van de verzoening te blazen tussen mijn vader en mij. Nog wel door in één moeite zichzelf voor te gaan stellen als de ideale schoonzoon.

Ik frequenteerde toen al een paar jaar zijn familie. Ik kende vier generaties Tavernier bij de voornaam. Een volksstam was er niets bij. Nichtjes, nonkels, oma's, tantes, broers en zussen. Allemaal met huisdieren en allemaal even voorkomend en gastvrij, zelfs de huisdieren. Met angstaanjagend weinig wanklanken in de onderlinge omgang. Ik nam, als het niet anders kon, en als ik geen wereldreis had weten te organiseren om aan de plichtplegingen te ontsnappen, deel aan hun kerstfeesten, hun vrijzinnige doopfeesten, hun zomerzonnewendefeesten, hun barbecues en hun huisconcerten, en last but not least hun beroemde crematies, vol kunstige zang en muziek en zelfgemaakte versjes en speeches, ten afscheid van weer een unieke Tavernier.

Ik werd op straat aangesproken en gekust alsof ik zelf een Tavernier was, ik werd ondergedompeld in een bad van luidruchtig betuigde genegenheid en even luidruchtig betuigde aanvaarding. De wereld leek te bestaan uit Taverniers.

Het had iets van een besmetting.

'Ik ga niet mee,' zeg ik op het laatste moment tegen Gaëtan. We zitten in onze pas aangeschafte Alfa voor het huis van mijn jeugd. Het huis van mijn tijdverlies. Ik zit aan het stuur. Een notenhouten sportstuur. Cool avant toute chose — het devies van de snob die erop geilt een snob te zijn. Ik draag zelfs een zonnebril. Het vliegeniersmodel. Twee neerhangende ellipsen in een gulden frame. Dit zijn de vroege jaren tachtig. Brede broekspijpen, hemdsboorden met lange punten. De opkomst van cocaïne en weltschmerz als partydrug. Alles ademt heimwee naar Miami, terwijl nog niemand er een voet heeft neergezet.

'Doe niet flauw,' zegt Gaëtan. Hij heeft een fles Elixir d'Anvers bij zich, ten geschenke, uitbundig ingepakt, met glitterstrik en alles. Elixir d'Anvers. Voor mijn verwekker. Waarom ineens geen roze pruimenlikeur? Of een kanten onderbroek? Of twee kanten onderbroeken — eentje voor mijn verwekker, en eentje voor de Oostblokteef van het seizoen. Die zou denken dat haar maandloon werd uitbetaald, en het onmiddellijk aftrappen.

'Ga jij maar voorop,' zeg ik. 'Als het ijs gebroken is, ga ik de volgende keer wel mee. Of de keer daarna.'

'Hou op,' zegt Gaëtan, met een wanklank in zijn stem die ik nooit hoor als hij met wie dan ook van zijn familie praat. Hij moet die klank van mij hebben opgestoken. Ik kan een gevoel van trots niet onderdrukken. 'Ik doe dit voor jou,' zegt Gaëtan.

'Je weet niet wat je zegt,' zeg ik.

'Oké,' zegt Gaëtan, aan de glitterstrik frutselend. 'Ik doe dit voor je vader.'

'Je weet niet wat je zegt,' zeg ik.

'Die man heeft recht op een poging tot hereniging,' zegt Gaëtan, 'zoals iedereen.'

'Hereniging is geen recht,' zeg ik. 'Het is marteling met voorbedachten rade.'

'Jij schrijft mensen te snel af,' zegt Gaëtan.
'Jij weet niet wat je zegt,' zeg ik.
'Hij blijft je vader,' zegt Gaëtan.
'Dat bedoel ik net,' zeg ik.

Het eindigt ermee dat Gaëtan in zijn eentje de wagen uit stapt, het portier met een rotklap achter zich dichtsmijt en zonder aarzelen aanbelt aan de deur waarachter ik ben begonnen te puberen, ooit, lang geleden, eeuwen geleden, in een vorig bestaan of vier.

Er wordt niet opengedaan. Hij staat daar mooi voor joker, onze idealist, met zijn fles Elixir d'Anvers in feestpapier, en met zijn gecentreerde, lichtblauwe jasje losjes over zijn ene schouder hangend. Hij staat zich te ergeren, dat staat op zijn rug te lezen, ik zie het dwars door zijn witte zijden hemd heen. Hij belt nog eens aan, langer dan daarnet. En nog eens. We mogen gerust spreken van bellen met aandrang.

Ik hoor de deurbel uit mijn jeugd overgaan tot in onze Alfa, de autoradio ten spijt. *The Sound of Philadelphia,* een nieuwe beat voor een nieuwe tijd. Een prima soundtrack onder dit alledaagse tafereel.

De deur zwaait open en onthult een kleine magere vrouw in een versleten nylon kamerjas. Het mens bezit, behalve een perfect asblond permanent, een ongezonde gezichtshuid en een mistroostige oogopslag. Ze houdt haar kamerjas met één hand dicht bij de hals, ze aanhoort wat Gaëtan te zeggen heeft en laat hem binnen, onzeker knikkend, zelfs ietwat angstig. Alsof Gaëtan, ondanks zijn outfit en zijn geschenk, iemand van de staatsveiligheid moet zijn, indien al niet een agent van de KGB.

Ik blijf zitten. Door de zonnebril van mijn voorkeur kijkend naar de contreien van mijn jeugd. Geen zon te zien in heel het zwerk. Dat mag de pret niet drukken. Ik zit hier goed. Laag en droog. Met mijn volwassen handen het houten stuur omklemmend van de eerste wagen die ik van mijn eigen centen gekocht heb. Met mijn vingers het ritme meetokkelend van de nieuwe tijd. Heerlijk, zo'n houten stuur. Je mag van Italianen zeggen wat je wilt — bijvoorbeeld dat ze elegant behaarde dwergen zijn, en dat ze voorts alleen bestaan uit heel veel lucht en één piepklein ventiel — maar als het aankomt op houten sportsturen? Dan zijn ze niet te kloppen.

Voor ik goed en wel ben uitgekeken op de straat waarin ik jankte en mankte als kind, wordt het portier aan de passagierskant opengetrokken. Gaëtan neemt plaats, hevig bloedend uit zijn zichtbaar opzwellende neus. Op de brug van zijn hellenistisch verantwoorde reukorgaan is een dwarse wond zichtbaar, waaruit zachtjes bloed pulseert. De rest van zijn gezicht is grauw.

Het bloed druipt op zijn zijden hemd en zijn lichtblauwe broek. Zijn jasje heeft hij niet bij zich. Hij kijkt strak voor zich uit. Ik kijk hem aan met open mond. Na een minuut of zo draait hij zelf de autoradio uit. 'Heb jij geen zakdoek?' vraagt hij.

'De gore klootzak,' roep ik, aanstalten makend om op mijn beurt de wagen te verlaten en aan te bellen.

Gaëtan houdt me tegen bij de arm, zonder me aan te kijken. Hij kijkt naar iets aan het einde van de straat, of nog verder. 'Blijf hier,' zegt hij. 'Nu is het te laat.' Zijn nasale toon snijdt me door merg en been. Ik heb zin om mijn voorhoofd tegen dat houten stuur te bonken, of mijn elleboog dwars door de zijruit te slaan. 'Je had daarnet maar mee moeten gaan,' zegt Gaëtan.

'Je doet alsof het mijn schuld is,' zeg ik. De zin om met mijn voorhoofd tegen het stuur te slaan is over.

'Geef me een zakdoek,' zegt Gaëtan.

'Je víndt dat het mijn schuld is,' zeg ik.

'Geef me een zakdoek,' zegt Gaëtan. 'Ik bloed.'

'Reken maar,' zeg ik, 'en je neus begint op die van mij te lijken. Welkom in onze familie.'

'Geef me een zakdoek,' zegt Gaëtan. Hij beweegt nauwelijks, terwijl het bloed zijn hemd doordrenkt, van de borststreek langzaam naar beneden toe.

Ik geef hem mijn enige zakdoek. 'Kijk je wel een beetje uit voor de leren zetels?' vraag ik.

'Het lijkt erger dan het is,' zegt Gaëtan.

'Ik mag hopen van wel,' zeg ik.

'Het is niets,' zegt Gaëtan, het hoofd in de nek leggend, in de hoop het bloeden te stoppen.

‘Het is een schande,’ zeg ik. ‘Wat heb je tegen hem gezegd, en tegen dat wijf van hem?’

‘Het is niets,’ zegt Gaëtan, ‘rijd weg, breng me hiervandaan.’

‘Wat heeft hij tegen jou gezegd?’ vraag ik.

‘Niets,’ zegt Gaëtan.

‘Laat me raden,’ zeg ik. ‘Hij was niet echt blij met zijn fles Elixir d’Anvers?’

‘Breng me weg,’ zegt Gaëtan. Terwijl hij dat zegt begint hij te grienen. Onnozel, geruisloos, meisjesachtig. Zo heb ik hem nog nooit gezien. Hij trilt over zijn hele lichaam, terwijl speeksel en snot zich vermengen met het bloed. Hij krijgt het met één zakdoek niet meer onder controle. Zijn handen hangen vol. Hij veegt ze af aan zijn hemd, dan aan zijn lichtblauwe broek. En ten langen leste aan de leren zetels.

Ik bracht hem naar het ziekenhuis, waar ze me aankeken alsof ik hem zelf in elkaar had getimmerd. In zijn neusbeen werd geen breuk vastgesteld, zelfs geen barst. Een vleeswond, een bloedneus, een kneuzing. Meer kon de arts van dienst er niet van maken.

Tot spijt van Gaëtan, die inmiddels zijn grienen had verruild voor woede. Hij brieste dat hij een proces zou inspannen, dat hij mijn verwekker zou platruïneren. Ik liet hem uitrazen, zonder tegen te werpen dat mijn verwekker al lang en breed platgeruïneerd was. Ik beet zelfs op mijn tong om niet uit te roepen: ‘Je moet nu niet klagen. Ik had het je voorspeld.’

Toen we thuiskwamen, lag het blauwe jasje van Gaëtan keurig opgevouwen op onze stoep. Van de fles Elixir d’Anvers geen spoor. Dat was, als ik eerlijk ben, nog de grootste klap, voor mij dan toch. Niet het ontbreken van die fles Elixir d’Anvers. Maar dat dat jasje daar lag. Zomaar, en zo snel.

Mijn verwekker wist waar ik woonde.

Hij volgde mijn handel en wandel.

Ik heb nooit iets ervaren als een grotere en meer schokkende inbreuk op, nou ja, mijn privacy. Sommigen, niet eens Duitsers, zouden gesproken hebben van hun lebensraum die was geschonden. Op dat moment, tijdens die ene flits dat ik dat blauwe jasje op de stoep zag liggen en de consequentie daarvan besefte, had ik nog geen vrede met een universum dat ontluisterd was, indien al niet verkracht.

Vanwege één jasje op één stoep.

Zolang de hellenistisch verantwoorde snufferd van Gaëtan gezwollen bleef, en zolang de bloeduitstorting zichtbaar was onder zijn beide ogen — langzaam alle kleuren van het klassieke schilderspalet doorlopend, van donkerpaars naar alle merkwaardige schakeringen van bruin en oker, tot en met een tint van groen — viel Gaëtan er niet toe te bewegen om een verslag uit te brengen van zijn poging tot gezinshereniging. 'Je had maar mee naar binnen moeten gaan,' herhaalde hij. Met de dag minder nasaal. Maar met de dag giftiger.

Maanden later — toen hij ontdekt had dat hij het bezoek aan mijn vader kon presenteren als een heldendaad, volbracht uit liefde voor mij en met doodsverachting jegens mijn verwekker — vond hij het steeds lonender de vechtpartij van naald tot draad te vertellen. Weliswaar alleen in groot gezelschap. Als hij verzekerd was van voldoende aandacht.

De omvang van zijn wond en zijn bloedverlies gingen er niet op achteruit. Op den duur zou je zijn gaan geloven dat zijn halve hoofd eraf was geslagen. Sommige van mijn tafelburen gingen na Gaëtans verhaal ergens anders zitten, alsof ze zich wilden indekken tegen het gezegde 'De appel valt niet ver van de boom'.

Ook de eigenlijke woordenwisseling groeide in Gaëtans verhalen steeds meer aan, tot waarlijk epische proporties, met de botste uitspraken — niet ongeloofwaardig — rollend uit de mond van mijn verwekker, en met de meest hilarische sneren rollend uit de mond van Gaëtan — niet minder geloofwaardig.

De aanloop wilde nog weleens verschillen, maar het laatste stukje dialoog voor de doodsklap kwam steeds op hetzelfde neer. Mijn verwekker staat voorhoofd aan voorhoofd met Gaëtan en hij tiert: 'Een zoon van mij wordt niet gepijpt door mannen!'

Waarop Gaëtan: 'Je hebt gelijk, meneer. Hij pijpt ze zelf.'

Ik heb nooit geloofd dat dit het accurate verslag vormde van de gebeurtenissen in mijn ouderlijk huis. Maar een andere versie heb ik van Gaëtan nooit te horen gekregen. Het littekenweefsel op zijn neus werd kleiner en kleiner, en ten slotte onzichtbaar voor wie niet wist dat daar een littekentje zat.

Alleen als hij te lang onder de zonnebank had gelegen, of op een of ander strand, zag je in zijn zongebruinde gezicht dat witte streepje weer opduiken. Dwars over de brug van zijn opnieuw perfecte neus.

Vlak voor hij gecremeerd werd, voelde ik niet alleen aan zijn ijskoude geslacht, en aan zijn schaamhaar, akelig droog en stug. Ik heb ook, kort, zijn neus gekust. Op de brug. Op het bijna onzichtbare streepje. De kou die lippen kunnen voelen veroorzaakt zo veel meer pijn dan wat blote handen kunnen verdragen.

IV | 6.

Op de televisie is de voetbalmatch nog volop aan de gang. De commentator waarschuwt ons er wel voor dat de ene ploeg het spel blokkeert, en dat de andere ploeg de frisheid ontbeert om het spel desondanks open te breken. 'Om voetbal te spelen,' besluit de commentator, 'moet je met twee zijn.'

En ik maar denken dat er tweeëntwintig mongolen nodig zijn. Scheidsrechters en supporters niet meegeteld.

Mijn verwekker en ik zijn wel met twee. Maar geen van ons beiden speelt het spel waartoe Tamara ons heeft veroordeeld door ons hier achter te laten, tegenover elkaar gezeten, hij in zijn rolstoel, ik op een houten stoel waarop ik een paar decennia geleden ook al zat te zwijgen, tientallen kilometers hiervandaan, in de kroondomeinen van mijn puberdoem. Ik vraag me af hoeveel sigaretten Tamara wil paffen voor ze terugkomt.

In gedachten zie ik haar een nieuwe slof aanbreken. In haar eentje. Aan een formica tafeltje. Aangestaard door dementerende bejaarden en moderne nonnen in stemmig grijs.

'Luister,' zegt mijn verwekker uiteindelijk. Hij heeft net weer zijn gebit schoongemaakt en vastgeplakt. Op de televisie loeien de supporterskoren — oerwoudgeluiden in aanzwellende en weer verzwakkende golven. Het oprechtste wat voetbalsupporters voort kunnen brengen.

'Ik weet wel,' begint hij, kuchend, maar er komt geen vervolg. Zijn kuch gaat over in een doodshoest. Ik wacht tot hij helemaal is uitgehoest. Je moet de verleiding niet opzoeken. Het begint met kloppen op een rug, maar je weet niet waar het eindigt.

'Ik weet wel,' hervat mijn verwekker, nadat hij eerst met een zakdoek langzaam en hard over zijn lippen heeft gestreken, alsof die met één haal moesten worden uitgeveegd, 'dat wij het niet altijd gemakkelijk hebben gehad. Met elkaar. Begrijp je?'

'Nee,' zeg ik.

Hij negeert mijn antwoord. Zijn zwemmende ogen kijken mij aan. Of nee, ze kijken alsnog naar de tv achter me, of nee: naar de vooroorlogse wekker op het nachtkastje naast zijn bed, of nee: naar het behang overal om ons heen — het ongeschonden behang, waaruit maar niets tevoorschijn komt gekropen. Waar kijken ze toch naar, zijn naargeestige ogen? Ik word er zelf wat zeeziek van.

'Maar we hebben ons er altijd doorheen geslagen,' zegt hij, 'zo goed en zo kwaad als we konden.' Zijn ondertoon van fierheid is onmiskenbaar. Hij moet echt uitkijken. Er schuilt een bitterzoete voldoening in het afranselen van bejaarden. Zeker als het om familie gaat.

'Erdoorheen geslagen,' knik ik, de woorden proevend, 'zo goed en zo kwaad als we konden. Dat lijkt me een pikante omschrijving.'

'Het spijt mij,' zegt hij. Luid, uitdagend. Met onversneden trots.

'Pardon?' vraag ik.

'Het spijt mij,' herhaalt mijn verwekker, met een paar bijtbewegingen in het ijle. Ik kan me vergissen, maar ik heb de indruk dat, achter het haaienglas, zijn ogen extra waterig staan. 'Vergeef mij,' voegt hij eraan toe, terwijl hij opnieuw in de lucht bijt.

'Waarvoor?' vraag ik.

'Voor alles,' zegt hij. Hij laat zijn hoofd op zijn borst vallen, in een gebaar van schuldbewustzijn, of van uitputting, of om aan te geven dat hij nu wel genoeg heeft opgebiecht, ik weet het niet.

'Voor alles?' vraag ik. 'Dat lijkt me zoveel dat het over niets meer gaat.'

'Het ís niet veel,' zegt hij, weer opkijkend en droef knikkend, 'dat weet ik ook wel. Maar het gaat om het gebaar.'

'Welk gebaar?' vraag ik.

'Dat weet je wel,' zegt hij.

'Welk gebaar?' vraag ik.

'Laten we niet weer zo beginnen, jongen,' zegt hij. Ik wist niet dat hij een smekend register in huis had.

'Welk gebaar?' vraag ik.

'Jongen toch, alsjeblieft,' zegt hij, hoofdschuddend. 'Ik heb niet lang meer te gaan.'

'Welk tegengebaar word ik nu verondersteld te maken?' vraag ik. 'Moet ik op mijn knieën vallen voor je rolstoel? Moet ik mijn kop op je schoot leggen en ook om vergiffenis bedelen, nu we toch bezig zijn? Gaan we samen een potje janken of zo? En hou op met mij jongen te noemen.'

'Luister,' zucht hij, op de lucht kauwend alsof het om een onzichtbaar stuk vlees gaat, met kraakbeen en al. 'Ik zal mij anders uitdrukken. Ik zal het concreet maken.'

Prompt gaat hij weer scheef hangen in zijn rolstoel, naar de andere kant dit keer. Ongetwijfeld om dan toch een krakende scheet te lossen. Maar nee. Hij haalt met veel moeite iets tevoorschijn uit zijn broekzak, gaat weer rechtop zitten en houdt me het opgediepte voor de neus.

Ik kan me niet herinneren ooit van mijn verwekker geschenken te hebben gekregen. Van zijn Oostblokteven kreeg ik er bij de vleet. Bij hun eerste binnenkomst al hadden de meeste een geschenkje bij zich. Ik trapte alles kapot wat ze me gaven, zonder het uit te pakken. Het liefst terwijl ze me bezig zagen. De blik in hun ogen, dan? Die was voor mij al cadeau genoeg.

Het geschenk van mijn verwekker is niet verpakt, en het zou zich ook niet laten vertrappen. Ik moet met mijn ogen knipperen voor ik het kan geloven. Mijn verwekker houdt me geld voor. Gloednieuwe biljetten. Een fiks aantal. In de hoogste coupure.

Waar haalt-ie zo veel geld vandaan? Dit handje contantje moet meer bedragen dan de eerste aanbetaling die Vandessel meegaf aan Tamara — versleten bankbiljetten, tot een rol gedraaid alsof er schande mee gemoeid was, iets vuils, iets illegaals.

Dit geld is kraakvers en schuldeloos. 'Neem het aan,' zegt mijn verwekker. Hij zwaait er nog net niet mee. 'Wat ben ik ermee gebaat? Je zult het nodig hebben, meer dan brood en boter. Het huwelijk is geen rozenhof. Neem dat maar van me aan.'

Wat is dat toch? Sinds mijn trouwplannen bekend zijn, rolt het geld binnen. Eerst die Vandessel. Gisteren lag zijn tweede aanbetaling in de brievenbus. Hij moet 's nachts voor onze deur hebben gestaan, zonder aan te bellen. Geen briefje, geen handtekening, geen postzegel, geen adres. Niets wat ook maar kon wijzen op een spoor naar hem. Alleen een bruine envelop met daarin een pak gebruikte bankbiljetten, sommige tot de draad versleten.

En dan nu: de gloednieuwe flappen van mijn verwekker, mij zonder enige tegenprestatie voor de neus gehouden. Ik had veel eerder moeten trouwen.

Niet dat de centen niet even snel de deur weer uit vliegen. Er zijn om te beginnen mijn medicijnen. En voor de rest van de kapitaalvlucht zorgt Tamara wel. Ze heeft me al twee keer zover gekregen om mee te gaan winkelen, een derde en vierde keer ging ze alleen.

Het is verbazingwekkend wat een jonge vrouw allemaal mee naar huis kan slepen, onder de verzekering dat ze niet zonder kan. Kleren, bijouterieën, crèmes, make-up, hygiënische tierelantijnen... 't Is dat ze zo weinig omkijken naar terreinwagens en loodgieterapparatuur, je zou anders zweren dat de economie uitsluitend draait op het zwakke geslacht.

Maar ik zou liegen als ik beweerde dat Tamara het huishoudgeld alleen opmaakt aan zichzelf. Ze wil eigenlijk dat ik iedere keer mee ga winkelen. Haar allergrootste plezier bestaat er niet in om eindeloos te weifelen tussen deze protserige oorringen en gindse opzichtige collier. Ze schept er vooral genoegen in, en zelfs een zekere trots, om ook mij aan een nieuwe garderobe te helpen. Men mag gerust gewagen van enige zendingsdrang. Haar flamboyante smaak laat ze daarbij achterwege. Ik moet jassen passen en hemden proberen die zich niet anders laten omschrijven dan als gedistingeerd. Niets poenigs, wel klassiek en degelijk.

Wie ziet ze in mij?

Wát ziet ze in mij?

Dat maakt niet uit. Wie ik ook ben, het liefst maakt ze van mij een heertje. Haar heertje. Ze kneedt mij, vestimentair gesproken, in een zo gedegen rol dat haar extravagante schoonheid aan mijn zijde wel de ogen moet uitsteken, nog aan scherpte winnend door ons leeftijdsverschil. Dat levert ons — als koppel flanerend door de drukste winkelstraten, elkaar wijzend op lekkere koopwaar in vitrines — evenveel bekijks op als besmuikt commentaar. Ik ben soms ronduit blij dat ze onze voertaal nog niet onder de knie heeft. Ik heb een gouden gehoor, vooral voor geroddel en geschimp. Ik kom oren tekort. We leven in de hoogtij van babbelzieke haat.

Pas op, ik hou daarvan. Ik heb het, zeg maar, uitgevonden. Maar op de een of de andere manier amuseren de zure babbels mij niet meer als ze zich richten tegen Tamara. Ze maakt van mij haar heertje, maar straks voel ik mij nog haar mannetje. Elke relatie is een handelsbalans. Of nee, het is nog erger. Waarschijnlijk hebben we gewoon medelijden met elkaar. We betuttelen mekaar uit wederzijdse compassie. Daar mag ik niet goed aan denken, of ik trap haar mijn huis uit. Voor haar eigen bestwil. Om nog te zwijgen van de mijne.

Mijn ogen, die heb ik ook niet in mijn zak, hoe ziek ik ook ben, en hoe uitgeput ik mij ook voel, na één zo'n winkelstraat op en neer te hebben gelopen, op het drukst van de dag. Ik durf dan ook te zweren dat ik, tijdens een van onze gezamenlijke kooptochten, Jenny zag wegduiken achter een bushokje, in onze richting kijkend. En waar Jenny is, moet Karel zijn. De sociale controle staat paraat.

Mij een zorg. Het kan moeilijk anders of onze kooplust is een punt in ons voordeel. Alle tortelduiven doffen zich op voor ze beginnen te bouwen aan hun nest. Benieuwd hoe Jenny zoiets wil formuleren in haar rapport, spijts het gekanker van haar Karel.

Ik ben benieuwd wanneer ze ons opnieuw thuis komen terroriseren. En op welk uur van de dag. De schrik zit er goed in. Tamara kende na hun bezoek geen rust meer, zei ze, zolang ik mijn logeerkamer bleef gebruiken. Ze eiste zowaar dat ik de logeerkamer voortaan ongemoeid zou laten, en weer in mijn slaapkamer zou komen slapen.

Samen met haar. Weliswaar naast het bed.

Daar slaap ik nu. Op een Japanse tatami, en onder een dubbelgevouwen sprei die ik, als er aangebeld mocht worden 's nachts of 's ochtends vroeg — ze hebben daartoe de machtiging — snel over het bed kan gooien. Het hoofdkussen leg ik dan op het bed, naast het kussen waarop Tamara's hoofd ligt, en de tatami schuif ik snel onder het bed.

We hebben dat zelfs gerepeteerd. Om Tamara gerust te stellen. Ze was ontroostbaar, de dag na het eerste huisbezoek van Karel en Jenny. 'Ik ga niet terug.' Ze huilde. Kleine, woedende tranen. Haar ogen gezwollen. '*Jamais.* Ik wil niet. Nooit.'

Ik stemde maar toe. Voor die paar schamele uren per nacht die ik doorbreng in een slaapkamer, en niet in de living? Al moet het gezegd dat ik de laatste tijd meer nachtrust neem, en minder dan vroeger geneigd ben naar mijn hazewinden te kijken tot ik, in het holst van een uitzichtloze nacht, dronken word en goesting genoeg krijg om die dolfijnen van onze badkamermuur af te bikken. Ik heb zelfs al een paar nachten helemaal niet meer naar mijn hazewinden gekeken. Ik drink zelfs minder. Whisky, bedoel ik. Beter gevoed en goed gekleed... De vrouw is een gerief in huis.

Maar één ding blijkt toch ook te kloppen. Tamara snurkt. Niet als een kaduke koelkast, toch luider dan menige volwassen vent. Niettemin, zelfs daar slaap ik doorheen, tegenwoordig. Ik neem het erbij. Ik zet door. Ik laat me niet ontmoedigen. Dat zal wel iets met die sociale dienst te maken hebben. Een gedeelde strijd kan een grotere band betekenen dan een gedeelde hartstocht.

Tamara en ik zijn door weinig verbonden, tenzij door wat juist bedoeld is om ons uiteen te halen: Karel en Jenny. En de ordening die zij dienen.

Akkoord, in hun plaats zou ik misschien hetzelfde doen, als ik hun leven had geleid. Maar ik sta niet in hun schoenen. Ik sta heel ergens anders. Ik lig naast mijn bed op een tatami, en ik slaap weer overal doorheen. En ik ben niet van plan mij door een sociale dienst de les te laten spellen.

'Je hoeft niet eens dank je te zeggen tegen mij,' zegt mijn verwekker, zwaaiend met zijn gloednieuwe bankbiljetten. 'Ik weet hoe moeilijk je dat uit je mond krijgt. Dat heb je van mij. Ik krijg dat ook moeilijk uit mijn mond.'

'Dankjewel,' zeg ik, terwijl ik hem de biljetten uit de hand neem.

Ik was van plan om dat nonchalant te doen, in een gebaar zonder enige emotie — geen schuld, geen verwijt, geen laatdunkendheid, niets. Alsof je, voorkomend en voorzichtig, een blinde verkoper het opgestoken loterijbriefje uit de hand neemt dat je je net hebt aangeschaft bij hem.

Maar ik merk dat ik het geld uit zijn hand gris, nors en snel, zonder me te kunnen beheersen. Alsof ik bang ben dat hij zich op het laatste nippertje zal bedenken, mij vernederend met mijn geldzucht en mijn dankbetuiging.

Hoe snel ik het geld ook uit zijn hand gris, zijn klauw schiet uit — zijn gevlekte, gerimpelde, nog net niet geschubde tyfusklauw. Ze grijpt mijn pols beet.

Ik sta versteld van de kracht waarmee die hand mijn pols omklemt. De hand waarmee hij mijn hand vasthield op het kerkhof. De hand waarmee hij sloeg, als hij sloeg. En dat was vaak. En vaker onverwacht dan aangekondigd. 'Ik ben zo blij, jongen,' zegt hij, hier en nu. Zijn staaroog loenst mij toe. Hij staat op het punt weer in snotteren uit te barsten. Correctie. Hij barst al in snotteren uit. 'Ik ben echt heel blij', verzekert hij me.

'Nou en ik dan,' zeg ik, met mijn ene, vrije hand, het geld wegbergend in mijn broekzak. De andere laat zich niet losmaken uit zijn bankschroef.

'Ik heb het altijd wel gedacht,' snikt hij, 'ik wist het gewoon.'

'Wat bedoel je?' vraag ik. Op de achtergrond roeren zich de supporterskoren. Ik gooi straks die wekker door dat tv-scherm. Ik moet nu mijn hand loswurmen uit die tyfusklauw. Het lukt me niet.

'Het was gewoon een kwestie van wachten,' snikt mijn verwekker. Zijn gebit begint weer te zwemmen. Zijn mondhoeken schuimen. Allicht van het opgeloste kleefspul. 'Ik heb altijd geweten dat het wel in orde zou komen.'

'Dankjewel,' zeg ik. Ik moet hier weg. Hij gaat het zeggen.

'Akkoord,' zegt hij, 'het is een negerin geworden, maar ik heb daar vrede mee. Ik heb daar geen problemen mee. Ik niet.'

'Dankjewel,' zeg ik. Alleen met een uiterste krachtinspanning slaag ik erin mij los te wrikken en op te staan. Ik sta te trillen op mijn benen. Zo goed doorvoed ben ik blijkbaar ook weer niet. Ik moet hier weg.

'Ik hoop alleen,' zegt hij, zijn bril afzettend en met zijn al natte zakdoek over zijn ogen wrijvend, 'dat ik mijn kleinkinderen nog kan zien. Het mogen dan mestiezen worden.'

'Mulatten,' zeg ik. 'Als het iets wordt, worden het mulatten. Maar ik zou er niet op rekenen, als ik jou was.' Ik moet hier weg.

'Nochtans,' zegt hij, zijn bril weer opzettend en mij smartelijk aankijkend, 'het ziet er mij een serieus heet geval uit, die Tamara van jou. Dat naait er niet naast, zo'n negerin.'

'Ze zit beneden op mij te wachten,' zeg ik, 'onze bus vertrekt zo, ik moet weg.' Waarom blijf ik staan? Ik blijf hem aankijken. Ik wil het horen, merk ik tot mijn ontzetting.

'Wees eens heel eerlijk,' snikt hij. Hij is steeds minder verstaanbaar. Spreken kost hem ook steeds meer moeite, met dat gebit en dat gesnotter en die schuimende mondhoeken, zijn hele hondsdolle verdriet. Maar er is meer in het spel. Hij lijkt wel dronken te worden voor mijn ogen. Op welke medicijnen staat hij eigenlijk? Hij priemt met zijn wijsvinger vaag in mijn richting. 'Is ze niet al lang en breed in verwachting? Geef het maar toe. Je kunt dat zien aan een vrouw.'

'Jij bent gek,' zeg ik. Meer krijg ik niet uit mijn mond. Ik stap eindelijk weg van hem. Ik stap naar de deur en ik steek ze open.

'Wacht,' hoor ik hem zeggen, achter mijn rug. 'Wacht!'

Ik stop, in het gat van de deur. 'Wat?'

'Als ik mijn kleinkinderen niet meer kan zien, beloof me dan op zijn minst dit ene ding.'

'Wat dan?'

'Dat ik erbij mag zijn.

'Waarbij?'

'Bij de dienst in de kerk.'

Ik voel mijn mond openzakken. 'In de kerk?'

'De dienst in de kerk,' knikt hij, snotterend, nog amper verstaanbaar, en al niet meer tegen mij. 'Mijn jongen gaat trouwen,' snikt hij, zacht, voor zich uit, nu zelfs wat wiegend in zijn rolstoel — lichtjes van voren naar achteren bewegend, als een autist, of een jood aan de klaagmuur, of een bekeerling in een koranschool, voor zover dat niet allemaal op hetzelfde neerkomt.

Mijn duizeligheid en mijn gevoel van uitputting zijn op slag verdwenen. Ik zie de waarheid. Mijn verwekker is mijn verwekker niet meer. Hij ademt nog, hij eet, hij pist en hij schijt nog, en tussendoor kijkt hij tv, of niet. Maar dat is dan ook alles. De race tegen mij heeft hij allang gewonnen.

En ik, ik geef me gewonnen. Er zijn nederlagen die, zelfs voor mensen die niet tegen hun verlies kunnen, een staat van genade inluiden.

Terwijl ik de deur achter mij sluit — behoedzaam, om de man die ooit mijn verwekker was niet nog meer van streek te maken — zegt hij het alsnog. In brokken en stukken, tussen snikken en hikken door, amper ontcijferbaar. Maar daarom niet minder onloochenbaar. 'Dit had zijn moeder nog mee moeten kunnen maken.'

Op de achtergrond loeien de supporterskoren, met een aangroeiend gezoem als van duizenden insecten, losgelaten in een kamer waar een lijk ligt, gebalsemd met honing.

De deur valt in het slot.

VI.

V | 1.

'En u, Maarten? Aanvaardt u Tamara als uw wederhelft? In goede en in slechte dagen? En tot het levenseind van de een of van de ander u scheidt van elkander? Zo helpe u God?'

Er zijn pastoors die hun replieken zo snel afraffelen dat ze elke betekenis verliezen. De pastoor die Tamara en mij door het lot is toebedeeld is van het tegenovergestelde slag. Hij spreekt zijn replieken uit met zo veel zichtbaar genoegen en nadruk dat hij ze, alle clichés ten spijt, en bijbeltekst of geen, ter plekke lijkt te verzinnen, tot meerdere eer en extase van zichzelf. Ik kan me niet herinneren ooit van dichtbij een zo gelukzalig persoon in de ogen te hebben moeten kijken.

Of het moest gaan om broeder econoom zaliger, bedienaar van mijn eerste pijp, die moeizaam overeind kroop, bij de knieën het stof van zijn pantalon sloeg en zijn mond afveegde met zijn stool en mij brandend naar de ogen keek. Zijn blik sprak boekdelen qua extase. Hij klopte me net niet op de veertienjarige schouder.

Had-ie gerust mogen doen. Ik voelde me eindelijk eens van nut. Het was een gevoel om te koesteren. Het zou me niet veel meer overkomen. Mij hoef je niet te overtuigen van de levenslange nawerking van sacramenten. Ik weet alleen niet meer waar het plaatsvond. In de sacristie of in de refter. Daar moet ik dringend weer eens voor in therapie. Sapristi.

Het is geen sacristie waar Tamara en ik staan, en zeker geen refter. Het is een kerkje van een recent bouwjaar. Beantwoordend aan de misvatting dat je, om je religie 'dichter bij de mensen te brengen', de rituele omkadering van je opperwezen moet toesnijden op de maat van zijn meest doordeweekse volgeling. Die misvatting leidt niet alleen tot de leegloop van je religie, maar ook — wat veel erger is — tot het einde van haar architectonische traditie. De enige kathedraal waaraan vandaag nog wordt gebouwd is La Sagrada Famiglia van bouwmeester Gaudí in Barcelona. Zijn favoriete bouwmateriaal was kapotgegooid serviesgoed: de

Heilige Familie neergehaald naar het slagveld en het favoriete wapentuig van de middenklasse. De gevolgen laten zich raden. Meer toeristen dan gelovigen.

Ons kerkje heeft niets van doen met kapotgegooid serviesgoed. De nieuwe Vlaamse volksziel indachtig lijkt het op een groot uitgevallen weekendbungalow van baksteen, met een zadeldak, te weinig vensters en geen zuilen binnenin. Die zouden de kale ruimte nochtans een beetje structurele houvast hebben kunnen geven. Nu gaapt een dramaloze leegte, betegeld met de goedkoopste plavuis, en met hier en daar een pot chrysanten voor een plaasteren Mariabeeld, of een standje met devotiekaarsen en een houten geldbusje. Achter in het schip van het gebouw bevindt zich wel de traditionele halfopen verdieping voor het orgel en het koor.

Vooraan bevindt zich de enige verrassing. Een stenen koepel. Daar staan wij onder. Tamara, de pastoor en ik. Voor het sacrament van de echtverbintenis. Ik heb me in lang niet meer zo moe gevoeld.

Hij is belegd met imitatiebladgoud. En hij is ook nog eens beschilderd met een gigantische Verlossersfiguur, ten voeten uit geschilderd. De enige opflakkering van oprechte spiritualiteit in het hele gebouw. De Verlosser wijst met de ene hand naar zijn vlammende hart, met de andere brengt hij een soort akelagroet. Het betekent vast van alles. Dat is het mooie aan etnisch-religieuze versierselen, waar ook ter wereld.

De verhoudingen zouden kloppen mocht de Verlosser op een vlakke wand staan afgebeeld. Helaas staat de koepel, zoals dat hoort voor koepels, bol. Of hol. Het is maar hoe je dat bekijkt. Het vervreemdende effect is er niet minder om. Even naar boven blikken en je staat te duizelen. Het is me in weken niet meer overkomen. Ik moet me concentreren om niet door mijn knieën te zakken onder het gewicht van wat me boven het hoofd hangt. Als deze kerk ooit op een van mijn locatielijsten terechtkomt, is het vanwege deze holbolle Heiland. Als je er twee minuten naar kijkt, word je zo stoned als een kasseidreef.

Misschien is dat het geheim van de gelukzaligheid van onze pastoor. Hij heeft te diep in zijn koepel gekeken. Of toch minstens in zijn kelk, daarnet. Of misschien heeft hij geen wierook in zijn wierookbrander zitten maar pasgeoogste Afghaan. Het is alleszins niet normaal, zoals hij ons welwillend staat toe te glimlachen. Niet Tamara, niet ik, hijzelf lijkt de gelukkigste dag in het menselijk bestaan te beleven.

Dat zou nog kunnen kloppen ook. Dat hij meer geniet dan wij, bedoel ik. Ik was vergeten hoeveel gedoe en gedaas het celebreren van samenhokken met zich meebrengt.

Officieel of officieus. Allemaal hetzelfde gehannes.

V | 2.

Na tien jaar samenzijn en met een eindelijk helemaal gerestaureerd huis, meteen opgenomen in de lijst der erkende stedelijke monumenten en met de eerste verwoestende stormen van ons samenleven netjes achter de rug — de schade hersteld, de wonden gelikt, de beloften hernieuwd — vond Gaëtan het tijd voor een feest. Hét feest. Bij ons thuis.

Ik had hem daar lang van weten te weerhouden. Nu rook hij zijn kans. De verzoening had mij kortstondig week gemaakt. Ik zei ja en amen op alles. Tegen dat ik me bedacht, 's anderendaags geloof ik, had hij al een uitnodiging laten ontwerpen en een riant voorschot betaald bij een traiteur. Niet terugvorderbaar. Ik kon niet meer terug.

Hij had me erin geluisd. De politicus en de minnaar hebben één ding gemeen. Ze leven bij de gratie van het opportunisme.

Alle Taverniers waren uitgenodigd. Ze kwamen allemaal, ze vroegen me bij binnenkomst allemaal naar mijn vader en ze drukten me allemaal, nadat ik hun had toevertrouwd dat ik mijn verwekker niet eens had uitgenodigd, ernstig de hand, alsof ze me wilden steunen bij een onlangs geleden smartelijk verlies.

Na de twintigste handdruk kreeg ik spijt dat ik hem niet toch had uitgenodigd. Hij had ze allemaal op de neus kunnen slaan.

Ook onze buren gaven in groten getale gehoor aan Gaëtans uitnodiging. Deels uit nieuwsgierigheid, deels om al vretend en zuipend een compensatie in natura te bemachtigen voor ons jarenlange geklop en geboor en getimmer, om maar te zwijgen van ons geruzie. Ladderzat en kokhalzend van het schransen stonden ze te zaniken dat ze jarenlang ons stof en onze steenslag hadden moeten slikken en van hun stoep hadden moeten vegen, en dat ze nachtenlang niet fatsoenlijk hadden kunnen slapen — waarom moesten wij vooral 's nachts bricoleren? Dat we allebei overdag een drukke baan hadden lachten ze weg. Wij werkten bij de film, dat was geen werken, dat was glamour en hoereren. Alles goed en wel beschouwd, zeiden ze met hun mond vol prijzige hapjes, waren Gaëtan en ik de enigen die profiteerden van hún kommer en hún slaapstoornissen. Wij bezaten nu een poepduur pand, dat van hen stak daar ongunstig tegen af, hun huurprijzen kelderden, de stedenbouwkundige dienst zeurde hun de oren van het hoofd, en het zou er nog mee eindigen, voorspelden ze misnoegd, hun vingers schoon likkend, hun glazen bijvullend, dat ook zij gedwongen zouden worden om hun pand te laten opknappen, in de stijl van het onze — en wie ging dat betalen, meneer Seebregs? Ik moest me inhouden of ik sloeg hun de kwartelbouten en de kir royals uit de handen.

Zeker toen ze ook nog begonnen te mieren dat de kwartelbouten op waren, en de kir royals ook, en dat de rest van het voedsel bestond uit exotische hapjes waarvan ze de schimmelige smaak niet vertrouwden, en dat de rest van de drank niet één blik bier bevatte, alleen maar witte en rode wijn, niet eens uit Frankrijk — was alle geld op, misschien, na de verbouwingen?

Ik herinner me dat ik tegen één buur heb gezegd dat ik hem gerust eens wilde verbouwen. De kruidenier, of zijn toenmalige hengst, ik wil eraf zijn. Ik had het beter gedaan. Hem verbouwen, in plaats van voor de lieve vrede in een kramp te blijven glimlachen en andermaal ja en amen te knikken op alles. Zo kweek je kankers. En een blijvende afkeer van verzoening.

Onze nichtenvrienden uit het uitgaansleven hadden weinig problemen met de exotische hapjes, en nog minder met de Zuidoost-Tasmaanse chardonnay, en de pittoreske shiraz. Zij vonden alles 'neig', indien al niet 'super'. Het was hun geraden. Het was ter wille van hun nukken en modegrillen dat Gaëtan – zelf al geen beginneling – de traiteur had aangespoord tot culinaire extravaganza, inclusief het nog maar net ontluikende domein der betere wereldwijnen.

De uitgaansnichten beloonden ons met terreur. Ze behandelden ons huis alsof het een disco was. Ze zetten hun glas neer op een hoog bibliotheekschap en slaagden er nog in het om te gooien, een nieuwe betekenis gevend aan het begrip trickle down economy. Met één omgestoten glas werden op vijf schappen fotoboeken en peperduur researchmateriaal zodanig beschadigd dat ik ze later opnieuw diende aan te schaffen.

Ik zag het met lede ogen aan. Glimlachend, grimlachend. Monkelend om de mieën die, schril kirrend zoals de gemeenplaats het wil, hun roddelgesprekken in het midden van een schimpscheut stopzetten en het hazenpad kozen naar de dansvloer – de keuken – omdat de intro van hun favoriete hit had weerklonken. Ze lieten niet na om eerst hun sigaret uit te trappen op het parket van de living. Stel je voor dat ze, dansend en tezelfdertijd rokend, per ongeluk een gat hadden gebrand in elkaars uitmonstering – van ondeugend matrozenpak tot ondeugende overall. Het waren de hoogtijdagen van de Village People, een bont geklede zangtroep die in één klap vijf tot zes Amerikaanse minderheden in een beter daglicht hoopte te stellen. Vooral de indiaan was populair. Op ons feest alleen al liepen er vijf rond. Het zal wel iets met die lendendoek te maken hebben gehad. En met de oorlogskleuren. Die waren eens wat anders dan mascara.

Gaëtan, zo zag ik glimlachend, grimlachend, grijnslachend, deed vrolijk mee. Het is dat ik niet hou van moorden in het openbaar, ik had hem anders daar en dan de keel dichtgeknepen. De vloeren, het lijstwerk, de muren die hij, en toch ook ten dele ik, met zo veel zorg had gepleisterd, betegeld, gevernist, geboend, gepoetst, wat al niet — hij hielp mee ze te besmeuren en beschadigen, als wilde hij in één onstuimige nacht weerwraak nemen voor zo veel tijdverlies en truttige handenarbeid.

Zelfs toen de zwaarlijvigste leernicht ladderzat achterover struikelde, met kracht afgewezen door een adonis in houthakkerstenue, en in zijn val twee van onze gordijnen van hun koperen ringen trok — de ene na de andere ring schoot met een zinderend geluidje los, waardoor de leernicht in een schokkerige slow motion tegen de vlakte ging, bij elke neerwaartse schok nog hulpelozer om zich heen graaiend — schoot Gaëtan het eerst en het luidst in de lach.

Zelfs zijn goede humeur sloeg om toen ook onze nichtenvrienden uit de beweging hun entree maakten. We hadden nog zo gehoopt dat ze zich te goed zouden voelen voor feestgedruis zonder emancipatorisch voorwendsel.

Ze kwamen toch. Zij het laat genoeg om broodnuchter neer te kunnen kijken op het gebral en het onsamenhangende gehos van niet-geëngageerde stervelingen. Gaëtan wist voor hen nog ergens een kir royal op te duiken. Ze keken ernaar als naar bewijsstukken van onze medeplichtigheid, met op zijn minst het aardklootomspannende kapitalisme. Maar ze dronken ze wel op. In twee, drie teugen. Daarna begonnen ze te klagen. Klagen was hun voornaamste actiemiddel, indien niet het enige. We hadden elkaar al veel te lang niet meer gezien, klaagden ze.

Ik glimlachte knikkend, het woord aan Gaëtan latend. Hij had dit feest gewild. Hij had de uitnodigingen verstuurd. Ik was de aanleiding. Meer niet.

'Dat kan kloppen,' zei Gaëtan, 'we hebben geen tijd meer voor jullie.' Hij moest schreeuwen om zich verstaanbaar te maken, tegen de tonen in van 'YMCA'. Een van de vijf indianen schoot ons voorbij, richting dansvloer, met zijn lendendoek waar zijn pluimentooi had moeten zitten, en andersom.

'Ach zo,' zei de meest theoretische van het stel. Gaëtan en ik noemden hem 'onze ayatollah', maar hij was maoïst, of stalinist, of beide. Hij was een virtuoos van het actiemiddel. 'Geen tijd voor de strijd?' klaagde hij, grijnzend, ideologisch gekwetst. 'Waar zijn de dagen dat je óns lamlendigheid verweet, Gaëtan? En inefficiëntie?'

'Dat doe ik nog altijd,' zei Gaëtan. 'Intussen had ik een huis dat verbouwd moest worden. Ik ben klaar. Jullie?'

'Wij zijn nog lang niet klaar,' zei onze ayatollah. 'Dat mensen zoals jullie voortdurend afhaken doet de strijd veel kwaad.'

'Word wakker, man,' lachte Gaëtan, 'kijk om je heen. Welke strijd zie je nog? Behalve om sneller op de dansvloer te raken dan een ander?'

'Dat gekakel zie je in iedere dancing,' zei onze ayatollah. 'Het is een anekdote. Erger: een burgerlijke anekdote.'

'Hou toch op, trut,' zei Gaëtan. Ik zag zijn goede humeur verdwijnen als coke in de coulissen van een modedefilé. Van de twee keren dat hij dronk, had-ie één kwade dronk. De avond voordien, toen alles merkwaardig vroegtijdig pico bello in gereedheid was geraakt voor hét feest, had-ie een fles chablis geleegd terwijl ie door ons huis liep. In elke kamer euforischer wordend. Van trots en van verwachting.

Het laatste restje van die euforie spoelde hij nu door. 'Mijn familie is hier, onze buren zijn hier, de wijkagent is net gedag komen zeggen, onze vrienden amuseren zich rot, zelfs jullie zijn op komen dagen. Waar is de strijd?'

Al bleef ik breed glimlachen, ik voelde dezelfde irritatie als Gaëtan. Wie dachten die politieke nichten dat ze waren? Tempeliers? De CIA? De maffia? 'Eens een lid, altijd een lid?' Het klonk nog als een strijdlied ook, voor hun flikkerfront.

'Denk je nu echt,' zei onze ayatollah, 'dat het imiteren van het heteroseksueel gedragspatroon ons ook maar een centimeter dichter bij de bevrijding brengt?'

'Heteroseksueel gedragspatroon?' brulde Gaëtan. Ik zag de eerste omstanders al naar ons omkijken. Twee buren knikten elkaar betekenisvol toe: 'Ze beginnen er weer aan. Laten we nog even blijven.'

Gaëtan liet zich niet afleiden: 'Is dansen en drinken in groep nu ook al schadelijk voor jullie politieke poppenkast?'

'Ik heb het niet over jullie feestje,' zei onze ayatollah. Indien hij al enige emotie uitstraalde, was het wrange voldoening. Barricades waarop hij al vechtend eer kon behalen had hij niet. Hij had ze ook niet nodig. Hij had feestjes die hij kon verknallen met gedram. 'Ik heb het over jullie hele imitatie van het burgerlijk huwelijk.'

Ik bleef glimlachen maar ik stond perplex. Gaëtan stal mijn hart. Na al die jaren: opnieuw. 'Lieve schat,' zei hij tegen de trol. Poeslief, superieur, op en top Mae West op haar best, en met een volle, pas geopende fles in de hand. 'Indien het heteroseksuele gedragspatroon erin bestaat om te vieren dat je af en toe seks hebt met die ene vent die je het beste kent? En dat je voor de rest rondsekst met zo veel mogelijk mansvolk dat je niet kent? Ik wist niet eens dat de heteroseksueel zo leefde, maar dan imiteer ik hem met veel plezier. Lang leve de heterofiel!' Hij klonk met de volle fles tegen het lege glas van onze ayatollah.

Die gaf zich niet gewonnen. Die keerde zich naar mij toe. 'En wat denkt Maarten hiervan?' vroeg hij. Smalend, niet minder zegezeker.

'Wat Maarten hiervan denkt?' vroeg ik. Mijzelf vervloekend.

'Jij, ja. De vent die Gaëtan het beste kent,' grijnsde onze ayatollahtrol, zijn lege glas bekijkend. 'Wat denk jij van al dat rondseksen? Met al dat ander mansvolk?'

'Van al dat rondseksen?' vroeg ik.

'Met al dat ander mansvolk?' knikte de trol.

'Met al dat ander mansvolk?' vroeg ik.

'Is dat ook jouw ideaal?' grijnsde de trol. 'Of is zo'n compromis de enige manier om nog af en toe een fluit te zien van jouw Gaëtan?'

'Of het ook mijn ideaal is?' wilde ik vragen. Maar Gaëtan was me te snel af. Hij ging tussen de trol en mij in staan. Met zijn rug naar mij toe. 'Zo is het genoeg,' zei hij. 'Kies iemand van je eigen kaliber.'

'Bedankt voor het compliment,' grijnsde de trol, zichzelf bijschenkend. 'Ik wilde jullie er alleen maar aan herinneren dat een feestje als dit structureel niets voorstelt. Mijn ouders baten in

Rotselaar een crèmerie uit, en ik kan je verzekeren: als je het gewone volk eens bezig hoort, tussen twee coupes in? De homofobie neemt niet af. Ze neemt toe.'

Gaëtan plooide dubbel van het lachen, een geut wijn morsend op het parket. Ons gloednieuwe, zelfgelegde parket. Ik zag het tanninerijke bocht zich een weg zoeken in een lange kras, door een glasscherf getrokken in onze vernis. Onverwoestbare bootvernis. Drie lagen. Na elke laag op te schuren met het fijnste zandpapiertje. Met de hand. Op je knieën. Veertig vierkante meter. In de living alleen al.

Het ontblote hout in de kras verzadigde zich even gulzig als alle andere gasten. Ik zag het gebeuren. Ik zag de wijn verdwijnen. Ik vroeg me meteen af waardoor parkethout zich het meest afdoend liet impregneren om het tegen houtworm te beschermen: carbolineum of Australisch wereldbocht. En hoe diep je zou moeten schaven om beide weer te verwijderen.

'Homofobie in een Rotselaarse crèmerie!' kraaide Gaëtan. 'Vind je het gek, met een zoon zoals jij?'

Hij zag de kras niet eens.

Hij en de trol begonnen aan een nieuw nummertje bekvechten. Ik liet hen. Ik liep glimlachend naar boven. Naar de bar in de badkamer.

Daar dompelde ik glimlachend mijn arm in een voormalig olievat, dat thans gevuld met ijsblokjes en dranken in onze douchecel stond, bij wijze van hippe koelbak. Het ijswater verdoofde mijn arm. Ik had zin om er helemaal in te gaan zitten, in dat vat, kopje-onder, *my own private Antarctica.*

Ten slotte vond ik op de bodem toch de fles tequila waarmee ik een etmaal geleden het vullen van het vat was begonnen. Ik schroefde glimlachend de dop eraf en zag dat iemand erin geslaagd was om over te geven vlak naast onze lavabo. Mijn arm begon te tintelen en te vlammen, als maakte hij zich klaar om iemand op de neus te slaan. Ik gooide glimlachend de schroefdop bij het braaksel en zette de fles aan mijn lippen. Verlangend naar zout, maar te laf om weer naar beneden te gaan, naar de keuken.

Het zou me opnieuw voorbij Gaëtan en de trol hebben gevoerd. Ik stond niet in voor mijn arm. En ik wilde hun gekwebbel niet meer aanhoren.

Tevergeefs. Ik hoorde het tot hier, vervormd, schetterend, schel. Het verhief zich zelfs boven de muziek. Ik verstond maar een paar flarden, maar de afloop kon ik raden. We zouden blij mogen zijn als er morgen nog één glas heel bleek, en als er nog één gordijn aan zijn ringen hing.

Dat van die gordijnen viel de volgende dag mee. Het was gebleven bij de twee die de val van de leernicht hadden gebroken. Ze lagen als parachutes over de sofa gedrapeerd — een dubbele rorschachtest van wijnvlekken, etensresten, de afdruk van legerschoenen, en met zelfs een paar brandgaten.

De glasbreuk was een andere zaak. Het voormalige olievat, ontdaan van de laatste flessen en blikjes, en daarna leeggegoten in de douchecel, stond nu in de living. Al voor een derde gevuld met rommel. In hoofdzaak scherven en flessen. Elke keer als Gaëtan er een stofblik in omkeerde, kreunde hij van de hoofdpijn, vanwege het gerinkel van glas op glas, glas op metaal, versterkt door de galm van het olievat. Spijt leek hij niet te hebben.

En weer zaten hij en ik onze knieën te schaven op het parket, onze ruggen brekend, zoals in de voorafgaande maanden. Dit keer om korrels glas uit het hout te peuteren, en om de brandvlekken van uitgetrapte sigaretten alvast wat op te schuren met het grofste schuurpapier. Wat we ook zouden doen, deze vloer zou er nooit meer uitzien zoals ze gistermiddag nog blonk. Ik kon me niet inhouden. 'Moest het nu echt, dat feest? Je ziet het resultaat!'

Gaëtan kreunde: 'Moet het echt nú, dat gezaag? Laten we er morgen over confereren, in plenaire zitting.'

'Onze trap is geruïneerd,' zei ik, 'die twee gordijnen ook, er is gekotst in twee van de drie kamers, ik heb nog niet durven nakijken hoeveel van mijn boeken beschadigd zijn, van jouw theepotten is er een gebroken, twee andere zijn gestolen — en moet je deze vloer zien!'

'Die is eindelijk perfect,' kreunde Gaëtan, 'en moet het zo luid?'

'Perfect?' herhaalde ik. 'Perfect? Noem je dit perfect?' Ik wees naar de kras waarin hij gisteren zelf wijn had gemorst. Een paarsbruine ader grijnsde me tegemoet.

'Natuurlijk, schat,' zuchtte Gaëtan. Met zelfs een voldane grimas op zijn verzopen smoelwerk. 'Zie je het niet?' En toen leerde hij het mij. Het inzicht dat ik al zo lang had moeten hebben, in mijn eigen vak. 'Alles moet littekens hebben of het heeft niet geleefd.'

'Kamers en huizen ook, zeker?' riep ik.

'Kamers en huizen ook,' zuchtte Gaëtan, zijn schouders ophalend.

'En wij dan!' riep ik. 'Wij ook, zeker!'

Hij zuchtte: 'Wij nog het meest van al, misschien?'

Ik weet niet meer hoe van het een het ander kwam, maar het blijft een feit dat we even later als de beesten lagen te neuken op onze toegetakelde parketvloer, onze eindelijk perfecte vloer, met zijn verse krassen en zijn geur van verschaalde wereldwijnen, met zijn stank van sigarettenas, het schimmelparfum van zijn pas vertrapte exotische hapjes, en zijn hint van nog vers vernis.

Ik schramde mijn rug, en Gaëtan zijn knieën, aan korrels glas en splinters hout. Ik hield er een paar lelijke wondjes aan over, die zouden zweren en zelfs zachtjes etteren. Maar op de een of andere manier voelde dat aan als, nou ja, het alsnog consumeren van een of andere vorm van, ochot, een huwelijk, zeg maar.

Ik wou dat de ayatollahtrol ons bezig had kunnen zien.

V | 3.

'Haalt u rustig adem, meneer Seebregs,' glundert onze pastoor. Zijn stem galmt onder de bladgouden koepel met de holbolle Heiland. 'Het is een emotioneel moment voor iedereen. Er hebben er hier al veel gestaan met knikkende knieën.' Hij krijgt zowaar zelf een zenuwgiechel.

Hij heeft kortgeknipt, opstaand en bij de slapen al grijzend haar. Een open en breed gezicht met blauwe ogen en een scherpe neus. Zijn kin heeft iets krachteloos, zijn voorhoofd glimt. Ik had hem graag ontmoet op zijn twintigste. Ik schat hem vijf jaar jonger dan ik.

Waarom wordt iemand die jonger is dan ik pastoor? Van sommige beroepen veronderstel je dat ze beginnen uit te sterven op het moment van je geboorte. Van andere denk je dat ze juist samen met jou beginnen. Dat heet een Messiascomplex. Benieuwd of ook daar medicijnen tegen bestaan. En met welke bijverschijnselen.

Ik hoop alleen niet dat ik ooit eindig op de binnenkant van een gouden koepel, in slecht kloppende verhoudingen, en dat ik dan moet neerkijken op mijzelf, tijdens, zeg maar, mijn tweede huwelijk. Ik ben nu al uitgeput. Ik werp een blik achter mij. Waar zoek ik naar? Hulp? Redding? Applaus?

Mijn verwekker zit op de eerste rij, in zijn rolstoel, geflankeerd door een verpleegster met een korzelig gezicht en een asblond kapsel. Ze had een van zijn Oostblokteven kunnen zijn, temeer omdat ze aldoor zijn hand vasthoudt. Hijzelf doet moeite om niet de hele tijd te snotteren. Hij houdt in zijn vrije hand een geruite zakdoek klaar. Behalve hij en zijn verpleegster zit er niemand in de eerste helft van het kerkje.

Achteraan zit een twintigtal gelegenheidsbezoekers, verspreid over de rijen sobere kerkstoelen. Opvallend veel eenlingen, de meeste biddend, een enkele duttend. Ik herken een paar buren. De uitslovers. De ramptoeristen. Bij de deur, staat de chauffeur van onze limousine, zijn kepie respectvol in de hand. Jammer van die snor. Hij had er goed uit kunnen zien, in dat uniform.

Ik kijk naar Tamara naast mij. Zij heeft mij net haar jawoord gegeven, met het enthousiasme van de jeugd en de reserveloosheid van de kleurling. 'Ja!' Haar a is accentlozer dan die van mij. Ik bezit het open verhemelte en de slordigheid van onze volksmond, Tamara spreekt met de geaffecteerdheid van de neofiet. Wie is zij toch?

Ze kijkt me aan met een melange van verwijt en irritatie. Ik ken die blik van haar. Ik krijg 'm tegenwoordig elke dag een keer of vijf te zien. Zo gaat dat. Je brengt een paar maanden samen door, je deelt een slaapkamer, een badkamer, een keuken en de angst voor administratieve huisbezoeken, en voor je het weet gedraag je je als een oud koppel. Een verloving moet ergens beginnen. Desnoods met sleur en terreur.

'Wat wordt het, Maarten?' vraagt de lachende pastoor. Door zijn lach schemert nu toch enige ongerustheid door over mijn antwoord. 'Ja? Of toch nee?' Hij lacht, als om een grap.

Ik kan nog altijd terug.

Nee, ik kan niet meer terug. Technisch gesproken zijn we al lang en breed getrouwd. We zijn vooraf met onze huurlimousine – een oude roze Chevrolet, ik kon het niet laten, er moest vandaag toch iets een eerbetoon betekenen aan Gaëtan – naar het districtshuis gereden voor de burgerlijke plechtigheid.

We hadden net zo goed aan een loket kunnen trouwen. In deze kerk zitten tenminste nog een paar bezoekers en sympathisanten. In de ceremoniële ruimte van het districtshuis was er niemand. Alleen de dienstdoende ambtenaar. De kerkrites mogen dan in onbruik zijn geraakt, de staat schiet als leverancier van afgewerkte plechtigheden op alle fronten tekort.

Moest dit de seculiere compensatie voorstellen van een verloren gegane, eeuwenoude traditie? Een lege kamer met wat stoelen, oudmodische gordijnen, vooroorlogse lambrisering, een verlopen staatsieportret van ons vorstenpaar en een afbladderend plafond. Was dit het kader dat een zogenaamd rationelere, betere beschaving leverde, als arena waarin twee van haar leden zich officieel tot elkaar zouden bekennen? Voor mij niet gelaten, maar zo wordt het straks steeds moeilijker om nog een samenhangend filmscenario te verzinnen dat gebruik kan maken van wereldwijd tot de verbeelding sprekende ceremonies, met de nodige kraak en smaak en kleurenpracht. Vergeet bar mitswa's, de plechtige communie van de katholieken, het op en neer springen van de Masaï-krijgers tot de trance erop volgt. Straks wordt dit de meest gedeelde rite de passage in het Westen, van jongen naar man: de eerste keer dat je je mag overeten in een hamburgertent. Probeer het maar eens aantrekkelijk in beeld te brengen, en met gevoel voor mystiek.

De ambtenaar van de burgerlijke stand verontschuldigde de districtsburgemeester voor diens afwezigheid en raffelde vervolgens zijn replieken af zonder enige vorm van arbeidsvreugd. Geef mij dan toch maar een pastoor. Zelfs deze. We stonden weer op straat voor we het wisten. Met een geschenkje van het district. Dat wel. Een plaquette met het wapenschild van de gemeente die het district vroeger was. Maar dan met onze beide voornamen er dwars overheen gegraveerd. De kloof tussen burger en politiek definitief dichtend, of definitief slaand, daar ben ik nog niet uit.

Maar mij hoor je niet klagen. Al onze huwelijksdocumenten waren in orde, alle bezwaren en bedenkingen geseponeerd. Vraag mij niet hoe. Die Vandessel heeft goede advocaten en nog betere connecties, zoveel is duidelijk. Het beviel me alleen niet dat die districtsburgemeester zijn kat had gestuurd. Voor die keer dat ik eens trouw? Ik ben een burger zoals iedereen. Ik heb de laatste tijd genoeg ambtenaren gezien. Ik wil weleens een politicus in het gezicht kunnen kijken, van dichtbij.

De vraag is natuurlijk of die aandrang wederzijds is. Wat heeft zo iemand te winnen bij iemand als Tamara en mij? Twee mogelijke voorkeurstemmen, in ruil voor de voltrekking van een mogelijk dubieuze verbintenis. De carrièrerekening is rap gemaakt.

Misschien was-ie gewoon echt ziek. Een mens zou voor minder kwakkelen. Ieder jaar duizenden medemensen officieel de toestemming geven om voortaan mekaars leven ook wettelijk tot een hel te mogen maken? Die man wás ziek. En zijn ziekte siert hem. Ik ga op hem stemmen, als ik lang genoeg leef om de kans te krijgen. Omdat hij de eerlijkheid bezat, en het goed fatsoen, om juist niet op te komen dagen voor mij. Ook verwaarlozing kan een vorm zijn van integriteit.

Het is alleen te hopen dat hij en zijn collega's er nooit op uitkomen, op die definitie. Ze voerden anders helemaal geen klap meer uit, tenzij namen graveren in wapenschildjes die ook al in onbruik zijn geraakt.

'Zeg, Maarten!'

Het is Tamara die nu haar geduld verliest. Ze sist. Dan kun je beter oppassen. 'Is het nog voor vandaag?'

Ze heeft echt ongelooflijk goed onze taal leren spreken. Ik ondervind het elke dag aan den lijve. Een volzin moet je niet verwachten, maar de korte, krachtige sneer ligt haar als een praline in de mond bestorven. Het is een natuurtalent, onze Tamara.

En ze ziet er fantastisch uit.

Dat zou zelfs Gaëtan hebben moeten toegeven.

V | 4.

Mijn bruid draagt een nauw aansluitende witte japon met een blote rug en blote schouders, zonder schouderbandjes, en met een bescheiden decolleté, wat niet verwonderlijk is als je zulke kleine tieten hebt. Tweedehands. Die japon. Maar nog altijd prijzig genoeg om het leeuwendeel op te slokken van het geld van mijn verwekker. Zeker met dat strakke kubistische hoedje erbij, die halve voile van echte kant, en die Italiaanse schoentjes, en dat stijlvolle handtasje, allemaal in het wit. Evenals haar boeket. Geen lelietjes-van-dalen maar net zo goed iets bonsaiachtigs, met dwerglelies, bergorchideetjes, zwerfedelweissjes, ik weet het niet, hoe dan ook in het wit.

Wit is altijd schoon, zeker op een negerin. Om haar hals hangt een eenvoudig snoer van goed nagemaakte parels. Haar hals is het echte juweel.

Voor mij heeft ze een smoking geregeld. Inktzwart en niet tweedehands. Nieuw, maatwerk, peperduur. Tegensputteren hielp niet. Gaëtan had van haar een paar knepen kunnen opsteken.

Als ik bezwaren maak, over wat dan ook, wendt ze ofwel tranen voor, ofwel huilt ze echt, ofwel begint ze te stampvoeten en brengt ze me Karel en Jenny in herinnering. We hebben een reputatie hoog te houden, wrijft ze me om de haverklap in, die van jongverloofden. Het mag ons aan niets ontbreken wat liefdesattributen en verlovingsrekwisieten betreft, daar kunnen we niet op beknibbelen, haar toekomst hangt ervan af. Haar transitie. Haar intrede in ons land van melk en honing en zwijnenstront.

Dat ons geld zodoende deuren en ramen uit vliegt, is niet haar zorg. Volgens mij weet ze niet eens hoeveel Vandessel mij betaalt voor haar. Ze verdringt het, allicht. Ze weet evenmin dat een deel van het huishoudgeld van mijn verwekker afkomstig is. Ze wil het ook niet weten. Het geld is er, en het kan worden besteed, dat volstaat. Ze gaat steeds meer winkelen in haar eentje, en ze blijft steeds langer weg. En ze komt steeds vaker terug met lege handen. Ik vraag mij af waar ze rondhangt.

Ze is alleszins geobsedeerd door onze winkelstraten. En in de shopping mall vlak buiten de stad heeft ze een tweede thuis gevonden. Met of zonder koopjes. Wat de agora was voor de Grieken, en de arena voor de Romeinen, is de shopping mall voor ons. Een excuus om geen donder uit te voeren.

Ik kan haar wel begrijpen. Wat zit een jonge vrouw als zij de hele dag in huis te doen bij een oude zeur als ik? Ik geef haar de vrijheid en het vertrouwen – de enige manier om een huwelijk te overleven, zeker als het nog niet begonnen is. Ze is alleszins opmerkelijk goedgemutst als ze thuiskomt na urenlang rondslenteren. Ze kan dan zo uitgelaten zijn als een jonge hond.

Dan komt ze me plagen en pesten terwijl ik uitgerekend naar mijn favoriete wrevelsoaps zit te kijken, vanzelf al redelijk pissig. Ze barst in de keuken luidkeels uit in zingen, of ineens marcheert ze heen en weer voor mijn tv-scherm, haar benen hoog opgooiend, een kruising tussen majorette en soldaat. Of ze begint zonder aanleiding een kussengevecht. Of ze schakelt achter mijn rug met onze tweede afstandsbediening naar een muziekzender, telkens weer, met haar schijnheiligste gezicht, tot ik erachter kom dat er niets scheelt met míjn afstandsbediening, maar dat ze me voor het lapje houdt. Ze giert het uit, als ik dan achter haar aan loop, zogezegd kwaad, en als ik ermee dreig haar het land uit te laten zetten, vanwege wangedrag en overlast en gebrek aan respect voor de autochtoon, in het bijzonder de autochtoon van een respectabele leeftijd.

Het eindigt ermee dat we samen voortkijken naar mijn programma's, en dat ze samen met mij op de sofa komt liggen, bij mijn voeteneind, opgerold als een kat, haar hoofd op mijn benen, een enkele keer in mijn schoot. Soms dreint en zeurt ze zo dat ik haar zuchtend haar zin geef, en dat we samen kijken naar de gruwelijke films en soaps die zij wil zien. Ze geniet daar met volle teugen van. Hoe voorspelbaarder een audiovisueel product, hoe beter zij het vindt.

Ik gun het haar.

Geven en nemen.

Zo is het familiaal bestaan.

Een van die keren viel ze in slaap. Met haar hoofd in mijn schoot. Tijdens een rerun van *Starsky and Hutch,* of *The Cosby Show,* of een aflevering van *The Jerry Springer Show* die ze al twee keer had gezien, n'importe. Ze snurkte lichtjes. Ik kon haar van dichtbij bekijken.

Dat doe ik 's nachts soms ook, als ze me wakker maakt met haar echte snurkwerk. Ik kijk haar dan aan, in het suggestieve halfduister, met ingehouden adem, en ik raad naar de details van haar gezicht — de contouren ervan afgelijnd tegen het witte kussen, maar haar gezicht zelf ton sur ton met de nacht. Een keer lag haar hand over de rand, sierlijk bungelend boven mij. Ik ging half rechtop zitten, mijn ellebogen steunend op de tatami, en heb een kwartier haar vingernagels en haar pols van dichtbij kunnen bekijken. Ik had eraan kunnen likken, als ik had gewild. Bij haar gezicht zou ik nooit zo dicht durven komen. Stel je voor dat ze haar ogen openslaat en me van dichtbij naar haar ziet staren. Voor hetzelfde geld verkoopt ze me een lel tegen het hoofd en schreeuwt ze de buurt bijeen.

Op de sofa echter lag ze aandoenlijk dichtbij met haar hoofd, bovendien perfect belicht door een genadige avond. Magistraal strijklicht zette de living in een voorwereldlijke gloed, gefilterd door de bloesems van de kerselaar aan de overkant. De huid van haar voorhoofd en haar wangen was een mirakel. Zwart, effen, zijdezacht zo te zien.

Een visioen sloeg me in het gezicht. Tamara die over een steppe loopt, zoals Dulle Griet over dat schilderij van Bruegel. Zij draagt alleen geen harnas en geen helm, en ook geen zwaard. Ze is naakt en uitzinnig, en ze zit op de schouders van een blinde, mismaakte dwerg uit wiens hoofd ze eet. Om hen heen woeden branden, in auto's, flatgebouwen en kerken, en worden zwarten afgemaakt door andere zwarten. Met hakmessen en machinegeweren. Brandende olie spuit tientallen meters op. Een hond loopt heen met een afgehouwen voet, een vrouw wordt verkracht voor de ogen van haar kind, een jongen worden de ogen uitgestoken en de buik opengereten. In een oude Mercedes ruilen gangsters met hoeden en zonnebrillen diamanten voor dollars. Op de achtergrond grijnzen Chinezen, blanken en menselijke geraamtes.

Ik moest me inhouden om de vredige Tamara in mijn schoot niet over de wang te strelen, of toch minstens over de kort geschoren kroeskop. Ook de aandrang om de drie tekentjes tussen haar wenkbrauwen met een vingertop te beroeren, kon ik maar met moeite bedwingen. Ze draaide zich knorrend om, haar hoofd woog zwaar in mijn schoot. Ik weet nog altijd niet waar ze vandaan komt, en waarvoor ze op de vlucht is.

Ze verandert eenvoudig van onderwerp zodra ik het gesprek daarheen voer.

Misschien komt ze juist uit een van de chicste voorsteden van heel Afrika. Mijn voorstel om voor onze trouwdag een Chevrolet uit de jaren zestig te huren, inclusief chauffeur, vond ze alleszins volkomen normaal. Geen kreetjes, geen vreugdedans, geen 'waw!' Ze eiste integendeel dat we er, na de plechtigheid in het districtshuis, eerst mijn verwekker mee zouden oppikken in zijn bejaardenhuis. En dat we na afloop van de kerkdienst met ons tweetjes zouden gaan dineren in een restaurant in zijn buurt, zodat we hem eerst weer konden droppen.

Ze wilde zelfs eerst dat-ie mee kwam eten. Ze heeft echt een prehistorische eerbied voor familiebanden. 'Ongelooflijk,' zei ze fel, 'wat jullie uithalen met oude mensen? Papa zit daar alleen. Zo wreed!' Zo noemde ze hem. Papa. Ik stelde haar voor de keuze: ofwel niets, ofwel papa enkel oppikken en direct weer droppen na afloop. Ze koos het laatste. Dat overleef ik nog net wel. 'Het is jouw papa,' schokschouderde ze. 'Wees maar zeker,' zei ik.

Ze rekende me wel voor dat we — heen en weer naar dat bejaardentehuis — in totaal een uur of twee zouden kunnen rondsjezen in onze roze Chevy. Daarop vertoonde ze dan toch een verlekkerde glimlach van oor tot oor.

Dat we nog meer voorliefdes deelden, bleek toen we na de ceremonie in het districtshuis wegreden. Zonder iets te hebben afgesproken begonnen we, elk voor ons raampje, naar passanten en nieuwsgierigen te zwaaien, als waren we een of ander prinsenkoppel, pas in de echt verbonden. Ze gierde het uit toen ze ook mij zag zwaaien. Met een slapper handje dan dat van haar.

Sommige van mijn medeburgers zwaaiden terug. Onzeker van wie hen groette. Maar niet het risico nemend om vrienden te ontgoochelen die zich publiekelijk durfden te afficheren als hun vriend.

V | 5.

'Meneer Seebregs?' vraagt de pastoor. Zijn goedlachsheid is omgeslagen in oprechte bezorgdheid. Dat is zo mogelijk nog irritanter. 'Voelt u zich wel lekker? Wilt u een glas water, of een stoel?'

'Maak u geen zorgen,' zegt Tamara tegen hem, 'hij doet dat nog, hij steekt zo ineen.' Ze heeft om de mond een harde, verongelijkte trek die haar lelijk maakt.

Het was haar idee om na de burgerlijke dienst ook in een kerk te trouwen.

Correctie. Het was haar idee-fixe.

‘Voor de eerste keer dat ik trouw?’ bleef ze herhalen. ‘Ik wil een kerk!’ En: ‘Iemand als ik trouwt niet voor de wet alleen. Nooit! Ze zullen doorhebben dat het opgezet spel is.’

Ik mocht soebatten wat ik wilde, ze bleef bij haar punt. Ze dreigde ermee het hele plan op te blazen, ongeacht wat Vandessel ervan zou denken.

‘Sweety,’ antwoordde ik, voor de verandering ook maar eens voet bij stuk houdend, ‘als ik niet de kathedraal van Antwerpen kan krijgen? Dan hoef ik niets van de Kerk van Rome.’ Het was halvelings als grap bedoeld, maar ze nam het bloedserieus.

Dat is echt een probleem met haar. Ironie, sarcasme, dubbele bodems? Ze snapt die alleen maar als ze er zelf mee komt aanzetten. Dat is hoogst zelden. Ik weet niet of dat ligt aan de vrouw in haar, aan de Afrikaan in haar, of gewoon aan haarzelf. ‘Dan trouwen we wel anglicaans,’ zei ze. In alle ernst.

Het kostte me moeite om haar aan het verstand te brengen dat je in onze streken nauwelijks anglicaanse kerken hebt, en dat ze uit esthetisch oogpunt sowieso voor de rooms-katholieke moeten onderdoen. Voor de veiligheid sloot ik meteen maar alle protestantse kerken uit. Met hetzelfde argument.

Zij bleef onverzettelijk. Ze eiste een eredienst. ‘Desnoods joods.’ Had ze geen tranen in de ogen gehad toen ze dat zei, ik zou hebben gezworen dat ze alsnog de ironie had ontdekt. En was ik deze kerk vooraf komen keuren, ik had evengoed nee gezegd.

Nu gaf ik toe.

Met tegenzin.

Aan haar blik te zien verdenkt ze mij er thans van dat ik mijn eerdere tegenzin alsnog uitwerk. Tijdens haar moment suprême. Ik vergeet hoe belangrijk dit gebeuren is voor haar. Niet als echtverbintenis, of de overgang van huwbare vrouw naar gehuwde vrouw. Voor haar wordt hier een heel andere overgang beklonken. Een nieuw begin. Een echt begin. Niets minder dan een redding.

En nu denkt ze dat ik haar straf.

Dat kwetst me. Ze zou me beter moeten kennen. Zelfs na die luttele maanden samen. En zelfs hier, in deze kutkerk. 'Sorry, geef me nog even,' zeg ik. Het onthutst me te merken hoeveel inspanning het me kost om te spreken. Het zweet breekt me uit. 'Ik heb een appelflauwte.'

'Een appelflauwte,' gnuift Tamara, met de minachting van een vrouw die al twintig jaar getrouwd is met een man die haar op elk terrein is tegengevallen. Het kwetst me.

'Wat was de vraag juist?' vraag ik, meer aan haar dan aan de pastoor.

'Niet te geloven,' zegt ze, van me wegkijkend.

Ik wil dit gewoon niet ook weer verkeerd doen, wil ik haar uitleggen, zoals ik al zoveel verkeerd heb gedaan, ooit, altijd. Ik heb een heel verleden tegen. Mijn leven, zeg maar. Op dat moment hoor ik een kuch. Een vertrouwde stem. Ik kijk achterom, er zorg voor dragend dat ik niet door mijn knieën zak.

Daar zitten ze. In het midden van het schip, naast elkaar. Karel en Jenny. Heb ik ze niet eerder opgemerkt, of zijn ze net binnengekomen? Jenny zit met rechte rug de dienst te volgen, Karel zit onderuitgezakt op zijn kerkstoel. Zijn ene voet wipt op en neer. De tristesse in zijn blik is er weer, dit keer vermengd met verontwaardiging.

Toch is het niet de stem van Karel die ik heb herkend in de kuch. Mijn blik rijst. Zag ik niet, in een flits, een beweging op de halfopen verdieping?

Yep. Daar staat hij. Naast de orgelpijpen, als naast een bundel metalen asperges. Hij staat ver genoeg van de balustrade verwijderd om aan de blik onttrokken te blijven van de sociaal controleurs. Maar ik herken hem direct. Het is Vandessel.

Meteen lijkt het of mijn blik inzoomt op die van hem. Afstanden doen er niet toe. Ik word helemaal naar hem toe gezogen en ik blijf, zwevend in het ijle, watertrappend in een of ander luchtledige, vlak voor hem hangen. Mijn gezicht bijna tegen dat van hem.

We ademen geen van beiden.

Ik heb zelden een zo gepijnigde, zo jaloerse blik gezien. Hij houdt gekmakend veel van Tamara. Zij is hem alles waard. Hij duldt het maar net dat ik hier voor dit altaar ben verschenen, en niet hij. Dat ik het voorrecht geniet al maandenlang met haar onder hetzelfde dak te slapen, en niet hij. Dat ik haar mag zien van ontbijt tot slapengaan, in negligé en in vol ornaat, en niet hij. Ik ben blij dat hij niet weet dat ze soms in slaap valt met haar hoofd in mijn schoot.

De dankbaarheid die hij voor mij zou moeten voelen, die hij zou wíllen voelen op dit moment, is niets vergeleken bij zijn verterende, stomende haat. Omdat hij een loser als mij nodig heeft om straks ongestoord te kunnen leven aan de zijde van zijn uitverkorene.

Zíjn Tamara.

'De vraag is eeuwenoud,' glimlacht de pastoor. Hij spreekt zalvend, begrijpend, herderlijk. 'Aanvaardt ook u Tamara als wederhelft?'

'Maar ja, natuurlijk.' Ik zweef niet langer in het ijle. Ik sta weer op de begane grond naast Tamara, en voor de pastoor. Mijn stem klinkt schor. Het duizelt me. 'Ik zou hier anders niet staan.'

'In goede en in minder goede dagen?' vraagt de pastoor, een en al geluk.

'Uiteraard,' zeg ik. 'En tot de dood ons scheidt, zeg maar.' Ik voel in mijn rug de ogen branden van mijn verwekker, van Karel en Jenny, van Vandessel.

'Zo helpe u God?' vraagt de pastoor.

'Zo helpe mij iedereen,' zeg ik, naar waarheid. Ik vang een verwijtende, maar toch ook gerustgestelde blik op van Tamara.

'Prima,' glundert de pastoor. 'Dan mag u nu de bruid kussen.'

'Pardon?' vraag ik, klaar om dan toch door de knieën te gaan.

Ik heb heel de nacht geen oog dicht gedaan.

V | 6.

Op de vooravond van mijn tweede huwelijk stond ik niet, zoals jaren daarvoor, in mijn huis wijnglazen op te poetsen en een voormalig olievat op te vullen met tequila en chardonnay, om mijn aanstaande te plezieren en gerust te stellen — 'Alles komt in orde! We zijn bijna klaar, Gaëtan!'

Ik zat op mijn knieën in een stadspark en ik zette een zestien- à negentienjarig Marokkaantje de pijp van zijn leven.

Ik was ons huis ontvlucht. Ik hield het niet meer uit. De spanning die Tamara uitstraalde grensde aan paniek. Telkens weer ging ze haar lijstje af — schoenen in orde? Japon? Geld voor het boeket, fooi voor de chauffeur? Zelfs mijn kleren keek ze keer op keer na. Voor de trouwdag zelf had ze een uurrooster opgesteld, tot op de minuut. Zelfs dat zat ze na te lezen.

Zo had ik haar nog niet meegemaakt. Het had iets manisch, alsof ze er zeker van was dat op het laatste moment iets, ik weet niet wat, gruwelijk fout zou lopen, en dat ze dat kon verhinderen door nog een keer het lijstje te overlopen en door nog een keer mijn schoenen te poetsen. Ik werd er gek van. 'Ik ga wandelen,' zei ik.

'Wandelen?' schrok ze. 'Jij?'

'Jij gaat de hele tijd wandelen,' zei ik.

'Toch niet 's avonds,' zei ze. 'Het is bijna nacht! Waarom juist nu?' Ze keek me ontredderd aan, radeloos van schrik, de ogen wijd opengesperd. Alsof ik op het punt stond haar over te laten aan haar lot, door koud weg te stappen zonder haar ooit nog een blik of een woord waardig te achten. Het was zuivere verlatingsangst, die haar deed beven. Het kwetste me. Wat weet ze? Wat heeft Vandessel haar over me verteld?

'Gewoon,' zei ik. 'Een frisse neus halen. Even alleen zijn. Mezelf.'

Haar gezicht klaarde op. 'Oké, oké,' zei ze, 'ik begrijp het al.' Er kon zelfs een geheimzinnig glimlachje af.

'Hoezo, je begrijpt het? Net viel je in katzwijm, nu is alles in kannen en kruiken.'

'Katzwijm? Kannen en kruiken?' vroeg ze. Zo goed is haar Nederlands nu ook nog niet.

'Waarom vind je het opeens wel oké dat ik ga wandelen?' Ik had nog nooit zo luid tegen haar gepraat. 'Wil je me het huis uit, of zo? Het is wel mijn huis, hoor. En dat blijft zo, we trouwen met gescheiden goederen, ik ben niet helemaal gek!' Ik stond te tieren. Niet alleen de buren zullen een echo hebben gehoord van lang vervlogen tijden. Hij galmde in mijn eigen oren pijnlijk na. 'Ik doe nog altijd wat ik wil!'

'Natuurlijk,' zei ze, 'natuurlijk, ga maar.' Giechelend inmiddels. 'Ga dan!' Stress heeft vele symptomen. Ze werken me allemaal op de zenuwen. 'Probeer alleen om niet té zat te worden.'

Lieve help. Ze dacht dat ik mijn laatste vrijgezellenavond ging vieren. Het kalf. Dat krijg je ervan, als je je levensmosterd haalt bij het soort films en feuilletons waar zij naar kijkt tot ze er murw van wordt.

De goorste clichés van het internationale tv-vee? De vetst aangezette sentimentalistische humbug, waaraan het geestelijke lompenproletariaat wereldwijd verslaafd is?

Zij slikt het als zoetekoek en ecstacy. De meest voorspelbaar aaneengekakte smeerlapperij uit de vertelfabrieken der Angelsaksische poenscheppers, die elk talent verdelgen zoals een kiekenboer de pleuris verdelgt bij zijn kakelende broodwinning: bij voorbaat, en met tonnen antibiotica. Alle leven moet eruit! Alles wat echt natuurlijk is, onaangenaam, onontkoombaar tragisch, fragmentarisch, grillig of hopeloos ingewikkeld, of gewoonweg uit de band springend — alle authenticiteit, zeg maar, alle risico — moet worden verzopen in braafheid of tranentrekkerij, in geruststellend vaste formats en stramienen zonder wezenlijke spiritualiteit. Zelfs hun voortdurend aanroepen van een of andere god — God bless! — is gestoeld op een religiositeit zonder kloten. Een vorm van aspirine meer dan van existentiële bezinning en dat zeg ik als verstokte ketter.

Een vrijgezellenavond, warempel.

Hoe meer onze lieftallige Tamara lachte, hoe meer ik ze ging haten. De schellen vielen me van de ogen. Ik had haar tot dan toe geïdealiseerd. Zolang ze vooral zweeg, had ik allerlei diepe gedachten in haar mooie hoofdje geprojecteerd die niet per se veel verschilden van die van mij. Wel, ik had me vergist. Ze was een dom rund zoals er al genoeg rondliepen. Ze had alleen een andere vacht. Er zijn in dit verwarde tijdsgewricht maar weinig graadmeters overgebleven, maar deze ene is onverbiddelijk: je bent waar je naar kijkt.

En die graadmeter paste haar nog beter dan haar bruidsjurk, zag ik opeens. Als het maar een lachband had, of een overdaad aan violen en vaselinetranen, en een humanistisch aangelengd sausje vol medemenselijkheid en dierenliefde, dan was het al perfect voor haar. De voertaal moest belabberd en inspiratieloos Amerikaans zijn, en een film moest in kleur zijn of het was geen film.

Ik zag het nu, ik zag het hele plaatje. Aangestoken en aangetrokken door visueel vuilnis dat zij hield voor het leven zelve, was ze neergestreken uitgerekend hier bij ons — nog altijd duizenden kilometers uit koers. Wij: zelf niet meer dan een machteloze kolonie van haar hartendroom.

Maar dat maakte haar allemaal niet uit. Vanaf morgen zou ze toch al een paar duizend kilometer dichter bij haar paradijs zijn. Vanaf morgen zou ze een eerste vorm van toelatingsbewijs bezitten. Daarom had ze de hele dag staan trillen op haar poten, zwijmelend van vervullingsdrift. Haar nirwana was binnen handbereik, haar wereldse Jeruzalem — een glorieuze luchtzak vol vanzelfsprekende rijkdom, verwekt door sterke mannen met brede schouders en gedragen door trouwe vrouwen met brede heupen, die godvrezend samenwoonden in hun huisje op de prairie. Of nee, correctie: die samenwoonden in een witte stulp, ergens in de gazonvergeven suburbia van Minneapolis, of Chicago, of Atlanta, ergens in de States dan toch, het ware thuisland van de Middeleeuwen van the middleclass.

En de ridders en de jonkvrouwen van die nieuwe sprookjesdictatuur vraten onveranderlijk kalkoen op een feestdag die wij niet eens kennen, ze studeerden af in een pak dat hier zelfs een advocaat aan de balie niet zou durven dragen, ze bedreven sporten waarvan niemand bij ons één spelregel kent, en aan de vooravond van hun trouwdag gaven ze zich over aan hun oppervlakkigste stamgebruik, nog maar door twee, drie generaties overgeleverd en nu al onderhevig aan erosie: het wijfje vulde samen met haar jeugdvriendinnen haar eerste eigen tupperwarepot. En het mannetje leegde op zijn laatste vrijgezellenavond zijn laatste glas bier als losbandige en onverantwoordelijke snaak. Terzijde gestaan door kerels met wie hij nagenoeg gelijktijdig uit de kut was gescheten in dezelfde straat, dezelfde wijk, dezelfde stad, en die hem ooit ten grave zouden dragen, indien hij hun niet vlak daarvoor dezelfde eer had moeten bewijzen.

Happiness, oh Happiness!

Je zou er inderdaad de Straat van Gibraltar voor overzwemmen. Je zou ervoor doodvriezen in de bergruimte van een Boeing 747. Zet daar maar eens een lachband onder.

'Ga wandelen!' zei Tamara. Vol vertrouwen. 'Ga dan!' Begrijpend glimlachend, zoals de beste der verloofden in haar soaps. Ze duwde me net niet eigenhandig de deur uit.

Ik zette er flink de pas in, linea recta naar het dichtstbijzijnde stadspark. Met in mijn jaszak het restant van de biljetten die mijn verwekker mij had toegestopt, als steun voor mijn nakende trouwerij.

V | 7.

Kun je zeggen van een pijpzetting dat ze je niet smaakt? Zoals je van een maaltijd of een cocktail kunt zeggen dat hij je misvalt? In dat geval smaakt de pijp die ik aan het zetten ben mij niet. Of toch veel minder, zo te horen, dan wie ze krijgt toebedeeld. Die jongen kreunt de eekhoorns uit de bomen. Straks verlies ik er mijn concentratie onder. Ik hoop maar dat de wandelaars vanavond hun hond aan de leiband houden. Ik zou niet graag onverwachts van achteren worden besprongen, omdat zo'n beest denkt dat er iets tochtigs op hem staat te roepen.

Het zal je maar overkomen. Voor je het weet is de arme jongen verminkt.

Baltsgedrag is eeuwenoud, zei Gaëtan altijd, het zit in onze genen. Dus laat je gaan, je leert het al doende en je bedrijft het voor je het hebt geleerd. Dat gezegd hebbende gaf hij zijn eigen genen vrij spel. Waar dan ook, wanneer dan ook, en met wie er ook beschikbaar was, aantrekkelijk indien mogelijk, afstotelijk als het niet anders kon. Vraag en aanbod. Liefde is een groentemarkt.

Ik vraag mij af wat er fout is met mijn genen. Ik heb voor veel dingen talent, maar niet voor sjansen en versieren. Ik heb in dit rotpark twee uur rond moeten lopen voor ik een hoofdvogel afschoot, en dan nog.

Twee uur, met mijn conditie. En ook nog eens in het schemerduister, en met dat geld in mijn zak. In mijn haast en mijn woede om weg te raken was ik zelfs vergeten mijn portefeuille thuis te laten. Ik heb al mijn bankkaarten bij me, plus mijn identiteitskaart, mijn kaart van het ziekenfonds en vier visitekaartjes, van een paar jaar geleden nog. Een mens weet nooit of ze van pas komen. Zelfs in een park. Zelfs op dit uur.

Ik werd er niet geruster op. Vanwege dat geld en mijn identiteitskaart, bedoel ik. Je leest genoeg verhalen in de krant. Ze hebben vorige week op het Falconplein iemand op klaarlichte dag neergeslagen om een gouden tand uit zijn mond te trekken. Zonder verdoving en met een gewone nijptang. Iedereen stond erop toe te kijken, niemand stak een poot uit. En zie mij hier nu lopen. In mijn eentje, in de schemering, meer de weg kwijt dan wat anders, en met steken in mijn zij van te veel beweging ineens. Met wat geluk hoeven ze mij niet eens meer neer te slaan. Ik zal vanzelf al op de grond liggen. Met al mijn tanden uit mijn bek, doordat ik met mijn mond boven op een paaltje ben gevallen. Je zult het altijd zien. Met mijn genen? Ik mag al blij zijn dat ik nog tanden heb.

De eerste die ik durfde aan te spreken zat te roken op zo'n houten rustbank, waar overdag ofwel bejaarden zitten, ofwel orthodoxe joden uit de buurt. Nu zat die bink daar met zijn kont op de leuning, zijn voeten op de zitting, zijn ellebogen stoer rustend op de knieën, en met een kop die niet zou misstaan bij de cadetten van het Vreemdelingenlegioen.

Hij zat wel mooi binnen de lichtkring van een lantaarn. In de verte, met wat bladeren en takken ervoor, hing een volle maan haar prachtig egaal spreidlicht af te geven. Het hele park baadde in de witblauwe glans. Goed in scène gezette machokitsch, vintage Fassbinder. Eén oogopslag en zelfs de leek bespeurde een scala aan beloftes. Temeer omdat de jeansbroek van de Vreemdelingencadet op zo vele plekken versleten en gescheurd was dat je in zijn kruis een serieus stuk kon zien lonken van zijn onderbroek.

Ik keek om mij heen, stapte op hem af en vroeg hem de weg naar het Monument van de Invaliden van de Eerste Wereldoorlog. Een duidelijke hint, me dunkt, op dit uur van de dag. Hij gooide zijn sigaret weg en begon me de weg uit te leggen. Twee keer links, bij het rozenperk naar rechts, bij de vijver de brug over en dan altijd maar rechtdoor, veel succes! Ook dat kon tellen als hint.

Onder het wandelen naar het Monument van de Invaliden — ik kon net zo lief dit parcours volgen in plaats van een ander — kwam ik twee seksjagers tegen die nog ouder waren dan ik, en met genen die het duidelijk nog meer lieten afweten. Eentje knipoogde zelfs. Het kan ook een tic geweest zijn.

Daarna passeerde ik een heel rariteitenkabinet. De ene kandidaat vond ik te zwaar gemaquilleerd, de andere te zwaar gepermanent. De volgende had gewoon geen haar maar wel een grote tatoeage op zijn kop. Van voor- naar achterhoofd: één groot Chinees karakter! Ik moest mij inhouden om te vragen wat het betekende. 'Het Jaar van het Haar.' 'Gezeik der Zinnen.' 'Gelecht Nummel Tweeëndeltig: Flieten met Lijst.'

De volgende passant was een kobold, zijn opvolger had een snor en de daaropvolgende, ik zweer het, stond in de bosschages te wachten met zijn geval al uit zijn broek maar met zijn oksels rustend op houten krukken. Voor de amateurs van het genre een koopje. Voor mij een afknapper. Ik zie zo iemand al, terwijl ik op mijn knieën zit, in het midden van de actie steil over mij heen stuiken. Allebei zijn armen brekend. Kan ik nog een schadeclaim verwachten ook. Ik liep hem voorbij met mijn wijsvinger wijzend naar mijn voorhoofd.

Na twee uur was ik uitgeput, het wandelen beu en de wanhoop nabij. Maar ik was ook te nukkig en te trots om onverrichter zake weer naar huis te keren, naar Tamara en haar begrijpend lachje. En ik hunkerde ernaar om eindelijk nog eens van bil te gaan. Het was niet eens geilheid. Het was seksuele heimwee. Ik had zoiets van: ik móet eenvoudig, al is het met een zak turfmolm.

Toen zag ik hem staan.

Het Marokkaantje van de week.

Smalletjes, niet te groot, kwetsbaar en onzeker.

En toch smaakt de pijp mij niet. Aan hem zal het niet liggen. Hij geniet. En dat zullen we geweten hebben. Dit is geen kreunen meer. Dit is janken naar de maan.

Haar weldadige spreidlicht flatteert zijn knappe koppie, dat hij geregeld achterover in de nek gooit om zijn genot nog meer in de verf te zetten. Ik kan niet nalaten af en toe een blik omhoog te werpen, om te checken of het wel goed met hem gaat. Komen snuiters van zijn leeftijd, nog welhaast kinderen, nu ook al in aanmerking voor een hartaanval? Je zou het gaan vrezen.

Zijn mooie adamsappel, even discreet als koket, schiet op en neer in zijn keel, alsof hijzelf en niet ik als een naarstige kolibrie aan het werk is. Zijn stugge zwarte haar is kortgeknipt in de nek, en ook boven zijn perfecte oortjes, die gemaakt lijken van donker en donzig porselein. Op de kruin is zijn kapsel langer en krullerig, en het glanst van de gel of misschien al van het zweten. De jeugd is heetgebakerd.

Hij heeft karbonkels van ogen, die hij het liefst gesloten houdt, zelfs in het halfdonker van dit Uur Blauw. Geef 'm eens ongelijk, met iemand als ik aan zijn voeten. Zijn wimpers zijn lang maar niet meisjesachtig, zijn uítstekende jukbeenderen zijn dat wel. Hij heeft weinig baardgroei, lichte stoppels, een schaduw op kin en wangen.

Maar zijn grootste troef zou zijn mond zijn – met die twee volle vochtige lippen, waarvan ik durf te wedden dat ze in het daglicht eerder mauve zijn dan rood – ware het niet dat zijn tanden uiteenstaan. Er gapen echt gaten tussen al zijn kiezen. En tot overmaat van ramp heeft hij piercings. In zijn gezicht.

Was ik hem eerder op de avond tegengekomen, ik was hem voorbijgelopen.

Ik begrijp de aantrekkelijkheid noch het nut van zo'n ijzerwarenwinkel aan je lijf. Tenzij je bij de luchthavencontrole de metaaldetector op hol wilt doen slaan. Dan nog: wat is je winst? Dat je je hardhandig kunt laten fouilleren door een veiligheidsagent? Tot hij de gietijzeren deurklopper vindt die je door je tepel hebt laten drijven, of ineens maar door je eikel?

Weinig kenmerkt onze ontredderde beschaving meer dan de wildgroei van piercings en tatoeages. Nog maar pas is zij de mores en de modes ontstegen van de primitieve stam, of ze verlangt er al naar terug. Dit keer alleen maar naar de buitenkant. De piercingqueeste voert niet naar de essentie, maar naar de versierselen van primitiviteit. Wat misschien wel de ultieme primitiviteit is, in de zin van: ongecultiveerd. Opzettelijk leeg. Alles voor de vorm. Nada voeling met de inhoud.

Voor de gemiddelde primitief betekende zo'n teken tenminste nog iets wezenlijks. Een band met zijn oerelementen of zo. De barcode van zijn animistische geloof. Of het was een voorloper van de identiteitskaart. Ik noem maar wat. Hoe dan ook: iets essentieels. Iets anders dan: 'Kijk 's hoe hip en bijdetijds? Ik heb mezelf een beetje pijn gedaan. En jij?'

Ons Marokkaantje heeft er drie. Een klein ringetje door zijn rechterwenkbrauw, een nog kleiner ringetje door zijn linkerneusvleugel, en – helemaal afschuwelijk – een staafje dwars door zijn onderlip, aan beide kanten bekroond met een roestvrij balletje. Nadat ik hem betaald had, wilde hij gelijk even kussen.

Wellicht omdat hij me al mijn geld had afgetroggeld. Een groot onderhandelaar ben ik niet. Zeker niet in een nachtelijk park.

Mooi niet. Dat kussen, dus. Ik zie me al met mijn tong over dat balletje gaan, aan de binnen- of de buitenkant. Haarden kussen van microben en besmetting? Dat kon hij vergeten. Ik zonk neer op mijn krakende knieën en opende zijn jeans als was het een geschenk. Zijn kruis rook alvast veelbelovend.

Een onderbroek droeg hij niet. En zijn schaamhaar was aangenaam kort geschoren. In een bescheiden driehoekje. Zoals het hoort, voor de hoer. Ook de mannelijke.

Wat zou het leven zijn zonder wat conventies hier en daar?

V | 8.

De mythe dat met het huidpigment ook het mannelijk geslachtsdeel in omvang toeneemt, is vanavond voorgoed ontkracht. Het lulletje waarop ik zuig is, hoewel elegant en gretig opgericht, niet aan de grote kant. Het is ook nog eens besneden.

Dat doet de textuur van een eikel aan zachtheid inboeten. Hij moge van vorm nog zo onberispelijk zijn, zoals deze — gracieus gestroomlijnd zoals het helmpje van een renner tijdens een werelduurrecordpoging, dus zonder de ver uitstekende randen van de boerse champignon. Maar waar oh waar is zijn veerkrachtige malsheid heen?

Ik ga niet zeggen dat er zo veel eelt op staat dat ik evengoed op de duim kan zuigen van een timmerman. Maar dat zijdeachtige al dente, die zachte knakkigheid van een roedehoofd dat zich in ruststand gewikkeld mag weten in zijn beschermende voorhuid, zoals een bonbon in zijn zijdepapiertje? Die satijnen stevigheid is ver te zoeken.

Wat is in 's hemelsnaam het nut van de besnijdenis? In de woestijn, waar alle grote godsdiensten — niet toevallig als gevolg van uitdroging en hallucinaties — hun stenen tafelen bijeen hebben gebeiteld, kan ik de voordelen nog begrijpen. Met al dat zand?

Je wilt niet dat het zaakje gaat knarsen tot de ontsteking erop volgt.

Maar zodra er voldoende water is om je te wassen, is de enige reden die overblijft een medisch-esthetische. Een ongelukkige puber kán begiftigd zijn met een voorhuid die, op zich al klein van diameter, ook totaal onrekkelijk is. Waardoor het lid bij elke erectie gaat opbollen als een ontbijtworst die op knappen lijkt te staan. Pijnlijk voor de jongen in kwestie, en niet appetijtelijk voor de pottenkijker, hij moge nog zo houden van reguliere ontbijtworst. Besnijden is dan het minste der kwaden.

Maar voor de rest? Vroeger was de besneden scharrel een buitenkans, een speciaaltje. Nu zijn in Amerika nagenoeg alle mannen onder de veertig besneden, ongeacht hun voorkeur of religie. Dan weet je het wel. Nog even en het is ook hier de norm. Met de blockbuster movie was dat ook zo.

Blij dat ik dat volgende hoofdstuk niet mee zal moeten maken.

Wat me aan deze jongen nog het minst opwindt, is zijn scrotum. De echte balzak bevat, zijn naam eer aandoend, ballen. Wat mijn vingers hier strelen en kneden is een schraal zakje verdriet, een en al rimpels en plooien.

Daar zit je dan, met je seksuele heimwee, 's nachts, op je knieën in een stadspark, strelend en knedend, met in je vingers nog de herinnering aan al die perfecte klootzakken die je in je leven hebt mogen beroeren – veerkrachtige beurzen met malse, levenslustige kwarteleitjes, en niet te vergeten de occasionele ruige buidel met de weerbarstige ganzeneieren die, indien ze van steen waren geweest, hadden kunnen dienen in een of andere intifada. En dan krijg je dit voor je kiezen. Ik dacht eerst dat-ie geen ballen had. Had ik verdorie toch een invalide getroffen. Ik wilde m'n geld al voor de helft terugeisen.

Toen vond ik ze alsnog, eerst het hele geval met de volle hand rollend en wegend, ten slotte rondvoelend met de toppen van niet meer dan twee vingers tegelijk. Daar waren ze! Twee zachte knoopjes, niet groter dan een kleuternavel.

Wat moet je gestudeerd hebben om met deze jongen te vrijen? Braille?

Gewoontegetrouw stop ik na een poosje mijn gepijp en begin — ter afwisseling, en om mijn kaakspieren de kans te geven te ontspannen — mijn deelgenoot met de hand af te trekken, terwijl ik intussen wel aan zijn zak lik. Ik ben een grote fan van het likken aan de zak. Er zijn weinig handelingen zo stimulerend als het likken aan de zak. Aan het gekreun van mijn sekswerker te horen denkt hij er net zo over.

Maar zo ontgoocheld als ik al was tijdens het pijpen en het kneden, zo ronduit ontsteld ben ik van bij de eerste lik. Deze zak smaakt naar borrelnootjes. Ook naar jongenszweet, akkoord. Maar het meest naar borrelnootjes. Waarschijnlijk heeft zijn bezitter hier lang staan wachten op klandizie, heeft hij de inwendige mens willen versterken met een zakje borrelnootjes, en heeft hij een opkomende kriebel bedwongen door met zijn eethand eens flink aan zijn zak te scharten.

Op zich begrijpelijk — maar stel nu eens dat ik allergisch was geweest voor noten? Dan lag ik nu schuimbekkend achterover op mijn rug te stuiptrekken, vermoord of toch minstens in coma door een scrotum met notensmaak. Je mag van de immer oprukkende civilisatie zeggen wat je wilt, maar de mogelijkheden om volstrekt surrealistisch aan je eind te komen nemen exponentieel toe.

Ik schakel gelijk weer over op pijpen. Mijn deelgenoot voelt het aan als de ultieme stimulans. Hij is zover. Nu al. Ik word het gewaar. Ik weet het. Er valt overigens niet naast te horen. Hij maakt misbaar voor tien. Hij lijkt zich zelfs los te willen wurmen maar ik weet beter. Dit zijn de spasmen van de liefde. Ik klem hem nog steviger om de knieën beet en ik versnel mijn tempo. Ik ben nog niets verleerd. Ik kan het nog altijd. Deze jongen gaat zo dadelijk loeihard komen. Wel heel erg snel, als je het mij vraagt. Ik zou niet graag uitrekenen hoeveel ik hem betaald heb per minuut. Toch blijft hij klagen en worstelen, de aansteller. Hij kronkelt zijn bekken echt alle kanten op. Ik moet hem in een bankschroef houden als een worstelaar of hij ontglipt me toch. Ik pers er een laatste sprintje uit. Zijn nog nauwelijks gesmoorde geschreeuw is grotesk.

Ik trek mijn mond te laat weg. Zijn eerste scheut belandt tegen mijn tong en mijn verhemelte. De rest schiet hij op mijn schouder. Nog flinke klodders ook, voor zo'n bescheiden geval.

Maar hij blijft doorgaan met jammeren en kreunen. Zodra ik mijn greep om zijn knieën wat los, trapt hij me zelfs van zich af. En hij roept, onduidelijk, en kennelijk in grote pijn, iets wat zich laat ontcijferen als: 'Ik zit vast, ik zit vast!' ('Ig fig faft, ig fig faft.')

Als ik overeind ben gekrabbeld en hem in het angstige gezicht kijk, zie ik wat hij bedoelt. Het piercingstaafje door zijn onderlip heeft zich aan de binnenkant vastgehaakt tussen zijn twee voortanden. Het is geen gezicht. Zijn onderlip lijkt slordig vastgenageld aan zijn bovengebit. Onder het metalen balletje aan de voorkant vandaan sijpelt bloed.

Een wederkerige pijpbeurt kan ik nu wel vergeten.

V | 9.

Een uur later, in het ziekenhuis, onder het koude licht van tl-buizen, in een verlaten wachtkamer met zes stoelen en met een gammel tafeltje vol kapotgelezen tijdschriften uit vervlogen jaren, komt mijn hoofdvogel binnen met een pleister op zijn monsterlijk gezwollen onderlip en ogen die rood zijn van het huilen. Buiten begint de ochtend al te dagen.

'En u bent?' vraagt de dokter van dienst, met een opgetrokken wenkbrauw, en met officieel uitziende papieren in de handen.

Het Marokkaantje is mij voor. 'Een mwviend,' zegt hij, met een trieste oogopslag. Hij grimast van de pijn bij het spreken.

Ik knik. Een vriend. Zelfs anonieme seks creëert vandaag de dag verplichtingen en vriendschappen bij de vleet. Eindelijk weer eens een vriend.

Nu nog van hem afraken, voor mijn huwelijk begint, over een paar uur.

Ik heb al meer dan genoeg gedaan voor mijn nieuwe vriend. Ik heb hem bij de hand het stadspark uit geleid — in een slechte parodie op de oude ziener die zijn begeleidend joch de weg moet tonen. Ik heb een taxi doen stoppen. Ik heb het portier opengetrokken voor-ie weer weg kon rijden, en ik heb de chauffeur, die ons eerst wilde weigeren, de naam toegebeten van een hospitaal. Vooral dat laatste zou de arme jongen zonder mij niet hebben geklaard.

'Ik heb geen halve euro meer over,' was ik wel verplicht mijn nieuwe vriend toe te fluisteren, op de achterbank. Hopend dat hij bij aankomst de taxi zou betalen, de Dienst Spoedgevallen zou binnenlopen in zijn eentje, en mijn bestaan zou vergeten.

In plaats daarvan duwde hij me bij aankomst zijn portefeuille in de handen en verliet kreunend en jankend de taxi, richting Spoedgevallen. Wat kon ik doen? Ik betaalde voor de taxirit, met mijn eigen geld dus eigenlijk, en ging met zijn portefeuille in mijn handen zitten wachten in deze wachtkamer. Dit is het hospitaal waar ze bijna Gaëtans koud geworden vingers hebben moeten breken om hun noodknop terug te krijgen. De naam van een ander hospitaal was me niet te binnen geschoten, oog in oog met die afwijzende taxichauffeur. Een Albanees met een bijbehorend hoofd. Hij zou zelfs ruzie maken over de fooi.

'Heeft hij een aansluitingsbewijs van een ziekenfonds bij zich?' vraagt de dokter. Aan mij. Alsof de jongen er niet bij is. Alsof ik zijn vader ben, of zijn pooier. Ik schud van nee. Ik heb er ook naar gezocht in de portefeuille.

Behalve mijn geld trof ik alleen een paar foto's aan en een geldig identiteitsbewijs. De jongen heet Ahmed. Lust tot experimenteren kun je moslimouders bij de naamgeving van hun kroost niet verwijten. Hij woont hier een paar straten vandaan.

'Hebt u uw aansluitingsbewijs bij u?' vraagt de dokter.

'Nee,' lieg ik. Papieren, altijd papieren. Hoe zou de wereld eruit hebben gezien zonder papieren, in het bijzonder geplastificeerde papieren en bestempelde papieren en papieren met foto's? Ik zie de dokter staren naar mijn vuile knieën en naar de opgedroogde klodder op de schouder van mijn regenjas. Er hangt ook opgedroogd bloed aan mijn hand, merk ik zelf. Waarom zit ik hier nog? Ik had die portefeuille op dat tafeltje moeten leggen en met stille trom verdwijnen.

'U bent geen lid van een ziekenfonds?' vraagt de dokter ongelovig.

'Zie ik er zo slecht uit?' vraag ik.

'Mag ik eerlijk zijn?' vraagt de dokter. 'Ik zou u graag even onderzoeken. Een mens is rapper in shock dan hij denkt.'

'Het motto van mijn leven,' probeer ik af te wimpelen.

'Een reden te meer,' zegt de dokter, bloedernstig, 'om op zijn minst uw bloeddruk te nemen. U kunt nog altijd morgen langskomen met uw aansluitingsbewijs, of later, geen probleem.' Hij keert zich naar Ahmed. 'U ook.'

'Ig bedaal wel cash,' zegt Ahmed, grimassend, en me de portefeuille uit de hand nemend.

Daar gaan mijn laatste centen.

Op straat, bij het onwennige afscheid, begint Ahmed opnieuw te huilen. De ochtend gloort, het verkeer komt op gang, mijn trouwdag lokt. Ik leg een troostende hand op zijn schouder. Hij schudt ze meteen af, om zich heen kijkend. 'Mijn bwoew fal kvwaad zvijn,' grimast hij.

'De broer op de foto in je portefeuille?' vraag ik. Ze stonden er met zijn drieën op. Ahmed, een middelbare vrouw met een hoofddoek en een stoere bink van ik schat vijf jaar ouder dan Ahmed. De gelijkenis was treffend, het plaatje in één oogopslag duidelijk: een weduwe met twee zonen, de jongste het moederskindje, de oudste de vervanger van de vaderfiguur op aarde. Het mannetje in huis.

'Hij zval mij wveer flaan,' snikt Ahmed.

Je hebt toch al een dikke lip, wil ik hem opbeuren. Maar ik houd me in. Ik wil hier weg. Ik heb hier niets mee te maken.

Maar om de een of andere manier kan ik me niet loswerken van Ahmed. Zoals hij zich daarnet niet kon loswerken van mij. Maar dan anders. Meer mentaal. Vanwege een zeker schuldgevoel. Ik ben ook maar een culturele katholiek.

'Gan ik nied bij jou komen vwonen?' vraagt Ahmed. Uiteraard naar mij opkijkend in slow motion. En in tranen. En in ernst. Een overreden zwerfhondje. Met die prachtig trieste ogen van hem, die perfecte oortjes, die twee resterende stomme piercings en die nog altijd monsterlijke lip. 'Defnoodz tijdelijk? Ig vzal je nied tod laft vwijn.'

Ik weet zeker dat ik het nog overwogen zou hebben ook, om hem levenslang, of toch minstens een week of zo, op te voeden en te vertroetelen, naar beste vermogen, mocht ik niet op het punt staan om te trouwen.

Correctie. Er is iets anders wat mij dwars zit. Het besef slaat als een schok door me heen. Het gaat niet om de trouwerij, waardoor ik ervoor terugdeins om Ahmed in huis te nemen — zolang dat weer duurt, leer mij de trouw van hoertjes kennen, waarschijnlijk dus tot-ie er vanonder muist met mijn videocollectie, na één week, of misschien pas na een jaar, het ziet er een beleefde jongen uit.

Het gaat om Tamara. Dit kan ik haar niet aandoen.

En zelfs dat is het niet. Ik wíl haar dit niet aandoen.

Nee, het ligt nog anders. Ik wil het ook zelf niet. Ik heb dit niet meer nodig. Als ik na dit avontuur ooit nog zin krijg in scharrels, kan ik nog altijd in een of ander park opnieuw op mijn knieën gaan zitten. Maar ik neem niemand nog in huis. Behalve Tamara. Zij is iets anders. Onze band is, zeg maar, puur. En ik ben gesteld geraakt op haar. Ik wil haar trouwdag niet verknallen. Haar entree. Haar redding.

'Azzebwief?' vraagt Ahmed. Trillend. Van de ochtendkou of van iets anders.

Ik heb de moed om hem in de ogen te kijken. 'Sorry,' zeg ik. 'Nog in geen honderdduizend jaar.' Ik draai me om en ik stap weg. Zonder om te kijken, en zonder een zweem van wroeging.

De zweem van wroeging komt alsnog, als ik kort daarop mijn eigen huis in glip, de trap opsluip, me uitkleed en, voor een hazenslaap van hooguit anderhalf uur, ga liggen op mijn tatami.

Het is buiten al volledig licht.

Tamara knort in haar slaap. Opgerold in onze oude zijden lakens, op ons kingsize bed. Ze trekt een oog half open en ze grijnst, met die hese stem van haar: 'Heb je je geamuseerd?' Ik betwijfel of ze straks nog weet wanneer ik thuisgekomen ben, en wat ze heeft gevraagd.

'Het was geweldig,' fluister ik. 'Slaap nu maar.' Ik sluit ook zelf mijn ogen.

Tevergeefs. Telkens weer zie ik die karbonkels van ogen en die dikke lip. En ik proef nog altijd dat hardnekkige, weeë aroma van jeugdig zaad, zo vruchteloos verschoten in mijn mond.

V | 10.

'Waarom zou ik hier opeens de bruid moeten kussen?' vraag ik. Luider dan ik het had willen vragen. Mijn vraag galmt, versterkt door de klatergouden koepel met zijn holbolle Heiland, op ons neer. Op Tamara, de pastoor en mij.

'Ik kus niet op bevel. Ik kus wanneer en waar ik dat zelf wil.'

De pastoor verliest er zijn goed humeur niet bij. 'Je hoeft je niet te generen,' zalft hij. 'Ik heb al genoeg koppels zien kussen vlak voor mijn neus.'

'Bent u daarom pastoor geworden?' vraag ik hem. 'Om vreemde koppels voor uw neus op te jutten tot intimiteit?'

'Meneer Seebregs,' lacht hij, 'het is maar een gebruik. Een schoon gebruik.'

'Het is een kutgebruik,' zeg ik, 'nergens op gestoeld. Vroeger deed niemand het. Het is ons opgedrongen door slechte cinema en middenstandfeuilletons uit de States. Het is tot op het bot een volksvreemd gebruik, dat een pastoor zou moeten bestrijden, niet promoten.'

'Meneer Seebregs,' zegt de pastoor, even geamuseerd als ongelovig, 'wat kan één bescheiden kus nu kwaad?'

'Vraag het zelf eens aan uw misdienaars,' zeg ik, in de hoop die beate grijns van zijn gezicht te vegen.

Tevergeefs. De pastoor barst in een hartelijk lachen uit. 'Daar hebt u een punt,' zegt hij, net niet schuddebuikend.

Ik word op de schouder getikt. Het is Tamara. Doorgaans is ze niet mooi als ze kwaad is. Maar met deze japon om het lijf, met dit hoedje op het hoofd en deze ruiker dwergbloemen in de hand, krijgt haar toorn iets glamoureus. 'Waarom wil jij mij niet kussen?' Het is nauwelijks een vraag. Het is een beschuldiging. 'Ben ik niet goed genoeg? Ben je vies van mij?'

'Ik wil je de vernedering besparen,' zeg ik.

Ze gaat met haar handen in de zij staan. Dat wil je niet meemaken. Zeker niet vooraan in een kerk. 'Mij kussen is vernederend?'

Uit een ooghoek zie ik Jenny naar Karel kijken. Die is rechtop gaan zitten, de ogen wijd open, de mond ook. Op de eerste rij zitten ook mijn verwekker en zijn verpleegster ons aan te staren. Zelfs op de laatste rijen zie ik commotie: rekkende halzen en verbaasde gezichten – nieuwsgierige zonnebloemen, wiegend in een opstekende bries. En ik mag er niet aan denken hoe het gezicht eruit moet zien van Vandessel, ginds boven.

'Het is niet vernederend voor mij,' sus ik Tamara, 'maar voor jou.' Ik keer me naar de pastoor. Op zijn minst lacht hij al niet meer. 'Afrikanen kussen niet,' leg ik uit, 'dat is tegen hun principes.'

'Hoe zou jij dat weten?' roept mijn bruid.

'Ik ben genoeg op excursie en safari geweest,' zeg ik tegen de pastoor. 'Geloof mij: ze kussen níet.'

'Ik heb er heel mijn leven gewoond,' roept Tamara, mij bij de schouder naar zich toe draaiend. 'Ze kussen veel te veel. Een boom, een beest, de grond. Ze zouden alles kussen. Hun Toyota nog het meest.'

'Kunnen jullie niet alvast één keertje kussen,' vraagt de pastoor, 'en tijdens het feestmaal de discussie voortzetten?'

Geen van ons beiden let op hem. 'Jij stelt de toestand ginder te rooskleurig voor,' zeg ik.

'Jij doet alsof we daar nog in een palmboom hangen.'

'Jij wilt alleen maar worden zoals jij denkt dat wij zijn.'

'Zeg dat nog eens?' vraagt ze, ongelovig.

'Jíj wilt alleen maar worden zoals jíj denkt dat wíj zijn.'

'Ben ik daarom rooskleurig?'

'Dat ís ook jouw probleem, gespogen en gescheten.'

De pastoor: 'We staan hier voor een altaar, let een beetje op uw taal.' Geen van ons beiden let op hem.

'Bedoel je soms dat ík geen echte zwarte ben? En jij juist wel?'

'Met zwart of niet zwart heeft dat toch niets van doen,' roep ik uit.

'Komaan!' roept zij. 'Probeer je daar nog maar eens uit te lullen!' Ik weet niet waar ze dat soort uitdrukkingen opsteekt. *Komaan. Je eruit lullen.* Lang leve de jongeren-tv. Of de spraak van de winkelstraat. Ze steekt van alles wel iets op. Ik ben blij dat ze niet door wolven is opgevoed. 'Waar blijf je met je uitleg?'

De pastoor zucht: 'Jullie hoeven niet per se te kussen, ik wil het gerust hierbij laten.'

'Ik niet,' brult Tamara. 'Ik trouw! Ik wil gekust worden. Hier. Voor dit altaar. Door hem.' Ze wijst naar mij met de hand waarin ze het boeket vasthoudt als was het een busje peperspray.

'Kussen wordt gigantisch overschat,' zeg ik.

'Dat is ook waar,' geeft de pastoor toe.

'Ik word gekust,' zegt Tamara, 'of ik ga niet naar buiten.'

De pastoor zucht.

'We kennen mekaar amper,' zeg ik, 'wat zouden we opeens beginnen te kussen?'

'Als we nooit kussen,' zegt Tamara, 'hoe kunnen we mekaar dan echt leren kennen?'

'Dat klopt ook,' zegt de pastoor tegen mij, 'het huwelijk is het begin van een verkenningstocht, en niet het einde.'

'Ben jij getrouwd?' vraag ik hem. 'Zwijg dan!'

'Jij en ik slapen in dezelfde kamer,' zegt Tamara, 'ik lap jouw ramen, ik kook voor je, ik doe je was en je plas. Hoeveel beter moeten mensen mekaar kennen, voor ze kunnen kussen?'

'Kussen is niet hygiënisch,' zeg ik, 'je zou eens op internet moeten opzoeken hoeveel bacteriën er bij één simpele kus al van eigenaar verwisselen.'

Tamara rolt met haar ogen. 'Jézus!' zegt ze. Waarna ze op me toe stapt, mijn hoofd in haar beide handen neemt, en haar mond ongeremd en zelfs gulzig op die van mij drukt.

Ze heeft in de loop van de paar maanden die we deelden haar preutsheid verloren. Na het douchen droeg ze niet altijd meer de kamerjas van Gaëtan. Daar begon het mee. Het ergste aan een huwelijk is het gebrek aan privacy.

Steeds vaker stond ze in slip en bh voor de spiegel terwijl ze oogschaduw aanbracht. Allebei piepklein en wit, die slip en die bh dus. Van het goedkoopste katoen, flodderig geworden van het vele wassen, toch hartveroverend sensueel. De eerste keer schrok ze nog, toen ze me in de spiegel achter zich zag staan, kijkend naar haar — die schitterende benen, dat gebeeldhouwde bekken, die scherpe schouderbladen en die kont die, zeker als ze wat vooroverbuigt, steviger is en hoekiger dan je zou verwachten bij iemand van het zwakke geslacht die, zeg maar, niet aan schaatsen doet.

Na een paar keer nam ze nooit meer de moeite om de schrille kamerjas weer aan te trekken. Ze liep in mijn bijzijn steeds meer in haar ondergoed rond, ook 's avonds, voor het slapengaan, alsof ik haar jongere broertje was, of nee: een seksloos kind van haar. Soms liet ze zelfs haar bh achterwege. Haar tieten mogen dan klein en spits zijn, hun tepelhof is merkwaardig groot. Er zijn mannen die daarvan houden.

De kamerjas hangt inmiddels weer waar hij hing toen ze hier introk. In een kast. Ongebruikt. Ze is erop uitgekeken. Nog een trekje dat ze gemeen heeft met Gaëtan. Snel uitgekeken raken. Op spullen en op mensen, durf ik te wedden. Het is niet haar aantrekkelijkste trekje.

Een enkele keer kreeg ik haar helemaal naakt te zien. Ze kwam net uit de douche gestap. Ik vond haar beeldschoon maar het deed me niets. Ik voelde wat ik altijd voel in de nabijheid van beeldschone exemplaren van de vrouwelijke kunne: ik kijk rond of ik niet een ticket moet betalen. Verbaasd dat een kunstwerk rond mag lopen zonder vitrinekast eromheen.

Ze werkt aan haar bikinilijn, zoveel is duidelijk, al komt ze even duidelijk geen schaamhaar tekort. De kleur van haar poes blijft nog altijd een raadsel. De binnenkant, bedoel ik. Geen lip te zien. Haar kroeskopje is uiteraard zwart. Zwart als de houtskool waarmee het lijkt getekend.

Wat ik me wel blijf afvragen, is hoe ze de noden van de seksualiteit in goede banen leidt. Zeker in een huis dat ze deelt met een vreemde. Akkoord, die noden verschillen van man tot vrouw, waarbij de man geneigd heet te zijn tot veelvuldiger solowerk. Maar de noden verschillen ook van jong tot oud, waarbij de jeugd het van de ouderdom zou moeten winnen. Dus zij en ik moeten ongeveer quitte staan, vermoed ik, wat aandrang betreft, en lust in lust.

Toch heb ik haar niet één keer kunnen betrappen op iets wat in de verte lijkt op gevinger of meer. Op een onbewaakt moment — ze was weer eens gaan winkelwandelen — heb ik zelfs onze lade nog eens nagekeken, uit de dildo- en vibratorperiode van Gaëtan. Hij had alles in periodes, van griep tot giften aan liefdadigheid. Ze lagen er nog allemaal, exact zoals ik ze me herinnerde, van groot naar klein. Maar nu onder het stof.

Anderzijds heeft ook zij mij niet betrapt. Ik trok me meestal af in de living, bij een vertrouwde pornovideo, wanneer ik wist dat ze al lang en breed lag te snurken in ons kingsize bed — Gaëtan heeft dat nog kunnen kopen in Wetteren, rechtstreeks uit een erfenisboedel, inheemse art deco, log maar puur, een prachtstuk.

Ze is me geen enkele keer komen storen. Ik vraag me af wat ik had gedaan, indien ze toch onverwachts was binnengestruind. Gewoon voortdoen, neem ik aan. Ik ben in mijn eigen huis. Ze zou vanzelf wel zijn weggegaan. Anders had ik haar wel weggestuurd. Ik kan moeilijk zeggen: kom erbij zitten — wil je een handvol glijmiddel of een handvol spuug? Is deze video voor jou oké? Heb je niet liever een gangbang, men only, in de montageput van een garage?

Ik heb me al een paar jaar voorgenomen geen nieuwe porno meer te kopen. Op een bepaald moment heb je je klassiekers wel verzameld. Ze zijn je even dierbaar geworden als oude vrienden.

Ze zijn op menig vlak beter dan oude vrienden. Jij kunt er geen ruzie mee maken, en zij kunnen geen kanker krijgen. Hooguit vervagen ze, in de loop der jaren. Zeker bij de meest vertrouwde passages.

Dat doet niets af aan je voorliefdes. Sommige van de jongens lijk je na al die jaren persoonlijk te kennen, en het is troostend dat ze nimmer een dagje ouder worden, en nooit eens een graadje minder heet, al doen ze nog zo vaak hetzelfde standje, in steeds hetzelfde licht, met steeds hetzelfde overdreven getrokkebek als de ontlading nadert.

Als ze te veel vervagen, mijn Betamax-boys, mijn VCR-Dorian Grays, dan bestel ik nieuwe exemplaren. Ik vraag me af hoe lang dat nog mogelijk zal zijn. Ik weiger over te stappen op dvd. Ik ben te oud om nog een keer over te stappen. Van vinyl naar digitaal geluid? Vooruit. Maar als het op beeld aankomt? Magneetband, verder ga ik niet. Je moet grenzen durven trekken, zeker in de eigen levensloop. Bovendien: de dvd-box wordt de doodskist van het grote doek. Daar wil ik niet aan meewerken. Het is zo al erg genoeg.

Heel soms durf ik het aan, liggend op mijn tatami, en de regelmaat van haar gesnurk checkend, om me 's nachts af te trekken naast Tamara, zij het een halve meter lager liggend dan zij. Het heeft iets lekker heimelijks, moet ik bekennen. Wat de rukbeurt na al die jaren weer wat pit geeft. Soms ga ik me, zoals in mijn jonge jaren, ook eens lekker met de vuist bewerken in mijn eigen wc. Met hetzelfde resultaat. Hernieuwde pit. Soms is er niet veel nodig om je jeugd weer naderbij te brengen.

Dat is, naast de heisa en de stress vanwege de sociale-terreurbezoeken, dan weer een positief punt aan het verblijf van Tamara. Door haar voel ik me jong, opnieuw, op sommige terreinen toch, heel soms. Klagen doe ik almaar minder. Ik heb opnieuw de dag leren plukken, al gaat het om een paardenbloem en nooit meer om een orchidee.

Eén keer slechts meende ik te horen — muisstil liggend op mijn tatami, het rustige ademhalingspatroon voorwendend dat hoort bij de diepe mannenslaap — dat Tamara op zijn minst een droom doormaakte die haar, zeg maar, intens verblijdde. Ze knorde hees en onderdrukt, en ik ontwaarde, ergens boven me, rondzwevend in de donkerte van onze kamer, een steeds ritmischer geritsel, plus een ademhaling die dat ritme leek te volgen. Na een tijdje stokte plots haar adem en ging over in korte, bijna smekende kreetjes, gevolgd door een trilling van het kingsize bed, nochtans robuuste art deco.

Je kan de zwarte uit zijn continent halen, je haalt de oerkracht niet uit hem.

Tamara kust mij onder de klatergouden koepel alsof ze in haar leven weinig anders heeft gedaan. Je kunt gerust gewagen van overcompensatie. Of misschien is ze gewoon heel erg blij.

Haar tong, waarvan de spitsheid me verrast, woelt rond in mijn mond. De mond waarmee ik een paar uur geleden een wanhopig zwerfhondje ter wille ben geweest, tot hij me een geut van zijn jongensmelk toevertrouwde. Het is dezelfde mond waarmee ik Gaëtan de laatste keer heb gekust, op de ijskoude neusbrug, met het kleine dwarse litteken, met zijn smaak van balsemvloeistof, en de dauw van een lijk dat kort daarvoor uit de koelkast is gehaald en klaarstaat om naar de oven te worden gereden. Ik heb voor alle zekerheid vanmorgen mijn tanden drie keer gepoetst. En nog vrees ik dat Tamara de herinnering aan die smaken proeft, zoals ik ze nog altijd proef op dit moment.

Aan haar lippenwerk zou je alvast niet zeggen dat ze terugschrikt voor om het even wat. Nooit eerder ben ik gekust door lippen als deze. Zoals Mozart ooit te horen kreeg dat zijn muziek bestond uit te veel noten, zo zou een kniesoor over deze lippen kunnen oordelen: 'Te veel vlees.' Maar als de lippendienst bestaan kan uit zo veel, zo zacht en toch zo krachtig zuigend weefsel, dat naar mijn lippen hapt als naar schijfjes mango en partjes mandarijn, en dat geen moment verslapt in vurige attentie? Dan mag muziek wat mij betreft bestaan uit te veel noten. Zij eet mijn mond. Zij leeft van mijn lippen. Ze smaakt naar amandelen, met een bitter snufje nicotine.

Al blijf ik de handeling op zich ridicuul vinden waarbij twee personen hun tong eerst in mekaars mondholte brengen en vervolgens doen rondtollen, toch duw ook ik maar mijn tong haar mond in, tussen haar immer bezige lippen door. Het eerste wat ik voel zijn haar ongelijke tanden, en de gaten die gapen tussen sommige van haar kiezen. Geen bevorderlijk gevoel, gezien mijn belevenissen van vannacht. Mijn kus boet, zeker in vergelijking met de hare, meteen aan vurigheid in.

Alsof ze dat merkt en wil verhinderen, grijpt Tamara mijn lichaam met beide armen beet en drukt het tegen haar pezige lijf aan. Zo onverwacht en met zo'n kracht dat we samen bijna ten val komen.

Zij houdt ons recht. Ik hang uitgeteld in de klem van haar omarming. Ik voel haar boezem tegen mijn borst drukken. Haar bekken vol tegen dat van mij.

Ik ruk mijn mond los van haar kus en neem haar op mijn beurt in mijn armen, mijn mond vlak bij haar oor. Haar fijne, onthutsend zwarte oor. Ik zie het in een flits, voor ik mijn ogen weer sluit. 'Het spijt me,' fluister ik. 'Vergeef me.'

'Waarvoor?' hoor ik haar schor fluisteren in mijn oor. Ik word haar adem gewaar.

'Voor alles,' zeg ik. Rillend. 'Voor alles.'

'Laat maar zitten,' fluistert ze. 'Het is dik oké.' Met één hand op mijn voorhoofd dwingt ze mijn kop weg uit haar hals. En ze begint me direct weer te zoenen, even wild, even grondig.

De eerstvolgende die spreekt, vele tellen later, is de pastoor. 'U mag nu ophouden met de bruid te kussen,' zegt hij. Aan zijn stem kan ik niet horen of hij lacht, of niet.

Ik houd het erop van niet.

V | 11.

Bij het buitengaan uit het kerkje, arm in arm zoals het hoort, lijkt de realiteit pas echt door te dringen tot Tamara. Ze kwam dit gebouw binnen als uitheemse, ze gaat naar buiten als mijn vrouw.

Het weer is nog altijd even wisselvallig met opklaringen. Het enige wat op ons neerdaalt is rijst.

Een armoedige bui, veroorzaakt door de verpleegster van papa. Hijzelf zit in zijn rolstoel alweer bijna te snotteren. De ersatz-Oostblokteef gooit twee, drie handjesvol de lucht in, boven ons hoofd. Daarmee is haar voorraad uitgeput. Een paar buren applaudisseren. Eentje roept: 'Bravo.'

Voor Tamara is het voldoende. Ze verstijft aan mijn arm, boven aan de arduinen trap van drie treden, ze kijkt me aan, ze knijpt haar lippen tot dunne lijnen, haar hele gezicht knijpt samen. Daar zijn de tranen. Die mankeerden er nog aan. Er zijn weinig ingrediënten nodig voor een geslaagd huwelijk, maar ik durf te wedden dat traanvocht er een van is.

Ik geef Tamara mijn zakdoek. Ze slaat hem af. Ze snikt een keer heel diep, ze haalt ook een keer heel diep adem, met de achterkant van een geknakte pols tegen haar mond aan gedrukt, en dan, zich vermannend, wappert ze met haar hand in de richting van de limousine. 'We gaan. Komaan!'

Ze laat mijn arm los, beent op mijn verwekker af en begint hem, onder protest van zijn verpleegster, naar onze roze Chevy te rollen. Mijn verwekker kijkt rusteloos om, afwisselend zoekend naar mij en verliefd opkijkend naar zijn schoondochter.

Ik ben blijven staan aan de voet van de trap. Ik heb voor het eerst sinds lang weer zin in een sigaret. Een heel pakje om precies te zijn.

'Meneer Seebregs?'

Ik had het kunnen weten.

Het zijn Karel en Jenny. Zij kijkt verrukt, hij lijkt ziedend. 'Een schitterende dienst,' zegt Jenny. Ze knijpt zelfs even haar handen bijeen, om uitdrukking te geven aan haar verrukking. 'Zo zie je ze niet veel meer tegenwoordig.' Voor ik het kan verhinderen door ze in mijn broekzakken te stoppen, heeft ze al een van mijn handen beetgenomen. 'Gefeliciteerd. Echt waar.'

Karel schudt mijn hand niet. Hij meet me met zijn blik. 'Het is hiermee niet afgelopen,' zegt hij.

'Nee,' zegt Jenny. 'Dat is ook juist. Hiermee is het niet afgelopen. Maar wat een dienst! Ik maak er melding van in mijn rapport.'

'Een geval als dat van jou volgen we nog maanden,' zegt Karel.

'Als het bij maanden blijft,' zegt Jenny. Ze kijkt er zelf sip van.

'Er is er een,' zegt Karel, 'die we al vijf jaar volgen.'

'Vijf jaar,' knikt Jenny. 'Dat is lang, hoor. Vijf jaar.'

'Ik zal mijn dagen tellen,' zeg ik, 'alsof het zegeningen waren.'

Ze kijken me aan alsof ze niet zeker weten of dat een instemming was, dan wel een belediging.

'Hoe dan ook,' zegt Jenny, het afgegleden oor van haar handtas weer over haar schouder gooiend, 'geniet ervan, samen met het vrouwtje. Een huwelijksdag is toch altijd weer iets heel bijzonders. Nietwaar? Kom, Karel. We gaan.' Ze knikt me vriendelijk toe, draait zich om en stapt weg.

Karel is blijven staan. 'Hoe staat het met de baan?' vraagt hij.

'Nog altijd werkloos,' zeg ik.

'Haar baan,' zegt hij.

'Pardon?' zeg ik.

'Je zou haar aan werk helpen.'

'Karel?' roept Jenny. Ze staat al bij hun wagen. Een witte Renault. 'Kom je?'

Karel komt niet. Hij kijkt zelfs niet naar haar om. Hij kijkt naar mij. 'Een baan zou haar dossier geloofwaardiger maken,' zegt hij.

'Ik heb voor haar een interview geregeld,' zeg ik.

'Een interview?' grijnst Karel.

'Een sollicitatiegesprek,' zeg ik.

'In de film?' Spot is Karel niet vreemd.

'Karel!' roept Jenny.

'In de vaderlandse filmindustrie,' beaam ik. 'Ik heb daar contacten.'

'Nog steeds?' vraagt Karel. 'Na al die jaren?'

'In de film zijn vriendschappen voor het leven,' zeg ik.

'Ik heb anders gehoord,' zegt Karel. 'Maar hou me op de hoogte.' Hij stapt weg zonder me een hand te geven.

Ik kijk hem na, verlangend naar een sigaar inmiddels. Hij stapt in zonder een woord te wisselen met Jenny. Kort daarop rijden ze weg in hun Renault. Jenny zwaait naar me. Ik wend mijn blik af.

Op de parkeerplaats staan Tamara, de chauffeur en de verpleegster te redetwisten. Tussen hen in: de samengevouwen rolstoel. Naast hen: de geopende kofferbak van de Chevy. Op de heenweg was het ook al puzzelen. Je kunt niet alles willen: een trosje mensen vervoeren, en beschikken over een kofferbak waarin dit type rolstoel past.

Mijn verwekker zit al klaar op de achterbank. Ik kan zijn achterhoofd heen en weer zien bewegen. Hij kijkt zoekend om zich heen, wachtend, verlangend. Alle portieren staan uitnodigend open. Mocht ik roken, ik bleef hier staan inhaleren en opsteken tot ze wegreden zonder mij.

'Maarten?' Een vrouwenstem.

Ik draai me om. Het duizelt me, door slaapgebrek, en meer. Ik meende haar al te hebben zien zitten. Op een van de achterste rijen. Ik hoopte dat ik me vergiste. Nee, dus. Taverniers heb je overal. Deze heet Claire. De lievelingszus van Gaëtan. De jongste van het huishouden.

Ik had gehoopt haar na de crematie nooit meer te ontmoeten.

Ik probeer zoveel mogelijk net naast haar gezicht te kijken, zoals James Dean zei dat je naar een camera moest kijken, close-up of geen close-up. Om het raadsel te vergroten. Alles is techniek.

'Het was een mooie dienst,' zegt Claire.

'Dat hebben er nog al gezegd,' zeg ik. Die stem van haar. Met dat erfelijke timbre.

'Je hebt een heel mooie vrouw,' zegt Claire. Het klinkt opnieuw alsof ze het meent. Het zou me niet verwonderen. Taverniers menen alles. En ze menen alles goed. Zolang ze niet samenleven met mij.

'Och,' zeg ik, 'ik heb al mooiere vrouwen gekust in travestietenbars.'

Claire glimlacht. Haar ogen zelf kan ik vermijden. Maar er is dat klassieke neusje, en die kraaienpootjes bij het lachen. Ik kan het niet aanzien. Desnoods moet ik toch maar in de Chevy gaan zitten. Desnoods naast mijn verwekker. Is een mens dan nergens veilig?

'Typisch jij,' zegt ze, 'zo'n opmerking.' Ze klinkt oprecht en triest en innig en sympathiek. Dat laatste haat ik nog het meest. Sympathie en schimmel in douches — er is geen kruid tegen gewassen. 'Ik mis je, Maarten,' zegt ze. 'Ik mis jouw kolder.' Ze wil haar hand op mijn voorarm te leggen. Ik zie het aankomen. Ik trek mijn arm net op tijd weg.

'Kolder is het juiste woord,' knik ik. 'En kolderieker dan nu kan ik niet meer worden. Ik sta op mijn toppunt.' Ik zie de chauffeur met de rolstoel van mijn verwekker draaien en keren en passen, als was het een stukje uit een Chinese driedimensionale puzzel.

'De anderen wilden niet komen,' zegt Claire.

'Ik heb ze ook niet uitgenodigd,' zeg ik. 'Ik wilde niet dat die kerk helemáál vol zat.'

'Bij jullie grote feest waren we er wel allemaal,' zegt Claire. 'Ik was zo jong, toen. Ik heb er fantastische herinneringen aan.'

'Ja,' zeg ik, 'jij was echt gruwelijk jong.'

'Ze zijn kwaad op je,' zegt Claire. Op zo'n manier, dat ze me doet aanvoelen dat zij juist niet kwaad is. Ook zij staat op het punt om bij te dragen aan het hoofdingrediënt van een geslaagd huwelijk. Ik voel het. Haar traanvocht komt eraan.

'Nog altijd vanwege de uitvaart?' zucht ik.

'Nee,' zegt Claire zacht, om zich heen kijkend, alsof ze zich in mijn plaats schaamt. 'Ze zijn kwaad vanwege het huis.'

'Vanwege het huis?' herhaal ik. Ik besef al wat er nu weer op me afkomt aan kolderieks, in deze Tavernier-contreien.

'Gaëtan heeft er zo veel geld in gestopt, Maarten,' pleit ze. 'Zo veel tijd en energie. Hij wás dat huis, begrijp je?'

'Hij wás dat huis?' herhaal ik.

'Hij was dat huis,' knikt Claire. Kun je schoorvoetend praten? Dan praat zij schoorvoetend. 'Maar nu? Met jouw toestand en zo? En met dit huwelijk erbovenop?'

'Bedoel je,' vraag ik, zwijmelend van uitputting, of van de buitenlucht, of van beteugelde razernij, 'dat het niet mijn huis is?'

'Dat bedoel ik niet,' haast ze zich te zeggen. 'Alsjeblieft. Niemand denkt dat.'

'Wat denken ze dan wel?'

'Wel,' begint ze, 'stel nu eens, ik noem maar wat, dat jou binnenkort iets overkomt?'

Ik kijk haar recht in het gezicht. Fuck James Dean en zijn techniek. Een groot acteur is hij nooit geworden. 'Al steek ik dat huis in brand,' zeg ik. 'En zelfs dat zal ik nooit doen. Het komt Tamara toe. Van zolder tot fundering. Hebben jullie daar problemen mee?'

De sympathieke gezant van de familie Tavernier levert haar bijdrage aan het hoofdbestanddeel van het huwelijk. 'Je mag niet kwaad zijn,' zegt ze.

'Hebben ze jou gestuurd?' vraag ik. 'Als jongste? Om mij te vermurwen?'

'Op zijn minst ben ik gekomen,' zegt ze.

'Om wat te doen?' vraag ik. 'Te vragen of je in mijn testament staat? Het antwoord is nee.'

'Ik stond altijd aan jouw kant,' zegt ze.

'Sinds wanneer?' vraag ik. 'Sinds de vastgoedprijzen zijn geëxplodeerd?'

'Ik heb jullie huis opgeknapt,' zegt ze, verbazend bits voor iemand die in tranen is, 'tijdens die laatste weken. Gaëtan heeft me op zijn ziekbed gevraagd jou bij te staan. Een hele lijst klussen en opdrachten. Nadat jij nota bene bij hem was weggelopen. Waar zat je, Maarten? Toen hij jou het meest nodig had? En waar was je toen ik jou kwam helpen, in opdracht van hem? Ik wilde dat niet eens, ik haatte jou. Ik deed het alleen omdat hij het me vroeg.'

Ik zou mijn rechterhand geven voor een sigaret, mijn linker voor een fles whisky, ineens intraveneus toegediend. Langs Claire heen kijkend, zie ik dat de rolstoel de kofferbak is in gepuzzeld. Iedereen heeft plaatsgenomen, de chauffeur steekt zijn duim naar me op.

Ik antwoord hem met hetzelfde gebaar, en Claire met: 'Zolang hij in leven was, kon ik niet wonen in dat huis. Het had aangevoeld als doodslag op verplaatsing.'

Maar ze luistert al niet meer naar wat ik zeg. 'Het was een puinhoop,' zegt ze, 'er was zoveel stuk, ik kon mijn ogen niet geloven. Je had alles laten verkommeren. Zijn huis! Zijn prachtige huis!'

'Ik was gaan zwerven,' zeg ik nog, 'ik moest wel, ik kon niet meer leven daar, terwijl hij elders lag te creperen.'

Ze luistert niet. 'Ik heb alles uitgevoerd zoals hij het me opdroeg. Alles laten herstellen en alles gepoetst en schoongemaakt en opgeruimd en klaargelegd. De dag nadat ik klaar was ging hij dood.'

Ik zie Tamara het portier aan haar kant weer openduwen, ze komt half uit de Chevy, één prachtbeen op de begane grond – een witte stilettoschoen als een sierlijke punaise, klaar om zich in het asfalt te prikken – en ze gebaart uitbundig van 'Waar blijf je nu?' Een prachtig shot, indien uitgevoerd met de camera gemonteerd op een langzaam wegzwiepende en tegelijk stijgende kraanarm.

'Ik moet gaan,' zeg ik tegen Claire. 'Het spijt me.'

Ze knikt begrijpend voor tien. 'Je hoeft je niet te excuseren,' zegt ze, slikt ze. 'Ik weet zeker dat Gaëtan vandaag heel blij zou zijn geweest voor jou.'

'Weet jij dat echt heel zeker?' vraag ik. Wat belet me om haar in het gezicht te slaan? Behalve de gelijkenis van die neus? En de kleur van haar ogen? En de vorm van haar mond?

'Absoluut,' knikt ze. 'Honderd procent zeker weten.'

Ik laat haar achter voor ze me een afscheidsknuffel kan toedienen.

In de wegglijdende Chevy wachten me nog twee verrassingen. Ik zit nog niet goed neer of de ersatz-Oostblokteef duwt me tersluiks een envelop in de hand, terwijl naast haar mijn verwekker naar me knipoogt – het oog met de staar. Ik voel door de envelop heen de splinternieuwe bankbiljetten tegeneen schuiven. Ik steek hem ongeopend in mijn binnenzak en kijk het raampje uit. Net op tijd om Claire naar ons te zien zwaaien. Ik zwaai niet terug.

Een paar kilometer verder, tijdens een sanitaire pitstop bij een tankstation, overhandigt de chauffeur me in de toiletten al even tersluiks een nog grotere envelop. Hem overhandigd door een robuuste onbekende met een bril, zegt hij. Het is het soort envelop waarmee Vandessel zijn aanbetalingen pleegt te doen. Ik voel de vertrouwde rol oude bankjes meteen zitten. Maar er zit ook iets anders in.

Ik scheur de envelop open. De rol oude bankjes steek ik in mijn binnenzak – de andere. Laten we niet beginnen oud en nieuw geld te vermengen. Er mengt zich al genoeg, vandaag de dag. Het andere voorwerp is een mobieltje. Op het schermpje de boodschap: 'Bel de voicemail. Zo snel mogelijk.'

Pas als we al door het landschap glijden waarin het bejaardentehuis van mijn verwekker zich bevindt, luister ik naar het bericht. Terwijl Tamara het raampje aan haar kant heeft opengedraaid en de wind haar verhitte gezicht laat strelen. Terwijl mijn verwekker met zijn hoofd achterover ligt te slapen. Terwijl de ersatz-Oostblokteef professioneel verveeld uit haar raampje zit te staren. En terwijl de chauffeur zijn aandacht op de weg houdt.

Ik had een scheldkanonnade verwacht. Ik hoor een gekwetste, gekwelde veertiger. 'Je moest haar kussen, Seebregs. Dat besef ik wel. Ik vergeef het je. Bedankt. Maar het doet zo'n pijn, man. Jou te moeten zien met haar? Voor dat altaar en de rest? Ik loop soms achter jullie aan, in de stad. Ik word nog gek. Hoe lang nog? Hoe lang?' De rest is onverstaanbaar en bestaat, alweer, uit het hoofdbestanddeel van een geslaagd huwelijk. Wat heeft iedereen vandaag?

Ik verwijder het berichtje van de voicemail. Ik heb nog een halve dag en een copieuze maaltijd te gaan. Moe, moe, moe.

De grootste verrassing wacht me 's avonds. Tamara en ik strompelen de notenhouten trap op. Zij euforisch tipsy, ik bedwelmd door slaapgebrek en mijn moeizame spijsvertering.

In de slaapkamer schopt ze haar schoenen uit, ze stapt verrassend vlot uit haar japon, ze rekt zich uit in haar ondergoed en ze trapt met een paar welgemikte uithalen van haar platvoeten tegen de zijkant van mijn tatami, tot die verdwenen is onder het kingsize bed. 'Die hebben we niet meer nodig,' giechelt ze.

Ze komt in slip en bh op me af en geeft me een kus op het voorhoofd. 'Je kunt weer naar de logeerkamer. De ergste controles hebben we nu wel gehad.'

Ik spreek haar maar niet tegen.

Ik laat haar in de waan.

Ze is zo gelukkig.

Al val ik nagenoeg om van de slaap, ik ga niet direct naar de logeerkamer. Ik dool eerst nog wat rond in mijn eigen huis. Ik probeer het te bekijken met de ogen van iemand die het voor het eerst ziet. Het lukt me niet.

Ik ben al snel besluiteloos. Zal ik nog eens kijken naar mijn hazewinden in slow motion? Tot ik zin krijg om mijn dolfijnen met een klauwhamer kapot te slaan? Het is al weken geleden dat ik dat ritueel nog eens heb volbracht. Ik besluit van niet en ga naar de voormalige studeerkamer van Gaëtan. Lievelingsbroer van Claire.

Ik ben er al in maanden niet geweest. Ik duw de deur open. De geur van boenwas komt me tegemoet. Ik hoef het licht niet eens aan te doen. Ik hoef een kwetsuur niet ook nog eens goed verlicht in ogenschouw te nemen. Ik ben geen chirurg. Ik heb genoeg aan dit schemerduister.

Alles is gestofzuigd, afgestoft en opgeruimd. Zelfs het opengeslagen boek is verdwenen. Allicht teruggeplaatst in het schap. Ongetwijfeld alfabetisch. Op sommige punten is mijn bruid een pietje-precies. Het geeft niet. Wat ik wou lezen, ken ik uit mijn hoofd.

Lord of my love, to whom in vassalage
Thy merit hath my duty strongly knit,
To thee I send this written embassage,
To witness duty, not to show my wit.

VI | .

VI | 1.

'Je weet wat ze zeggen, Maarten, in Los Angeles. *Film is a dumb medium.* En zij kunnen het weten. Ik niet. Ik ben zelfs daar te dom voor.' Piet Grouillot wacht niet op mijn reactie. Hij barst alvast zelf in lachen uit.

'Anders had ik het nooit zo ver geschopt,' lacht hij.

Correctie. Hij voert handelingen uit die horen bij de fysiologie van het lachen. Hij schokt met het bovenlichaam, hij helt het hoofd achterover, hij rolt met de ogen als van joligheid, en hij toont met halfopen mond zijn boventanden, die stuk voor stuk gebruikt kunnen worden als porseleinen stop in een oude zekeringenkast. Hij produceert zelfs een geluid dat hoort bij lachen.

Maar geen spier in zijn gezicht beweegt. Producent Piet Grouillot is tien jaar ouder dan ik, hij ziet er een kwarteeuw jonger uit. Als je hem tenminste op een armlengte afstand weet te houden, zodat je de hechtingen niet merkt van zijn facelifts. Hij is zo rijk als de zee diep is en hij werkt, zowel in zijn vak als aangaande zijn lijf, uitsluitend met specialisten, al zijn het Cubaanse overlopers met een collectivistisch diploma en een dubbele drugsverslaving. Alleen de besten zijn de besten! Zo luidt zijn lijfspreuk. Hij heeft het dan meestal over zichzelf.

Een lijfgeur heeft Grouillot niet. Een macaber verschijnsel: iemand zonder geur. Zijn parfums kiest hij volgens het prijskaartje. De duurste wint. Altijd.

Al veertig jaar slikt hij meer vitaminepillen dan een astronaut, zijn huid is door genoeg zonnebanken gelooid om er een onverslijtbare reiskoffer van te maken. Hij bezit een villa in Zuid-Frankrijk, een loft in Los Angeles en een liefdadigheidsproject in Acapulco, en sinds een paar jaar heeft hij de weldaden ontdekt van botox. Een ontdekkingsreis waarvan Grouillot, zo te zien, de grenzen der voldoening nog lang niet heeft bereikt. Hij mag lachen, hij mag blaffen: niets beweegt er, aan heel dat gezicht.

Zijn lichaam heeft de stevigheid van een dertigjarige triatleet. Geen spatje buik, geen greintje vet, een soepele tred, een kont als van beton. Tijdens het middagjournaal jogt hij op zijn loopband, tijdens het avondjournaal werkt hij op zijn Stairmaster, tijdens de nachtelijke herhalingen van het journaal neukt hij zijn stagiaires. Tot ze hem smeken ermee te stoppen. Omdat hij ze suf heeft gebeft, of omdat ze bloeden uit al hun openingen. Hij bestelt zijn Viagra in gezinsverpakking en zijn condooms per strekkende meter.

Hij was al producent toen ik soldaat werd in de vaderlandse filmindustrie. Hij is het nog altijd. Hij heeft me per brief geëngageerd en onder vier ogen ontslagen. Write the good news! Tell the bad! Na mijn aanwerving heb ik nooit meer een brief van hem ontvangen. Na twintig jaar uitsloverij werd ik bij hem in zijn kantoor ontboden voor 'een persoonlijk onderhoud'. Ik voelde de bui hangen.

Gaëtan was toen al dood. 'Een onderhoud?' zou die hebben gezegd. 'Wat denkt-ie dat je bent? Een auto? Heb je nieuwe banden nodig, is je olie aan verversing toe? Dat hij ontploft, Grouillot. Je blijft thuis.'

Nu ging ik gehoorzaam naar mijn onderhoud.

In het kantoor van Piet Grouillot.

Tijdens het middagjournaal.

Ik sloot de deur achter me en keek Grouillot op de bezwete rug. Hij rende op zijn loopband. Ter plekke blijvend en toch hollend alsof hij achtervolgd werd door een meute drijfhonden. Hij hield ze met gemak achter zich. Hij hijgde amper en volgde onder het lopen de beursverrichtingen op tv.

Het was een doordeweekse dag, meldde de anchorman monter. Geen spectaculaire dalers, matig omzetvolume. 'Je bent ontslagen, Seebregs,' zei Grouillot, zich niet eens omdraaiend.

Ik wilde hem vragen waarom ik niet meer voldeed, maar zijn mobieltje begon te jengelen. 'Lust for Life' van Iggy Pop. Even zuiver als uit een transistorradio. Grouillot klikte het open zonder met lopen te stoppen. 'Pak je boeltje en trap het af. Hallo?' Dat eerste zei hij nog tegen mij, dat laatste al in zijn mobieltje. 'Wat heb ik je voorspeld, kalf? We hadden een half miljoen verloren als we vandaag hadden verkocht. Je hoeft me nooit meer te contacteren. Ik ga wel op een ander om advies.'

Mobieltje dichtgeklapt, gesprek verbroken, de loopband naar een hogere snelheid geschakeld, ik al lang en breed vergeten. Tegen dat ik mijn adem had teruggevonden en het kantoor verliet, werd het weer voorspeld.

Grouillot incasseerde die voorspelling met een ongelovige, smalende uithaal. Nog altijd in stilstaande looppas. Nog altijd een straatlengte voor op zijn hellehonden – de brakken van zijn vakbroeders, de buldoggen van de media, de pitbulls der bankiers en de subsidiënten en acteurs en agenten en royaltygenootschappen, plus de horde keffers van hun advocaten. Altijd, altijd advocaten.

'Háh!'

Het verwonderde me dat hij zich niet op de borst trommelde. Spurtend naar een finish. Ergens in een verre, verre toekomst.

Tienduizenden kilometers daarvandaan.

VI | 2.

Grouillot zit relaxed op mijn sofa, ik zit gespannen tegenover hem op een stoel – die waarop Jenny zat bij haar eerste huisbezoek. Ik heb hem in vier jaar niet gezien. Hij is geen spat veranderd. Iedere haar die uitvalt laat hij weer inplanten, met een laser of met een naaimachine, ik wil eraf zijn, hoe dan ook: naar een foto van toen-ie zesentwintig was. Als hij over duizend jaar wordt opgegraven, is hij de eerste mummie met een perfecte haarlijn.

Hij lijkt er nu al een beetje op.

Hij zit in het midden van mijn sofa, de benen gestrekt, de voeten gekruist, de hakken rustend op het lage tafeltje, de armen wijd gespreid op de leuning van mijn sofa. Hij wil met één enkele pose zoveel mogelijk plaats innemen in deze wereld, of toch minstens in mijn living. Bij binnenkomst keek-ie langzaam knikkend om zich heen. 'Geen haar veranderd,' zei hij, 'sinds Gaëtan. Blij dat ik het nog eens zie.' Ik wist niet of dat bedoeld was als een compliment.

Het woord is aan mij. Dat is de essentie van een dialoog. Woord en wederwoord. 'Als cinema inderdaad een affaire is geworden voor de dommen,' zeg ik, zijn analyse van Hollywood bijtredend, 'maak zelfs ik kans op een comeback.' Grouillots omgangsvormen overnemend barst ook ik in lachen uit om mijn eigen repliek. Wiens brood men eet, diens woord en daad men imiteert.

Een homp brood heb ik weliswaar al in geen vier jaar meer van hem gegeten. Hij slaagde er zelfs in mijn ontslagvergoeding te omzeilen. Hij bezit een leger advocaten om de batterij advocaten te bestrijden van wie hem ook mag dwarsbomen. Iemand moet de Koude Oorlog voortzetten. Je kunt zoiets duidelijk niet overlaten aan communisten. Of aan mij. Ik had niet eens een advocaat.

Grouillot kijkt mij aan, met zijn botoxmasker. Wat hij denkt weet ik niet. Hij produceert geen lachgeluid na mijn repliek. Ik heb alleen zijn blik om te raden naar zijn sentimenten. Zoals kremlinologen vroeger alleen foto's hadden uit de partijkrant *Pravda*, als ze wilden weten wie er een paleisrevolutie had gewonnen. Wie op historische plaatjes met Lenin of Stalin was weggeretoucheerd, had het onderspit gedolven. Wie uit het niets opdook naast Chroesjtsjov was de nieuwe kaïd. Photoshop heeft vele voorgangers. Bij de Egyptenaren hakten ze het gezicht van een overleden farao weg, en beitelden er een nieuw voor in de plaats. Geen half werk. Zo bouw je piramides.

In de blik van Grouillot ben ik het die is weggeretoucheerd. Wat er in de plaats te lezen staat, komt in de buurt van onverschilligheid. 'Je bent al vier jaar uit de running, Seebregs,' zegt hij, 'en je bent daarvoor nooit echt in de running geweest. Als wat wou jij een comeback maken? Als ontslagnemende?' Opnieuw produceert hij een geluid dat hoort bij lachen.

In tegenstelling tot hem lach ik wel mee met mijn gesprekshelft. Zo wil het de pikorde van de lach. Zeker in de film. Niet voor niets het centrale medium van onze beschaving. 'Ik had gedacht,' lach ik, 'aan thuiswerk. Ik lees jullie treatments en scenario's, en ik voorzie ze van commentaar. Zo hebben jullie ook wat aan mijn ervaring.'

'Ervaring als wat?' lacht Grouillot. 'Stervende ouwe lul? Nicht die zijn kazak heeft gekeerd?'

'Ik heb twintig jaar scenario's gelezen die door jouw handen zijn gepasseerd,' lach ik. 'Daar moet ik toch iets van opgestoken hebben?'

'De enige reden om jou tot scriptdokter te bombarderen,' lacht Grouillot, 'is om te weten welke raad ik niet moet volgen. En daar heb ik al knoeiers genoeg voor in dienst. Betere dan jij.'

'Dat zou me verwonderen,' lach ik. 'Ik stond erom bekend dat ik als geen ander de diverse verhaallijnen dooreen kon haspelen.'

'Diverse verhaallijnen hebben afgedaan,' lacht Grouillot. 'Flashbacks en flashforwards nog veel meer. De mensen willen één herkenbare vertelling, in een rechtlijnige chronologie, en met veel liefde erin. Heel veel liefde. Ik kan me niet herinneren dat jij daarom bekendstond.'

'Om een herkenbare vertelling, een rechtlijnige chronologie, of heel veel liefde?' lach ik.

'Alle drie,' lacht Grouillot. 'Maar pas op, het moet wel nog larger than life zijn. Altijd, altijd: heviger dan het leven! De mensen kijken het liefst naar hun doodgewone zelf, maar het moet wel in een heldhaftig kleedje geschieden. Anders is het toch geen cinema.'

'Kolfje naar mijn hand,' lach ik. 'Larger than life is mijn bijnaam, opkloppen mijn tweede natuur.'

'Dat kan ik horen,' lacht Grouillot, 'maar wat koop ik als producent voor jouw tweede natuur? De eerste beviel me al niet.'

'Ik stel je mijn lijsten ter beschikking,' lach ik. 'Je mag ze hebben,' lach ik. 'Je krijgt ze gratis en voor niets,' lach ik. Ik moet me inhouden of ik zit me op de dijen te kletsen van de pret. Ik begin echt schik te krijgen in dit lachduel.

Ik heb het nochtans altijd gehaat.
Het schaterdictaat.

Ik weet niet wat dat is met de journalistiek, het reclamewezen en de filmerij, maar niets kan daar nog verteld worden, of simpelweg medegedeeld, of het moet geschieden door middel van een grap. Meestal een mislukte. Maar dat geeft niet. Oefening baart kunst, en het gaat om het gebaar. Men wil zijn collega's en klanten te allen prijze vrijwaren voor de angels van de ernst. Dat is een drang die iets heel aimabels heeft, iets heel triests, en iets bodemloos lafs.

Toen ik nog werkte in de filmerij, en Gaëtan al dood was, vroeg de jongen van de catering op een morgen hoe het ging met mij. Een doordeweekse standaardvraag, aan het begin van een routineuze draaidag, tijdens de voorlaatste week van mijn mislukte loopbaan. Ik keek hem aan en zei: 'Ik ga kapot. Ik wenste dat ik mocht creperen op je ontbijtbuffet. Geef mij een revolver en ik schiet mijn hersens op je broodjes gezond.' Het was bedoeld als grap. Het kwam er helemaal anders uit. Gemeend, zeg maar.

De jongen wist niet hoe hij het had. Temeer omdat ik bleef staan, bédelend om een repliek. De doem van de dialoog. Woord en wederwoord. 'O jee,' zei hij ten slotte, 'o jee!', met rollende ogen, met de vingertoppen van één hand nichterig tegen het voorhoofd, en met een mal stemmetje. 'Daar moeten we dan snel een oplossing voor bedenken, Mickey Maarten! Zo kunnen we ons ontbijt niet beginnen! Zeker niet als we trek hebben in een broodje gezond!' Zelf proestend om zijn imitatie van de beroemdste eend uit de geschiedenis van de mensheid.

Dat was het dan. Grap gemaakt, drol gelegd, probleem van de baan, over naar de volgende repliek: 'Hoe is het met jou?' Hij sprak de schminkster al aan, achter mij in de rij. Hoe noem je zoiets? Het cynisme van de professionele gezelligheid? De gezelligheid van professioneel cynisme? In de IJstijd kenden ze dat probleem vast niet, tijdens de Inquisitie evenmin. Inmiddels kun je rustig spreken van een pandemie.

Iemand zou het eens moeten thematiseren in een film. De grapdwang als maatschappelijk probleem. Het zou nog een kassucces worden ook, met al die moppen.

'Lijsten?' Grouillot lacht niet meer. 'Bedoel je: lijsten van wie met wie in het nest heeft gelegen? Wie welke verslaving heeft gehad? Ik waarschuw je, Maarten. Zit ik daarom hier? Kom ik op jouw lijsten voor? Mijn advocaten maken gehakt van je.'

'Helaas,' lach ik. 'Mijn lijsten zijn veel saaier. Plekken, pleinen en gebouwen. Ik heb er honderden geordend. Volgens thema, genre, streek, epoque, bouwstijl, noem maar op. Met kruisreferenties en quoteringen op basis van bereikbaarheid en huur. Ik heb de encyclopedie geschreven van de Belgische dramatopografie. De bijbel van de vaderlandse filmlocatie.'

'Jij?' lacht Grouillot.

'Ik!' lach ik. 'Een kwarteeuw research. Alles wat ik weet, alles wat ik ken.'

'Stierenstront,' lacht Grouillot. 'Iedereen weet dat Gaëtan bij jullie de broek droeg. En niet alleen aangaande het kiezen van de beste locatie.'

'Pardon?' lach ik.

'Gaëtan koos de locaties,' lacht Grouillot, 'in functie van zijn decor- en kostuumontwerpen. Of omgekeerd, ik weet het niet. Niemand wist het. Dat was juist zijn geheim. Ik heb na hem nooit meer gewerkt met zo'n genie. Hij had in het buitenland het twintigvoudige kunnen vangen. Nooit begrepen waarom hij hier bleef werken, met mij, met jou, hoe dan ook: onder zijn niveau. Maar hé! Mij hoor je niet klagen. Behalve over één ding. Hij is dood. Sindsdien zit ik opgescheept met sukkels en bedriegers. En met hogere facturen dan die van hem.'

'Ik heb Gaëtan bij jou geïntroduceerd,' lach ik. 'Hij was nog een snotneus. Wie denk je dat hem het vak heeft geleerd?'

'Na een jaar had hij je overvleugeld,' lacht Grouillot, 'en na twee jaar hield ik jou alleen in dienst omdat ik hem niet wilde kwijtspelen. Ik heb dat liedje na zijn dood een poos uitgezongen — jou een loon betalen. Maar op een bepaald moment moet een producent zijn verliezen tellen, niet zijn zegeningen.'

'Ik zal ze halen, mijn lijsten,' lach ik, 'dan kun je zien waar jouw geniale Gaëtan zijn terreinkennis vandaan haalde.' Ik mag nog zo lachen, ik voel een vuist die me in de maag slaat, keer op keer, op de cadans van mijn hartenklop.

Desondanks maak ik aanstalten om op te staan en mijn lijsten te halen en ze voor zijn voeten neer te gooien, één voor één. Vijftig archiefboxen. Een levenswerk. Een goudmijn. Ze staan op de schappen van de naar boenwas ruikende studeerkamer van, jawel, Gaëtan. Waar hadden we ze anders moeten bewaren? In de keuken? In de tuin? 'Je krijgt ze allemaal,' lach ik, 'wees gerust.'

Grouillot houdt mij tegen bij de knie. 'De tijd van de vaderlandse locatie is voorbij, Maarten,' lacht hij. 'Noem om het even welk gebouw of landschap – ofwel vinden we een equivalent in een lagelonenland, ofwel knutselen mijn computerjongens zelf een achtergrond ineen. Niet te onderscheiden van het origineel. Vaak beter.'

'Niets haalt het bij de werkelijkheid,' lach ik.

'De cinema!' lacht Grouillot. 'De cinema was altijd al de meerdere van de realiteit! En die evolutie gaat onverminderd voort. De wereld zelf bestaat steeds minder. Voorzover hij ooit heeft bestaan.'

'Ik heb in die bestaande wereld nochtans een heel reëel verzoek,' lach ik.

'Ik houd mijn hart vast,' lacht Grouillot.

'Als een comeback niet kan voor mij,' lach ik, 'en als ik zelfs in andere functies niet inzetbaar ben, dan vraag ik maar een baantje voor mijn vrouw.'

'Niet te geloven,' lacht Grouillot. 'Je bent nog maar amper heteroseksueel en je gedraagt je al navenant. Chapeau.'

'Ik heb indertijd Gaëtan bij jou geïntroduceerd,' lach ik, 'nu doe ik hetzelfde voor haar. Ze spreekt onze taal en ze leert razendsnel bij.'

'Dat klinkt echt als iemand om wie we zitten te springen,' lacht Grouillot. 'Welk voordeel zit erin voor mij?'

'Ik had gehoopt dat zij een kans kon krijgen,' lach ik, 'in ruil voor mijn topografisch levenswerk.'

'Wat is dat toch met iedereen?' lacht Grouillot, 'Ze schelden allemaal op de producent, en één tel later zien ze hem als tewerkstellingsfabriek. Ik lijk wel een politicus.'

'Indien je het niet wilt doen voor mij,' lach ik, 'doe het dan voor Gaëtan.'

'Gaëtan is dood,' lacht Grouillot.

'Ik heb het over zijn nagedachtenis,' lach ik.

'Ik ook,' lacht Grouillot. 'Ik weet niet of ik hem nog steeds in dienst zou hebben, mocht hij nu nog leven. Voor zijn loon kan ik tien jobstudenten krijgen die met hun computer spelen zoals ik en jij met onze fluit. Ze schuimen het net af en ze recycleren ideeën. Het ziet er niet uit, het is altijd hetzelfde, maar het brengt meer op. Ik denk dat Gaëtan op het juiste moment is doodgegaan, Maarten. Met alle respect, hoor. Hij had zijn tijd gehad. Er is een periode afgesloten met hem.'

Op dat moment komt Tamara de living in.

Ze heeft de deur opengeduwd met haar achterwerk, ze draagt een dienblad met koffie en koekjes voor zich uit en ze ziet er adembenemend uit, voor wie van jonge vrouwen houdt.

Ze is al de godganse week opgedraaid. Het huwelijk maakte haar al extatisch, het vooruitzicht dat ik met een lokale filmtycoon over haar toekomst zou praten, deed haar helemaal wegdromen. We hadden afgesproken dat ze in de keuken zou wachten tot ik het gesprek met Grouillot in juiste banen had geleid. Dan mocht ze haar entree maken. Op weg naar haar eerste baan in het Westen.

Zo lang kon ze niet wachten. Ze kiest zelf haar moment. In een minirok die ik nog niet eerder heb gezien, het topje zonder schouderbandjes dat ze al droeg in Oostende, en nieuwe oorbellen die tot aan haar blote schouders reiken en die gemaakt zijn van veertjes en kraaltjes. Ze is geschminkt alsof ze mee moet spelen in een musical. Haar verschijning heeft al één voordeel. Grouillot lacht niet meer. Hij volgt haar met zijn blik.

Zij kijkt alleen maar naar haar boordevolle melkkannetje. Ze doet haar uiterste best om niet te morsen. Tevergeefs. Een kwakje melk gutst over de rand van het kannetje als ze het dienblad neerzet op het lage tafeltje. Grouillot heeft zijn voeten al van het tafelblad verwijderd. Hij zit met rechte rug naar haar te staren.

'Suiker?' vraagt Tamara, terwijl ze hem al een kopje koffie inschenkt. Ze kijkt hem nog altijd niet aan. Ze buigt zich met gestrekte benen diep voorover, van dichtbij kijkend naar haar koffiekan en zijn kopje. Haar minirok is niet lang genoeg. Het uiteinde wijst naar boven en onthult een stuk van haar onderbroek. Nog altijd zo'n wit katoenen flodderding, door het wassen inmiddels vliesdun. Wit is altijd schoon. Zeker op de juiste plaats.

De botoxkop met de blauwe ogen keert zich van haar naar mij. De triatleet van bijna zeventig neemt mij op, van kop tot teen. Verbijsterd, verontwaardigd. Ik zie mezelf met zijn ogen. Mijn wallen, mijn rimpels, mijn buikje. Mijn monstrueuze neus, mijn bloeddoorlopen ogen, mijn kortademigheid. Mijn wijkende haarlijn en de tonsuur die de natuur in mijn kruin heeft gegraasd.

Dan keert het botoxmasker zich opnieuw naar haar. De geur van verse koffie verspreidt zich in mijn living.

'Bel met mijn kantoor,' zegt Grouillot. Hij produceert nog steeds geen lachgeluid. Zijn blauwe ogen staan doodmoe. Er klinkt iets ouwelijks en verslagens in zijn stem.

'Maak een afspraak voor een auditie. Ik regel wel iets voor haar.'

VI | 3.

'We willen naar de Middenstatie. Waar moeten we dan overstappen?' Tamara blijft me verbazen. Ze spreekt een tramconducteur aan. Met een grijns van oor tot oor.

Ze krijgt zelfs antwoord. Even vriendelijk. Ze wisselen knipogen uit, Tamara en de tramconducteur. Ze schijnen mekaar te kennen van vorige ritten. Allochtonen ondereen. Ik schat dat hij in een vorig leven Tamiltijger is geweest. Hij heeft er nog altijd wat van.

Tamara snapt zijn uitleg meteen. Voor de zekerheid legt hij het nog twee keer uit. Hij maakt er nog een tekeningetje bij ook, op de achterkant van een stukje papier. Hij laat er zijn volle tram voor wachten.

Tamara vindt het prima. Die laat zich fêteren. Onder het tramvolkje hoor ik gemor opsteken. Hem kan het geen bal schelen, onze tijgerconducteur. Als hij mijn Tamara maar de weg kan tonen. Zeg nu nog eens dat de vrouw, indien knap aangestoten, geen streepje voor heeft in de rimboe van asfalt en spanbeton.

Met haar betekend papiertje wapperend als met de uitnodiging voor een Oscaruitreiking paradeert ze door het gangpad. De rode loper mankeert, voor de rest is ze in haar element. Reizigers wijken voor haar, toeristen smelten onder haar blik. Het is niet de eerste keer dat ik haar erop betrap dat ze met gemak en met genoegen volbrengt waar Gaëtan en ik van gruwden: ons de benauwdheid laten welgevallen van de gesel die openbaar vervoer heet.

De ondoorgrondelijkheid van het stedelijke routeplan was vroeger al legendarisch, toen ik jong en werkloos was. Ik kan me niet voorstellen dat het erop verbeterd is, nu ik oud en werkloos ben. Om te beginnen: niets verbetert erop. Ten tweede: er zijn nog altijd evenveel straten als vroeger, toch zie je steeds meer bussen ronddenderen. Ongetwijfeld omdat er elke dag een paar verloren rijden. Die arme chauffeurs krijgen er zelf geen kop of staart meer aan. Die staan de helft van de tijd volk op te laden aan de verkeerde halte. Wie ze niet kwijtraken, zetten ze op het einde van de dag af in de haven.

Daar sta je dan, zwaaiend naar een containerschip, in de hoop op een lift retour naar de binnenstad.

Zodra we geld genoeg hadden voor onze eerste Alfa, leefden Gaëtan en ik volgens een van de weinige principes waarover we nooit ambras hebben gemaakt. Waarom zou een mens te voet naar een bushalte stappen – helemaal op de hoek van zijn straat, of nóg verder – als hij met zijn auto tot op de stoep kan rijden van elke denkbare bestemming? Je kunt er zelfs binnenrijden, als je goesting hebt, of een hekel aan de bewoners. Nog iets wat nooit zou lukken met de tram of met de trein, al koop je de conducteur om. Wie wil er überhaupt rijden op rails? Dat is buigen voor de ultieme voorspelbaarheid. Mobiel en toch gevangen? Niets voor ons, dank u stijf.

Zo luidde onze vriendelijkste argumentatie. Onze eigenlijke argumentatie luidde anders. We betaalden ons liever blauw aan taksen en benzine dan dat we ons op regelmatige basis moesten aanschurken tegen een zweterige mensenkudde vol onbekenden die zich – nors en nukkig van het collectief stinken en zwijgen – lieten transporteren in verkeerd vormgegeven bussen en oorverdovend krijsende trams. Als er nu één habitat was waar de zichzelf respecterende nicht niet thuishoorde? Dan was het wel een bus, een tram of een trein.

Tamara vindt er allemaal geen graten in. Om zich ergens tegenaan te schurken, bedoel ik. Ze zit breeduit rond te draaien op mijn schoot. In het midden van de tram, onder het oog van iedereen. Godweet wat denken de mensen. Ik kan moeilijk aan iedereen persoonlijk gaan uitleggen dat we versgetrouwd zijn. De meesten zouden het niet geloven. Geef ze eens ongelijk. Ik kan het zelf nog altijd niet geloven.

Haar arm ligt bezitterig over mijn schouder – ik voel tegen mijn nek de zachte, vlezige binnenkant van haar elleboog. Haar benen houdt ze gekruist, waardoor haar gewicht in mijn schoot nog toeneemt. Haar zwaaibeen steekt ze ongegeneerd een eind voor zich uit, of er nu iemand tegenaan loopt of niet. Daarnet reed er nog een volkswijf met haar kinderwagen tegen haar knie. Volgens mij opzettelijk.

Tamara protesteerde niet eens. Ze bood zelfs haar verontschuldigingen aan en ging met haar hoofd boven de kinderwagen hangen, babygeluidjes makend tegen de schreeuwlelijke zuigeling, tot de broedmachine er zelf onwel van werd. Ze duwde, beledigd leek het wel – allicht omdat haar spruit meer lachte naar Tamara dan naar zijn verwekster – het rollend moordwapen van ons weg, zonder boe of ba. We konden haar tocht door de tram volgen aan de hand van opstijgende pijnkreten en vloeken, en het gekraak van net niet verbrijzelde knieschijven. Er kwam pas een einde aan dat geweeklaag toen de broedmachine met haar bolide de tram verliet. Helemaal achteraan. Ook het moederschap kan trekjes vertonen van sadisme.

Je moet je op iemand wreken vanwege de voortplanting, natuurlijk. Aan een vader heb je niet genoeg. We zijn allemaal schuldig.

Toen Tamara en ik opstapten was er niet één zitje vrij. Maar een schoolmeisje – een puisterig loeder in een christelijk groen uniform – zag mij aan komen wankelen, onzeker om me heen klauwend naar stangen en lussen. Mijn grootste nachtmerrie is dat ik bij het versnellen of het remmen van zo'n tram voorover stuik, of achterover, om neer te ploffen in het midden van het gangpad, voor de voeten van misprijzende wildvreemden. Nog iets wat je nooit zal overkomen in je sportwagen.

Ze stond op, het loeder in haar schooluniform. In de hoop op vergeving van onnoemelijke meisjeszonden, in ruil voor toch al één goede daad. Ik was beledigd. Zo slecht kon ik er toch niet uitzien? Ik wilde haar zitje weigeren.

Dat was buiten Tamara gerekend. 'Ga zitten,' siste ze, mij de stoel in duwend, 'snel!' Nog meer giechelend toen ze de kop van het uniformwicht zag, nadat ze zich met haar kont in mijn schoot had vastgeschroefd.

Ze heeft vandaag bij het minste geringste een lachaanval, puur van de zenuwen en van het plezier. Het gaat haar voor de wind en dat kan ze niet verstoppen. Haar nieuwe nationaliteit lijkt zo goed als verworven, ze heeft een trouwring aan haar vinger, een geklasseerd dak boven haar kop, en 's lands grootste filmproducent heeft drie dagen geleden beloofd haar aan een baan te helpen.

Hij heeft er geen gras over laten groeien, Grouillot. We zien hem straks in Brussel, tijdens een auditie.

We weten niet eens waarvoor.

VI | 4.

We hebben een voorschot op Tamara's toekomstige arbeidsvreugd genomen door alvast feestelijk te ontbijten op het Zuid, de hipste wijk van de stad. Nu zijn we op weg naar het Centraal Station. Ruim op tijd voor de trein die ons moet vervoeren, naar mijn hoofdstad en naar haar maatschappelijke consecratie. Ik kan amper wachten om Karel en Jenny het nieuws door te bellen.

Jammer dat ik hun verblufte koppen niet zal kunnen zien.

Tamara gaat exact zo gekleed als toen ze Grouillot koffie bracht — een kwestie van bijgeloof, vermoed ik. Ze blaakt van de levenslust en dat werkt ronduit aanstekelijk. Ik moet nog altijd al mijn medicijnen slikken, en mijn tests worden er niet beter op. Maar ik voel me anders. Lichtvoetiger. Lichtzinniger. De mens is een wendbaar wezen. Ik kan me maar met moeite herinneren hoe belabberd ik eraan toe was vlak voor Tamara bij me introk.

De dagen van duizelen en beven zonder reden zijn voorbij. Er zijn andere dagen voor in de plaats gekomen. Dagen dat ik wenste dat ik Tamara had mogen ontmoeten toen we even oud waren.

Allemaal even oud. Zij, Gaëtan, ik.

Waarom niet? Het huis zou groot genoeg geweest zijn. En nooit een dood moment, met haar en met Gaëtan in de buurt. Ze zouden het echt uitstekend hebben kunnen vinden met mekaar. Ook zonder mij. Misschien zelfs beter met elkaar, dan met mij erbij.

Dat knaagt. Vernieuwde levenslust of geen.

Een beetje, maar het knaagt.

Goddank. Iemand als ik mag toch niet helemaal gelukkig zijn?

Er zijn ook dagen zát dat ik knettergek word van mijn Tamara. Gisteren maakten we ruzie over de tv.

Steeds meer dicteert Tamara naar welke programma's we kijken. Daar zijn steeds meer muziekprogramma's bij. Moedwillig slecht in beeld gebrachte rotzooi zonder draaiboek. De hoofdrol is steevast weggelegd voor dikke negers met gouden kettingen en amateuristische teksten, waarin ze hun lief een snol noemen en zichzelf hun pooier. Ik zou het, op het eerste gezicht, niet treffender kunnen samenvatten. Veel meer komt er daarna uit zo'n dikke neger niet. Behalve dat zijn buurt (*Da Hood!*) ook al onveilig blijkt te zijn, dat hij een grotere auto aan zijn kont heeft hangen dan de andere pooiers, en dat hij fortuinen wil verdienen, of wil doodgaan terwijl hij dat minstens probeert. Auto, buurt, poen... Als je niet beter wist, zou je denken dat je naar het verkiezingsprogramma zat te kijken van een ultraliberale partij.

Als ik ook maar een tikkeltje durf te schamperen, zit Tamara al te pruilen. Ik heb geen gevoel voor humor, bokt ze. En geen gevoel voor ritme. Begin maar eens tegen te spreken. Op dat tweede punt.

Alsof het nog niet erg genoeg is met haar muziekshows, is ze ook verslingerd geraakt aan realitydrek à la *Big Brother*. Geen aflevering wil ze missen. Ik mag soebatten en dreigen wat ik wil. 'Die bitch moet eruit!' riep ze vorige week.

Ze lag plat op de buik op het parket, richting tv-scherm zoals een moslim richting Mekka. De onderbenen koket omhoog, de platvoeten elkaar strelend — hun bleke onderkant, vol geheimzinnige nerven: naar die werkelijkheid kan ik urenlang kijken. Ik geef er alle realityhumbug voor cadeau.

Ze keek niet eens naar het scherm. Ze steunde op haar ellebogen en verstuurde het ene sms'je na het andere met haar mobieltje, dat ze wraakzuchtig in beide handen hield vastgeklemd. 'Weet je wel hoeveel ze rekenen voor een van die berichtjes?' vroeg ik.

'Kan mij niet verrotten,' zei ze. 'Die bitch moet eruit.' *Verrotten. Bitch.* Waar pikt ze het op? Waarschijnlijk van *Big Brother* zelf. Eindelijk eens een educatief programma op tv.

'Wat heeft het schaap uitgespookt?' vroeg ik. 'Een tienvoudige moord? Roep mij als ze klaar is. Ik kijk liever naar tien lijken dan naar tien zwakzinnigen. En vraag haar om de monteur en de producent mee af te schieten. De lichtman niet. Die moet ze martelen, villen en op een dieet zetten van zijn eigen knoeiwerk.'

'Ze laat haar tieten zien,' zei Tamara, onverminderd sms'end.

'Pardon?' vroeg ik.

'Die teef laat haar tieten zien,' zei ze, 'de hele tijd, aan iedereen.'

'Lieve help,' schrok ik. 'Is dat dan niet de bedoeling van *Big Brother*?'

'De bedoeling is winnen,' legde Tamara uit, onverstoorbaar sms'end. 'Zij wil winnen door haar tieten te tonen. Daar trap ik niet in.'

'Jij laat nochtans zelf genoeg je tieten zien,' zei ik. 'Je loopt tegenwoordig meer rond zonder bh dan met.'

'Heb je er problemen mee?' vroeg ze, nog steeds niet opkijkend. Dat begon op mijn zenuwen te werken.

'Mag ik eerlijk zijn?' vroeg ik.

'Kun jij dat?' vroeg ze.

'Ik heb er problemen mee dat ik steeds meer tegen jouw tieten aan loop,' zei ik.

'Doe je ogen dicht,' zei ze, 'dan kun je tegen de deur aanlopen.'

'Je neemt mij niet au sérieux,' zei ik.

'Je bent met mij getrouwd,' zei zij. 'Dan is het normaal dat je al eens tegen mijn tieten aan loopt.'

'Sinds we getrouwd zijn,' zei ik, 'moet ik er ook de tieten en de konten van *Big Brother* bij nemen.'

'Daarom stem ik die bitch juist weg,' zei zij.

'Televoting is een aanfluiting,' zei ik.

'Een wat?'

'Een heruitvinding van het cijnskiesstelsel.'

‘Een wát?’

‘Wie de hoogste telefoonrekening kan betalen,’ zei ik, ‘krijgt het meest zijn zin. Noem je dat democratie?’

‘Als ik die bitch kan dumpen? Graag.’

‘Ik ken geen pijnlijker symbool van onze tijd,’ zei ik. ‘Honderdduizenden zitten thuis met neergelaten rolluiken, vastgekluisterd aan hun lichtbak, doodsbang voor de buitenwacht. De capsulaire mens op zijn eenzaamst. En waar kijkt hij naar? Naar een stel gelijken die vastzitten in hún huis, vastgekluisterd voor een stel camera’s en met maar één schrikbeeld voor ogen. Eén voor één te worden buitengekegeld door een televotende meute. Omdat ze de regels van de sympathie, de volkse esthetiek of het burgermansfatsoen hebben overtreden.’

‘Jézus, Maarten,’ zuchtte ze, eindelijk stoppend met sms’en. ‘Het is geen symbool, het is fun.’

‘Het is een moderne heksenjacht.’

‘Leer je eens amuseren.’

‘Het is fascistische propaganda voor grenscontroles en een genadeloos uitwijsbeleid.’

‘En daar werk ik aan mee?’ lachte zij. ‘Omdat ik één domme bitch help dumpen?’

‘Hersenspoeling begint met het idee,’ knikte ik, ‘dat mensen zomaar gedumpt kunnen worden. Dat zou jij juist moeten beseffen.’

‘Zeg mij één ding, Maarten,’ zei ze, niet meer lachend. Ze ging op haar kont zitten, de armen om de knieën geslagen, sarcastisch opkijkend. ‘Wat zou hij ervan gevonden hebben?’

‘Wie?’ vroeg ik. Ik wist wie ze bedoelde. Ik voelde me verstrakken. Het zou de eerste keer worden dat ze over hem sprak.

‘Die vriend. Met wie je hier vroeger woonde. Hoe heette hij?’

‘Gaëtan?’ vroeg ik. Wat heeft Vandessel haar verteld? Of de kruidenier?

‘Zou hij zich ziek gelachen hebben, om *Big Brother*? Of zou hij denken aan het einde van de wereld?’

‘Ik weet het niet.’

‘Maak dat een ander wijs.’

‘Veel zou afhangen van hoe ik erover dacht.’

'Zou hij jou gelijk geven? Of juist niet?'

'Waarschijnlijk juist niet.'

'Een man naar mijn hart,' zei ze. Zich tevreden weer omdraaiend en, op haar buik, het sms'en hervattend.

Mij sprakeloos achterlatend. Omdat ze, zonder hem ooit gekend te hebben, zo perfect kon peilen naar de ziel van een dode. En, in één moeite door, naar de ziel van mij.

'Maarten?' De levenslust is verdwenen uit de stem van onze ochtendblije, Oscarwinnende Tamara in de tram. Er is kille woede voor in de plaats gekomen.

Ze draait niet meer rond op mijn schoot. Ze heeft haar beide voeten strijdbaar neergezet in het gangpad, klaar om op te staan of om te schoppen. Haar arm ligt niet meer om mijn schouder. Ze houdt zich vast aan de stang naast ons zitje. De tram gilt naargeestig in een bocht, het pak passagiers helt mee. Men schurkt tegen mekaar aan, zwijgt, geurt naar zweet, verveling, gêne. 'Het wordt tijd dat je iets terugzegt,' sist Tamara.

Aan de andere kant van het gangpad hebben een vijftal opgeschoten knullen allemaal een zitje gevonden. Drie behoren onmiskenbaar tot het Arabische type. De twee andere zouden Albanezen kunnen zijn. Of Bosniërs. Of omgekeerd. Met al die integratie kun je het zo snel niet meer inschatten, tegenwoordig.

Voorspelbaarheid lijkt hen niet af te schrikken. Alle vijf dragen ze sleetse gympies en kleurige sweaters, al dan niet met de capuchon tot op hun voorhoofd, alle vijf lijken ze gespierd genoeg om abonnees van een sportschool te zijn, alle vijf dragen ze een insigne of sjaal van dezelfde voetbalclub, en alle vijf maken ze zich vrolijk over Tamara. En over mij.

Met een schok herken ik een van hen. Hij is de knapste en hij voert het hoogste woord. De broer van Ahmed. Het Marokkaantje van de week.

Dat is het probleem met schoonheid. Je vergeet ze zo moeilijk. Ook al kwam ze tot je via een verviltende foto, aangetroffen in de jongensportefeuille van een losse scharrel.

Hij stond er trots en mannelijk op. Geflankeerd door zijn trieste moeder en zijn onfortuinlijke broertje. Het zou me niet verwonderen als hij Abdul heette.

VI | 5.

'Hé, bompa? Is dat echt haar, op de kop van die schoothond, of rol je daar je sigaretten van?'

'Aan haar gebit te zien is 't een hoer als een paard.'

'Wat moet dat kosten, een ritje op die kermisknol?'

'Kom niet zeggen dat ze genoeg heeft aan een lijk.'

'Hé, bompa? Geeft dat zwart niet af op je fluit?'

'Dat moet verschietachtig zijn!'

'Je steekt hem er roze in, hij komt er donker uit.'

'Omgekeerd is erger. Zwart erin, en roze eruit?'

'Dan heeft ze geen kut, maar een potloodslijper.'

'Mogen we eens kijken naar haar potloodslijper?'

'Trek haar rok eens wat hoger?'

'Hé, bompa? We vragen iets.'

Een rijdende tram is ook maar een gevangenis. Tamara en ik zijn gegijzelden, op zijn minst van een situatie. We zwijgen, we bewegen nauwelijks, we ondergaan. Nog iets – kan ik niet nalaten te denken – wat ons nooit zou overkomen zijn in onze Alfa.

De andere reizigers gedragen zich als medegevangenen. Ze zeggen geen woord. Er moeten zich reusachtig interessante gebeurtenissen afspelen, buiten, langs de weg. Iedereen zit gebiologeerd door zijn raampje te kijken. Weg van ons minigijzelingsdrama in het midden van de tram. Het is niet eens duidelijk of het wel een drama is. Kattenkwaad is zo oud als de straat. Geen aandacht schenken is de eerste remedie. Kindjes die vragen moet je overslagen.

Tamara en ik laten de schimpscheuten over ons heen komen als een onverwachtse plensbui in een open vlakte. Daar sta je, zonder paraplu, onder geopende hemelsluizen, in de verste verte huis noch boom noch afdak te bespeuren. Wat doe je? Je beeldt je in dat je elders bent, je hoopt dat de bui geen storm wordt, je bidt dat de dijken niet al op barsten staan. 'We stappen uit bij de volgende halte,' sus ik Tamara in het oor.

Ze kijkt me kort en zijdelings aan. Laatdunkend. Ik haat die blik. Ik wil dat ze me respecteert. Op zijn minst toch dat. 'Ze stappen gewoon mee uit,' fluistert ze voor zich uit, 'en ze doen voort.'

'Bedoel je,' fluister ik, 'dat dit wel vaker is gebeurd?'

Ze rolt met haar ogen, niet eens laatdunkend meer. '*Get real.*' Wegkijkend. Weg van die knullen, deze plek, deze contreien. Weg van mij. Weg van zichzelf.

'Hé, bompa? Kan ze niet wat paaldansen?'

'Waarvoor staan al die stangen hier anders?'

Ik voel het lichaam van Tamara verstijven. Niet eens van angst. Daarvoor ken ik haar genoeg. Ik zou het niet erg vinden om de rest van mijn leven met haar te slijten. Zou ze dat beseffen?

'Zij kan zonder handen blijven hangen.'

'Met de zuignap die zij heeft?'

'Zij heeft kunnen trainen in bananenbomen.'

'Zij heeft voor alles kunnen trainen met bananen.'

Elke opmerking van de knullen is een opbod. Niet eens jegens ons. Ik betwijfel of Tamara en ik ertoe doen. Wij zijn pionnen van de willekeur. Het echte opbod geldt een competitie buiten ons om. Een competitie ondereen.

Zoals alles een competitie ondereen is, op die leeftijd, met dat rauwe testosteron, met die onzekerheid en frustraties, en met die domheid – die trotse dronkenschap in opzettelijke idiotie. Die moedwillige verlustiging in het neerhalen van wie zwakker is, om zelf sterker te lijken. Vernedering draait om seks en onderwerping.

'Hoeveel bananen kunnen erin, bompa?'

'Twee of drie tegelijk?'

'Misschien wel vijf, met dat soort neusgaten!'

'Mogen we eens proberen?'

In deze dwaze doodgewone tram toont zich de karikatuur en

de basis van alle macht. Wat één zakje poedersoep is vergeleken bij een container bouillon, is dit opstootje vergeleken bij een aanvalsleger tijdens de stormloop. Vergeet de casus belli, de heilige verontwaardiging. Geschiedenis wordt gebouwd op bloeddorst in beweging. En daar gaat, zowel in zijn goed georganiseerde verschijningsvorm — een leger — als in zijn doordeweekse, dagelijkse gedaante — een straatbende — iets gruwelijk aantrekkelijks van uit. Voor wie aan de stormloop deel mag nemen dan toch. Voor wie in geweld, en in de dreiging ermee, mag zwelgen als in de nieuwste partydrug, geconsumeerd in het gezelschap van boezemvrienden. Collectieve geweldpleging is hip, heftig en lekker, beter dan seks, het smeedt banden voor het leven en het levert een hoop lol op, voor wie niet weet hoe hij zijn tijd anders moet verdoen.

De venijnigste en luidste opmerkingen worden gemaakt door mooie Abdul. Zijn bloedrode capuchon reikt tot zijn wenkbrauwen.

'Hé bompa,' zegt hij, 'waarom zwijgt ze? Is ze besneden soms? Is ze haar lippen kwijt, vanboven én vanonder?'

Zijn maten plooien dubbel. Twee wisselen een high five met Abdul. Hij volbrengt het modieuze handjeklap als was hij de koning van cool — blindelings, met veel gevoel voor swing, en zonder zijn triomfantelijke blik af te wenden van zijn prooi.

'Zo is het genoeg geweest,' sist Tamara. Ze kijkt mij aan. 'Doe iets,' zegt ze, stil genoeg opdat alleen ik het zou verstaan. Dwingend genoeg opdat ik niet zou durven te weigeren.

'Waarom ik?' vraag ik. Het lijkt me verstandiger dat we bijstand zoeken, op zijn minst bij de conducteur. Misschien is hij echt een Tamiltijger.

'Jij bent met mij getrouwd,' zegt Tamara.

'Voor de schijn,' corrigeer ik. 'Dat was de afspraak.'

'Hoe kun je zo laf zijn?' vraagt Tamara.

'Ze zijn met vijf,' zeg ik. 'Wat kan ik doen?'

'Je stapt naar die met de grootste mond,' zegt Tamara, 'en je zegt dat zijn moeder een hoer is.'

'Waarom?' vraag ik.

'Daar worden ze kwaad van,' zegt Tamara.
'Dat zit er dik in,' zeg ik.
'Hé, bompa!' roept Abdul.
'Zeg dat zijn moeder een hoer is,' sist Tamara, 'nu!'
'Ik ken het mens niet eens,' zeg ik.
'Dat is het punt niet,' zegt Tamara. 'Het gaat erom dat je hen ook eens flink beledigt. Als ze daarna toch doorgaan, sla je de luidste op zijn bek.'
'Ik heb nog nooit iemand op zijn bek geslagen,' zeg ik. 'Ik zie mij er vandaag niet mee beginnen.'
'Ben jij een man of niet?' vraagt Tamara.
'Daar lopen de meningen over uiteen,' zeg ik.
'Ik heb horen zeggen,' roept Abdul, verstaanbaar voor de hele tram, 'dat het formidabel neukt, zo'n bitch met een besneden kut. Het schuurt zo lekker, met die draadjes en die naadjes.'
'*That's it,*' sist Tamara. 'Ik zeg het zelf.' Ze gaat staan en ze plant haar handen in haar zij.
De tram maakt net dan een krijsende bocht. Tamara verliest haar evenwicht en ze valt, tot nog groter jolijt van Abduls makkers, zijdelings en met een nare plof het gangpad in, waar onze medereizigers een gat hebben laten vallen door samen te drommen op een respectabel afstandje. Aan hun blikken te zien zijn er buiten op straat nog altijd razend interessante gebeurtenissen aan de gang.
'Nu stoppen jullie ermee,' hoor ik mezelf roepen, 'want anders?' Ik ben ook opgestaan, merk ik. Ik hou mezelf in evenwicht aan een van de stangen en ik zwaai met een waarschuwende wijsvinger naar Abdul en zijn kornuiten.

Ze vallen er stil van. Ik denk dat ik langer ben dan ze hadden verwacht, en kwader dan ze dachten dat ik zou durven te zijn. 'Eindelijk,' hoor ik Tamara achter mij zuchten. Ze is overeind gekrabbeld en heeft plaatsgenomen op mijn zitje.
'Anders wat?' zegt Abdul. 'Ga je zelf paaldansen?'
Zijn maten lachen. Abdul niet. Hij is pissig. Zijn vanzelfsprekende overmacht is aangetast. Ik sta en hij zit. Ik zei iets en hij

moet repliceren. Ik scherm Tamara met mijn lichaam af, hij is zijn gemakkelijkste slachtoffer kwijt. Ik vertoon helemaal het gedrag van wat je noemt: een uitdager.

En daar zoekt hij juist naar. Ik kan het lezen in zijn ogen. Hij is content dat hij pissig mag zijn. Eindelijk iemand die het waagt hem een strobreed in de weg te leggen. Eindelijk iemand die hem een aanleiding verschaft om zijn duivels te ontbinden. 'Volgens mij,' zegt hij, 'zou jij die paal het liefst in je kont hebben.'

'Hij is wat lang,' zeg ik – riposterend op automatische piloot, gehard door jarenlang nichtengekift, getraind door de besten in het vak, Gaëtan op kop – 'anders draaide ik er mijn hand niet voor om. Maar hij is wel dikker dan die van jou. Dat weet ik uit heel goede bron.'

Er valt een pauze, waarin de tram weer een akelig krijsende dubbele bocht moet nemen, linksom, rechtsom. Onze samengedromde medereizigers wiegen als een algenbos met de golfslag mee.

De maten van Abdul schieten opnieuw in de lach. Maar hun lach is anders van coloratuur. Twee slaan een hand voor hun mond, roepen 'Wohw!' en wapperen hun andere hand op en neer, als om die droog te schudden. De andere twee soldaten van de straat giechelen als meiden en highfiven. Met elkaar. Niet meer met Abdul.

Die gaat staan. Langzaam. Alle vier zijn maten zeggen nu 'Wohw!' en stoten elkaar verwachtingsvol met de elleboog aan.

Abdul is op zijn beurt groter dan ik had gedacht. Ik zou er niet van opkijken mocht hij goed kunnen basketballen. Ik begin te begrijpen waarom hij de geboren leider is. Hij buigt zijn hoofd naar mij toe tot onze voorhoofden elkaar bijna raken. 'Zeg dat nog eens?' vraagt hij. Toonloos. Perfect gespeelde dreiging. Geen stemverheffing, geen kwaadheid, geen spot. Ik haat het geluid van zo'n rijdende tram. Waar blijft die volgende halte toch? 'Zeg het hem,' hoor ik Tamara achter mij sissen. 'Zijn moeder is een hoer.'

'Luister,' zeg ik tegen Abdul, 'we hebben allebei onze lol gehad. Ik ging over de schreef, jij ging ook wat over de schreef – zouden we elkaar niet beter als volwassen mensen een hand geven en het hierbij laten? Mijn vrouw en ik moeten dringend naar Brussel, voor ons werk, anders ging ik dolgraag met jullie nog een glas drinken op mijn kosten. Geen alcohol! Gewoon een glas. Fruitsap of zo. Botermelk. Spa Rood met grenadine. Maakt niet uit. Appelthee. Het gaat toch niet door. Pas op, ik wóu dat het doorging! Maar het zal voor een andere keer zijn. Oké?'

Ik steek, verzoeningsbereid, mijn hand uit.

Abdul kijkt ongelovig naar mijn hand, dan weer naar mijn gezicht. Achter zijn rug hangen de straatsoldaten scheef in hun zitje van het lachen. Achter míjn rug zit Tamara te souffleren. 'Zeg het hem van zijn moeder!'

Abdul wijst naar haar. 'Wat wil ze dat je zegt?' vraagt hij.

'Smalltalk,' zeg ik, met mijn beide handen gebarend dat hij er zich niets van hoeft aan te trekken, 'je weet hoe vrouwen zijn.'

'Nee,' zegt Abdul, 'ik weet niet hoe vrouwen zijn.'

'Dat verwondert me geen fluit,' roept Tamara, achter mijn rug vandaan.

'Was dat wat je moest zeggen?' vraagt Abdul.

'Nee nee,' zeg ik, 'trek het je niet aan.'

'Wat moest je dan wel zeggen?' vraagt Abdul.

'Zeg het dan,' roept een van de straatsoldaten, nieuwsgierig geworden.

'Wrijf het mij in mijn gezicht,' zegt Abdul.

'Hij vraagt er zelf om,' zegt Tamara.

'In godsnaam, kerel!' roept iemand uit het groepje samengedromde medereizigers, ik kan niet zien wie, het is een stem, meer niet, 'zeg het dan! Maak er korte metten mee!'

'Oké,' zeg ik tegen Abdul. 'Je hebt erom gevraagd.'

'Om wát?' vraagt Abdul, de schouders opgetrokken, de beide handen licht geheven, met de palmen omhoog.

'Je broer is een hoer,' zeg ik.

'Zijn moeder!' roept Tamara. 'Zijn moeder is een hoer.'

'Die ook,' zeg ik. 'Maar van zijn broer weet ik het zeker.'

'Mijn broer?' vraagt Abdul, de mond wijd open.

'Niet eens een goeie hoer,' zeg ik. 'Als je hem ziet, zeg dan dat ik de helft van mijn geld terug wil.'

De tram gaat de laatste bocht in voor de halte die Tamara en ik nodig hebben voor de overstap. Iedereen moet zich vasthouden om niet om te vallen. Maar onze medereizigers kijken niet langer naar buiten. Ze kijken naar de maten van Abdul, die verbluft zwijgen, naar Tamara, die verbluft gestopt is met souffleren, naar mij die afwacht tot de tram eindelijk vaart mindert, en naar Abdul, die in opperste verwarring lijkt te verkeren.

'Ik heb niet eens een broer,' brengt hij uit.

'Daar trap ik niet in,' zeg ik, 'ik heb je wel gezien, op de foto in zijn portefeuille.'

'Ik heb zeven zussen,' zegt Abdul, 'maar niet één broer.'

'Maak dat een ander wijs,' zeg ik.

'Hij hééft geen broer,' zegt een van Abduls maten.

'Hoe zou die broer van mij moeten heten?' vraagt Abdul.

'Ahmed,' zeg ik, zegezeker. De tram zwiept de bocht uit en begint eindelijk vaart te minderen. Dat ellendige geluid — een tram die remt — klinkt mij als hemelse muziek in de oren.

'Ík heet Ahmed,' zegt een van Abduls maten.

'Ik ook,' zegt een andere. Ze hebben al een dozijn replieken niet meer gehighfived.

'Mij zet je niet voor aap,' zeg ik. 'Ik weet zelfs waar jij en je broer wonen.' Terwijl ik de straatnaam noem die ik gelezen heb op de identiteitskaart van mijn parkscharrel, komt de tram tot stilstand. De portieren schuiven sissend open. Ik tast achter mijn rug en vind de hand van Tamara.

'Daar woon ik helemaal niet,' zegt Abdul. 'Ik woon in Hoboken.'

'Dan zal het toch een vergissing zijn,' zeg ik. 'Mijn excuses. Jullie lijken ook allemaal zo op elkaar. Tot ziens.' Ik stap weg, Tamara bij de hand meevoerend, naar het dichtstbijzijnde portier.

Tamara laat zich slechts met grote tegenzin meesleuren. Op het moment dat ze Abdul passeert, biedt ze genoeg weerstand opdat ze een seconde voor hem stil kan staan, met rechte rug, oog in oog.

'Broer of geen broer,' zegt ze. 'Je moer is een hoer.'

VI | 6.

Ze had gelijk. Ze zijn niet in de tram blijven zitten. Ze hebben tijd zat, en volop zin om aan onze ontmoeting een ander einde te breien dan de nederlaag die ze er nu in zien. In alles wat geen verpletterende overwinning is, zien ze een nederlaag.

Tamara en ik proberen hen voor te blijven, op een van de grootste boulevards van onze kleine metropool. We zetten er de pas in. Op de aansluitende tram hebben we bij de halte niet durven wachten. Zonder iets af te spreken begonnen we in dezelfde richting te lopen — die van het Centraal Station. Zelfs als we dat hele eind te voet moeten afleggen, zijn we nog op tijd om de trein te halen.

Zeker in het tempo waarin we voortsnellen.

'Hoe durf je zijn moeder een hoer te noemen?' vraagt een van Abduls maten, een van de highfivers, een van de twee Ahmeds dus, duidelijk de adjudant van Abdul. Hij loopt soms naast mij, soms naast Tamara, soms om ons beiden heen trippelend, zoals een hond rond een kruiwagen met slachtafval.

Abdul zelf is op de een of andere manier aangeslagen. Hij loopt als laatste van de bende achter ons aan, met loden benen en met neerhangend hoofd. Hij laat zich moed inspreken door nu de ene, dan de andere van zijn maten. Die slaan een arm om zijn schouder, grijpen zijn hand beet, kloppen hem op de rug, knijpen hem door de capuchon heen kameraadschappelijk ruw in het nekvel — ze leggen er al hun vuur in om hem op te beuren. In andere omstandigheden, en bekeken door een verrekijker, zou ik hun handtastelijke bezorgdheid ontroerend vinden. Niets in het ondermaanse valt zuiver te noemen, tenzij de onderlinge vriendschap van mannen die niet op mannen vallen.

'Zijn moeder, dat arme mens,' zegt de adjudant, naast mij lopend — hij praat met een tremolo in zijn stem, van verontwaardiging, of van medeleven, ik ben er niet uit — 'is twee weken geleden gestorven. De zorg voor zijn zeven zussen komt op zijn schouders terecht.'

'Wat loopt hij hier dan nog te doen?' zegt Tamara. Haar toon is onverzoenlijk. We hadden moeten stoppen voor een verkeerslicht dat op rood sprong, maar zowel zij als ik lopen gewoon door.

'En waaraan is het arme mens gestorven?' vraag ik, om interesse voor te wenden, en om tijd te winnen.

'Borstkanker,' zegt de adjudant. 'In twee maanden weg.'

'Je moet maar hopen dat het niet erfelijk is,' zegt Tamara, 'als je zeven dochters hebt.'

De adjudant kijkt haar beduusd aan, niet wetend of Tamara een oprechte bezorgdheid uit, dan wel opnieuw een belediging. Ik zou er ook mijn geld niet op inzetten.

We passeren weer een dwarsstraat, weer stappen we door het rode licht. De bende van Abdul volgt ons, zonder verpinken, en ook zonder op het rode licht te letten. Aan weerskanten van het zebrapad staan dichte drommen wandelaars en kooplustigen. Zij blijven wel staan. Ze kijken ons kleurige stoetje na. Meer verbaasd dan verontwaardigd.

We vormen een bizarre miniatuuroptocht, besef ik. Zeven personages op de vlucht — waarvoor? We baren opzien. Sommigen, vrees ik, verdenken ons van straattheater. Anderen kijken om zich heen in nerveuze spanning. Zou het dan toch een keer zover zijn? Verschijnt hier straks de presentator van *Candid Camera*? Dat kan op alle plekken gebeuren, en op elk moment van de dag. Vroeger had je datzelfde met bekeringen. Toen viel er weleens iemand van zijn paard nadat-ie het licht had gezien. Nu gaat het omgekeerd. Ze duwen je van je paard of je fiets, en daarna komen ze zeggen dat je op de band staat. Te kijk voor heel het land, en je moet nog sportief lachen ook. Elk tijdvak krijgt de bekeringen die het verdient.

We laten een spoor van dubbele ontgoocheling na. Nee, er volgt geen ontknoping op het mysterie van ons verschijnen. Nee, er zullen alweer geen straatinterviews worden afgenomen waarmee een dozijn zielen zijn vijftien seconden van onsterfelijkheid kan verwerven.

Zelfs de vox populi creëert ongelijkheid dezer dagen.

We zijn nog slechts een paar minuten van het station verwijderd en ik heb de indruk dat we steeds sneller stappen. De adem giert me door de keel.

'Hij zat in de put,' legt Abduls adjudant uit, 'we wilden hem opvrolijken, een dagje de stad in, net als vroeger, met al zijn maten — en jullie halen hem neer, met jullie gescheld op zijn moeder. En die jongen heeft al niet veel nodig voor een depressie.'

'Daar bestaan prima medicijnen tegen,' hijg ik.

'Denk jij dat dit een grap is of zo?' vraagt de adjudant. Hij duwt mij, onzacht, tegen de schouder. Ik verlies bijna mijn evenwicht. Ook ik heb niet veel nodig.

Ik doe alsof er niets gebeurd is. Blijven stappen is ons devies. Tamara's naaldhakken tikken nijdig op de trottoirklinkers. Straks, vlak voor we bij het station zijn, passeren we het hamburgerrestaurant waar zij en ik elkaar zogezegd voor het eerst hebben ontmoet.

Misschien moet ik ze allemaal mee naar binnen tronen en trakteren op een Cheese Royale met friet en ketchup en een Diet Coke of twee. De boel bijeenhouden, je moet er wat voor over hebben.

'Wat zou jij ervan denken,' vraagt de tweede Ahmed, die aan mijn andere kant is mee komen lopen, 'als ik zou zeggen dat jouw moeder een hoer is?'

'Ik zou het betwijfelen,' hijg ik, 'ze is al een halve eeuw dood.'

'Is papa al zo lang weduwnaar?' vraagt Tamara. Bezorgd maar geen moment haar marcheertempo drukkend. Ik besluit niet haar ook nog eens van repliek te dienen. Ik heb het al moeilijk genoeg met de mannelijke jeugd, vandaag.

'Vijftig jaar dood of twee weken,' zegt de adjudant. 'Dat kun je niet vergelijken.'

'Ik heb nooit verdriet gehad,' hijg ik. Ik krijg steken in mijn zij. Het zware ontbijt ligt op mijn maag. Een hamburger zou er niet meer bij kunnen. 'Ik heb mijn moeder nooit gekend. Ze is in mijn bevalling gebleven.'

'Je moeder is in de bevalling gebleven?' vraagt de tweede Ahmed. Hij vertrekt zijn gezicht alsof hij iets smerigs heeft gezien. Een drol aan zijn schoenzool. Een platgereden stadsduif.

'Vind je het gek,' vraagt de adjudant, 'dat de moeder van iemand als jij in de bevalling blijft?'

'Toeval is dat niet,' zeg ik, 'daar ben ik mijn hele leven al van overtuigd.'

'Stop ermee!' zegt iemand anders. Ik word bij de schouder genomen en ruw tot stilstand gebracht. 'Genoeg!'

Het is Abdul. Ik herken met moeite zijn stem.

Mijn god, die jongen ís depressief. Het wenen staat hem nader dan het lachen.

Onze kleine optocht is tot stilstand gekomen. In het midden van het breedste trottoir van de stad. Zeven personages. Niet langer op de vlucht.

VI | 7.

'Je had gelijk, man,' zegt Abdul. Ik sta uit te hijgen. Het is al laat, we verspelen kostbare tijd. Maar ik ben blij dat we halt houden. Ik kan niet meer. Ik haal het niet. Ik trek dit niet.

'Jij belastert mijn moeder, wij beschimpen die van jou,' zegt Abdul. 'Waar zijn we mee bezig? Kunnen we niet proberen wat beter overeen te komen, allemaal?'

'Ja hállo,' zegt de adjudant tegen Abdul. 'Die kerel heeft jouw moeder wel een hoer genoemd.'

'Zij ook,' zegt de tweede Ahmed, wijzend naar Tamara. 'Je moer is een hoer, zei ze.'

'Dat weten we nu wel,' bijt Abdul. 'Ik wil het niet meer horen. Van nu af aan: respect voor iedereen.'

'Maar mán,' zegt de adjudant. 'Als we dit al over onze kant laten gaan?' Hij gooit zijn handen in de lucht. Ook hij neigt opeens naar gejank. Wat scheelt er? Heeft ook zijn moeder het loodje gelegd, gisteren of eergisteren? Er is weer eens een epidemie aan de gang zonder dat ik het weet. 'Ze noemen onze moeders een hoer!'

'Ik wil dat niet meer horen, heb ik je gezegd!' roept Abdul. Hij is op zijn adjudant af gevlogen en staat oog in oog met hem. In de lichaamstaal van het machismo staat dat gelijk aan het plaatsen van een uitroepteken. Het is een taal die meer leestekens bevat dan woorden. 'Oké?' Hij heeft waterige ogen, Abdul. Maar zijn lippen staan wreedaardig dun. In dit soort woede kent men vriend noch vijand. Hij port zijn adjudant met zijn vingertoppen in de ribben.

De adjudant wankelt, maar wijkt niet. Hij mag dan een wasbleek gezicht hebben gekregen, hij kijkt zijn natuurlijke leider frank in de pupillen. Ik zie hem de vuisten ballen en weer ontspannen. Het ziet ernaar uit dat Abdul vandaag dan toch een uitdager krijgt, die naam waardig.

'Jongens, jongens,' zegt de tweede Ahmed, 'rustig, zeg.' Hij probeert met voorzichtige aaien en duwtjes en tikjes tegen de schouders de twee kemphanen uiteen te houden. 'Alsjeblieft!'

'Ik laat jouw moeder niet beledigen,' zegt de adjudant.

'Bemoei je met je eigen moeder,' zegt Abdul. Zijn adjudant opnieuw in de ribben porrend.

'Hou je bek over mijn moeder,' zegt de adjudant, 'of ik begin over die van jou.' Hij moet iets terugdoen op dat porren in zijn ribben. Zo dicteert het de wil tot moed. Hij grijpt de capuchon van zijn leider beet en trekt die in één beweging achterover, een kortgeschoren hoofd ontblotend, gelijkmatig van vorm, met twee opvallend delicate oren, die tegen de schedel lijken aan te plakken.

Een deel van de voetgangers, die net nog stonden te wachten voor het zebrapad, heeft ons ingehaald en blijft verwachtingsvol staan kijken naar ons tafereel. In de vernieuwde hoop het decor en het publiek te mogen vormen voor wat, zo te zien, een klassieke uitzending zal worden van De Verborgen Camera.

'Jullie?' bijt Abdul, wijzend naar Tamara en mij, terwijl hij zijn adjudant onverminderd in de ogen blijft kijken. 'Jullie kunnen gaan. Hoepel op!' Zijn capuchon hangt slordig op zijn rug.

'Kom,' zeg ik tegen Tamara. Ze heeft met gekruiste armen naar Abdul en zijn adjudant staan kijken. We hebben nog maar tien minuten om onze trein te halen. Als we geen tickets meer kunnen kopen aan het loket, dan kopen we ze wel in de trein. Alles is nog niet verloren. Misschien haal ik het nog net. Misschien halen we het samen nog net. Ik grijp Tamara bij de elleboog, om haar mee te voeren.

Ze schudt mijn hand van zich af. 'Ik eis verontschuldigingen,' zegt ze. 'Nu!'

Luid. Zuur. En niet tegen mij.

Abdul en zijn adjudant draaien hun gezicht van elkaar weg en kijken Tamara aan. Die staat in een van haar favoriete poses. Alsof haar auditie al begonnen is. Hier, midden op straat, in de verkeerde stad. Als ik haar niet kende, ik zou haar niet engageren. Overacting is een breekpunt.

Ze steunt weer op haar ene been, het bekken schuin, de handpalmen op de onderrug, de ellebogen naar achteren, het hoofd scheef, de mond minachtend getuit. 'Ik eis excuses,' krast ze. 'Van alle vijf. En dán ga ik hier weg.' Op die 'dán' priemt ze met haar wijsvinger, bekroond met zijn turkooizen nagel, in de richting van Abdul.

De hand waarmee ik haar opnieuw probeer aan te raken, slaat ze van zich af. Ik heb opgehouden te bestaan.

'Waarom zou ik mij excuseren,' zegt Abdul, ongelovig om zich heen kijkend, opnieuw de steun zoekend van zijn maten, 'bij een zwarte bitch als jij?' Er kan zelfs weer een zwakke grijns af.

Ook de adjudant grijnst. Zijn gezicht is gered. En de groep opnieuw in business.

'Omdat het eens wat anders is,' zegt Tamara, 'dan geiten en kamelen neuken.'

Ze bedoelt het als een sneer. Maar er scheelt van alles aan haar toon. Ze is te kwaad en te gekwetst. Ze zondigt tegen de eerste regel van het natuurtalent Gaëtan: er bestaat geen beter recept voor zwakheid dan bekvechten als je zenuwen bloot zijn komen te liggen. Knokken zonder harnas, in een toernooi voor piekeniers. 'Zouden we niet beter ophouden?' vraag ik. 'Allemaal?'

Sommige toeschouwers knikken overdreven, nog steeds in de overtuiging dat ze in het geheim worden gefilmd. Maar behalve figuranten luistert er niemand nog naar mij.

'Ik neuk nog liever met kamelen,' zegt Abdul tegen Tamara, 'dan met een negerin.'

'Hun bulten hangen niet,' lacht de adjudant.

'Hun voorspel is beter,' zegt de tweede Ahmed.

'En hun conversatie ook,' lacht Abdul.

'Verder dan een conversatie zul jij nooit komen,' probeert Tamara nog, 'zelfs niet met kamelen.' Maar haar panache is weg. Ze maakt zich belachelijk en ze weet het. Ze straalt het uit.

'Ga toch naar Brussel, schat,' lacht de adjudant. 'Ons krijg je niet meer kwaad.'

'Oh nee?' vraagt Tamara. Letterlijk stampvoetend. 'Wedden van wel?' Ze krijgt weer die gemene, lelijke trek om haar mond. Ik heb gewerkt met regisseurs, acteurs, grimeurs, met Grouillot, met Gaëtan. Nooit heb ik iemand ontmoet die zo onbuigzaam is. Grenzen kent ze niet. Ze gaat over lijken omdat ze, vrees ik, ooit over lijken is gegaan. 'Wanneer is die moeder van jou ook weer gecrepeerd?' vraagt ze, aan de manisch-depressieve bendeleider.

Wat is er gebeurd? Ze straalt weer van vechtlust. Nu ben ik toch nog getuige geweest van een bekering op klaarlichte dag.

'Heb niet het lef,' zegt Abdul. Zijn lach is weer weg.

'Wat was haar beroep ook weer?' vraagt Tamara. Haar lach is terug. 'Iets met tieten,' zegt ze, kwansuis mijmerend.

'Ik waarschuw je,' zegt Abdul. Asgrauw.

'Waag het niet,' zegt de adjudant.

'Zeg het dan!' roept een van de figuranten, joviaal rondkijkend, hopend op een close-up.

Tamara heeft geen aanmoediging nodig. 'Jij zou haar beroep het best moeten kennen,' zegt ze tegen Abdul. 'Jij bent uit haar hol geboren, want haar poes was bezig met te naaien.'

Het volgende moment zie ik Tamara achteroverliggen op het trottoir. Abdul is op haar toe gelopen en heeft haar met zijn voorhoofd geramd. Vol in het gezicht.

Tamara heft versuft haar hoofd op. Ze bloedt uit haar neus en haar mond. De figuranten weten niet meer wat ze ervan moeten denken. Het ziet er allemaal zo levensecht uit. Waar blijft die presentator?

'Ik heb jullie gewaarschuwd,' zegt Abdul, meer in tranen dan in kwaadheid. 'Het is jullie eigen schuld!' Zo komt hij op mij af gestormd.

Ik haat slow motion, dus laten we zeggen dat mijn schrik een serie bevroren plaatjes maakt van zijn stormloop. Een reeks van opeenvolgende dia's, zoals een danspas onder een stroboscoop.

Onvermijdbaar schokt Abdul op mij af, telkens iets dichterbij. Ik sta hem verlamd op te wachten. De geluidband is ook al uitgevallen. De stilte regeert.

Als Abdul een meter bij me vandaan is, maakt hij een ingewikkelde maar sierlijke beweging. De opeenvolgende schokken tonen zijn lijf als een bruusk wijzigende arabesk. Hij gaat in balans op zijn ene been staan, neigt zijn romp opzij in een hoek van bijna negentig graden, en zwaait zijn vrije been naar achter, terwijl hij tegelijk om zijn as draait, van mij weg, zo lijkt het wel. Ik heb nog nooit zoiets gezien van zo dichtbij. Ik kan amper geloven dat een been zo kan rondzwaaien. Zou hij niet beter bij het ballet gaan, in plaats van zijn tijd te verdoen met basketbal?

Als ik zijn gezicht weer zie opduiken, na de rotatie van zijn lijf, ben ik die mening nog meer toegedaan. Hij is echt hartverscheurend knap. Ontdaan van de capuchon is zijn karakterkop eens zo aantrekkelijk. Verbetenheid, woede, spijt, rouw — ze ballen zich samen in één gelaatsuitdrukking. In één blik van zijn onpeilbaar donkere, naar ware vriendschap hunkerende ogen. Ik sta van die aanblik zozeer te genieten dat ik de voet in het versleten gympie niet zie aankomen.

Hij treft me vol op de onderkaak. Ik hoor van alles knarsen. Ik voel me opgetild als door een luchtverplaatsing. Even later word ik het trottoir al gewaar waaraan mijn handen en mijn kruin zich schaven. Pijn voel ik niet. Nog niet.

De eerste pijnscheut komt pas als ik, opnieuw in real time, het gezicht van Abdul weer zie opduiken. Vlak voor het mijne dit keer. Die ogen, thans vervuld van enkel haat. Het geluid is op slag terug. Vervormd, met op de achtergrond kreten van afschuw van de figuranten, hysterisch zoals het hoort. Een sirene is nog niet hoorbaar, maar dat kan slechts een kwestie van seconden zijn, hooguit minuten. 'Ik had je gewaarschuwd,' roept Abdul uitzinnig. Waarop hij mij, vanuit stand en met de tip van zijn schoen, in de flank trapt.

Ik hoor iets kraken. Ben ik dat zelf? Ik krimp ineen en rol op mijn zij, want de pijn is nu wel onmiddellijk gekomen. Dat heb je met zwevende ribben. Ze doen je naar adem happen als erop wordt geschopt.

Doordat ik op mijn zij rol, zie ik vanaf de eerste rang hoe het Tamara vergaat. Ze is overeind gekrabbeld en staat in haar eentje tegenover de twee Ahmeds. Ze gaat hen niettemin te lijf, in het wilde weg slaand met haar handen, niet eens gebald tot vuisten. Haar lippen en haar kin zien rood, haar witte topje is roodbesmeurd. Ik voel een doffe slag in mijn rug, ter hoogte van de nieren, onmiddellijk gevolgd door weer een pijnscheut, die mij dit keer de adem helemaal beneemt. Abdul, achter mij, heeft zijn drift nog lang niet bekoeld. Hij schopt me een tweede keer en een derde keer in de nieren. Ik krimp opnieuw ineen, nog altijd ademloos. Nog altijd kijkend naar mijn Tamara.

De Ahmeds ontwijken lachend haar slaande handen. De ene trapt haar met de hak van zijn voet zijdelings op de knie. Tamara wankelt. De andere vangt haar op, grijpt haar tiet beet – haar kleine spitse tiet met de grote tepelhof – en draait die om. Tamara schreeuwt het uit en zakt ineen. Om als een furie direct weer op te schieten, met in haar rechterhand haar schoen. 'Kijk uit,' hoor ik iemand roepen, ergens boven mij, met een stem die nog lijkt op die van Abdul, maar dan rauwer, opgefokt in een roes van heerlijke adrenaline.

Of het door die kreet komt of door iets anders, ik weet het niet, hoe dan ook: de tweede Ahmed, die Tamara's tiet omdraaide, kijkt onze richting uit. Hij glanst van de opwinding. Hij mag er eigenlijk ook best wezen, met zijn hoekige hoofd en zijn sprankelende ogen.

Op het moment dat de tweede Ahmed omkijkt, haalt Tamara uit naar zijn gezicht. De naaldhak raakt zijn wang, vlak onder het jukbeen. Hij schrikt, maar voor hij zich helemaal kan wegtrekken, haalt Tamara al een tweede keer uit. Hoger dan daarnet.

De tweede Ahmed plooit zich met een ijzingwekkende kreet dubbel, naar zijn oogkas grijpend met beide handen. 'Mijn oog,' roept hij, 'mijn oog!' Bloed loopt al tussen zijn vingers vandaan. De andere Ahmed staat eerst naar hem te kijken, ontzet en verstijfd, maar trekt hem weg zodra hij ziet dat ook Tamara haar drift nog lang niet heeft bekoeld. Ze heeft haar andere schoen uit getrapt en staat, blootsvoets, bloedend, briesend, wijdbeens op het trottoir, haar schoen in de aanslag. Een zwarte versie van een schikgodin. Op een al met al zonnige voormiddag, in een al met al provincialistische grootstad, in het midden van het Versleten Continent.

Ook ik lig daar, naar adem happend, een vis in een woestijn. 'Weg!' hoor ik Abdul roepen. 'Weg!'

De Ahmeds geven gehoor, de ene de andere ondersteunend. Ze deinzen weg van Tamara. Mijn richting uit. De twee andere straatsoldaatjes, die werkeloos en zelfs ietwat bleekjes hebben staan toekijken, hebben het al op een lopen gezet. Ook van de figuranten is nog maar weinig te bekennen. In de verte hoor ik nu toch die aanzwellende sirene.

'Die teef heeft mijn oog eruit gehaald,' krijst de tweede Ahmed, tegen niemand in het bijzonder. Ik zie ze met zijn tweeën op me af komen deinzen. Ik lig op hun pad. Ik wil wegkruipen maar ik haal het niet. Mijn vinnen willen niet mee. Wat gebeuren moet, gebeurt maar.

Ze struikelen over mij. Ze vloeken. 'Laat hem met rust,' roept Tamara nog. Ze komt aangestrompeld, met haar designerwapen in de hand. Haar knie is nu al dik. Ze zal te laat komen, vreest ze. Dat lees ik op haar gezicht. Er is, in de seconden voor er hulp arriveert, nog zo veel kwaadheid die op mij kan worden afgereageerd.

'Niet op mijn neus,' smeek ik. Ik omklem mijn hoofd met mijn beide handen, mijn ellebogen als dekking voor mijn gezicht. Een instinctieve boksersreflex van iemand die boksers minacht. 'Niet op mijn neus!'

Mijn gebed wordt verhoord. Ik zie, tussen mijn armen door, twee voeten in gympies die uithalen, ver van mijn hoofd vandaan. Het volgende ogenblik verspreidt zich een helse pijn vanuit mijn schoot. Drie, vier, vijf. Mijn lijf schokt mee. Zes. Zeven.

Ik kan maar één ding denken voor ik van de pijn bezwijm. Zo moet het hebben gevoeld, in antieke tijden, schoksgewijs te worden gespietst op een gepunte boomstam, van kruis tot kruin.

Als de mist van de bezwijming optrekt, lig ik met mijn hoofd in de schoot van Tamara. Ik ril. Een portie pijnstillers zou er wel in gaan. Er staat een politiewagen naast ons. Ik kan het rubber van de banden ruiken. Ik weet niet hoe lang ik mijn ontbijt nog kan ophouden.

'Rustig,' zegt Tamara. 'Er is een ambulance op komst.'

Ze zit op haar kont op het trottoir. Ze heeft haar ene hand op mijn voorhoofd gelegd. Met de andere houdt ze een zakdoek tegen haar neus. Behalve hees klinkt ze nasaal en koud.

Ik moet mij inspannen om te spreken. 'Ga naar Brussel,' zeg ik. 'Neem de taxi. Grouillot zal het begrijpen. Leg het uit.'

Ze schudt het hoofd en wrijft over mijn gezicht en mijn ogen. Met een zakdoek die volhangt met haar snot en haar bloed.

Maar niet één traan.

Voor ik opnieuw bezwijm, zie ik dit laatste shot in fade-out: haar blik. IJzig trots.

En nog altijd tot moorden bereid.

VI | 8.

Mij is ooit voor waar verteld dat aan het keizerlijke hof van Japan verschillende soorten dichters in verplichte loondienst leefden.

Je had de gebruikelijke. De dichters van het woord. Hun rol was naar verluidt bijna net zo heilig als die van de keizer zelf, die nochtans geacht werd een god te zijn, of een prothese van God, of een straal van de rijzende zon, ik wil eraf zijn. Het gaat erom dat de dichters van het woord bijna even hoog in aanzien stonden als hij.

Wat geen verwondering hoeft te wekken als je ziet hoe Japanners nog altijd hun gedichten neerschrijven – met een dik penseel en Chinese inkt en al. Je hoeft zo'n rol karakters niet eens te kunnen lezen om te begrijpen dat ze al als kalligrafie hun subsidie dubbel en dik waard zijn. Kom er maar eens om in onze contreien.

De andere dichters waren actief op terreinen die westerlingen niet eens tot de poëzie zouden rekenen. De Japanse stokpaardjes kennende was de architectuur daar zeker bij. Ik heb het land genoeg bezocht met Gaëtan. Hij werd vaak wild van al die minimalistische kitsch.

Ik moet toegeven: een hang naar strakheid, en naar het optimaal gebruik van de ruimte, kan de Japanner niet worden ontzegd. Zeker in de grootstad. Maar op het platteland was zelfs Gaëtan niet happig op hun rijstpapieren deuren, in een land met de nodige neerslag en de occasionele tyfoon. Het is een mooie manier om hout uit te sparen, zo'n vederlicht schuifding. Maar een volk dat niet af en toe met zijn deur kan slaan dat het hele huis ervan davert, hoeft zich er niet over te verbazen dat het neigt naar neurosen, en naar een bloedige afwikkeling van burenruzies en kalverliefdes.

Maar het ging over de verschillende dichters in het keizerlijke Japan. Wie onder hen het meest tot mijn verbeelding spreekt ik voel me met hem verwant – is de dichter van de stenen. De keienmeester.

De keienmeester reisde het hele eiland af, op zoek naar gepaste stenen voor het rotstuintje van de tenno, zijn vorst. Men had die stenen gerust kunnen laten hakken of slijpen, naar een ontwerp van een andere kunstenaar. Zo zouden wij het doen. Maar zo werkte het niet bij de Japanners. Toch niet voor ze in aanraking kwamen met onze cultuur. Nu kan alles. Zelfs in

Japan. Een atoombom gooit meer om dan alleen een landschap. En daar zijn er twee gesmeten.

De keizerskeien dienden te worden aangetroffen. Zomaar. In de natuur. Aan de kust of hoog in de heilige bergen. In wouden, vlaktes of rivieren. Het toeval speelde daarbij een even grote rol als de werkkracht en het doorzettingsvermogen van de keiendichter, voor wie geen moeite te veel was, en geen tocht te gevaarlijk, om zijn pad te doen kruisen met zo veel mogelijk stenen. Nooit kende hij rust.

Zijn talent bestond erin schoonheid te zien waar anderen rotsen zagen. Poëzie aan te treffen in plaats van haar zelf teweeg te brengen. Elk ontwerp schiet tekort bij het genie van de evolutie. Die heeft dan ook miljoenen jaren kunnen oefenen, met miljarden stenen en sterren, om net die ene te scheppen die al de andere naar de kroon steekt.

Een bruikbare kei — een stenen gedicht, zeg maar — was uitzonderlijk en ontroerend van vorm, zonder de harmonie van het toekomstige tuintje scheef te trekken door al te opzichtige uitsteeksels of kleurverschillen. Antropomorfe keien waren sowieso uit den boze. De anekdote verveelt, de abstractie bekoort. Ik heb het nu over een rotstuintje. In het werkelijke leven is het niet zelden andersom. Maar daarom heb je net een rotstuintje nodig. Om erbij weg te kunnen mijmeren, de anekdote wegdenkend die je zelf bent. Er zijn vele vormen van bidden, ook zonder dat je moet geloven in een god, of in een Japanse keizer. Een tuin kan voldoende zijn. Een tuin met juiste stenen weliswaar. Over de planten laat ik me niet uit. Ik heb weinig met de natuur.

Mijn ideale tuin bestaat uit niets dan stenen.

De keiendichter werd op jonge leeftijd door een oude meester ontdekt en opgeleid. Als hij in zijn carrière tien topstenen vond, bekroond met een ereplaats in de tuin van zijn werkgever, beschouwde hij zijn leven als geslaagd.

Een grootmeester vond er twaalf.

Ik heb vijftig archiefboxen. *Vijftig.* Met de duizend beste locaties van ons land. Ook een locatie is een gedicht. Je moet er kijk op hebben. Gebouwen en straten kunnen strofen zijn. Een weiland met hoogspanningsmast? Een sonnet. Abattoirs en in onbruik geraakte gasreservoirs? Rondelen. Een strandcabine en zijn schaduw: een haiku, geschreven op de schuine wand van een zeedijk. Ik kan mij vergissen maar mijn gevoel zegt me dat ik al de topstenen verzameld heb die ik in mijn leven tegen had kunnen komen.

Ik heb alleen geen keizer meer. Laat staan een tuin die op mijn stenen wacht.

Er is er een — een perfecte steen, een poème trouvé — waar zelfs ik grandioos overheen heb gekeken. Mijn eigen slaapkamer.

Ik resideer er, na maanden, opnieuw. Zo dag, zo nacht. Eerst nog groggy van de pijn, en zwaar beneveld door de pijnbestrijders, te slikken boven op de cocktail chemicaliën die ik al elke dag tot mij moet nemen om de illusie van gezondheid hoog te houden. De belangrijkste taak van een organisme is niet zich voort te planten, maar de geneesmiddelenindustrie gezond te houden.

Tegenwoordig kan ik, in de rug gestut door een zijden wal van donzen kussens, al een paar uur daags rechtop zitten, als in een art-deco-praalgraf. Poserend tussen de verse bloemen die Tamara onverminderd aanzeult, en kijkend naar de televisie die ze met de hulp van god weet wie naar boven heeft gezeuld. Je moet wat, als bedlegerig slachtoffer van de moderniteit.

Er is ook winst. Tamara heeft, althans in mijn bijzijn, *Big Brother* afgezworen. En ze dwingt me nooit meer te kijken naar haar muziekprogramma's. Wellicht vreest ze dat het zien van wilde heupbewegingen mijn genezing in de weg staat. Ze heeft zelfs de video naar boven gebracht en aangesloten. De band met de hazewinden zat er nog in. Voor porno is het nog wat vroeg. Je kunt niet alles hebben.

Naar de hazewinden kijk ik nog zelden. Ik kan me niet meer voorstellen dat ik er ooit om heb gejankt. Het zijn lelijke honden in een lelijke sport. Vertraagd zijn ze helemaal om van te gruwen.

Sprintende geraamtes, schuin in de bocht, alom besmet spuug verspreidend, vacht over gebeente, allemaal met een rugnummer. Er zijn periodes dat men symboliek kan missen als een ontstoken blindedarm.

Waar ik het meest naar uitkijk dezer dagen is het eten. Tamara doet haar best om even afwisselend als ultragezond te koken. Alles vers en meestal lekker westers. De inburgering werpt vruchten af. Geen moeite is de lieve schat te veel.

Ik mis mijn biertje, en mijn glaasje wijn, en mijn whisky in het midden van de nacht. Verder heb ik weinig te klagen. Als we de pijn en de letsels buiten beschouwing laten.

Ik heb, denk ik, twee weken bloed gepist. Het kunnen er ook drie geweest zijn. Of drie dagen. Je tijdsbesef lijdt eronder, dat je bloed pist en niet weet wanneer en of dat ooit nog stopt. De artsen mogen zeggen wat ze willen: je bloed zien weglopen — in het begin was het niet meer dan wat gedruppel — uit je geslacht? Terwijl je ondanks de verdoving de buurt bijeen wil schreeuwen? Dat is een bijnadoodervaring die je maar naar één ding doet verlangen. Genade. Lobotomie. Een nekschot. Om het even wat, zolang het maar niet meer dit leven is.

Ik heb nooit geweten dat ik zulke diepte bezat, en dat daaruit een dermate tastbare wanhoop kon spruiten, als toen ik de eerste keren weer moest pissen. De pijn lijkt via je liezen uit je botten te worden gezogen als ongekookt merg. Zonder Tamara had ik het niet gered. Ze heeft, kennelijk al na de eerste dag, de verplegers het huis uit gewerkt en de taak op zich genomen mij te verzorgen. De normaalste zaak van de wereld. Zo lijkt ze dat op te vatten.

De allereerste keer dat ik bij volle bewustzijn mijn volle blaas gewaarwerd en de onvermijdelijke beproeving voelde komen aanzetten, besefte ik pas goed dat Tamara er alleen voor stond. Het zweet brak mij uit. Ik hield me in en redeneerde mijn aandrang weg, me inmiddels wel de hersens erover brekend hoe ik kon ontsnappen. Hoe kon ik me van mijn vracht ontdoen? Op een andere wijze dan in die klaarstaande bedpan — geëmailleerd, en dus ijskoud, en ook nog eens elke klatering, elke druppel, accentuerend met zijn metalige weerklank. Ik wilde rechtop gaan zitten, om op eigen houtje naar de wc te strompelen, te kruipen desnoods.

Een vlijmende pijn in mijn flanken en mijn rug gooide mij in de kussens terug. Tamara stond meteen naast het bed. 'Wat scheelt er?' Haar neus was al bijna helemaal ontzwollen, van haar knie had ze nog weinig last. 'En mijn tanden stonden al ongelijk,' zegt ze, als de afloop van onze tramrit ter sprake komt. Vaak is dat niet. Er hangt een mantel van schaamte over. Een therapeut zou spreken van verdringing. Ik houd het op kiesheid en gezond verstand.

'Niets,' zei ik, 'een verkeerde beweging.' Het zweet liep uit mijn haar.

'Moet je?' vroeg ze, akelig begripvol.

'Nee,' zei ik. Zo snel en heftig dat ze beter wist.

'Niet liegen,' zei ze.

'Bel een verpleger,' smeekte ik, 'alsjeblieft.' Ik kon me niet herinneren me ooit zo geschaamd te hebben.

'Niet tegenwerken,' zei ze. 'Gewoon laten komen.'

Met die woorden sloeg ze het dek weg en greep de maagdelijk witte bedpan die al klaarstond op het nachttafeltje.

VI | 9.

In westerns zie je de stoerste binken op een houtje bijten terwijl hun onderbeen wordt afgezet, na een cobrabeet, of een val van hun paard. Niet zelden knapt het houtje tussen hun samengeklemde kaken.

Ik had geen houtje. Ik had de bovenarm van Tamara waarin ik kon knijpen. Ze gaf geen kik, maar het zou me niet verwonderd hebben als ik haar flink pijn deed. En ik voelde me al schuldig.

Niet alleen vanwege mijn knijpende hand.

Ik lag, met naakt onderlichaam, niet op een van onze zijden lakens maar op een soort zeildoek. Gelig, plakkerig, krakend bij de minste beweging. Om mijn leuter en mijn scrotum was een gaasverband gewikkeld, hagelwit maar hier en daar bevlekt met waterig bloed dat erdoorheen was gesijpeld, alsook met iets geligs, wat niet anders kon zijn — bedacht ik met afgrijzen — dan pus.

De kleffe geur die opsteeg loog er niet om. Hij deed zich tot kokhalzen toe gelden, de exotische bloemen rond mijn bed ten spijt. Tamara leek er geen last van te hebben. Zij maakte manmoedig het verband los, uiterst behoedzaam evenwel. Als verwijderde ze de verpakking van een delicaat cadeau dat verloren tussen mijn benen lag. Mijn magere, bleke benen, met hun malle haarinplant, zonder enig patroon, hier een pluk, daar een krul. Ik zag, vlak boven het verband, mijn dorre schaamhaar slordig alle kanten uit staan, met al vele grijze exemplaren erin, beschuldigend afstekend tegen de rest.

Normaal werd ik daar triest van. Nu had ik geen tijd voor triestheid. Bij elke kleine beweging van Tamara draaide zich een scheermesje in mijn kruis rond. Iemand was bezig mijn edele delen te schillen. Tegelijk stond mijn blaas op knappen. Ik probeerde de diverse pijnen te verbijten, met veel ingehouden en bijna ritmisch kreunen en zuchten. Maar ik kon mijn blik niet van mijn eigen schoot afhalen. Onmachtig te geloven wat mij overkwam.

'Niet verschieten,' zei Tamara. Dan weet je dat er iets onaangenaams staat te gebeuren. Met een vastberaden rukje trok ze het losgemaakte verband weg uit mijn kruis, waar het op een paar plekjes vastgekoekt bleek te zitten. Ik gooide nu toch mijn hoofd achterover, pijntranen in de ogen. 'Het is oké,' zei Tamara, 'je kunt.'

Ik boog mijn hoofd langzaam opnieuw naar mijn kruis. Het was de eerste keer dat ik mijn leuter terugzag, nadat er zes, zeven keer uit alle macht op was getrapt.

Ik heb altijd van mijn slaapkamer gehouden vanwege het licht. Dat heb je met huizen als deze. Nog gebouwd in een goede eeuw, met hoge vensters en oud glas. Glas is glas, zou je denken. Fout. Glas is gesmolten zand, een tijdelijk gestolde vloeistof opgehangen in een kader. En niet alle zand is hetzelfde. Oud zand, dat levert een lens op waar het licht heel anders doorheen valt dan door moderne vensters, met hun nieuwere zand, en hun dubbele beglazing. Goed voor de isolatie, slecht voor de sfeer.

Dat kan niet gezegd worden van onze slaapkamer. Ik zie het nu pas. Ik ben al die jaren blind geweest. Onze slaapkamer, met zijn ramen, zijn bijeengezochte art-deco-meubels en zijn oude beglazing, met zijn lichtjes verschoten gordijnen, zijn uitzicht op het park en zijn exotische bloemen in antieke vazen — dit is de keizerskei waar ik altijd overheen heb gekeken. Dit is een regelrechte toplocatie.

Ik kan nergens beter liggen te lijden. Perfect belicht, in het midden van een kamer met perfecte verhoudingen, en in hetzelfde bed waarin ook Gaëtan heeft liggen te lijden. Ik lig te janken en te zweten waar hij heeft liggen janken en zweten. En ik word geholpen zoals ik hem heb geholpen.

Zolang hij hier gelegen heeft dan toch.

'Rustig,' zei Tamara, 'we hebben een zalfje, alles komt in orde, toe maar.'

De pijn leek het best te bestrijden door adem te halen met kleine, voorzichtige teugjes, om niet nog meer druk te zetten op mijn middenrif en ingewanden. Alleen zo durfde ik het aan te kijken naar dat perfect belichte onderlichaam van mij, afgelijnd tegen het gelige zeil.

Mijn leuter zag er donkerpaars genoeg uit om te vrezen dat het afstervingsproces al op gang was gekomen. De geur sprak die vrees niet tegen. Hij was kleiner dan ik me hem herinnerde. Waar hij vastgekoekt had gezeten aan het verband, zag ik kleine wondjes waarop al waterig vocht bolde. Op eentje stond zelfs wat pus. Ook uit het samengefrommelde, rimpelige uiteind — een dooraderd en dieppurperen tuitje, als van een te vaak gevulde en weer leeggelopen kinderballon — sijpelde een doorzichtige druppel. Tamara ving hem op met een papieren tissue. Ze kon het niet verhelpen daarbij kort mijn scrotum te toucheren. Want zo verschrompeld als mijn lid leek te zijn, zo monstrueus gezwollen bleek mijn zak.

Mijn arme leuter lag te verpieteren boven op een gezwel ter grootte van een forse pompelmoes. Het kon liggen aan de werking van het perspectief, of aan de begoocheling van een bijverschijnsel, maar ik zag hem nog in omvang toenemen terwijl ik ernaar keek. Het was al meer een kleine pompoen. Was een pompoen nu een vrucht of een groente? Hoe dan ook, wat nu tussen mijn benen lag had met de pompoen wel een dreigende opgeblazenheid gemeen, maar niet de opgewekte kleur. Deze vrucht van het kwaad zag paars, rood, zwart, vuilbruin, alles dooreen. ‘Even op de tanden bijten,’ waarschuwde Tamara.

Ze schoof de bedpan tussen mijn benen, tot tegen mijn zak aan. Dit was zelfs geen pompoen meer. Dit was een nieuw soort zwam uit een of ander regenwoud. Een satansboleet. Eén tik en hij scheurde lui open, pest en waanzin verspreidend. Ik voelde de kilte van het email door de koortsig hete pijn heen. ‘Je kunt het,’ zei Tamara. Zelf rook ze naar lelietjes-van-dalen.

Op haar gezicht geen spoor van betutteling of snotterig medeleven. Doortastend als echte verpleegsters, maar dan zonder de onthechting die zij aan de dag leggen en die grenst aan de professionele onverschilligheid. Je kunt ze dat niet eens kwalijk nemen. Wie als patiënt in een hospitaal belandt, levert in op zijn status van burger. Er liggen altijd nog drie dozijn andere gevallen te wachten. De helft daarvan op de intensive care. Dat weegt op de urgentie. En je kunt je als hulpverlener niet in iedereen beginnen in te leven. Je eigen tijd komt snel genoeg.

Op Tamara wachtte niemand, behalve ik. ‘Je hebt alle tijd,’ knikte ze bemoedigend, ‘doe maar rustig.’ Tot mijn gêne wachtte ze niet tot ik het zelf aandurfde mijn nagenoeg afgestorven lid aan te raken. Tussen duim en wijsvinger, en zonder een moment te aarzelen of te gruwen, lichtte ze mijn paarse slijkworm op, schoof de rand van de bedpan voorzichtig over mijn satansboleet — ik viel bijna weer flauw van de pijn — en vlijde mijn worm even voorzichtig weer neer op het koele email. Zijn uitgelebberde tuitje hing over de rand, lekkensklaar. 'Kies je eigen tempo maar,' suste ze. Pas toen keek ze kuis weg. Mij alleen latend voor een gevecht waarin niemand mij terzijde kon staan.

Het duurde minuten voor de pan rood zou kleuren. En toen het kwam, kwam het met schaarse druppels en even sporadische als fletse straaltjes, en met een heel scala aan pijnen, die zowel mijn opluchting als de verlichting van de druk op mijn blaas moeiteloos overschaduwden. Pas toen ik bijna klaar was, hield ik het niet meer. Ik wilde haar nog ter hulp roepen, ik wilde nog zelf een tissue grijpen, maar het was al te laat. Ik gaf ook nog eens over.

Niet eens zoveel. Een enkele kwak. Op mijn eigen borst. Meer gal en slijmen dan braaksel. Ik vervloekte mezelf. Ik voelde me geen mens meer. 'Het spijt me,' zei ik. 'Ik kon er echt niets aan doen, het spijt me zo. Dit is verschrikkelijk.'

'Het geeft niet,' zei ze. Bijna alsof ze dit wel verwacht had. Waarna ze de zurige kwak opnam met tissues, me van de bedpan verloste, me zalfde en verbond waar nodig, en niet ophield met verzorgen tot ik weer in schoon goed lag, op een volledig verschoond bed.

De volgende keren gaf ik niet meer over. De pijn en de gêne namen af, al dienden oude duizelingen zich weer aan, zelfs terwijl ik lag.

Gaandeweg kon ik de bedpan zelf hanteren, en durfde ik het aan om zelf mijn oplevende slijkworm en mijn slinkende satansboleet aan te raken. Alleen het verbinden achteraf stond ze me niet toe. 'Dat kun je niet bij jezelf,' zei ze, bloedernstig mijn genezende fluit bekijkend, van dichtbij, en van alle kanten. Dat bleef ik behoorlijk gênant vinden. Maar dankbaar was ik wel.

'Ik zal binnenkort eens bellen naar Grouillot,' zei ik, tijdens een van haar inspectiebeurten van mijn leuter, 'voor een nieuwe afspraak.' Een mededeling die meer uit verlegenheid met de situatie werd geboren dan uit de noodzaak om iets dringends aan te kaarten. Au contraire. Grouillot kon wachten. Tot ik volledig genezen was. Die botoxmummie zou zich te zeer verkneukelen in mijn lot, als hij de waarheid hoorde.

'Niet nodig,' zei Tamara. Opeens dan toch beschaamd. Ze borg mijn leuter snel weg, in een stukje zalvend gaas gerold, in de boxershort die ik inmiddels droeg. 'Ik ben al op auditie geweest.' Ze klonk gekwetst en kwaad.

'In Brussel?' vroeg ik.

'Waar anders?' vroeg ze.

'En waarvoor gaan ze je gebruiken?' vroeg ik. Iets hoffelijkers dan de term 'gebruiken' wilde me niet te binnen schieten. Ik was nog steeds te zeer verrast door het feit dat ze – buiten mij om, zonder mij nodig te hebben – een afspraak had geregeld en naar Brussel was gegaan. Helemaal in haar eentje en zonder verslag uit te brengen. Ik kon het niet meteen bevatten. Een oude duizeling kondigde zich weer aan.

'Ik wil het er niet over hebben,' zei Tamara. Ze trok het dek over mijn onderlijf en beende weg naar de logeerkamer, die nu haar kamer was. En als Tamara zegt dat ze het ergens niet over wil hebben, kun je op je hoofd gaan staan. Je komt het nooit te weten. De klap waarmee ze de slaapkamerdeur achter zich dichttrok zei al genoeg.

Ik zou er nooit meer aan gedacht hebben, aan die mislukte auditie in Brussel – als ik eerlijk ben: ik had er toch nooit iets van verwacht. En ik zou ook nooit wakker hebben gelegen van al die andere dagen dat Tamara op eigen houtje de stad in trok. Ook vóór ons tramincident was ze bijwijlen urenlang gaan winkelen, om terug te keren met alleen maar lege handen en een goed humeur.

Ik zou van niets meer wakker hebben gelegen, indien niet op een kwade dag – ik kon alweer de hele tijd rechtop zitten, en zelfs wat rondstrompelen, soms zelfs de trap af, om me in de keuken in het geniep een rechtmatige borrel toe te eigenen – de deurbel had gerinkeld. Kort nadat Tamara het huis verlaten had, voor een middagje winkelen in de mall.

Het was Karel. Onze sociaal inspecteur.

Zonder Jenny. Maar met een aktetasje.

VI | 10.

Karel zat aan het voeteneind van mijn burcht van witte zijde, deugdelijk dons en purperen lelies. Een superbe enscenering van smart en revalidatie. De nieuwste toplocatie in een levenswerk dat niemand ooit zou raadplegen, vijftig volle archiefboxen of geen vijftig volle archiefboxen.

Ik had de voordeur voor hem opengemaakt en was hem voorgegaan, weer de trap op, zo min mogelijk mankend, me sterk houdend, de pijnscheuten in mijn kruis en rug verbijtend. Ik vocht tegen oude duizelingen met hernieuwde moed. Me inwendig klaarstomend voor weer een kruisverhoor. Vastbesloten danig van mij af te bijten en me nooit meer, door wie dan ook, te laten vernederen, verbaal of fysiek.

Zeker niet door een inspecteur in zijn eentje.

'Ik heb goed nieuws en ik heb slecht nieuws,' zei Karel, bij mijn voeteneind nippend aan zijn glas whisky. Hij had de borrel niet afgeslagen die ik, slaaf der gewoonte, had aangeboden uit galanterie. Ik had hem wel de keuken in gestuurd om zichzelf te bedienen.

Hij had zich meteen maar ons grootste kuipglas uitgekozen. Meer dan één ijsblokje had hij niet genomen, toch was zijn glas dubbel zo vol als dat van mij. Zijn borrel kwam in de buurt van een limonademaat. Waar een inspecteur niet wordt geïnspecteerd, bloeien meteen de smokkelroutes. Straks ging ik die Jenny nog missen. 'Van de slechte tijding heb ik al een vermoeden,' zei ik. 'Mijn whisky is op?'

Karel grijnsde. Hij nam een ferme teug. 'Ik zal met het goede beginnen,' zei hij, zijn mond afvegend met de rug van zijn hand. 'De Marokkaan trekt zijn klacht in.'

'De Marokkaan trekt zijn klacht in?' Zelfs mijn lijf protesteerde tegen deze gedachte, met een vage pijnsteek tussen mijn benen, een vleselijke reflex als souvenir van wat mij was aangedaan. 'Wij hebben klacht ingediend tegen hem,' zei ik. 'Tegen alle vijf!'

'Tegen vijf man tegelijk een klacht indienen, is een slecht idee,' zei Karel. 'In de beperking toont zich de meester.' Hij hield zijn glas whisky omhoog en bekeek het van dichtbij, als wilde hij het amber controleren op kleurvastheid. De duim van zijn andere hand had hij onder zijn oksel geplant, terwijl hij tezelfdertijd zijn benen parmantig had gekruist. Uit alles bleek dat hij in zijn nopjes was omdat hij eens in zijn dooie eentje een huisbezoek mocht afleggen. Gezien het genot dat hij erin stelde, mocht je concluderen dat hij zo'n solitaire operatie hoogst zelden ondernam. 'Ik hou van de individuele aanpak,' zei hij. 'De ene na de andere.'

'We hebben alle getuigen aan onze kant,' zei ik, 'de politieverslagen en de medische rapporten.'

'Er is bij jullie niets geconstateerd,' zei Karel, 'wat niet hersteld kon worden met wat pijnstillers en een paar dagen platliggen. Voor het oog van die jongen heeft men wekenlang gevreesd. Hij laat nu zijn aanklacht vallen, als jullie hetzelfde doen met elk van hen.'

'Zij zijn begonnen met ruzie te zoeken,' zei ik.

'Volgens andere tramgebruikers lieten jullie je niet onbetuigd,' zei Karel. 'U noemde de moeder van de eerste dader een prostituee. En zijn zusters ook.'

'Zijn broer!' zei ik. 'Ik heb gezegd dat zijn broer een hoer was! En van het een kwam het ander.'

'Hij heeft niet eens een broer,' zei Karel, mij slimmig aankijkend, met half toegeknepen ogen, als hield ik hem voor het lapje.

'Dat weet ik,' zuchtte ik, 'dat weet ik.'

'Waarom zei u het dan?' vroeg Karel.

'Omdat ik het toen nog niet wist.'

'Hoe bent u het dan te weten gekomen?'

'Hij heeft het me zelf verteld,' zuchtte ik.

'Oh? Wanneer?'

'Dat maakt niet uit,' kreunde ik, 'het was een serie misverstanden.'

'Meneer Seebregs,' zei Karel, 'ik zal wel uitmaken of iets van belang is, of juist niet.'

‘Het ís niet van belang,’ riep ik uit. ‘Het is een uitdrukking, meer niet.’

‘Uw vrouw sprak ook al van prostitutie.’

‘Die kerels ook,’ zei ik. ‘Alle vijf.’

‘Jullie hadden het allemaal over prostitutie?’

‘Dat is tegenwoordig de gewoonte,’ knikte ik, ‘in de tram.’

‘Hebt u ooit zelf de gewoonte aangehouden,’ vroeg Karel, ‘om sekswerkers van buitenlandse origine te bezoeken of te onderhouden?’

Er viel een curieuze stilte. Ik kon niet inschatten hoe ik Karels indringende nieuwsgierigheid moest taxeren. Was ze professioneel dan wel persoonlijk? Verwachtte hij namen en adressen voor zijn rapport, of voor zijn balboekje? En met welk van de twee had ik hem het meest plezier gedaan, ten voordele van mijn dossier, en dat van Tamara? Misschien alludeerde hij op mijn strapatsen in het park. Wat wist hij? Wat wilde hij? Ik voelde me meer op mijn gemak toen hij nog vergezeld was van die Jenny.

Ik besloot er met de grove borstel door te gaan. Veel meer dan wat ik al verloren had, kon ik niet verliezen. ‘Welke regio zou je aanraden, als specialist, om sekswerkers te importeren?’

Ik had gerekend op verontwaardiging of meewarig protest. Maar er viel opnieuw een ongemakkelijke stilte. Het ene ijsblokje in de whisky van Karel was al gesmolten, anders had het vast luid gerinkeld, zozeer liet hij zijn restje whisky rondtollen in het kuipglas. ‘Waarheen waren jullie eigenlijk op weg?’ vroeg hij. Hij keek naar het rondtollende vocht in zijn glas. Ik kon me niet van de indruk ontdoen dat hij iets anders had willen vragen. Of zeggen.

‘Wanneer?’ vroeg ik. Om tijd te winnen.

‘In die tram,’ zei hij. Opkijkend. Wetend dat ik tijd won.

‘Brussel,’ zei ik. ‘Filmauditie. Tamara kon een sprekende rol krijgen. Of een baantje bij de schminkafdeling of de catering.’

‘Wat is het geworden?’ grijnsde Karel. ‘Catering?’

Ik voelde weer die vage, oproerige pijnscheut tussen mijn benen. Waarom moest ik praten met deze man? Met welk recht kwam hij mij en mijn vrouw beledigen, in mijn eigen huis, aan mijn ziekbed nota bene? ‘Je zei daarnet dat er goed nieuws was, en slecht,' zei ik. 'Als wat je tot nu hebt gezegd, het goede nieuws voorstelt, dan wil ik het slechte niet horen.'

'Als ik alleen maar goed nieuws had,' zei Karel, 'zou ik hier niet zitten.' Hij plaatste zijn glas op het bijzettafeltje, nam zijn aktetas op de schoot en haalde een felroze kartonnen dossiermap tevoorschijn.

Op de voorkant stond, in viltstift en in het handschrift van Jenny: 'Dossier Maarten Seebregs - Bijvoegsel'.

Toen hij de map opende vielen er geen documenten uit, maar foto's. Groot formaat, een stuk of twintig. Karel graaide er nog naar, maar de meeste schoven al van zijn schoot af, de vloer op.

Eentje schoof tot naast mijn bed. Ik kon er niet naast kijken. Aan de wazige achtergrond te zien was ze getrokken met een telelens. Ik kon niets thuisbrengen van de locatie. Het gekiekte tafereel had zich net zo goed kunnen afspelen in de openlucht als in een grote zaal — een stadion, een overdekt zwembad, een stationshal. De gelaatsuitdrukking van de beide gefotografeerde personen was echter haarscherp. Ik herkende Tamara meteen.

Maar haar gelaatsuitdrukking was nieuw. Beate bewondering. Totale overgave. Zo had ik haar nog nooit gezien. Ook niet in Oostende, toen ze tegenover Vandessel had gezeten. Het was niet eens bewondering die van haar afstraalde. Het was diepe, onvoorwaardelijke, alles verzakende liefde. Des te intenser gevangen in beeld, vanwege het zwart-wit.

Ik voelde een navrante beklemming die zich, tot mijn ergernis, nog het best liet bestempelen als, nou ja, een vorm van zeg maar: jaloezie.

Tamara had me zelfs bijgestaan toen ik, na dagen van liggend lijden, weer mijn allereerste aarzelende stapjes zette. Van de slaapkamer naar de badkamer. Een hel van tien, twintig meter. Mijn satansboleet nog steeds gezwollen en zwart, roodbruin, donkerpaars. Kloppend alsof er een verzwering in huisde, of misschien een tor, klaar om uit te breken. Mijn leuter levenloos bungelend daarbovenop.

Mijn arm om haar schouder, ikzelf zwaar leunend op haar lichaam, zoals een oorlogsgewonde op zijn brancardier — zo begonnen we aan onze helletocht. Ik slikkend en kreunend, zij onverstoorbaar helder te midden van hoog opspuitende zandfonteinen en spervuur, op weg naar de wasplaats, mijlenver achter de frontlinie.

Met elke stap ging het wat beter, en verstilde het dreunen in mijn hoofd. Veel vaart maakten we niet. Dat deerde haar geenszins. Ze liet mij het tempo bepalen, me ondersteunend met het flegma van de held — de baraka in zijn soldateske verbastering: niet langer de levensadem van de mohammedaanse god, maar de heidense aura van onoverwinnelijkheid op een slagveld.

Correctie. De zekerheid niet geraakt te zullen worden. Die ademde ze uit. Niet verminkt te zullen worden, niet onthoofd, niet uiteengereten. Al eens verwond, maar nooit geschonden. Nooit echt gekwetst. Zo stapte zij, besefte ik, door haar hele leven. Met of zonder mij als loden ballast aan haar zijde. Haar kon niets gebeuren. Zij was, beter dan wie ook, voorbereid op elk soort strijd.

In de badkamer aangekomen, ontdeed ze me van de weinige kleren die ik droeg. Mijn pyjamajasje. Mijn geliefde onderlijfke. De wollen sokken die er maar niet in slaagden mijn voeten warm te krijgen. Ze knielde voor me neer. Ik hield me stevig aan haar schouders vast om nu de ene, dan de andere voet op te tillen, net hoog genoeg om haar de kans te geven de sokken uit te trekken. Ze moedigde me aan alsof ik een kind was. Ik probeerde niet naar deze sequentie te kijken in de manshoge spiegel voor me. Het was al erg genoeg deze ondraaglijke intimiteit te moeten beleven. Ik hoefde ze niet ook nog eens op mijn netvlies gebrand te krijgen.

Even later, in de douche, hield ik me vast aan de koperen kranen. Beducht voorovergebogen, opdat de waterstralen zouden neervallen op mijn rug, en niet op mijn voorkant. De dolfijnen keken ongelovig naar de metamorfose van mijn kloten.

Tamara zat opnieuw op haar knieën naast mij. Op blote voeten en in haar ondergoed. Langzaam doorweekt rakend. Over haar rechterhand een washandje. Hygiëne voor alles. 'Niet schrikken,' waarschuwde ze. Ik zette me schrap. Ik wist wat er ging komen.

De hand met het washandje nam voorzichtig mijn leuter beet en rolde in één beweging de voorhuid naar achteren. Knarsetandend legde ik, voor alle veiligheid, mijn voorhoofd tegen de zee van mozaïek. Alle steun was welkom nu. Ik sloot wel mijn ogen. Ik wilde niet zien hoe ik gewassen werd. De gewaarwording was al kwelling genoeg.

'Hebt u er ook maar enig idee van,' vroeg Karel, 'waar uw vrouw rondhangt als ze niet bij u thuis is?'

Hij had, gehurkt, de gevallen foto's weer bijeengeraapt en reikte ze me aan.

VI | 11.

De foto die ik al op de vloer had zien liggen lag bovenaan. Van dichtbij was Tamara's aanblik nog onthutsender. Er bestaat een vorm van vreugde die kan martelen. De passie waarmee ze keek, leek haar alleszins te pijnigen. Het wit van haar ogen vlamde van het fotopapier af, een zwarte madonna was er niets bij. Wat had ze net meegemaakt? Een kruisafneming? De wederopstanding van een onbereikbare? Hemels geluk, op een bedje van reddeloze smart — daarvan legde haar gezicht getuigenis af. Deze foto's moesten in het geheim zijn gemaakt. Ik kon me niet voorstellen dat uitgerekend Tamara zich zo ongeremd zou hebben blootgegeven als ze wist dat er anderen meegluurden.

Van de persoon naar wie ze keek was alleen het kortgeschoren, donkere achterhoofd te zien. 'Hebt u enig idee,' vroeg Karel, 'met wie ze optrekt, telkens als ze hier een voet buiten de deur zet?'

De tweede foto leek dezelfde scène in beeld te brengen, maar geschoten uit de tegenovergestelde hoek. Hadden ze werkelijk met z'n tweeën in het geniep zitten te fotograferen? Karel en Jenny zelf, of nog anderen? En mocht dat allemaal zomaar?

Vooraan op de foto was nu het achterhoofd te zien van Tamara. De andere persoon stond er even scherp op als zij op de eerste foto. Ik kende hem niet, maar het vage gevoel van jaloezie van daarnet sloeg om in iets veel heftigers. Ik kon het niet thuisbrengen. Het was kwaadheid, vermengd met bodemloze, withete verbijstering. Geen belediging had me dieper kunnen treffen. Ik keek een zwarte jongen in het gezicht, hoop en al twee jaar ouder dan Tamara.

Hij had een even expressief gezicht als zij, met dezelfde volle lippen, en dezelfde drie littekentjes boven de neusbrug, drie korte zonnestraaltjes. Maar zijn tanden stonden recht, zonder gaten ertussen, getuige zijn grijns – meer een grimas, niet gespeend van bitterheid, hard genoeg om te passen bij een veel ouder persoon. Ook zijn blik, hoewel even vlammend als die van Tamara, getuigde niet van veel plezier. Hij keek haar bikkelhard aan, zonder woede evenwel. Broodnuchter. Blakend van het ongeloof. Je vroeg je meteen af wat de replieken konden zijn die hij en Tamara wisselden in deze sequentie.

De derde en de vierde foto brachten varianten op de eerste twee, maar dan met een fel pratende mond, van allebei. Bezige lippen, bevroren in de sluitertijd. Hier werd gediscussieerd. Maar behalve dat ik nieuwsgierig was naar de inhoud van hun twistgesprek, was ik blij dat ik slechts foto's van hen zag, en geen bewegende beelden met geluid erbij, en met ondertitels en zo, of – stel je voor – met een niet mis te verstane liefdesdialoog. Ik had het nu al moeilijk genoeg om me te beheersen.

Ik weet niet wat ik had gedaan, mocht ik hier alleen hebben gezeten. Opspringen en stampvoeten? De foto's verscheuren? Een vaas omgooien, en genieten van de doffe plof waarmee antiek, met water gevuld aardewerk uiteenspatte, in een vloedgolfje vol stengels en bloemknoppen? Het had me allemaal even bespottelijk toegeschenen. En even ontoereikend.

Nochtans begreep ik maar al te goed dat Tamara smachtend naar haar gesprekspartner keek. Nog nooit zag ik, in film, op foto of op video, zo'n ongenadig attractieve negerjongen.

'Ik kan mij vergissen,' zegt Karel, 'maar ik ben na rijp beraad geneigd te geloven dat je te goeder trouw bent. Ik heb mij in jou vergist. Jij bent meer een slachtoffer, dan dat je op iemand parasiteert.' Hij hield zijn lege glas omhoog en liet het alle kantelen uit schommelen, spelend met de laatste druppel whisky. 'Jenny niet,' zei hij. 'Die ziet je nog altijd als een dader. Dat is juist haar probleem,' glimlachte hij, meer tegen zijn glas pratend dan tegen mij. 'Jenny ziet overal daders, omdat ze zelf zo hartstochtelijk graag een slachtoffer is.'

Ik luisterde amper naar hem. Ik bekeek de rest van de foto's, met een nog altijd stijgende beklemming. Een vermoeden van verraad. Het besef tekort te schieten, zonder de kans de tekortkoming ooit nog goed te kunnen maken. De vijfde foto toonde een close-up van de jongen. Een Nubisch knapenmasker, een prins met de trekken van de hoogste Afrikaanse aristocratie. Voor hoe lang nog? Wat opging voor de ragazzi van Pasolini gold voor zwarten nog veel meer. Goddelijk als jonge kerel, afstotelijk als man. Geen enkele rem als het ging om het kweken van een pens en een rij dubbele kinnen, geen enkele zorg om gezondheid of schone schijn tout court. Het zou wel weer iets te maken hebben met compensatie. Er zijn continenten waar je al blij bent dát je leeft. En laat het dan maar een leven zijn voor twee, drie stervelingen tegelijk.

'Jenny begrijpt het gewoon niet,' zei Karel, op een toon alsof hij me tot huwelijksconsulent had gebombardeerd. 'Zij zou elk dossier uitspitten tot op het bot. Dat is onze taak niet. Het is, in zekere zin, zelfs in tegenspraak met de kern van onze taak.' Hij gooide zijn hoofd achterover, om nu toch die laatste druppel op te drinken.

Op een volgende foto hield de jongen, nog altijd tegen een kitscherig-wazige achtergrond, een hand vast die ik herkende als die van Tamara. Dezelfde hand die mijn koortsige leuter op de rand van de kille bedpan had neergevlijd. De hand die mijn hand had weggeslagen op de breedste boulevard van onze kleine metropool. De hand waarin het schoentje had gelegen waarmee ze een belager bijna een oog had uit gestoken. De hand met de trouwring. Ze had hem niet eens verwijderd.

De jongen omklemde Tamara's hand bij de pols. De palm hield hij tegen zijn wang. Zijn hoofd hield hij dan weer schuin, zijn ogen gesloten, zijn lippen een beetje open. Wanhoop in berusting. Daar is geen vrouw tegen bestand. Je zou haast denken dat hij wist dat hij gefotografeerd werd, de aansteller.

'Laat er gerust een aantal door de mazen van het net heen glippen,' zei Karel. 'Als de indruk maar tegenovergesteld is, zowel in het binnen- als in het buitenland. Geruststelling op het thuisfront, afschrikking in den vreemde: ziedaar ons echte vak. Ontmoediging van handel en wandel — zodra ze de mens betreffen dan toch. Maar ontmoediging is geen drooglegging, begrijp je? Droogleggen lukt overigens toch niet. Daar moet je realistisch in zijn. Maar als er, dankzij onze inspanningen, inmiddels toch al wat selectie plaatsvindt? Des te beter. Migratie is ook maar een vorm van darwinisme.' Hij plaatste het lege glas weer op het tafeltje. 'De echte inburgeringsproef, Maarten, is niet het leren bereiden van hespenrolletjes met kaassaus in de oven. De echte proef is, botweg, overleven. Dat kun je niet aanleren. Je kunt het evenmin voorspellen op basis van een curriculum. Je kunt het enkel proefondervindelijk testen, en vervolgens naar beste vermogen honoreren.'

De volgende foto's bestonden uit een misselijkmakend aaiballet van handen op hoofden en wangen. Zo vertederd had ik Tamara nog nooit naar iemand zien klauwen. Eén keer drukte de jongen als represaille een innige kus op haar vingers. Dat was alles. Een soort slordige handkus. Ik had me de zwarte wellust heel anders voorgesteld.

Tegelijk gruwde ik, mij instinctmatig voorstellend welke heftige scènes zich buiten beeld konden afspelen. Niet in de openlucht, niet voor het oog van camera's. Het was een gruwen dat ik niet van me af kon zetten, omdat het me tegelijk kwaad maakte en opwond. Ik ging ernaar op zoek in de stapel foto's.

Karel keek me intussen schouderophalend aan, de handen geheven, als bood hij me gratis de oplossing aan van een ingewikkeld vraagstuk. 'Alleen de sterksten, de leepsten, en de enkelingen die geboren lijken voor het domme geluk — die kunnen er nog bij. Wie zich weet te handhaven, tegen ons in? Die moeten wel uit het goede hout gesneden zijn! En we zouden wel gek zijn om die klasbakken niet binnen te laten. Alsook de rijken die zelf gek genoeg zijn om nog hierheen te komen. Hun moet je dan weer niet te veel in de weg leggen, en zeker geen hespenrolletjes. Zij hebben hun selectie al achter de rug, zeg maar. Het zouden anders geen rijken zijn.'

De volgende zes foto's waren opnieuw een schok. Ik was op veel voorbereid, inmiddels, maar niet hierop. De achtergrond was niet langer wazig. Tamara en de jongen zaten op een houten bank, te midden van een van mijn toplocaties. Een keizerskei van de moderne tijd, in onze streken toch. Een familiestrand op de linkeroever van de Schelde, met een speeltuintje, een wandelpromenade, wat mosselrestaurants, een windmolen en een verlopen camping. In beeld gebracht bij valavond, ergens op een zomeravond, tijdens het aflopen van een internationale zeilmanifestatie in de oude haven.

Die plek, op dat moment van het jaar — ik had ze altijd willen reserveren voor een onverwacht rauwe afrekening. Een schietpartij om een lading bloeddiamanten, of een verkeerd gelopen deal tussen een malafide joodse reder en een advocaat-politicus. Uit de hand gefilmd, ruw gemonteerd.

Tamara en de jongen echter moesten per se mijn plaatsgedicht verknallen met een zeemzoete pose, in zwart-wit geschoten uit drie voor de hand liggende hoeken.

'En wij?' lachte Karel, mij vragend aankijkend. 'Wat is de rol van mensen zoals Jenny en ik, zul je vragen. Die is bescheiden. Wij staan paraat en wij gooien vragen op. Meer niet. Het is exact dezelfde rol waarop de moderne beeldende kunst zich beroept. Ben jij een liefhebber van moderne beeldende kunst, Maarten?'

'Absoluut,' antwoordde ik, in afgrijzen naar Tamara starend. Ze lag tegen de jongen aan gevlijd, met gesloten ogen en met haar hoofd op zijn schouder, haar ene arm op zijn dijbeen, haar elleboog net niet rustend in zijn kruis. Hij keek dan weer even stoer als pathetisch voor zich uit, over de brede rivier, met de armen zo ver mogelijk gespreid op de houten leuning, alsof hij zijn handen nog wilde laten vastnagelen ook, om zijn lijden nog beter tot uitdrukking te kunnen brengen.

Maar die blik van hem? Ontwapenend illusieloos, al wegglijdend, niet meer te redden. Aan de overkant, rechteroever, ging de zon onder achter het grootste petrochemische havencomplex van Europa, met zijn modernistische buizenconstructies en zijn fakkelschoorstenen, die straks de voorbijtrekkende nachtwolken zouden doen oplichten met hun stuwende vlammengloed, die nooit ophield en waarvan je het suizen kon horen tot aan de grens met Nederland. In het midden van de Schelde voer, schuim tegen de boeg, het zeegat uit, een zeventiende-eeuwse driemaster voorbij die nog had deelgenomen aan de slag van de Engelsen tegen de Spaanse Armada. In het want hingen piekfijn uitgedoste matrozen te salueren naar een verlaten oever, waar een wandelaar zijn dashond uitliet, het liefdeskoppeltje op de bank negerend.

'Je kunt dat eigenlijk nog het best vergelijken met de zwarten in Amerika,' ging Karel voort, genietend van zijn theorieën, en van de kans ze uit de doeken te doen tegenover iemand die luisterde. 'Niemand zegt het graag, en het was een nare periode zolang ze duurde, maar op zijn minst was er, achteraf bekeken, toch één goede kant aan heel die slavenhandel. Het menselijke materiaal was er niet bepaald op achteruitgegaan, dankzij de uitdunning bij het transport. Het is jammer dat hij er niet meer mee uitspookt, maar de Amerikaanse neger kan bogen op schitterende genen. Niet dat ik dezelfde methodes nu nog zou aanbevelen. Te veel is te veel. Het was een inktzwarte bladzijde in de geschiedenis, waar dezer dagen te licht overheen wordt gegaan. Ik wilde alleen maar zeggen: een beetje schifting kan geen kwaad. Een beetje toevloed trouwens ook niet. We zullen ze nog dik nodig hebben. Daar moet je niet flauw over doen. Economisch, demografisch. In alle sectoren. De bejaardenzorg op kop. Als er iemand is die dat zou moeten begrijpen? Dan zou je toch denken dat het Jenny is.'

'Hij is een vriend,' zei ik, de foto's weer in het mapje opbergend, zo onaangedaan mogelijk kijkend.

'Pardon?' vroeg Karel.

'Hij is een vriend van mijn vrouw,' zei ik. 'Ze heeft het vaak over hem. Ze zijn voormalige landgenoten, en jong. Dat schept een band.'

'Een band?' Karel keek me aan. 'Vertelt ze ook dat ze regelmatig samen gaan dansen in Matonge, de Congolese wijk van Brussel? En dat ze hier in Antwerpen mekaar treffen in, zeg maar, de cafés vlak bij de nieuwe bibliotheek? Daar hebben we geen foto's van. Het is er te druk. Vol met allemaal jonge landgenoten. En er lopen daar nog meer mensen rond die zenuwachtig worden van officiële fotografen.'

'Mijn vrouw heeft recht op privacy,' zei ik, 'meer dan op officiële fotografen.'

'Ben je dan niet blij met de foto's?' vroeg Karel.

'Ik vind ze een schande,' zei ik.

'Voor haar of voor jou?' vroeg Karel.

'Voor u,' zei ik, 'en voor Jenny. Dat jullie het aandurven mijn vrouw te bespieden en te belasteren.'

'Goed dan,' zei Karel, energiek opverend. 'Ik zal niet meer van je tijd in beslag nemen. Maar ik dank je. Ik zie mijn visie op jou meer dan bevestigd. Jij bent een slachtoffer, geen dader. Tot ziens!' Hij stak zijn hand al uit, ten afscheid.

Ik schudde ze, in de hoop snel van hem af te raken. Hij greep echter mijn pols beet met zijn andere hand, en bleef mijn hand op en neer pompen tijdens zijn afscheidswoorden, om god weet welke reden uitgesproken op samenzweerderige toon. 'Doe me wel een plezier. En jezelf ook. Je mag de foto's houden. Beschouw ze als een teruggave van belastinggeld in natura. Maar toon ze haar. En weet me te vertellen wat ze zegt over hem.'

In het deurgat draaide hij zich nog een keer om. 'Vraag haar bijvoorbeeld wat zijn naam is. Bij ons circuleren er vijf. Geen daarvan is de echte.'

'Phillip,' antwoordde Tamara, nog diezelfde avond. Ze had uitbundig als altijd haar rentree gemaakt. Tot ze mijn gezicht zag, en de foto's, die ik op mijn bed had uitgespreid als op een montagetafel.

Zelf zat ik aan het voeteneinde, op de stoel waarop Karel had zitten doceren. Ik had daar uren gewacht, kijkend naar iemand die van nu af aan Phillip zou moeten heten. 'Is dat zijn echte naam?' riep ik, verrast door de kras in mijn stem.

'Natuurlijk,' zei ze. Ze was op de rand van het bed gaan zitten. Zelfs nu kon ze het niet nalaten liefdevol te kijken naar de indringer. In tegenstelling tot vlak na ons tramincident kwamen nu toch de tranen. Beheerst, dat wel. Bijna hautain. Ik zag dat ze zich moest inhouden om niet een van de foto's te strelen.

Ik kon er niet tegen. Ze had de afspraken geschonden. Ze bedroog Vandessel en ze bedroog mij. 'Waar is hij nu?' riep ik. 'In het café om de hoek?'

'Hij wordt uitgewezen,' zei ze. Bijna beschaamd. 'Hij is uitgeprocedeerd. Hij zit vast in een centrum. Ik heb net nog een uur met hem kunnen bellen.'

Ik gooide nu toch die vaas met die bloemen om. De doffe knal, de scherven, het water, de bloemen op de vloer – ze schonken me niet de voldoening die ik had verwacht. 'Hoe lang ken je hem al?' riep ik. 'Wie is hij?'

'Mijn broer,' zei Tamara. 'De enige familie die mij rest.'

VII.

VII | 1.

Ik herken het asielcentrum uit mijn jeugd. Zelfs de kantine ken ik nog. Tot en met de vloer. Thans grijs en onopvallend — hij kan een sopje en een genadige dweil gebruiken.

Toentertijd leek hij niet vuil te krijgen. Gemaakt van ongelijke stukken blinkend plavuis in frisse kleuren. Lichtblauw en wit de boventonen, hier en daar een flits oranje. Ruwe driehoeken, ineengepast zonder patroon — een bewijs van hipheid in de jaren vijftig, toen dit vakantiecomplex gebouwd werd, op fundamenten van optimisme en arbeidersverheffing. Beide schenen gerechtvaardigde verwachtingen in de nasleep van een wereldoorlog met miljoenen doden. Slechter kon het nooit meer worden.

Zo'n verzuchting mocht al eens tot uitdrukking komen in een vloer.

Ik was een jaar of twaalf en ik staarde naar die glazuren, goed gevoegde driehoeken onder mijn voeten. Mijn blote voeten in hun gloednieuwe plastic sandaaltjes. Ik wist niet wat me overkwam: deze vloer zei iets over mij.

Ik wist niet dat zoiets bestond, een vloer die iets kon zeggen. Ik kon met moeite zelf iets uitdrukken. Voor het eerst van huis weg. Voor het eerst in mijn eentje, zij het onder een massa leeftijdgenoten. Voor het eerst het bouquet opsnuivend van zelfstandigheid, zij het voorlopig nog in groep. Eindelijk beland op grilligheid, met beide voeten op glimmende wanorde, lekkere chaos. Ik kan me niet herinneren later ooit nog zo'n liefde te hebben opgevat voor een vloer. Ik werd voor het eerst dat steekje gewaar van de zoete pijn die een mens later leert omschrijven als 'goede smaak'. Men kan niet vroeg genoeg uit de kast komen, desnoods met een zwak voor esthetiek.

Die geur van vrijheid, die hier toen hing? Vermengd met de geur van zonnecrème en jongenszweet, en de eerlijke walm van een eenvoudige gaarkeuken, waarbij het voedsel van mijn vader en zijn Oostblokteven verbleekte tot vuilnis? Ook die geur vergeet ik nooit.

Nu ruikt het hier naar tentenkampen na een overstroming, en voor de rest naar volwassen zweet en veel onzekerheid. De lusteloosheid is te snijden. De sigarettenrook ook. De zorg om longen is in dit pand al lang verdwenen. Aan een van de kantinetafeltjes zit nochtans een kerngezin. Aan de rommel op de tafel te zien zitten ze hier al uren. Kirgiezen of echte Mongolen, het kunnen ook Perzen zijn, of Peruvianen, alleszins: een ma en een pa met elk een kind. Het ene een kleuter, het andere een zuigeling. De zuigeling krijgt de borst, de kleuter schreit, de vader schrijft een brief, de moeder kijkt het venster uit naar de wolken. Wat moet je anders doen, tijdens het zogen? Kijken naar je eigen melkfabriek? Of naar de andere uitgeprocedeerden, om je heen of in de tuin? Daar zitten er ook te niksen. Vier spelen er kaart en lachen wat af. Je vraagt je af waarom. Eentje speelt gitaar. Het getokkel valt nog net te horen tot hier binnen. Als hij nog een kwartier doorgaat, word ik gek. Het zou me niet verwonderen als hij al de hele dag bezig is.

Tamara en ik wachten ook, maar op iets anders dan de meesten hier. Wij wachten tot haar goddelijke broer de goedheid wil hebben om van zijn kamer te komen en in de kantine zijn opwachting te maken. Mekaar aankijken doen we amper. De vloer en het plafond zijn ons genoeg. Tamara betrap ik wel op een flauwe glimlach in de richting van de moeder met het zogende kind. Ze wordt ervoor beloond met een knik en een dappere glimlach, maar zonder dat een van beide vrouwen te kennen geeft een gesprek te willen aanknopen. Vooral de moeder kijkt snel weer de andere kant uit, opnieuw naar het hemelruim vol wolken. Het lijkt wel of ze bang is voor Tamara. Niet voor Tamara zelf, maar voor haar mogelijk verhaal. Er is maar een beperkte hoeveelheid levensverhalen die je kunt verwerken zonder zelf murw te worden. En dit arme mens ziet er al niet overdreven standvastig uit.

In het midden van de vloer is nog een nepkoperen schildje zichtbaar. De letters zijn weggesleten, het logo is vervaagd. Wie het kent, ontwaart nog altijd het embleem van de vakantiebond die dit complex liet bouwen. Vlak achter de Belgische kust, op toen nog betaalbare gronden, begrensd door duin en dijk. De eerste decennia een voltreffer, daarna al snel verkommerend. Met de stijgende welvaart gingen gezinnen liever gewoon samen op reis en naar exotischer bestemmingen dan de Belgische kust, in plaats van hun kinderen af te staan voor een verblijf dicht bij huis, ingericht door een sociale organisatie waarmee geen afgunst viel te wekken bij buren en familie.

De verloederende vakantiekolonie raakte ingebouwd. Omsingeld door luxehotels, een drietal pittoreske maar poepdure pensions, een shopping mall met zwembad en sauna, en een volledige wijk van residentiële vakantieverblijven. De deining loog er niet om, toen het na jaren van leegstand door de overheid werd opgekocht en omgebouwd tot gesloten asielcentrum. De betogingen houden nog altijd aan, vaak onder aanvoering van de burgemeester. De grond wordt duur betaald, de stemmen ook. Zeker aan de Belgische kust. Die beslaat dan ook maar zestig kilometer. En ze ís al dichtgebouwd. Vol is vol. Dat zeggen nu zelfs de vastgoedbureaus, bij het aanbieden van hun laatste penthouse met uitzicht op de Noordzee.

Opgegroeid in de kansarme gezinskrochten van weleer, en in de schaduw van de correcte ideologische zuil, ademden ik en duizenden andere kinderen hier hun eerste zeelucht in. Indachtig het Romeins-christelijke adagium 'Een gezonde geest in een gezond lichaam' werden we geacht om ons daarna, tijdens onze hele latere levensloop, zowel sportief als moreel op te werken in vergelijking met onze verwekkers. Ik kan niet beweren dat ik aan alle verwachtingen heb voldaan. Ik heb één troost. Ik heb niet de indruk dat ik de enige ben.

Niet dat mijn verwekker zelf veel verwachtingen koesterde toen hij mij hier dropte. Tenzij de hoop dat hij en zijn Oostblokteef-van-het-moment twee weken van mij verlost zouden zijn. De naam Vakantievreugd komt ergens vandaan.

Dat krijg je met arbeiderstypes, en bij uitbreiding met alle geestelijke proletariërs. Schenk ze verheffing en je krijgt misbruik en onverschilligheid retour. Of misschien is dat, getuige de mores van de hogere klassen, precies de essentie van verheffing.

Het zou me niet verwonderen, nu ik eraan denk, en nu ikzelf hoe dan ook tot een betere klasse behoor. Zo slecht heb ik nu ook weer niet geboerd, uiteindelijk. Het heeft een tijd geduurd, maar ik ben fatsoenlijk getrouwd geraakt, ik ben niet langer bankroet, nog altijd bezitter van een eigen huis, en er staat me eindelijk weer een erfenis te wachten. Hoeveel procent van de wereldbevolking kan hetzelfde zeggen, op mijn leeftijd?

Zo zie je maar. Er ligt altijd wel een of andere overwinning in het verschiet. Zelfs al zie je constant zwarte vlekken dansen voor je ogen, en kun je maar met moeite je kop nog rechtop houden, zodra je vergeet je kin te stutten met je hand, en je elleboog te steunen op het tafelblad. Moe, moe, moe. Alle lichamelijke ellende is weer als voorheen. Akkoord, de pijn in mijn nieren en liezen is nagenoeg verdwenen, mijn leuter mag weer tot stijf worden in staat worden geacht, en mijn balzak is opnieuw toonbaar in zijn doordeweekse kleur en omvang.

Maar het incident in de tram heeft sporen nagelaten. De oude word ik niet meer, en die oude was al niet veel soeps. En voor de zekerheid zijn Tamara en ik toch maar met de taxi hierheen gekomen. Ik droom nog regelmatig dat ik op de grond lig en weer in elkaar word getrapt. Dit keer ín een rijdende tram, en in een doodse stilte. Ik hoor alleen de doffe klappen en mijn eigen kreunen. Prettig ontwaken is anders. Je loopt niet vanzelf naar een of andere tramhalte, om uit te proberen of dromen bedrog zijn of niet. Je belt een taxi. Of je blijft thuis.

Eveneens voor de zekerheid bezwoer Tamara me om, bij de inschrijving aan de bezoekersbalie — die van een gevangenis waardig — niet te vermelden dat we haar broer kwamen opzoeken. Ze doet daar al dagen paranoïde over. Phillip is al meerdere keren opgepakt, bij zijn diverse pogingen het land binnen te glippen. Telkens onder een andere naam, maar nooit de echte.

'Die wil hij sparen,' zei Tamara in alle ernst. 'Voor later. Als zijn buitenkans zich voordoet. Ik heb die van mij al gehad. We mogen die van hem niet verknallen.'

Dat zei ze me vlak voor we naar binnen gingen. De tactiek van het fait accompli is haar niet vreemd. Ik had er meteen spijt van dat ik me had laten meetronen. Ik had een hele tijd de boot weten af te houden, maar haar gezeur en gesmeek hadden me ten langen leste overtuigd. Ze werkte op mijn trots en op mijn sentiment. Ik zou haar vrijgeleide zijn, haar ambassadeur, daar kwam het op neer. Ze zei het niet in die termen, maar ze rekende op een betere behandeling als ze kwam aankakken in het gezelschap van een Oude Belg in plaats van alleen.

Ik had, vond ik, niet veel rollen meer over in mijn leven. Als ik deze ene nog kon spelen? Vooruit dan maar.

Nu flikte ze me dit. Vlak voor we, zeg maar, deze grenspost zouden binnenstappen. Ik was geen ambassadeur, ik was een alibi, een truc om de autoriteiten een rad voor ogen te helpen draaien.

'Het liegen zit bij jullie wel in de familie,' wilde ik nog zeggen. Maar het leek me geen goed idee om, voor het oog van halve cipiers, aan te sturen op een vlammende ruzie met mijn vrouw, gespannen als ze was.

Ze keken haar sowieso al met opgetrokken wenkbrauwen aan. Zelfs na het besnuffelen en drie keer natrekken van onze papieren, die onze huwelijkse staat onomstotelijk documenteerden. 'Wie wil je zien?' vroeg de ene, terwijl hij haar identiteitsbewijs nog eens tegen het licht hield.

'Een vriend,' zei Tamara, poeslief. Een snuifje acteertalent kun je haar niet ontzeggen.

'Ik bedoel: hoe heet hij?' vroeg de man.

'Hij woont in kamer 328,' glunderde Tamara.

'Eens kijken — Phillip?' vroeg de man, zijn lijsten napluizend. Hij voegde er een onuitsprekelijke familienaam aan toe.

'Dat is 'm,' zei Tamara. Ik was onthutst met welk gemak en welke charme ze stond te liegen. Alsof ze nooit iets anders had gedaan dan oplichten.

'Een goede vriend van je?' vroeg de man. Niet zonder sarcasme.

Tamara haalde lief haar schouders op. 'We hebben elkaar

leren kennen in Brussel, bij het dansen. Ik moest altijd zo lachen om hem.'

De man wierp mij een meewarige blik toe, terwijl hij onze identiteitskaarten wegborg. We zouden ze pas bij het naar buiten gaan terugkrijgen, had hij net al gewaarschuwd. 'Een bezoek brengen op zijn kamer is niet toegestaan,' snoof de man. 'Hij heeft al te veel amok gemaakt. Jullie kunnen wachten in de kantine. Als hij jullie wil begroeten. Een lammetje is het niet.'

Toen ik achter Tamara aan het voormalige vakantiecomplex betrad, meende ik te merken dat ze beefde. Van de kou kon dat niet zijn. Het was een schitterende late herfstdag. Je had kunnen gaan zonnen aan het strand, als je wilde.

Ze stapte ook met een onvastere tred dan ik gewend was van haar. Dat kon aan die ongelijke vloer liggen.

Of aan haar splinternieuwe naaldhakken.

VII | 2.

Mijn echtgenote zit nu al bijna een halfuur te nagelbijten aan de andere kant van het kantinetafeltje. Een aardig plaatje levert dat niet op. Daarvoor is ze te nerveus, en maakt haar aanwezigheid hier mij te zeer van streek. Zonder make-up en in andere kleren dan de prijzige, mondaine die ze draagt, zou ze in dit stuk niemandsland, deze enclave van de buitenwereld, niet lijken op een bezoeker, maar op een bewoner onder de bewoners. Eén speling van het lot, één doorslaand negatief rapport van Jenny en Karel, en dit wordt alsnog de plek waar ze haar laatste dagen slijt op Europese bodem. Die gedachte is onverdraaglijk. Ze tempert de kwaadheid om Tamara's leugens. Toch grieft het me nog steeds dat ze me aangaande Phillip geen ogenblik in vertrouwen heeft genomen. Noch voor noch na het huwelijk.

Een gesprek over dat gebrek aan fiducie is onmogelijk. Zeker nu. Ze zwijgt en ze bijt op haar nagels.

Daar kan ik het mee doen.

Ik herken zelfs de meubels van weleer. Stoeltjes gemaakt van buizen, met een voorgevormd houten zitvlak en een hol houten ruggetje. Ik zit er nog altijd even ongemakkelijk op, thans met een volwassen kont en een kop vol memories.

De tafels zijn ook van buizen gemaakt, maar zij hebben een blad van formica. De meeste buizen zijn hun verf kwijt, ze roesten navenant. En formica mag dan een heerlijk product zijn als het gloednieuw is – glad en smekend om onbezorgde zomerdagen, allerlei toekomsten belovend, vol van voor de hand liggend geluk – zulk materiaal verwordt tot een aanfluiting van zijn beloftes, zodra het meer dan twintig jaar in gebruik is. Het decoratieve motiefje – iets repetitiefs met kleurige strandballen en driehoeken – is in de loop der jaren weggewassen geraakt, behalve in het midden of bij de hoeken. Overal staan namen en schunnigheden geschreven of gekrast, de meeste in een onleesbaar schrift.

Hier en daar prijken een telefoonnummer en een naam. De lust bekruipt me er eentje te bellen. Gewoon, om te zien wie het is, en waarom hij hier staat vermeld, en waar ter wereld hij tegenwoordig uithangt. Ik ben blij dat ik geen mobieltje bij me heb. Ik had het misschien nog gedaan ook.

Tamara krijgt het op de heupen.

Ze gaat bij het raam staan, afwisselend op haar horloge kijkend en naar buiten. Veel valt daar niet te zien, tenzij je houdt van muren met prikkeldraad. En een goed onderhouden gazon, dat moet gezegd.

De Kirgizische moeder is opgehouden met zogen, haar zuigeling slaapt, de kleuter zit nasnikkend op haar schoot, de vader schrijft voort. Je vraagt je af naar wie. Het zachte gitaargetokkel houdt aan. Nog even en ik bén gek.

Dit gebouw? Zoals het nu is?

Het komt op geen enkele van mijn lijsten.

Ik zou een heel nieuwe lijst moeten bedenken.

Daar begin ik niet meer aan.

Vroeger kon je buiten zwemmen. Ik ben nog, bij het stoeien op mijn blote voeten, onderuitgegaan bij het ronden van een bocht. Op mijn achterhoofd gevallen, op gele tegeltjes die nochtans geribbeld waren, om uitglijden te voorkomen.

Meteen een buil. Zelfs gebloed. In de armen van een of andere begeleidster uitgehuild. Klappertandend van ellende. Alleen gekleed in mijn ijskoude, natte zwembroek, maar gehuld in de grote dikke badhanddoek van de begeleidster. Die geurde naar iets wat ik nog nooit geroken had. Die handdoek, bedoel ik. Zij ook, een beetje. Ik zou diezelfde geur pas veel later opnieuw ruiken, bij de lancering van een nieuw merk zeep, waarvan de reclamespotjes wilden dat ze 'de wilde frisheid van limoenen' verspreidde. Ik kocht direct een gezinsverpakking. Pas jaren later leerde ik dat een limoen een soort citroen was. Ik schakelde meteen over op andere zeep. Een limoen hoorde een fabelvrucht te blijven. Iets wat niet bestond. Ik wilde mijn verleden onbezoedeld houden, ook waar het de geuren betrof, en zelfs wasgoed van een vreemde.

De sponzige stof van de witte badhanddoek waarin ik zat te klappertanden vertoonde al snel een paar waterige bloedvlekken. Niet te groot, niet te talrijk. Het was maar een oppervlakkige hoofdwond. Maar ik zie ze nog voor me. Die vlekken, met die mysterieuze limoengeur erbij. Mijn eigen bloed. Zo mooi rood, op dat wit. De begeleidster wiegde me in haar armen. Ik heb zelfs nooit haar naam geweten. Het gekakel en gejoel om het zwembad heen waren geen moment in volume afgenomen. Het kon me niet schelen. Ik hoorde, nee: ik voelde een mond die naast mijn oor iets zong. Hoe ging dat liedje ook alweer? Ik klappertandde er dankbaar dwars doorheen.

Het zou me niet verwonderen als ook deze flits een plaats blijkt te hebben in de kortfilm van mijn leven, als ik eindelijk van die trapladder af duik, handen op de rug, hoofd naar beneden. Ik, voor het eerst geborgen, weg van huis. Gewiegd en trots als een kleine koning, klappertandend van bevoorrechting, uitverkoren kijkend naar het krioelen van onwaardigen, in hun zwembad vol hemelsblauw en vloeibaar, klaterend glas.

Thans was het zwembad – Tamara en ik passeerden het op weg naar deze kantine – afgedekt met een fijnmazig net vol grote scheuren. Het betonnen bassin eronder was goed zichtbaar. Kleiner dan ik me herinnerde, en met alleen vage, verpoederde sporen van blauwe verf op de wanden. De randen zagen groen van het mos, de afhellende bodem lag vol dode bladeren en opkrullende brokken slijk, het diep was veranderd in een plas van groenig slijm. De omringende band van gele tegeltjes, ooit zo breed als een trottoir, was nagenoeg verdwenen.

Op het gazon rond het zwembad stonden wel nog altijd de vaste tafeltjes van weleer, elementair van vorm – een vierkant zuiltje met daarbovenop een rond blad, alles in beton. Sommige zuiltjes waren omgevallen, met blad en al. Omvergevallen of niet, ze waren alle nog maar onlangs geschilderd in montere kleuren, hun beschadigde blad incluis – alle randen waren door de tand des tijds afgekloven en gekarteld. Sommige schijven waren gereduceerd tot een halve maan. Het afgebroken stuk maan rustte rechtop tegen de betonnen voet.

Het bonte schilderwerk werd uitgevoerd door iemand met een oog voor kleurvlakken en verhoudingen, om niet te zeggen: speelse humor. Ik vraag me af of hij hier nog verblijft. Misschien was het wel een jonge moeder, die haar kinderen en passant nog wat gevoel voor decoratie probeerde mee te geven.

Of misschien is het dezelfde die de kunstwerken heeft bedacht die boven de toegangspoort bungelen, aan de sinds jaren ongebruikte vlaggenmasten. Daar hangt nu een half dozijn mensachtige figuren, gemaakt van niets dan roestende staaldraad, met te lange benen en met de armen hoog boven het hoofd. Het is niet duidelijk of ze vaarwel wuiven dan wel de aandacht hopen te trekken na het lijden van een schipbreuk.

Dat is het aardige aan moderne beeldende kunst. Het kan van alles betekenen.

Dat kun je niet zeggen van de ingreep op een van de wanden van de kantine. Hoeveel kunstenaarszielenpoten vragen uitgerekend in ons land asiel aan, de optimisten? Van vloer tot plafond springt je een afschrikwekkend figuratieve muurschildering tegemoet, in de beste der Latijns-Amerikaanse tradities. Dan weet je wat je te wachten staat. De campesino's komen weer eens op ware grootte op je af betogen, vader en moeder, kind en huisdier, vuist in de lucht, en toch schouder aan schouder met Sancho Panza-achtige rebellen en twaalf lookalikes van Che Guevara, of van apostelen, daar wil ik af zijn. Ik neem aan dat de bevoegde commissie het werkstuk niet heeft aanvaard als naturalisatieproef.

Ik zou er ook geen subsidie in steken.

Tamara stapt bij het raam vandaan, bijna letterlijk stoom afblazend, en zijgt neer op het stoeltje aan de andere kant van de tafel. Maar dit keer kijkt ze me aan. Ze buigt zich zelfs over het tafelblad heen. 'Dit is verschrikkelijk,' sist ze. 'Dit is echt niet te verdragen!'

'Het is jouw broer,' fluister ik, 'jij mag hem op zijn nummer zetten.'

'Het gaat niet om mijn broer,' zegt ze, om zich heen wijzend. 'Deze plek. Al die mensen hier? Die tralies, die muren? Dit overleeft hij niet. Dit is de hel.'

'Ik heb hier heerlijke dagen beleefd,' zeg ik. Het was eruit voor ik het wist. Ik heb er direct spijt van.

'Jij?' vraagt Tamara. In haar ogen staat paniek. Ze twijfelt ineens aan mij. Op zijn minst aan de oorsprong en de onwankelbaarheid van mijn nationaliteit. 'Jij hebt hier ook gezeten?'

'Ik was twaalf,' sus ik. 'Mijn eerste vakantie.'

'Vakantie?' Ze kijkt me aan alsof ik haar in de maling neem.

'Laat zitten,' zeg ik. 'Het gaat om de dag van vandaag. Het gaat altijd om de dag van vandaag. Het gaat om je broer.'

'We moeten hem hieruit krijgen,' knikt Tamara. 'Jij en ik samen.'

Ik kan een grijns niet onderdrukken. Ik voel het. Terwijl ik voor geen goud ter wereld wíl grijnzen, niet nu, niet hier, beweeg ik toch weer al de nodige glimlachspieren in mijn gezicht. Het zijn er dit keer tweehonderd, te merken aan de energie die ze opslorpen. Ik voel me op slag leeg. Ik zie zwarte vlekken walsen voor mijn ogen, mijn ademhaling zit goed fout. Ik had niet mee mogen komen. Ik heb al meer dan genoeg gedaan, me dunkt. Het wordt tijd om eindelijk eens grenzen te trekken.

'Ik kan moeilijk ook nog trouwen met je broer,' zeg ik. 'Ik denk niet dat Vandessel daarvoor wil betalen. En ik denk niet dat we er snel een kerk voor zouden vinden.'

Mijn vrouw luistert niet eens. Ze is in de ban van haar plan. 'We moeten voor hem klaarstaan,' zegt ze, 'als hij hier ontsnapt.'

'Klaarstaan?' herhaal ik. 'Ontsnappen?' Het zou me niets verbazen als ik het ben die nu paniek uitstraalt. Ik ben blij dat ik mijn hoofd vasthoud, dat mijn kin in mijn hand rust, en mijn elleboog op de tafel.

'We moeten hem verstoppen,' knikt Tamara. Ze ziet het al helemaal voor zich.

'Ons huis is groot genoeg voor drie.'

VII | 3.

Nu pas besef ik waar dit voormalige vakantiekamp me al de hele tijd aan herinnert. Niet eens aan mijn eigen jeugd, die toevallig hier aan de kust een eigen hoofdstukje kreeg toebedeeld. Maar aan een ver hotel in de binnenlanden van Syrië, waar Gaëtan me heen had weten te slepen.

Een krankzinnige onderneming, vond ik toentertijd. De eerste Golfoorlog, uitgevochten om de brandende olievelden van Koeweit, was nog maar goed en wel voorbij. Niets verhinderde, dacht ik, dat in de nasleep van de drôle de guerre de bloedige onlusten en een mogelijke burgeroorlog ook Syrië zouden binnenkolken, over zijn grens met Irak heen. Hun gelijkenissen waren groot genoeg. Twee landen geregeerd door een dictator en een Ba'athpartij, meer schatplichtig aan Stalin dan aan Mohammed. Beide regimes een doorn in het oog van de westerse beschaving en haar verslaving aan oosterse waar. Van specerijen tot petrol. Sommige dingen veranderen nooit, ook al duurt de geschiedenis vijfduizend jaar. Ik werd, kortom, wat schijterig bij het vooruitzicht.

Gaëtan antwoordde doodeenvoudig: 'Dit is net het perfecte moment. Alle prijzen zijn gekelderd, van hotels tot taxi's. De hoerenjongens zullen om ons vechten in de Grote Soek van Aleppo, vlak bij het vroegere eindstation van de Orient Express. Je zult je de ogen uitwrijven: Italiaantjes, gekruist met het knapste van de Arabische teelt. En je zult ook niet moeten aanschuiven tussen Duitsers en Japanners om de best bewaarde kruisvaardersburcht te bezichtigen van het Midden-Oosten, de *Krak des Chevaliers*.'

Laten we zeggen dat ik me liet overtuigen door het vooruitzicht de Krak der kruisvaarders te mogen zien. En door de wetenschap dat dit allicht de laatste grote reis zou worden voor Gaëtan.

Hij was kort daarvoor gediagnosticeerd als reddeloos. Zij het met een paar jaar aftakeling voor de boeg. Je moet iets hebben om naar uit te kijken, als het verdict gevallen is.

Het hoogtepunt werd niet de Krak, al was de Krak lang niet mis. De set van een nagebouwd kasteel voor een avonturenfilm van Steven Spielberg had er niet beter uitgezien.

Ook de soek van Aleppo mocht er zijn. Hij schreeuwde eveneens om een goed scenario, *Casablanca* waardig. Vervallen glorie, drukte en exotisme troef, met de walm van eeuwige vriendschap en voorspoedig verraad.

Ook de jongens van de soek vielen niet uit hun voorgeschreven rol. Ze staken onmiddellijk hun arm door onze arm, of legden hun arm over onze schouder, en boden ons aan – inderdaad met de flair van Italiaanse Arabiertjes – om hun koopwaar van wat naderbij te bezichtigen, in hun achteraf gelegen winkeltje, met een hangslot op de deur, of meteen in de hamam, in een nis die door de stoom werd onttrokken aan het gezicht van de masseurs.

Maar het onverwachte echte hoogtepunt werd het staatshotel bij de uitgestrekte ruïnes van Palmyra — alles wat rest van het oaserijk van de grote koningin Zenobia, afstammelinge van Sheba, en naar eigen zeggen zelfs van Cleopatra. Zenobia voerde haar legers zelf aan en tartte het Romeinse Rijk door zich los te scheuren, en van haar Palmyra een welvarend en uitgestrekt land te maken. Totdat de wraak van Rome haar opnieuw, zoals dat heet, 'verknechtte'. Ze verloor een drietal veldslagen op rij, wist telkens te ontvluchten, een keer hangend onder een kameel, tot ze in een onooglijk dorp werd gevangengenomen, na verraad van een vertrouweling die uit was op Romeinse zilverlingen.

Zenobia liep te voet door de straten van Rome mee in de triomftocht van haar overwinnaar. Gehuld in een eenvoudig gewaad en gouden ketenen. Men had meer oog voor haar dan voor haar triomfator.

Het staatshotel, Palmyra Inn, was immens en, op het talrijke personeel na, totaal verlaten. Op de parking niet één autocar of taxi, behalve die van ons. Galmende gangen met airconditioning en veel buislamplicht gaven uit op diverse hoge eetzalen met veel glas en nepkoperen versieringen.

Zelfs bij het ontbijt stond er al een ploeg van twaalf kelners klaar om ons op onze wenken te bedienen. We zaten in het midden van een zee van gedekte tafels — elk daarvan met verzilverd bestek en gesteven tafellinnen — te nippen aan ons glaasje verse jus en onze verse koffie, sterk genoeg om gaten te branden in de massieve, nepkoperen voet van onze ronde tafel. Muziek weerklonk niet, de geluidsband bestond alleen uit het zoemen van airco en buislampen, en het gedempte doorgeven van bevelen, van de maître d'hôtel in rang naar beneden tot bij de laagste commies. En ook weer helemaal terug, indien een van onze wensen onvervulbaar bleek. Je zou bang geweest zijn om in plaats van een croissant een chocoladebroodje te vragen.

Gaëtan deed het toch, alleen om het plezier van zijn order trapsgewijze van de maître naar de keuken te zien neerdalen en onvervuld te zien terugkeren, met welgemeende excuses en diepe buigingen erbovenop. Hij vroeg meteen een amandelbroodje ter vervanging. Tot zijn ontgoocheling was dat wel voorradig.

Het zwembad, met verrassend koel en helder water, was in de woestijngrond uitgegraven in een onuitgegeven wiskundige vorm — een parallellogram met verschillende niervormige uitstulpingen. Het duurde met gemak een paar minuten om er helemaal omheen te wandelen. We gingen op het verste punt liggen zonnen, om de bediening ook hier zoveel mogelijk werk te bezorgen. Geen kwestie van pesterij, maar van clementie. We wilden de manifeste zinloosheid van de omgeving bestrijden met concrete daden en bevelen, gekidnapt uit de normaliteit.

Die sfeer hangt hier ook, in dit vakantiekamp voor uitgeprocedeerden. Gestolde uitzichtloosheid, bestreden met daden van alledag. Een brief schrijven, de borst geven, roken. Tokkelen op een gitaar, betonnen tafels opfleuren.

Het verschil is de ijzingwekkende lethargie. In niets te vergelijken met de koddige ontreddering van de zwembadjongen, die door Gaëtan telkens opnieuw om twee extra blokjes ijs werd gestuurd, voor onze gin-tonic, omdat de twee vorige extra blokjes al te veel waren gesmolten tegen dat hij ze bij ons had gebracht. Wij, twee oude mieën in de eeuwenoude zon van een woestijn, kirrend om een kelner die heen en weer liep met twee blokjes ijs tegelijk.

Maar de kelner speelde het spel mee. Hij had een baan, een bezigheid en aan het einde van de dag een behoorlijke fooi.

Vanaf het zwembad konden we de ruïnes van Palmyra zien liggen. Tegen valavond bezochten we ze.

De overeind gebleven zuilen en de steenblokken waarmee ooit antieke boulevards waren geplaveid, ademden hitte uit, de vele verkoelende palmen ten spijt. We sloegen een gids af die aan kwam zetten op een dromedaris, alsook een gids die aan kwam tuffen op een oude moto, vermoedelijk nog een trofee uit de Tweede Wereldoorlog. We hadden geen gidsen nodig. We wilden op eigen houtje rondstruinen, in het steeds voller en raadselachtiger wordende licht van de avondval.

De arcadische rust die we ons gedroomd hadden, vonden we echter niet. Vier schaapherdertjes, het ene onaantrekkelijker dan het andere, eisten dat we hen tegen betaling zouden fotograferen terwijl ze hun schapen tegen de grond werkten. Dat vonden ze heel wat, schapen tegen de grond werken. Er liepen er een paar honderd rond, mekkerend dat horen en zien verging. Ik had ze ook tegen de grond gewerkt, mocht ik het gekund hebben.

De eer om gefotografeerd te worden, en de bijbehorende vergoeding, wilden de herdertjes niet delen met mekaar. Ze gingen bijna op de vuist. Toen we bleven weigeren, leek het of ze met ons op de vuist wilden gaan, in dit weidse decor van deze ruïnes, behorend tot de best bewaarde ter wereld – niettemin behoorlijk ondergescheten door schapen en duiven, en de herdershonden niet te vergeten, en ook de herdertjes zelf, durf ik te wedden. Gaëtan stond al klaar om de heethoofden te sussen met een vierdubbele fooi, toen ze ons opeens lieten voor wat we waren en het schreeuwend op een lopen zetten, op de voet gevolgd door hun keffende honden en een paar als gek opspringende schapen.

Ze hadden een nog grotere baksjisj op het oog.

In de verte stoof een hedendaagse karavaan naderbij, met een hoog opbollende sleep van stof en zand erachteraan. Blinkend en blikkerend in het strijklicht van de inmiddels rode woestijnzon, die al vlak boven de einder hing. Een dozijn Cadillacs en Japanse terreinwagens met de allure van een tank op wielen kwam aangescheurd over de aarden weg die, in de omgekeerde richting, naar de Irakese grens moest leiden, dat kon niet anders. Nochtans waren de auto's, zo zag Gaëtan door de telelens van zijn fototoestel, alle getooid met driehoekige vlaggetjes in de nationale kleuren van Saudi-Arabië. Sommige van de auto-ornamenten blonken als goud.

'S Avonds, lang na zonsondergang, leerden we in het dorp de toedracht kennen. Op het huwelijksfeest waarop we, als enige buitenlanders, meteen waren uitgenodigd. Een Saudi had in dit dorp zijn bruid gevonden, toen ook hij de ruïnes van Palmyra had bezocht. Zijn hele familie, de vrouwen gesluierd, de mannen in boernoes, was hierheen komen rijden, dwars door Irak heen, met veronachtzaming of omkoping van de grensbewakers.

De mannen wilden eerst weten waar onze vrouwen waren. ('Thuis, in Europa,' zei Gaëtan met een stalen gezicht.) Daarna eisten ze dat we hun trots zouden monsteren. Hun wagens.

We durfden niet te weigeren. We lieten de waterpijpen en de mierzoete gerechten achter ons en begaven ons naar buiten, in de frisse nacht, onder een ijle zwarte lucht vol sterren. De blikkerige livemuziek van de bruiloft nam achter onze ruggen af, tot-ie verstomde. Onze voeten zonken weg in rul zand.

In het licht van hun koplampen stonden plots de onbetaalbaar grote en zware modellen tentoon. Elk met airco en koelkast, sommige met televisie en video. Ik zag op een van de kalfslederen, beige achterbanken een stel videobanden liggen. *The Godfather.* En *Scarface,* de remake met Al Pacino.

De meest blinkende ornamenten – spiegels, sierbanden – bleken echt van goud. In sommige dashboards waren diamanten verwerkt. Ik moest Gaëtan tegenhouden of hij was ingegaan op het aanzoek van de bruidegom, een broeierig knap type, om met zijn tweetjes een proefrit te maken in de woestijn rond de oase.

'Ik zweer het je,' giechelde Gaëtan 's nachts, terug in ons hotel, 'hij kneep in het donker in mijn kont.'

In mijn herinnering is ons verblijf in Palmyra, en de sfeer in hotel Palmyra Inn, rechtstreeks verbonden met ons verblijf, enige dagen later, in Baalbek, Libanon, dat we met enige moeite en na een baksjisj voor de hoofddouanier, konden binnenrijden vanuit Syrië.

Baalbek lag in de bergen, hoog boven het toen nog verscheurde Beiroet. Parel van de Becquavallei, voormalige navel van de Baalcultus. Toen de Romeinen het veroverden, roeiden ze de traditie van Baal en zijn tempelhoeren uit, en stichtten er Heliopolis. Stad van de Zon, wieg van de imposantste Romeinse overblijfselen ter wereld, thans gelegen aan een van de meest desolate, wanhopig makende gehuchten van het Midden-Oosten.

Opnieuw waren we de enige bezoekers, dit keer in Hotel Intercontinental, het enige etablissement dat logement van westerse kwaliteit beloofde. Er stond niet bepaald opnieuw een voetbalploeg aan kelners klaar. Een oude, hardhorende eigenaar, zijn eigenwijze werkster plus zijn boertige hulpje. Dat was al.

Hotel Intercontinental had zijn eerste hoogdagen beleefd tijdens het interbellum — de gastenlijst pochte met menig Europees vorstenpaar. De tweede hoogtij viel tijdens de jaren vijftig. Toen was Jean Cocteau hier neergestreken om een festival uit de grond te stampen, een feest van de francofonie. Beiroet heette niet voor niets het Parijs van het Oosten, voor het door de burgeroorlog aan stukken werd geschoten en gebombardeerd.

Jean Cocteau had zijn verblijf betaald met tekeningen. In onze kamer alleen al hingen er drie, ouderwets degelijk ingelijst en al wat van kleur verschoten. Authentieke Cocteaus, zomaar voor het grijpen, gewoon aan de muur boven ons bed. Gaëtan werd bijna gek, en ik was verrukt omdat hij verrukt was — ik heb nooit zo gehouden van Cocteaus etherische gezwijmel.

We voelden ons zelf een vorstenpaar. We namen er de elektriciteitspannes graag bij, en het doordeweekse eten in de onderkomen tuin, en het gejakker van de taxibusjes die uitgerekend vlak voor het hotel luid claxonnerend om klanten smeekten, van vijf uur in de ochtend tot laat in de avond. De Libanese wijn maakte veel goed, na twee weken Syrië — thee, bier zonder alcohol, of illegaal bocht de naam van wijn niet waard. Maar de patron van Hotel Intercontinental bejegende ons met het dedain van een Parijse garçon, zijn werkster kwam al afruimen terwijl we nog aan het eten waren, en het hulpje weigerde mee te gaan naar de ruïnes om zich door Gaëtan te laten fotograferen op de imposante trappenpartij van de grootste tempel — waar volgens onze reisgids Maurice Béjart nog een dansvoorstelling had geënsceneerd, opgedragen aan Heliogabal, de perverse Romeinse kindkeizer.

Het kon ons allemaal niet schelen. In het midden van de elektriciteitsloze nacht openden we de ramen van onze vervallen suite, we keken uit over de maanbelichte bakermat van Baal, Bacchus en Heliogabal, die ook een lieveling was van André

Gide en Louis Couperus, en we bedreven als gekken de liefde op ons wormstekige bed, onder een authentieke voorstudie van Cocteaus *La Machine Infernale.*

Het was de laatste keer dat we echt stomende seks zouden hebben. Kort daarop landden Gaëtan en ik weer in het Versleten Continent, en kon de aftakeling beginnen van het infernale chemische fabriekje van zijn besmette lijf.

Het eerste waar ik op de Parijse luchthaven op stuitte, bij het kopen van een krant in een nieuwswinkeltje, was een serie gedrukte tekeningen van Jean Cocteau. Exact dezelfde als de ingelijste tekeningen in Hotel Intercontinental. Zelfs de verkleuring stemde overeen. Ik overwoog heel even ze te kopen voor Gaëtan.

Of toch minstens die ene.

Ik deed het niet.

Ik liet hem in de waan.

VII | 4.

'Waarom zou Phillip niet kunnen ontsnappen?' sist Tamara. 'Hij heeft dat al vaker gedaan.' Ze kijkt om zich heen, alsof ze afgeluisterd kan worden door de bewoners van het voormalige vakantiepaleis.

Driekwart van hen is zwart of gekleurd. Tamara vertrouwt hen even weinig als de minderheid aan bleekscheten.

Ongelijk kun je haar niet geven. Het gros, ongeacht kleur of afkomst, bejegent haar met vijandigheid. Het kan inbeelding zijn, maar hun blikken beginnen te wegen. Op ons beiden, maar vooral op Tamara. Zij is hier, vreemd genoeg, de grootste vreemde. Haar verschijning is provocerend. Ze zit hier voor hun neus te blinken, en toch is ze al mijlenver van hen verwijderd.

Zij blijven met z'n allen op een eiland achter, terwijl een reddingsbootje met daarin alleen maar Tamara steeds verder van de wal wordt weggedreven, door een geheimzinnige, onverklaarbare stuwing. De maalstroom van de willekeur. Onhoudbaar drijft het bootje weg, tussen rotspartijen in, dwars door een kolkende branding, het reddende zeegat uit. Men kijkt haar met afschuw na. Zij: de enige die in haar overtocht zal slagen.

Niemand hier gelooft dat zij zomaar de enige is die zo veel geluk kan hebben. En rampspoed kweekt solidariteit. De bleekscheten zien er hoogstens wat geschokter uit dan de roetmoppen.

Voor de rest valt er in dit Molokai van de Migratie geen lijn te trekken op de mens. Een gesloten huis brengt de verborgen kenmerken van het individu het best naar boven. Je hebt de eenlingen en de sociale beesten, de nostalgici en de opstandigen, de begripvollen en de permanent gekwetsten. Je herkent ze in één oogopslag en je weet dat ze allemaal kansloos zijn.

Ik voel me met de minuut meer op mijn ongemak. Ik hoor hier niet thuis. De nieuwsgierigheid voor Tamara en mij groeit. Wat voeren wij in hun kantine uit? Wie zijn we? Bieden we misschien toch een strohalm van redding? Ik vrees het ogenblik dat ze alsnog met ons komen praten. De melaatse dreigt meer met een kus dan met de steen die hij gooit. Ik ben op geen van beide uit.

Tegelijk vind ik het doodjammer voor die mensen. Zeker de kinderen. Voor mijn part mogen ze allemaal direct een officieel toegangsticket krijgen. Plus een transistorradio en een gratis mobieltje, en een sjaal van Sporting Anderlecht of Club Brugge erbovenop. Ik wil daar zelfs extra belasting voor betalen. Zolang ze mij maar met rust laten, en me niet langer tot emotionele last zijn. Ik ben niet verantwoordelijk voor hun situatie. En die gedachte moeten ze me ook niet proberen op te dringen, met hun triestige koppen en hun lijdzame blikken. Ik zit hier nota bene ook tegen mijn goesting.

Heb ik hun gevraagd om hierheen te komen? Niemand heeft dat gedaan. De meesten hebben zichzelf uitgenodigd, uit economische motieven, het zodoende moeilijker makend voor de echte vluchtelingen, de echte sukkelaars. Is dat rechtvaardigheid? Ben ik daar ook al aansprakelijk voor? Ik ga me hier niet laten culpabiliseren. Er bestaat ook iets zoals de vrije keuze. Ikzelf, bijvoorbeeld? Ik had me net zo goed thuis kunnen zitten vervelen, in plaats van me hier te zitten ergeren. Maar ik heb me laten omlullen. Eigen schuld, dikke bult. Hoor je mij daar verder over klagen? Komen of niet komen — dat is de vraag. En áls je komt, bestaat er nog altijd zoiets als pech onderweg. Dat geldt in een tram en dat geldt aan een grens. Iedereen gelijk. Zo is het leven. Sorry, hoor. Zomaar een land binnen sluipen? Het is tegen de wet. En de wet heeft ook zijn rechten. Meer valt daar eigenlijk niet over te zeggen.

'Phillip hoort hier gewoon niet thuis,' zegt Tamara.

'In mijn huis nog minder,' zeg ik.

'Je hebt twee verdiepingen, een kelder en een zolder,' zegt Tamara.

'Ik heb één badkamer en één keuken,' zeg ik, 'en daar is het nu al dringen met ons tweeën.'

'Jij bent een egoïst,' zegt zij.

'Jij bent een kalf,' zeg ik. 'Denk je nu echt dat ze hem niet onmiddellijk komen zoeken bij ons?'

'Ze weten niet eens wie hij is,' zegt Tamara.

'Ze zijn me twee dozijn foto's komen tonen van hem,' lach ik. 'Op de eerstvolgende foto zal hij op mijn deur staan te hameren. Op de foto daarna belt Jenny al aan. Met in haar spoor de Vreemdelingenpolitie.'

'Niemand hoeft hem te zien,' zegt Tamara.

'Hoe ga je dat flikken?' vraag ik.

'We smokkelen hem 's nachts binnen,' zegt ze

'En waar steken we hem overdag?' lach ik. 'In de ingemaakte kast of in de frigo?'

'Waar een wil is, is een weg.'

'De wil is dat hij weggaat,' zeg ik. 'Daarom staan er sancties op de hulp aan illegalen.'

'Dat risico moeten we nemen,' zegt Tamara.

'Opdraaien voor mensenhandel?' vraag ik.

'We verhandelen niets, we helpen.'

'De boetes en de straffen zijn dezelfde,' zeg ik, 'en je broer wordt net zo goed gedeporteerd.'

'Hier gaat hij door het lint,' zegt Tamara.

‘Wat gaat hij doen bij ons?’ vraag ik.

‘Hetzelfde wat wij doen,’ antwoordt Tamara. ‘Wat is daar verkeerd aan?’

‘Ze zullen twijfelen aan jou en mij,’ zeg ik. ‘Ze zullen je nationaliteit weer afpakken.’

‘Dat moet dan maar. Voor hem doe ik alles.’

‘Na al die moeite?’ vraag ik. ‘Al die paperassen?’

‘Zonder hem kan ik niet leven,’ zegt ze.

‘Weet Vandessel dat al?’ vraag ik.

‘Hij moet er maar mee leren omgaan. En jij ook.’

‘Tamara?’ vraagt iemand.

We kijken op. Het is Phillip. Aan zijn gezicht te zien heeft hij onlangs een pak slaag gekregen. Zijn ene oog zit half dicht.

Tamara valt hem in de armen. Phillip kreunt en probeert haar heftigheid te temperen. Maar haar loslaten doet ook hij de eerste twee, drie minuten niet.

Hij is een kop groter dan zij en houdt haar met beide armen tegen zijn borstkas aan gedrukt – ik meen te merken dat het ineens tenger lijkende lijf van Tamara een paar keer schokt, haar blote schouders innig tegen zijn wit T-shirt aan gedrukt. Ik vond haar de laatste tijd eindelijk wat molliger geworden, en nu lijkt ze weer zo breekbaar.

Terwijl hij haar omarmt, kijkt Phillip mij aan, zijn kin rustend op haar hoofd, zijn magnifieke mond met de volle lippen hatelijk samengeperst, en zijn blik brandend, ondanks de opgezette leden van het ene oog. Ik weet niet wie of wat zijn haat oproept. Dit gebouw? Ik? De controleurs? Zijn lotgenoten hier? De douaniers elders? De verzamelde politie aller landen? Ik weet alleen dat ik nog nooit iemand zo grondeloos beledigd en opstandig heb zien kijken, en tegelijkertijd toch zo kwetsbaar heb zien ogen. Een broze, bittere reus.

Hij is te opvallend om ongemerkt waar dan ook voorbij te kunnen glippen. Hij is bizar charismatisch. Je ziet in hem allesbehalve een leider, maar hij is ook geen gewoon geval. Meng hem in om het even welke massa en hij springt eruit, getormenteerd, hooghartig, zielig. Ik ben blij dat ik hem, in het bijzijn van Karel, alleen maar op foto heb gezien. In het echt is zijn schoonheid, ondanks de woede, en ondanks de sporen van het pak slaag — ik zie een winkelhaak in het T-shirt, boven op een schouder, een schaafwond is zichtbaar — pas echt adembenemend.

Wat de foto's evenmin hebben kunnen vastleggen, daarmee de tekortkomingen van het stilstaande beeld definitief bewijzend, is de aura die Phillip uitstraalt. Ik ben blij dat ik in mijn stoel ben blijven zitten. Het duizelt me als vanouds. Zo veel treurnis en zo veel kwaadaardigs, verenigd in één persoon. Ik kan maar met moeite geloven dat hij, alle gelijkenissen ten spijt, een verwant is van Tamara. Hij had een even diepe, hese stem toen hij haar naam uitsprak. Maar hij ademt iets ronduit demonisch uit. Ik heb nog nooit iemand ontmoet die zo veel begeerte wekt, en tegelijk zo'n weerzin oproept. Ik geloof niet in het kwaad, omdat ik ook niet geloof in het goede — maar als ik ooit iemand ben tegengekomen die het kwade kan verpersoonlijken? Dan is het wel deze meervoudig gekwetste, onherstelbaar gekwelde zwarte jongen. Met hem komt het nooit meer goed. Het zou me niet verwonderen als hij een drugsverleden heeft. Hij is iemand bij wie je uit de buurt blijft.

Maar je kunt niet ook ophouden met naar hem te kijken. Hij is perfect gebouwd. En hij heeft, zonder de vernederingen en de klappen die zij toen te verduren had gekregen, nu al de blik die Tamara had na ons tramincident. Tot alles in staat. Voor niets bereid om te wijken. Gereed om in zijn leven alles minstens één keer te proberen. Voor de kick of voor de schoonheid. Desnoods uit minachting voor alles wat bestaat, zichzelf op kop.

Nu zie ik het, nu pas. Hij kijkt nog steeds naar mij.

Maar zijn haat geldt in de eerste plaats hemzelf.

'We moeten hem helpen,' zegt Tamara, kort daarop. Ze is opnieuw gaan zitten en buigt zich weer naar me toe, over het tafelblad. Ze ziet er aangedaan en moe uit.

Phillip is zwijgend naast ons komen zitten, aan het hoofd van ons formica tafeltje. Hij zit licht onderuitgezakt op het voorgevormde stoeltje. Zijn jeans is gescheurd bij de knieën, ze steken krachtig uit de rafelende stof, in al hun glanzende naaktheid. Hem kan het weinig schelen. Hij kijkt voor zich uit, kwansuis door het raam, kwansuis naar een of andere melkweg. Ik denk dat hij stoned is. De haat in zijn blik is gemilderd. Er is onverschilligheid voor in de plaats gekomen. Correctie. Fatalisme.

Zijn ene knie raakt bijna die van mij.

'Hij weet waar we wonen,' zegt Tamara. Ze maakt zich op voor een langdurig slotpleidooi.

Ik leg mijn hand op haar hand.

'We doen het,' zeg ik. 'Je hebt me overtuigd.'

VII | 5.

Zo begint alles van voor af aan. Er trekt weer eens iemand bij me in. Mochten de moed en de kracht me niet ontbreken, ik zou mij daar druk over maken. Ik zou mijzelf hardop staan vervloeken in mijn tuin, mijn keuken of mijn badkamer. Omdat ik me eens te meer heb laten verleiden om mijn territorium te delen met iemand die ik van haar noch pluimen ken. Maar ik ben weerloos. Ik kan gewoon niet meer.

Ik ben weerloos tegen de smeekbedes en de danktirades van Tamara, die mij dierbaarder is geworden dan ze ooit zal beseffen. Ik ben even weerloos tegen de schoonheid en de dreiging van Phillip, van wie ik meer schrik heb dan ik toe wil geven. Ik wil hem dicht bij mij, in mijn huis, in mijn buurt. Voor altijd, zolang dat nog duurt. Tegelijk vrees ik niets of niemand meer dan hem.

Met zijn intrede, als een dief in de nacht, deed ook het eindspel zijn intrede. Ik wist het. Ik voorvoelde het. Het was vier uur in de ochtend – het Uur Blauw, waarop alle insecten zich opeens koest houden, en de eerste vraatzuchtige vogels beginnen te kwinkeleren. Het kon geen toeval zijn. Dit werd ook mijn uur.

Terwijl Tamara nog even de doodse straat opmeet met haar

blik, alvorens ze de voordeur sluit achter hem en haarzelf, en terwijl Phillip in de vestibule mij met een hoofdknik begroet en Tamara met een knuffel, voel ik in mijn keel de naargeestige kriebel opzetten die ik al maandenlang niet meer heb gevoeld. Het is zover. Dit wordt mijn uur.

Ik excuseer me en verwijder me, terwijl ik hoor hoe achter mijn rug Tamara, als een ware vrouw des huizes, aan dezelfde tour de la maison begint die ik haar ooit gegeven heb, een eeuwigheid geleden. Ze spreekt enthousiast maar fezelend, in een taal die ik niet begrijp. Ze doet zo weinig mogelijk lichten aan om de buren of wie dan ook niet te alarmeren. Voorlopig belt er nog niemand aan. Niemand bonkt op de deur of beukt ze in, er stoppen geen politiecombi's voor mijn huis met zwaailichten aan.

Ik snel de trap op, strompel mijn slaapkamer in en barst in een pijnlijk hoesten uit, dat ik demp met een zakdoek. Als ik met hoesten stop, is mijn zakdoek meer rood dan wit.

Ik hoor Tamara en haar onderduiker nog een vol uur rondscharrelen in mijn huis, van onder naar boven en weer terug, gedempt pratend, af en toe discussiërend. Tamara sist geregeld om meer stilte. Deuren sluiten zich behoedzaam, treden kraken.

Daarna wordt het stil.

Het ontbijt is een bizarre affaire. Ik zie lijkbleek, ik heb de hele nacht mijn hoest liggen verbijten of camoufleren — onder mijn hoofdkussen hoestend, hand voor de mond. Ik heb twee handenvol aan besmeurde tissues doorgespoeld in de wc. Ik wil niet dat Tamara weet hoe het met me is gesteld.

Toch ziet ze het. Ze heeft mijn snelle aftocht van gisteren verkeerd geïnterpreteerd, en vindt in mijn huidige pipsheid en zwijgen nog meer vijandschap jegens Phillip. En die vijandschap verwijt ze me zonder woorden. Ze draagt haar krenking als een masker. Haar gezicht is het gezicht van de Tamara die ik heb leren liefhebben, maar de uitdrukking op dat gezicht is nieuw. Compassie, woede en neerbuigendheid vechten om de bovenhand. Het is lang geleden dat zij en ik elkaar zo slecht begrepen en dat we zo ver verwijderd leken van elkaar. We zwijgen.

De sfeer wordt nog onbehaaglijker als Phillip maar niet komt opdagen. Er is feestelijk gedekt voor drie, met bloemen en croissants en gekookte eitjes en al. Ik begin uit beleefdheid nog niet te eten. Mijn beleefdheid wordt door Tamara begrepen als een nieuwe blaam. Hoe langer het duurt voor ik begin, des te duidelijker lijk ik het verzuim van Phillip in de verf te willen zetten, en des te meer werk ik haar op de zenuwen. Ik durf geen tegengas te geven. Alles wat ik doe of zeg vandaag is gedoemd om verkeerd te worden begrepen. Het is mijn uur. Ik hoor het slaan.

Zo zitten we daar, Tamara en ik, mokkend rond een feestelijke ontbijttafel, die is aangerecht voor iemand die verloren was gewaand, en die nu onverstoorbaar ligt te pitten boven onze hoofden. We hebben in lang niet meer zo halsstarrig zitten bokken, mijn vrouw en ik. Af en toe roept ze zijn naam aan de voet van de trap. Tevergeefs.

'Begin maar al,' vliegt ze uit, zelf een croissant nemend. 'Hij was bekaf, hij heeft een lang stuk te voet moeten afleggen, langs de autostrade, levensgevaarlijk, hij komt zo dadelijk wel. Begin!' Ik volg haar voorbeeld en begin te eten. Zij het met lange tanden, vanwege de kriebel in mijn keel. Zuinigjes aan met de roomboter en het rijke beleg, en omzichtig met de koffie, die sterker is dan anders, en die mij misvalt op mijn nuchtere maag.

Helemaal niet van de koffie drinken die ze me inschenkt durf ik niet, al zou dat misschien beter zijn. Ik zie weer die vlekken voor mijn ogen dansen als derwisjen en ik moet mijn maag en darmen kalmeren door af en toe diep adem te halen en beheerst weer uit te ademen.

Tamara interpreteert al dat zuchten en zelfs mijn omzichtigheid bij het eten als de zoveelste beschuldiging. Ze zit te stomen.

Voor ze weer los kan barsten staat Phillip daar dan toch, uit het niets. In dezelfde kleren die hij gisteravond droeg, met een slaapkop en met een grom die door moet gaan voor een begroeting. Hij gaat niet eens zitten. Hij neemt eerst uitgebreid de tijd om te geeuwen. Met wijd open mond en met een toonladder van dalende noten. Zijn appetijtelijke lijf uitrekkend met één arm boven het hoofd, alsof hij nog eens goed wil tonen welk prachtexemplaar van de menselijke soort we bevrijd hebben uit een voormalige vakantiekolonie aan de Belgische kust. Zijn ogen houdt hij fel samengeknepen. Van het pak slaag is, op zijn gezicht althans, niets meer te merken. De geur van mannenzweet en diepe slaap is sterker dan die van de koffie. Ik meen zelfs een vleug op te vangen van cannabis, en alleszins van nicotine.

Tamara valt nu uit tegen hem. In de taal die ze gisteravond al gebruikte en die ik herken uit een van mijn eerdere levens. Het café in Oostende, tijdens onze eerste ontmoeting. Haar discussie met Vandessel. Het is een taal met tongklikken, met flarden Engels, en met een Franse tournure hier en daar. Je hoeft ze niet te verstaan om te weten dat Tamara van Phillip eist dat hij in het vervolg op tijd naar beneden komt, gewassen en wel.

Ik probeer het niet te laten merken, maar haar preek doet me plezier. Niet omdat Tamara Phillip op zijn plaats zet, maar omdat ze mij het voorrecht gunt van de gelijke behandeling. Eiste ze niet ooit van mij hetzelfde? Die Phillip moet niet hopen dat hij een streepje voor heeft. En hij moet zeker niet denken dat hij mij, nu al, zomaar kan vervangen. Ik weet niet wat het is — misschien past mijn mix van medicijnen niet meer bij mijn nieuwe toestand — maar dit ene kleine simpele feit, deze daad van evenredige bejegening, is al overweldigend genoeg om me op de rand van de ontroering te brengen. Wellicht heb ik gewoon weer een depressie.

Phillip bromt iets wat lijkt op een vloek, ook al grijnst hij Tamara inschikkelijk en zelfs knipogend toe. Hij sloft mopperend weg, met medeneming van de ene croissant die ze hem al gunt. Hij eet die in twee, drie happen op, nog voor hij de living heeft verlaten.

Tamara roept hem nog iets na waaruit ik kan opmaken dat hij zijn kleren op de badkamervloer mag laten liggen. Hij moet in ruil iets aantrekken wat ze speciaal voor hem heeft klaargelegd. Ik weet niet of hij het nog hoort. Hij is de kamer al uit, de trap op.

'En jij,' zegt ze tegen mij, nors opstaand, en naar de keuken gaand om nieuwe koffie te zetten, 'jij moet niet zo content zitten te grijnzen.'

Ik zat al niet meer te grijnzen. Laat staan van contentement. Het liefst was ik naar boven gevlucht, naar mijn art-deco-mausoleum, om me de aanblik te besparen van Phillip die straks gewassen en welriekend aan deze tafel terugkeert, ongetwijfeld alleen gekleed in een lang vergeten kamerjas. De trofee uit Indonesië. Alles komt terug. Ook het indigoblauwe onding, met de zilverdraad en de gouden lovertjes.

Maar ik durf niet weg vanwege Tamara.

En ik wil niet weg vanwege hem.

Hij, in dat stomme oude onding.

Ik blijf als een muis met kleine beetjes eten van de croissants en het beleg die mijn maag ontregelen. Tot ik Phillip eindelijk de trap hoor afstommelen, en de kamer hoor instappen. Ik concentreer me op mijn croissant. De geur van appelshampoo verspreidt zich.

Als ik mijn ogen weer durf op te slaan, zit hij al. Pal tegenover mij. Niet gekleed in de schrille kamerjas. Het is erger. Hij draagt het favoriete witzijden hemd van Gaëtan.

Ik krijg geen hap meer door mijn keel. Phillip daarentegen schrokt en schranst.

Als hing zijn leven ervan af.

VII | 6.

Er breken weken aan van verstoord familieleven en constante stress, die uitgroeit tot terreur. Wanneer komt ten langen leste dan toch die klop op de voordeur, of dat indringende schellen van de bel? Wanneer scheurt het beschuldigende rinkelen van de telefoon onze waan van ongestraftheid aan stukken, gevolgd door het breken van de eerste ruit? Het stadium van Jenny en Karel zijn we nu wel voorbij. Ons wachten direct agenten, gehard en geroutineerd. Ze hebben hun orders en die voeren ze uit. Daarin bestaat hun bestemming. Geen bestel kan zonder. Ze leggen alles vast op video, als garantie tegen onrechtmatige klachten.

In mijn dromen zie ik hoe ze zonder waarschuwing onze deuren intrappen. Hoe ze Phillip met geweld overmeesteren op de zolder, waar hij zich hoopte te verstoppen. En hoe ze een hysterische Tamara in bedwang houden terwijl hij wordt afgevoerd, zijn hoofd omlaaggeduwd, zijn geboeide handen achter de rug omhooggetrokken – tussen twee agenten in struikelt hij zo de trap af, de straat op, een combi in, onder het oog van de samengetroepte buurt. Ik sta erbij en ik verroer geen vin. Ik ben mijn greep op de dingen al lang kwijt. In mijn dromen en daarbuiten.

Maar de deurbel schelt niet, de telefoon blijft stom, onze deuren blijven heel.

Aan Phillip zal het niet liggen. Hij heeft inderdaad een voorliefde voor cannabis, en een navenant vertekend beeld van veiligheid en voorzorg. Hij haalt bij elke waarschuwing zijn schouders op. Het ergste is: je kunt het hem niet kwalijk nemen. De aura van onheil hangt onverminderd om hem heen, maar hij kan zo ontwapenend lachen dat hij overal mee wegkomt. Tamara wordt er stapelgek van.

Om te beginnen loopt hij overdag zomaar rond in de living, of in de keuken, waar dan ook, maar bij voorkeur vlak voor de ramen, waar we hem geregeld betrappen terwijl hij staat te gapen naar niets in het bijzonder, te kijk voor jan en alleman. Eén keertje zwaait hij zelfs terug naar het nieuwe hulpje van de kruidenier. De afspraak was nochtans dat hij zich onzichtbaar zou maken. Huisarrest, toch op zijn minst tijdens de eerste maanden. We lopen alle drie groot risico vanwege hem. Tamara wrijft het hem in met hoge stem.

Hij verontschuldigt zich bedeesd en welgemeend. Een uur later staat hij opnieuw te zwaaien, dit keer naar een oud vrouwtje dat met open mond naar hem terugstaart – en niet omdat hij zich in ontbloot bovenlijf aan haar vertoont, durf ik te wedden.

Tamara wordt uitzinnig. Ze laat alle luxaflex opnieuw neer, ze draait de lamellen zo dat niemand nog naar binnen kan kijken en ze verbiedt Phillip de luxaflex ook maar aan te raken, laat staan die weer op te trekken. Daarna barst ze in huilen uit.

Mijn hand op haar schouder duwt ze weg. Hem laat ze toe dat hij haar in de armen neemt en troost. Ik weet niet wat hij haar allemaal in het oor fluistert. Hij geeft haar kopjes als een kat, zwart hoofd tegen zwart hoofd. Hij belooft kennelijk bij hoog en bij laag haar eis in te zullen willigen.

Ze gelooft hem. Ze knikt hem alleszins dankbaar toe, droogt haar tranen en maakt zich op om boodschappen te doen.

Ze is pas een kwartier buiten, als ik Phillip betrap terwijl hij, een biertje in de hand, met één vinger een wak trekt in het wasbord van lamellen. Hij wil per se naar buiten kijken. Niet eens een vluchtige blik. Hij blijft gemakkelijk een kwartier zo staan, naar alle kanten speurend met zijn onrustige, gretige kijkers, een deuntje fluitend tussen de tanden.

Ik zeg er niets van. Ik sta ook te kijken. Naar hem.

De belichting is onverbiddelijk volmaakt. Zijn gezicht vangt het volle daglicht. Zijn donkere lippen glimmen, geheimzinnig roze wordend naar binnen toe. Zijn egale tanden schitteren, zijn kin is afgelijnd, geen greintje vet, geen pukkel, nauwelijks een schaduw van beharing. Zijn onderlijf, als gegoten in een designerjeans van Gaëtan, blijft in de schaduw. Zijn blote bovenlijf is belicht in fijne strepen, dankzij de werking van de net niet helemaal gesloten luxaflex, en een herfstige, omfloerste zon. Zijn huid geeft een matte glans af, zijn wonderlijk kleine tepels staan hard overeind op zijn strakke borstspieren. Ze zijn nog een tikkeltje zwarter dan de huid eromheen. Nooit gedacht dat er zo veel soorten zwart bestonden.

Ze steken schaamteloos af, allemaal, tegen het horizontale wit van de lamellen.

Phillip maakt er een gewoonte van om halfnaakt rond te lopen. Ondanks het gepruttel van Tamara. Kan hij nu werkelijk niets fatsoenlijks aantrekken? Soms loopt hij uren rond in zijn onderbroek. Ook ik kan er maar niet aan wennen. Vooral tijdens de momenten dat Tamara uithuizig is, krijg ik het kwaad. En ze is vaak uithuizig. Het lijkt wel alsof ze twee keer zo vaak boodschappen moet doen, en er meer dan dubbel zoveel tijd mee verspeelt. Ik vraag maar liever niet waar ze telkens die verse weed voor Phillip op de kop tikt. Hoe we het allemaal kunnen betalen, vraag ik evenmin. Ik stel geen vragen meer in mijn eigen huis. Ik heb het opgegeven. Wat is de zin? Ik sputter zelfs niet meer tegen als ze samen roken in de keuken, en soms zelfs in de living. Democratie is een spijtig concept als je in de minderheid bent.

Ik kan me vergissen, maar Phillip gedraagt zich anders als hij met mij alleen is. Nog relaxter, nog onverschilliger, nog meer ontwapenend. Ik weet niet hoe ik het moet benoemen. Hij heeft volledig vrede met mijn aanwezigheid, zonder dat hij iets van me verlangt, maar ook zonder dat hij me negeert. De haat in zijn blik is verdwenen. Alleen sporadisch, op onbewaakte ogenblikken, als hij wegdroomt of zit te dubben, is die beangstigende blik er weer.

Het volgende moment lacht hij je weer toe.

Maar hij bloeit niet open zoals Tamara uiteindelijk deed. Ik betwijfel of daar ooit verandering in komt. Met hem converseren blijft een probleem.

Ik zou overigens niet weten waarover ik met hem zou moeten keuvelen. Hij kijkt op tv uitsluitend naar muziekprogramma's en naar alle soorten sport. Zeker in dat laatste ga ik me niet ook nog eens verdiepen. Ik heb ook mijn prioriteiten. Ik weet allang niet meer welke, maar sport hoort er zeker niet bij.

Hij lijkt het anders niet te missen. Conversatie, bedoel ik. Hij grinnikt, veel en gorgelend, met de tekenfilms waar hij ook al aan verslingerd is. Maar een babbelaar is hij niet. Als hij zijn televisie maar heeft, en zijn biertje.

Ik laat hem dus maar het alleenrecht op de beide afstandsbedieningen. Zelf heb ik toch steeds meer aanvallen van uitputting en duizeligheid. Soms kan ik zonder aanleiding staan beven op mijn benen. Ik probeer mijn snel verslechterende toestand te verhullen, vooral tegenover Tamara, door vaak en lang te dutten zonder dat ze het weet.

Ook dat lukt het best als ze uithuizig is. Phillip heeft dan het rijk voor zich alleen. Ik kan het niet bewijzen, maar volgens mij is hij dan actiever dan je zou verwachten, joints of geen joints. Ik weet zeker dat hij al mijn kasten al heeft doorzocht. Hij draagt steeds meer kleren van Gaëtan. Tot en met schoenen en ondergoed. Als hij het niet deed uit zichzelf, ik zou hem erom smeken.

Alles past hem wonderwel.

Ik kan me vergissen maar ook mijn pornocollectie interesseert hem meer dan ze Tamara ooit wist te bekoren. Het leeuwendeel van mijn video's laat hij onaangeroerd. Maar de beperkte sectie waarin ook vrouwen figureren, 'Bisexuals' om precies te zijn, staat er almaar slordiger bij. Ik bedoel: totaal analfabetisch. De klassieker *Big Boobs, Two Dudes* staat ná de afknapper *She Takes 2 to Tango,* in plaats van ervoor. Blij dat Gaëtan het niet hoeft mee te maken. Die was een alfabetneuroot.

Mij kan het niet schelen. Phillip doet maar. Ik beleef zelf nog weinig lol aan mijn Betamax-weelde sinds ons incident in de tram. Maar mijn verbeelding slaat wel op hol. Voor mijn geestesoog zie ik Phillip al volop bezig, kijkend naar een video. Dat levert een fraai en hitsig tafereel op. Zeker als ik – op mijn beurt de kasten nog eens inspecterend – bespeur dat er ook gerommeld is in onze lade met de seksspeeltjes. Een van de dildo's, van het forsere kaliber dan nog, is niet langer bestoft. Hij ruikt zelfs vaag naar zeep. En nog vager naar iets anders, waarvan ik de consequentie niet eens durf te verhopen. Ik droom ervan Phillip te mogen betrappen in het echt.

Het blijft bij dromen.

Ik mag toekijken als hij traint, dat wel. Elke dag is dat. Zo gedisciplineerd is-ie wel, als het zijn lijf betreft. Hij voert indrukwekkende series uit van opdrukken en opzitten. Daarna gaat hij in de kelder touwspringen als een bokser, tot-ie lekt van het zweet. En daarna doucht hij, voor de tweede keer die dag.

Ik maak me sterk dat hij het ook dan niet erg zou vinden als ik toekeek. Maar ik durf mijn vermoedens niet te toetsen aan het mes van de praktijk. Ik speel op veilig. Ik sluip, terwijl ik het water al hoor klateren op onze oude tegels, de overloop op en kniel neer voor de deur van de badkamer. Op mijn versleten, krakende knieën. Met mijn loerend, lodderend oog voor het sleutelgat. Ik schaam mij niet. Hoe ouder je wordt, des te kwajongensachtiger worden opnieuw sommige van je gedragingen. Zeker als je nog een allerlaatste keer je zin probeert af te dwingen. Ik wil Phillip naakt zien. Zonder de vernedering te ondergaan hem te moeten vragen zijn broek uit te trekken voor mij. En zonder het risico daarbij een blauwtje te lopen.

Ik heb er recht op. Hem te zien zoals hij is. In zijn hardvochtige, onverschillige schoonheid. Ik heb mijn huis voor hem opengesteld. Het is niet te veel gevraagd hetzelfde te doen voor mij. Schade zal hij er niet van ondervinden. Hij zal het niet eens te weten komen. Blikken kwetsen minder dan vuisten. Als ik één ding weet, dan is het dat.

Wat voert-ie uit, buiten beeld? Het water loopt tevergeefs, minutenlang. Is hij niet op de hoogte van de wereldwijde schaarste? Het is een schande, zoals hij water verspilt. Zou hij dat in Afrika ook doen? Is dat daar de mode soms? Dan vragen ze zich af waar al die droogtes vandaan komen.

Waar zit-ie toch?

Ik raak in paniek. Misschien is-ie wat vergeten, zeep of zo, een shirt of een onderbroek, en trekt hij de deur open en treft me aan op mijn knieën. Akkoord, ik schaam me niet, maar het is wel pathetisch zoals ik hier zit. Nota bene draaierig als een bromtol, met kramp in mijn maag, een kriebel in mijn keel, en nu al helse pijn aan mijn knieën.

Ik ben al bijna opgestaan, zachtjes vloekend, om me uit de voeten te maken, als hij dan toch in beeld verschijnt. Majesteitelijk. Plompverloren. Zo concreet en zo gewoontjes als een dier aan een drenkplaats. Met zijn rug naar me toe begint hij zich in te zepen. Ik hoor de zucht die mij ontsnapt. De perfectie staat zich weer eens te wassen in mijn douchecel. Opnieuw zomaar tentoon, na al die jaren. Dit keer zwart van huid. Alle aftakeling en ellende ten spijt roert mijn leuter zich meteen. Hij stijgt ten top. Hij smeekt om aandacht en deskundige massage. Ik wil hem van zijn last bevrijden met mijn vertrouwde maar van emotie trillende vuist. Net als ik mijn broek wil openknopen, hoor ik beneden de voordeur met een klap dichtslaan.

Ik ben amper overeind gekrabbeld als Tamara al voor mijn neus staat, met twee papieren zakken boordevol boodschappen. 'Wat doe jij hier?' vraagt ze. Sinds Phillip is ingetrokken, heeft ze niet één keer meer samen met mij naar de tv gekeken. Laat staan dat ze nog eens met haar hoofd in mijn schoot is komen liggen. Laat staan dat ze zo in slaap viel.

'Ik gebruik mijn overloop,' zeg ik, belediging voorwendend, en met de neus in de lucht naar mijn kamer stappend.

Voor ik de deur sluit, kijk ik nog eens achterom. Net op tijd om Tamara met spullen en al de badkamer te zien binnenstappen. Ze begint onmiddellijk honderduit te praten, ik weet niet waarover. Phillip antwoordt iets. Tegen haar spaart hij zijn woorden niet.

De badkamerdeur is blijven openstaan, het water klatert onverminderd door. Ik overweeg om nonchalant langs de badkamerdeur te lopen en een onschuldige blik te werpen op het tafereel daarbinnen. Maar de toon van het gesprek verandert al. Het wordt een discussie, en niet eens een beschaafde. Harde verwijten kun je herkennen in elke taal. Zeker als ze meer dan eens worden herhaald.

Het klateren stopt, Tamara sust, de discussie loopt door maar de stemmen worden getemperd. Het eindigt ermee dat zelfs de deur wordt gesloten, om de intimiteit te beschermen van een kletterende ruzie.

Zo gaat het wel meer met hen. Vooral 's avonds en 's nachts. Ik lig soms in het art-deco-bed te luistervinken naar hun eerst kolkende, daarna sissende stemmen, die zich mengen met de geluiden van onze nachtelijke stad — een krijsende vrachttrein in de verte, of de sirene van een ambulance, of een keffer die een andere keffer van repliek dient, een optrekkende moto in onze straat. Er gebeurt van alles. Nooit valt al dat leven stil. Het gaat maar door, ook zonder mij.

Ik zou er veel voor geven om te weten wat ze zeggen, Phillip en Tamara. En ik had ze graag gekend van bij hun geboorte. Of nee, het liefst was ik even oud als zij. Nu ben ik onherroepelijk van hen gescheiden. Op meer dan één manier.

Van hen allebei.

Eén keer slechts had ik het gevoel te mogen spreken van een geslaagde sequentie met Phillip, waarbij we allebei perfect wisten wat de ander bedoelde, zonder misverstanden of gêne.

Hij lag onderuitgezakt op de sofa tv te kijken – een boksmatch waar ik niet eens goed naar durfde te kijken. De doffe klappen op het lichaam van de zwaargewichten, gevolgd door een kreun of door het geluid van een fluim die werd uitgespuugd, rakelden onaangename herinneringen op. Phillip, die toch ook zijn aandeel aan klappen te verwerken heeft gekregen, als ik alle verhalen van Tamara mag geloven, zat ingespannen de kamp te volgen, soms met zijn schouders de ontwijkende bewegingen van de boksers imiterend in het klein. Zijn rechterhand had-ie, ter hoogte van zijn navel, ruim onder zijn broeksband geschoven, vrijpostig en met enige regelmaat krabbend waar het jeukte.

De flikkering van de beeldbuis verlichtte zijn ernstige, glimmende gezicht. De drie littekentjes boven zijn neusbrug echter bleven mat – drie korte brede zonnestraaltjes, vertrekkend uit een onzichtbaar punt tussen de wenkbrauwen, een punt dat hindoes rood zouden schilderen alvorens hun offerandes naar de tempel te dragen. Ze waren lichtjes gezwollen. Ruw uitziend maar wellicht nog zachter dan de rest van zijn gezicht. Zijn ogen waren bloeddoorlopen, een gevolg van de weed die Tamara gisteren voor hem op de kop had weten te tikken. Ik zat naast hem op de sofa en stak mijn hand uit naar de littekentjes. Het was, zoals dat heet, sterker dan mezelf.

Ik had verwacht dat hij zich terug zou trekken, verwonderd, lacherig, misschien zelfs kwaad. Na één zijdelingse blik vol milde spot liet hij me begaan, de wedstrijd weer volgend. De wormpjes van donker vlees – want dat waren ze, half in zijn vel verzonken – voelden nog zachter aan dan ik had verwacht.

'*A sign of your people?*' vroeg ik, de littekentjes nog altijd strelend.

'*What?*' lachte hij, zijn lome ogen niet van het scherm afhalend.

'*These!*' zei ik, tussen duim en wijsvinger in een zonnestraaltje knijpend. 'Jij hebt ze. Tamara heeft ze. Is het iets met geloof? *Some kind of God?*'

Nu keek hij me wel aan. Ongelovig. Lachend. '*This?*' Over zijn voorhoofd vegend, veegde hij meteen ook mijn hand weg. 'Nee, man!' Hij sloeg zich op de dijen. Zijn paar woorden Nederlands sneden me zoet door het hart. 'Alleen Tamara. Alleen ik. *Nobody else but her and me.*'

Ik knikte alsof ik begreep wat hij zei. Het kon me allang niet meer schelen wat zijn uitleg was. Ik tastte weer naar de straaltjes. Hij liet versuft begaan. Ik masseerde en streelde zowat zijn hele gezicht. Ook dat liet hij toe, grijnzend, laag grommend als een volgevreten kat.

Daarna, staand achter de sofa, masseerde ik nog zijn schouders en zijn biceps, tot hij te kennen gaf dat hij er genoeg van had, alle genotzieke gekreun ten spijt.

De kamp eindigde in knock-out. En de dag daarna pas dringt de betekenis van Phillips woorden tot me door.

Ik had zelf het huis maar eens verlaten. Voor een middagwandeling warempel. In de hoop dat de frisse buitenlucht soelaas zou bieden voor de krampen in mijn maag en de kriebel in mijn keel. Ik had Tamara zelfs beloofd om sigaretten mee te zullen brengen uit de nieuwe buurtwinkel. Die wilde ik per se bezichtigen, had ik haar gezegd. Een Pakistaan in onze straat? Eindelijk een concurrent voor onze kruidenier! Dat moest ik meemaken, kraaide ik.

Allemaal om Tamara niet te verontrusten met mijn plotselinge wandeldrift. Mijn plan scheen nog te werken ook. Ze leek opgelucht dat ik weer eens buiten wilde komen.

Ik begin vol goede moed aan mijn promenade. Na een halve straat moet ik me vasthouden aan een tuinhek, om niet te kapseizen en onderuit te gaan. Ik blijf overeind dankzij het hek. Niemand ziet me lijden, niemand schiet me te hulp. Daar ben ik blij om. Ik heb niemand nodig. Ik kan dit alleen af.

Ik wacht tot mijn ademhaling weer normaal is en wandel dan langzaam terug naar huis. Onverrichter zake. Zonder sigaretten.

Ik hoor het geluid al in de vestibule zodra ik de deur heb opengemaakt. Ik besef wat het betekent maar ik weiger het te geloven. Alleen zien is geloven.

Ik beklim de trap zo stil als ik kan, trede voor trede als de bejaarde die ik in feite al ben. Ik weet wat ik zal aantreffen maar ik wil de bewegingen aanschouwen die dit steeds luider wordende kabaal veroorzaken. Wat niet gezien wordt, bestaat niet. Zo luidt de grondwet van onze cultuur.

Iemand lijkt zachtjes te worden mishandeld.

Er staat op de overloop maar één deur op een kier. Die van de logeerkamer, waar Phillip zijn verblijf houdt en waar ook Tamara slaapt, naast zijn bed, op mijn tatami van weleer, want Phillip heeft bij het slapen last van nachtmerries en dan wil mijn vrouw in de buurt zijn, om haar broer bij te staan.

Ik kijk door de kier. Tamara ligt niet bepaald op mijn tatami. Ze ligt op het bed en Phillip ligt op haar. Een nachtmerrie zou ik dit niet noemen. Toch niet voor hen. '*Nobody else but her and me.*'

Zeg dat wel.

VII | 7.

Er kan geen twijfel meer bestaan over de kleur van Tamara's intiemste juweel. Het is een elegant, langwerpig bloempje van dieproze bladen, gezwollen en glimmend van wellust, bekroond met kortgeschoren en toch kroezend schaamhaar. Het ligt opengebloeid tussen haar twee gespreide dijen, die glanzen als goed gepolijst eboniet.

Haar hoofd kan ik niet zien. Het ligt van mij weg en het gaat schuil onder het traag op en neer pompende bekken van Phillip, die zelf met zijn kruin naar mij toe ligt. Hun navels raken elkaar, voor de rest zijn hun lichamen, als om een gemeenschappelijke spil, een halve slag gedraaid.

Heel af en toe af en toe zie ik een flits opduiken van Tamara's tieten, onder het bezige lijf van Phillip vandaan. Ze zien er vertrouwd uit, maar dat doen tieten wel meer. Tieten zijn tieten. Je zou dus nog altijd kunnen denken dat het om iemand anders ging dan Tamara. Je zou nog altijd kunnen hopen op een persoonsverwisseling. Ware het niet dat uit het kluwen van donker vlees een gekreun opstijgt, vermengd met een geweldig smakken en slobberen dat onmiskenbaar de stempel draagt van Tamara's stem.

Nog heser dan anders.

Phillip hijgt voorlopig alleen maar. Misschien is hij te druk bezig om ook nog eens te kreunen. Hij doet, voor de verandering, eens het meeste werk in huis. Dat zijn we van de Afrikaanse man niet gewend.

Hij pompt niet alleen met zijn bekken boven haar bek op en neer, hij manoeuvreert ook, steunend op één elleboog, zijn hoofd tot vlak boven haar schoot. Perfect op tijd in beeld verschijnend, zoals de poema op het middaguur bij de drenkplaats. Je zou denken dat hij gewacht heeft tot ik op kwam dagen. Ik heb genoeg acteurs gekend van dat slag. Ze komen pas uit hun schulp als de camera draait en de regisseur 'Actie!' heeft geroepen.

Actie genoeg, anders. Phillip kijkt van dichtbij verliefd en stoned in de kut voor zijn neus, als in het oog van een cycloop. Hij brengt zijn vrije hand naar de smachtende oogleden en spert ze open. Op zoek naar een ziel of een oogbal, daar wil ik af zijn.

Wat hij vindt is een soort tweede naveltje, dat aan de rand van haar bloem tevoorschijn floept onder een lieflijk luifeltje vandaan, hoogroze opbollend onder zijn zwarte vingertop — met zo'n nagel zonder maantje — bijna zichtbaar trillend van verlangen en verwachting. Ook de vingertop laat zich niet onbetuigd, wat trillen en sidderen en dies meer betreft.

Phillip zelf blijft inmiddels, zij het versnellend, ritmisch op en neer pompen met zijn bekken. Onvermoeibaar. Ik begin de voordelen in te zien van dagelijkse fysieke training. Maar ik voel me te verslagen om er alsnog, op deze overloop, zelf mee te beginnen. Kijken is al afmattend genoeg. Ik voel me visueel verpletterd. Dat schitterende hoofd van Phillip, met die liefdesdwaze blik. Die gebeeldhouwde armen en schouders, waarop hij steunt. Die diepe schaduwsnede van zijn ruggengraat, uitlopend in de nog diepere cesuur van zijn kont, soepel op en neer wippend. Bezat ik een fortuin, ik gaf het cadeau om deze scène te mogen schieten van de tegenoverstelde kant. Tamara op de kruin kijkend, en Phillip op de voetzolen. En op al de rest van wat daar te zien moet zijn.

Ik vraag me af of de weerzin het ook dan zou winnen van de opwinding. Als ik mocht kijken van die kant. Ik denk van wel. Bezat ik een pistool, ik schoot van welke kant dan ook. Op allebei. Uit liefde of uit woede. Of gewoon uit wraak.

De punt van Phillips tong, onwaarschijnlijk lang, en even onnatuurlijk roze als het tweede naveltje van Tamara, tikt er heel eventjes tegen. Tegen dat tweede naveltje, dus. Al nat van zichzelf, nu nog natter door het zegel van zijn flitsende tong.

Als door een stroomstoot geraakt, krimpt mijn echtgenote voor mijn ogen ineen. Ze slaakt tegelijk een kreet die, weliswaar half gesmoord door het liefdeswapen van Phillip, ook een kreet van pijn had kunnen zijn, of van intense dankbaarheid, of van een mystieke opvlieger, weet ik veel. Aan haar smekende gebazel te horen zou ze evengoed kunnen lijden aan een hemels visioen.

Ik wou dat ik hetzelfde kon zeggen. Ik lijd niet aan een hemels visioen. Ik lijd aan de werkelijkheid. Aan de waarheid. Eens te meer bedonderd. De godganse tijd. Door wie ik dacht dat mij dierbaar was.

Als om mijn gelijk te illustreren, beginnen ze gezamenlijk te jubelen en te kraaien dat het een aard heeft, op weg naar hun hoogtepunt. Ik vraag me af wat de buren denken, na jaren van betrekkelijke rust. Phillips bekken gaat in overdrive, en van zijn tong kun je gerust hetzelfde zeggen. Het is een machtig lebberen dat daar een aanvang neemt, tussen die pezige, sidderende dijen van mijn wederhelft. Geweld en passie liggen dicht bijeen, dat zie je zo. Tamara's tweede naveltje en de bloembladen eromheen zouden zich niet weinig mishandeld weten, mocht een tong een leren riem met pinnen zijn, en geen polyvalente, tedere spier, geschapen om ons te helpen praten, slikken en likken. Het is een klein wonder, zo'n tong. Op den duur zou je toch nog gaan geloven in een *Grand Design*. Hier is meer dan één god aan te pas gekomen.

Ten langen leste schuift hij, Phillip dus, zijn beide handen onder Tamara's konthelften en kantelt haar bekken omhoog, als was het een buitenmaatse watermeloen waarin hij zijn opengesperde muil wil begraven. Als je niet beter wist, zou je zweren dat hij haar inderdaad begint op te eten zoals hyena's doen: de weekste delen eerst. Haar benen bungelen inmiddels doelloos en koddig in het ijle. Zwarte kikkerbillen die zich in liefdesspasmen afzetten tegen het luchtledige. Waarna hij het vreten staakt en ook haar ouwelijk gerimpelde, paarse benedenmondje heel secuur een beurt van jewelste begint te geven. Een grote schoonmaak is er niets bij.

Tamara maakt niet echt bezwaar. Ze roert hem met haar onderlijf tegemoet. Tegenklokwijzerzin en al. Ik heb er schoon genoeg van. Dit heeft lang genoeg geduurd.

Ik trap de deur open en hou me voor de zekerheid vast aan de deurstijl. Een ongeluk is gauw gebeurd.

De kop van Phillip draait me verbaasd tegemoet. Hij houdt, met beide handen onder haar billen, de derrière van Tamara nog steeds omhoog, als bood hij mij haar kontgat aan als eierdopje. Haar verbijsterde hoofd duikt op naast zijn flank — ze houdt zijn magnifieke leuter nog altijd rukkensgereed klaar, in haar ene, stilgevallen hand.

'Sorry, hoor!' roep ik. 'De sigaretten waren op!'

Voor ik me weer omdraai en de trap af strompel, voeg ik eraan toe: 'En ik denk dat ik zelf maar eens ga bellen naar de Vreemdelingenpolitie!'

De hysterie in mijn stem ontgaat zelfs mij niet.

VII | 8.

Het blijft een onthutsend fenomeen, waarmee ik nooit in het reine zal komen, maar waaraan ik ook nooit zal kunnen ontsnappen.

Leid mij binnen in om het even welke bioscoopzaal, waar ook ter wereld, dag of nacht, en schotel mij een gefilmde dialoog voor die puntig is geschreven, knap gespeeld en dito geregisseerd, professioneel belicht en snedig gemonteerd, en die het hoogtepunt vormt van een sequentie met een minimum aan dramatische spankracht en een splinter aan tragiek. En ik zit direct te janken als het oude, sentimentele rund dat ik ben. Ontroerd door de absurde komedie, genaamd de menselijke soort.

Maar zet mij in mijn eigen living oog in oog met iemand die belabberd uit zijn woorden komt, die zonder pointe snot en slinger weent, die op het punt staat alles van waarde te verliezen en die oprecht kapotgaat van de spijt en van de angst, en ik blijf koud als marmer. Het raakt mijn koude kleren niet, zelfs al ken ik die persoon.

Zelfs al gaat het om Tamara.

Ze hangt letterlijk aan mijn lijf, gekleed in het laken dat ze inderhaast om zich heen heeft gegooid, in een plotse opwelling – van wat? Schaamte en wroeging? Ik word er alleen maar kouder van.

Haar onderkin beeft van ellende, ze smeekt me letterlijk naar haar te luisteren, ze gooit zich in de slechtste der poses aan mijn voeten. Niet eens bewust, ik maak me sterk dat ze geen grein berekening meer achter de hand houdt, ik heb nog nooit iemand zo uitzinnig gezien van vrees. Ze grijpt mijn been vast opdat ik niet naar het tafeltje met de telefoon zou kunnen stappen.

Ik sta al niet zo stevig in mijn schoenen, en door de ballast aan mijn been dreig ik helemaal om te slaan, wat ik probeer te verhinderen door te molenwieken. Kwaad, omdat we hier zo potsierlijk staan te worstelen. Kwaad, omdat ik al molenwiekend een van onze kekste theepotten ongewild een lel verkoop, waardoor het dekseltje tegen de muur wordt gekatapulteerd en kapotspat, en de dikke pot zelf belachelijk flegmatiek van de commode rolt en op het parket in trage, grote stukken uiteenploft. Het was een van de lievelingspotten van Gaëtan.

Dat maakt me nog het kwaadst. Een scène als deze brengt de slechtste herinneringen aan hem terug. En dan heb ik het niet over zijn stomme theepotten. Daar heb ik sowieso nooit van gehouden. Ik heb het over de stemverheffing waarmee ik Tamara beveel mijn been los te laten, en dat ik haar anders begin te trappen met mijn vrije been. Ik wil niet iemand trappen. Ik ben zelf iemand op wie getrapt is. Ik droom daar nog altijd van, en ik wens het niemand toe. Maar als ze mijn been niet rap loslaat, schop ik evengoed. En ik ben er niet gerust op wanneer ik de lust zal vinden om, zodra ik aan het schoppen ben, weer op te houden. Ik durf daar niet aan te denken. Zo dierbaar is ze me nog wel.

Maar ze laat dat been van mij niet los. Het is haar enige reddingsboei. Het lijkt zelfs alsof het vooruitzicht geschopt te worden haar eerder aantrekt dan afstoot. Wellicht vindt ze dat ze een vorm van straf heeft verdiend. En dat ze, door een straf te ondergaan, haar noodlot af kan wenden. Dat ik de telefoon bereik en mijn dreigement ten uitvoer breng.

Om die beproeving te verhinderen heeft ze alles veil. Met horten en stoten, ergerlijke herhalingen en kaduke zinnen, legt ze, zonder dwang, helemaal uit zichzelf, bekentenissen af, waarmee ze allicht hoopt me tot enige clementie te bewegen.

Ze maken me alleen maar kwader. Niet vanwege de waarheid zelf — dat ze Phillip al langer kent dan Vandessel, dat zij vooruit is gereisd en dat Phillip haar is gevolgd, dat ze de hele tijd met mekaar in contact zijn gebleven, wachtend op het moment van onze scheiding, waarna ze Vandessel zouden dumpen en hertrouwen met elkaar. Alles was vooraf gepland, stottert ze, brabbelt ze. Behalve dat ze me zo aardig zou gaan vinden.

Het is het stotteren en het brabbelen dat mij uitzinnig maakt. Zelfs nog meer dan de mededeling dat ze me 'zo aardig' vindt. Ik kan het eenvoudigweg niet verkroppen, dit vertoon van platte meelijwekkendheid, zonder enige stijl, zonder waardigheid, klasse, trots, noem het zoals je wilt. Ik ben het van haar niet gewend, en ik zou het van niemand nemen. Ik voel geen begrip en zeker geen compassie. Dit wijf doet me simpelweg walgen.

Tegelijk vind ik die walg onbegrijpelijk, indien al niet wraakroepend. Waar blijft nu de empathie, die ik anders zo gemakkelijk en bij bakken heb? Al zie ik *Fietsendieven* van Vittorio De Sica voor de twintigste keer, ik zit telkens weer te janken als die vader in dat restaurant een pizza bestelt voor zijn koter, en de rijke familie naast hen bestelt champagne. En het stelen van die fiets dan! Je weet dat het komt. Je zit bijna te roepen: 'Doe het niet, man! Het loopt slecht af.' Maar hij doet het wel, en het loopt slecht af, en je hebt een brok in de keel, vanwege zo veel onrechtvaardigheid. Dat is niet eens de schuld van het Italiaanse neorealisme. Bij Amerikaanse kitsch vergaat het me net zo. Ik heb *Bambi* nog nooit kunnen uitkijken. Ik kom gewoon niet over die dode hertenkoe heen.

In mijn living duw ik Tamara weg — ik weet niet waar ik de kracht nog vandaan haal — en stap ijskoud naar mijn telefoon.

Ik heb de hoorn nog niet van de haak genomen of ze duikt me vol op de rug. We stuiken samen voorover, het tafeltje met telefoon en al meesleurend in onze val, waarna we zielig op het parket beginnen te worstelen met elkaar, om het bezit van een telefoontoestel. Ik hijgend van de uitputting en woede, zij jammerend en grienend van angst. Ze beseft dat alles al verloren is, ze kan alleen nog niet ophouden met vechten, zo is ze, daarom is ze zover geraakt, tot hier, in dit museumhuis, in deze stad, onder mijn dak, in mijn leven, dicht bij mij, in mijn bed, in mijn kop. We rukken elk aan een onderdeel, ik aan de hoorn, zij aan het toestel zelf. De zoemtoon vormt een treiterige soundtrack onder ons gesteun en ons gevloek.

Tot hij plots ophoudt. Het snoer is gebroken.

We kijken er, op onze knieën zittend, allebei naar. Ik voel die kriebel weer opzetten. Ik zit mijn hoest te verbijten. Ik heb gisteren nog een uur gebloed uit mijn neus.

Tamara kijkt me in uitdagende wanhoop aan, het smeken voorbij. Ze is spiernaakt. Het laken ligt om haar heen op het parket. Haar hand tast naar het andere snoer, dat het toestel verbindt met de muur. Met één beweging rukt ze ook dat los. Het snoer zwiept als een zweep van de muur af.

Dan zijgt ze neer, kont op de voetzolen. Rug kaarsrecht, neus in de lucht. Eindelijk weer een beetje klasse. Maar met een blik die triester is dan ik ooit zag bij haar. Ze weet dat alles voorbij is. Ze laat het toestel uit haar hand glijden.

Ik sta voorzichtig op. Dat lukt zowaar de eerste keer. 'Hij moet mijn huis uit,' zeg ik. Ik schrik van mijn eigen stem. 'Onmiddellijk. Jij kunt morgen gaan. Of nu meteen. Mij is het om het even.'

Ze buigt het hoofd niet maar ze zwijgt. En ze laat me ongehinderd de kamer uitgaan. Naar boven.

Daar tref ik Phillip aan, nog altijd in de logeerkamer. Hij rookt. Voor het geopende raam, dat wel. Of het een daad van tact betreft betwijfel ik. Wellicht had hij gewoon weer zin om uit het raam te kijken naar de buitenwacht.

Hij draagt een handdoek om zijn lenden, als was het een sarong. Zijn rug is een kunstwerk, zelfs als hij niet beweegt.

'Phillip?' vraag ik. Zo bars mogelijk.

Hij draait zich sloom om. 'Hm?' antwoordt hij. Ik betwijfel of de situatie goed tot hem is doorgedrongen. Behalve de geur van zweet – bitter als brandlucht, bijna wierook zelfs – hangt de geur van weed om hem heen.

'Ik wil dat je weggaat,' zeg ik. Al heel wat minder bars.

'*What?*' vraagt hij. Ik kan niet opmaken of hij verbaasd is door wat ik zeg, dan wel of hij er gewoon geen snars van begrijpt.

'*I want you to leave,*' zeg ik. Moeizaam slikkend. '*Right now.*'

Gedurende enkele seconden beweegt hij helemaal niet. Hij knippert zelfs niet met zijn ogen. Dan grinnikt hij, gooit zijn jointje zomaar het raam uit, sluit het behoedzaam en komt op me af. In de handdoek, ter hoogte van zijn kruis, hangt zijn lust nog altijd half opgeheven te wachten op het vervullen van de belofte die ik verbroken heb door de deur open te trappen.

Hij komt voor me staan, dichter dan ik ooit van hem heb meegemaakt. Ik wijk niet. Ik kan nu niet alleen zijn zweet, maar ook zijn adem ruiken. Die ruikt, behalve naar nicotine en weed, ook indringend naar, laten we zeggen, de rijkdommen van Tamara. Hij staat zo dichtbij dat ik zijn adem zelfs kan voelen.

'Ik weet wat u wilt,' zegt hij, met dat grove accent van hem. Ik heb er het raden naar of zijn gezichtsuitdrukking er een is van trots, van geilheid of van triomf. Bang is hij in elk geval niet. Er kan hem weinig schelen. Niets eigenlijk. Behalve misschien Tamara. Zelfs daar ben ik niet zeker van.

Maar het is geen onverschilligheid, die hem sterk maakt. Het is de gelijkmoedigheid van iemand die alles achter zich heeft gelaten, in de wetenschap dat niets hem wacht. Intelligent valt hij niet te noemen, in tegenstelling tot Tamara. Maar hij is wijzer dan zij en ik tezamen. Hij heeft alle hoop al lang geleden afgeschreven.

'*I want you to get out of my house*,' houd ik vol.

Hij grijnst. Niet breeduit. Niet beledigend, niet smalend, niet uitdagend. Hij nodigt mij gewoon uit om nog eens na te denken over mijn woorden, en zelf in te zien dat ze niet kloppen.

'Ik weet wat u wilt,' herhaalt hij. En hij zegt me wat ik wil. Hij benoemt het. Gebrekkig en met zijn afschrikwekkend accent.

Het is niet wat ik wil.

Maar het komt in de buurt.

Het is al meer dan dicht genoeg.

En het wordt allicht mijn laatste kans.

VII | 9.

Dit keer is het de adem van Tamara die ik van dichtbij op mijn gezicht voel. Hij geurt nog naar, nou ja, de verborgen rijkdommen van Phillip. Een reukrestant van hun verbroken liefdesspel van kort geleden. Haar hele gezicht geurt trouwens, als een bont boeket.

Ik ruik niet alleen een zweem van nicotine en lelietjes-van-dalen, en de klamme snottigheid van pas gestorte tranen. Dwars daardoorheen doet de penetrante essence zich gelden van de liefde zelf, die spiritus van zweet en genot, met als dominant onderdeel: het distillaat van mannelijke lust. Alleen een lul ruikt zo.

En nu dus ook de lippen van Tamara.

Ik was die geur al bijna vergeten. Zo snel gaat het. Bedwelmend is het woord dat zich toch weer opdringt. Ik kan er niet genoeg van krijgen. Ik ruik met volle teugen. Ik heb er dan ook de neus voor. Soms zou ik zo graag een hond zijn. Snuffelen? Het zou niet slecht aan mij besteed zijn. Alleen een geur kan het bij mij qua kracht soms halen van een uitzicht. Al is dat ook een algemeen menselijk verschijnsel. Geen parfum of het bevat een spoor van muskus. Indien al niet van excrementen. We beseffen godzijdank te weinig wat we op ons gezicht smeren om elkaar te behagen.

Tamara's ogen bevinden zich op een handbreedte van die van mij. Over een krachtig uitzicht gesproken. Haar kijkers branden van onmacht, minachting, noem maar op. Haar hele toet drukt diezelfde scala aan gevoelens uit. Ze moet zich inhouden, dat zie je zo, om mij niet in het gezicht te spuwen.

Ze doet maar. Ze heeft mij bedot. Dit is de prijs die zij betaalt. Zij mag ook eens iets betalen. Ik heb hier recht op. Het ene misbruik is het andere waard.

Ik lig plat op mijn rug op het logeerbed, op de plaats waar zij zo-even lag. Zij ligt over me heen, steunend op haar knieën en haar ellebogen. Haar hoofd hangt boven dat van mij, haar kont steekt ze lichtjes achteruit, haar tietjes hangen dierlijk naar beneden, haar verrassend bolle buikje houdt ze angstvalig ingetrokken, opdat het geen moment dat van mij zou raken. Ze heeft mij verzorgd, ze heeft mij gewassen, ze heeft me weer helpen pissen, maar opeens is ze vies van mij.

Het zal haar leren. En erg vind ik het niet eens. Dat ze haar pens intrekt, bedoel ik. Zo kan ik, tussen haar bungelende tietjes en haar dijen door, toch af en toe een blik opvangen van het ontblote onderlijf van Phillip. Hoewel ik dat onbelemmerde uitzicht ook deels weer verknal met mijn eigen hand, waarmee ik mijn oude geteisterde leuter overeind moet houden, met duim en wijsvinger druk uitoefenend, op mijn leuter dus, door een ringetje te vormen onderaan de wortel. Zo hoog is mijn bloeddruk nu ook weer niet dat ik Tamara langdurig kan penetreren zonder de hulp van wat hand- en spandiensten, desnoods van mezelf.

Gelukkig wordt er van mij niet al te veel beweging verlangd. We wachten allebei op Phillip. Die staat, aan de stand van zijn trillende leuter te zien, nog volop te genieten van ons achteraanzicht. Ik ben niet de enige voyeur in huis. Het is een aandoening die komt met het mannelijke gen.

Dan horen we hem een spuuggeluidje maken. Ik zie dat Tamara alvast even haar ogen sluit. Niet onterecht, het kaliber van Phillip indachtig. Zijn eikel is zwart als de nacht.

Hij zet zijn ene knie naast een knie van haar. De voet van zijn andere been plaatst hij op de bedrand, als wil hij tijdens de actie goed blijven bekijken wat hij uitspookt. Zijn bovenlijf hangt er scheef van. Ik kan in een flits zijn verhitte gezicht zien. Hij is klaar voor zijn eerste heupstoot. Zijn ogen puilen uit. Een lelijke grimas van drift.

Two Dudes, Little Titties, One Bed.

Met een lenige beweging dringt hij Tamara binnen. Ik zie haar gezicht verkrampen, zonder veel lust. Niet alleen haar gezicht verkrampt. Ik voel hoe mijn leuter steviger wordt omkneld dan daarnet. Ik ben er niet rouwig om. Alle beetjes helpen.

Ik word op mijn wenken bediend zodra Phillip uit haar glijdt en direct weer zijn bekken naar voren gooit. De omknelling die ik gewaarword, ebt eerst weg maar doet zich daarna weer gevoelen, nog een weinig steviger dan daarnet. Phillip herhaalt zijn soepele stoten, weg en weer, steeds heftiger. De omknelling en de ontspanning volgen zijn tempo, weg en weer, weg en weer. Een pomper- en zuigersysteem. Veel meer is de praktiserende liefde niet. Al maakt zij, in dit geval, gebruik van een dubbel circuit. Ieder zijn deel: ik het elegante bloempje, Phillip het ouwelijke mondje.

Het had evengoed andersom kunnen zijn. Het gaat niet om Tamara, het gaat om mij en Phillip. Dit is de enige manier om dicht bij hem te raken: met Tamara als zachte transmissie. De enige manier om hem werkelijk gewaar te worden. Want zijn stoten gaan, behalve steeds sneller, ook steeds dieper.

Wat ik verhoopte, gebeurt uiteindelijk. Zijn bungelend scrotum — een goedgevulde jeugdige beurs van zwart kalfsleer, machtig weg en weer zwiepend op de cadans van zijn copuleren — schampt ten langen leste voorzichtigjes mijn oude zak. Een streling door een briesje is er niets bij. Misschien beeldde ik me het zelfs maar in. Als om het te bewijzen mist Phillip me bij de eerstvolgende stoot.

Met de stoot daarna raakt hij me vol. Niet langer als briesje. We slaan zijdezacht tegeneen. Zak tegen zak.

Nu ben ik het die ineenkrimp als was ik geraakt door een stroomstoot. Op mijn beurt los ik een kreun die al meer een kreet is.

Het komt me op een ijzige blik van Tamara te staan. Zij heeft haar gezicht terug in de plooi gekregen. Die plooi is er een van walging en haat. Een handbreedte van me vandaan. Met haar neusje en haar koude ogen en haar drie zonnestraaltjes en haar volle, geurige lippen en haar ongelijke tanden. Ze heeft zin om mij de strot door te bijten. Ze kan mij met gemak een serie kopstoten verkopen, in dezelfde cadans als waarin haar lief mij streelt en haar ramt. Ze voelt zich verraden.

Goed zo. Weet ze ook eens wat het is. Ik ga me hier niet excuseren. Ze heeft het zelf gezocht. Ze moet de consequenties van haar daden maar leren dragen. Ik laat me niet meer vermurwen. Door niemand. Ik ga op zoek naar mijn deel van de koek. De rest zoekt het maar uit.

Met of zonder mij.

Ik schuif mijn bekken wat meer naar beneden, zo ver als ik kan, en ik duw het ook wat naar boven, zo goed en zo kwaad mogelijk, om Phillip bij zijn stoten tegemoet te komen. Hij slaat nu bij elke stoot met zijn balzak tegen die van mij. Weg en weer.

Ik leef ervan op. Ik begin zowaar ook met mijn sleetse lendenen te bewegen. Zoveel mogelijk in hetzelfde ritme, wat me nog aardig lukt ook. Het zijn mijn laatste krachten maar ik geef niet af. Ik doe wel mijn ogen dicht. Dan zie ik die dansende zwarte vlekken niet, en die beschuldigende kijkers van Tamara. Ik concentreer me op wat ik in mijn hand houd, en op de repeterende streling van mijn haveloze zak.

Zo dring ik steeds dieper in Tamara door. En zo voel ik, in haar, hoe Phillip eigenlijk tegen mij begint aan te stoten. Leuter bijna tegen leuter, amper van elkaar gescheiden, door weinig meer dan een membraam. Een meervoudig hoogtepunt ligt binnen handbereik. Ik weet niet wat ik het meest verkies. Gelijktijdig komen met hem, diep in Tamara. Of dat hij zich op het moment suprême uit haar terugtrekt en zijn liefdesmelk verschiet op mijn heerlijk beurs gebeukte zak.

Ik blijf me naar het hoogtepunt wurmen en werken. We zien wel wat het wordt als de grand finale losbarst.

Dan neemt opeens het infernale chemische fabriekje van mijn lichaam weerwraak. Het moest ervan komen. Zo veel heftige en langdurige bewegingen tegelijk? Mijn maag was al van slag, door die mislukte wandeling en de emotie van mijn gevecht met Tamara. En die medicijnen blijven maar nieuwe bijverschijnselen verwekken. In dit uur van de waarheid, in deze verknoopte liefdesconstellatie, breekt het oudste, doorgaans minst hinderlijke bijverschijnsel mij het zuurst op.

Ik voel een gigantische buikwind opzetten. Bij elke stoot die ik probeer ten uitvoer te brengen, voel ik hem winnen aan kracht en urgentie. Wat in mij opsteekt, is niets minder dan een donderslag. Bewoners van Los Angeles – refererend aan de alles vernietigende aardbeving die ze vrezen – zouden spreken van the big one. Zo voelt het ook aan.

Meteen verlies ik de extase die nodig is om het minnespel tot een geslaagd einde te brengen. Je moet er zelf in kunnen blijven geloven, of de tover valt weg. Veel humor en relativering kan het menselijk gerollebol niet verdragen zonder platweg kolderiek te worden. En ik heb het al zo moeilijk.

Altijd al gehad. Mijn hele leven. Tijdens het vrijen dreven mijn gedachten meer wel af dan niet. Meestal moest ik me — terwijl ik nota bene als een beest lag tekeer te gaan — een andere heftige scène voor het geestesoog tevoorschijn toveren, wilde ik in real time tot een orgasme kunnen komen. Ik leef meer in mijn hoofd dan daarbuiten. Normaal zal het wel niet zijn. Dat is de realiteit zelden.

Zeker als je met z'n drieën ligt te rampetampen.

Dat was ook al zo met Gaëtan. Tot zijn ergernis wist ik niet één keer een triootje tot een bevredigend resultaat te brengen. Telkens eindigde zo'n poging in volle actie op een afknapper of een vernedering. Zoals die ene keer. In die megasauna in Barcelona.

Komt er zo'n hidalgo op ons af, die we van haar noch pluimen kennen. Een gebruinde krachtpatser met de snor van Don Quichot. Hij begint aan Gaëtan en mij te frunniken, in de rest room.

Gaëtan gebaart dat ik moet laten begaan, we zijn verder toch alleen. De hidalgo begint met één hand aan Gaëtans klokkenspel te frutselen, terwijl hij zich tegelijk verlustigd vooroverbuigt naar mij. Meer bepaald: naar mijn voeten. En hij begint me daar aan mijn tenen te zuigen? Ongelooflijk. Het smakken en het sabbelen is niet van de lucht. Hij zuigt ze er bijna af.

Gaëtan laat zich er niet door afleiden. Die ligt achterover te genieten. Mij wordt het al snel te veel. Het zijn per slot van rekening mijn tenen.

'Die gast denkt zeker,' zeg ik, in mijn moedertaal — mijn intenties camouflerend door voor te wenden dat ook ik alleen maar lig te hijgen — 'dat mijn tenen escargots zijn die hij leeg moet zuigen?'

Waarop die gast in de lach schiet. 'Ze smaken ook naar escargots,' zegt hij. In plat Antwerps. 'En ze hebben te lang in hun schelp gezeten.' Waarna hij zich, nahikkend van de lach, uit de voeten maakt. Mij gegeneerd en Gaëtan onbevredigd achterlatend.

Zo vergaat het me ook nu weer. Ik val uit mijn rol. Correctie. Ik moet de rol lossen. Ik geef op. Laat Phillip en Tamara het zelf uitzoeken. Het was een mooie poging. Ik heb er geen spijt van. Maar de conclusie blijft dezelfde. Mijn heimwee was weer eens groter dan mijn werkelijke lust. Ik hoop maar één ding, nu. Dat het snel is afgelopen.

Tot zo lang rest mij maar één taak. De beheersing van the big one, in overeenstemming met een volkswijsheid die ook vaak door politici wordt geciteerd, na een bocht in een netelig debat. 'Het is met principes zoals met scheten. Je houdt ze op zolang je kunt. Daarna los je ze, ongemerkt, in de hoop dat klank en stank wel meevallen.'

Ik ben blij dat ik lig. Ik ben opeens zo moe.

Phillip daarentegen is niet moe te krijgen. Die ramt maar door. Het ronduit pletsende geluid waarmee zijn scrotum tegen dat van mij slaat is bespottelijk. Straks moet ik niet alleen mijn scheten maar ook mijn schaterlach zien in te houden.

Ik hoor echter ook iets anders. Een verzaligd geknor dat er daarnet niet was. Ik trek mijn ogen open en kijk in het verlustigde gelaat van Tamara.

Ze heeft zich dan toch laten meeslepen. Zo is de liefde. Ze laat zich niet langer onbetuigd. Mooie, dappere Tamara. Ze roert weer met haar bekken, haar grote liefde tegemoet. Ik gun het haar. Hem iets minder. Hij is niet de juiste man voor haar, op lange termijn. Ze moet van hem af.

Maar dit is niet het moment om haar daarop te wijzen. Ik betwijfel of ze zou luisteren. Ze kijkt me vrank in de ogen, uitdagend genietend, mij trotserend, glazig kijkend van toenemende lust, met of zonder mij. Ze doet maar. Ze moet alleen niet zo met haar buikje tegen mijn pens aan drukken. Ze weet niet wat ze riskeert.

Dat mijn leuter inmiddels enige standvastigheid vertoont, heeft niets meer te maken met mezelf, en zelfs niet meer met de zakstrelingen van Phillip. Het is Tamara zelf, met haar draaiende, gulzige, genietende bekken, dat ze zonder schaamte in de strijd heeft gegooid. Ze duwt het steeds hitsiger op mij, steeds provocerender. Ze heeft een manier gevonden om mijn misbruik te pareren. Ze heeft geen kopstoten nodig. Ze gebruikt mij. Opnieuw. Ze gebruiken mij allebei opnieuw. Ik ben niets meer voor hen, tenzij een oude eeltige dildo, tot meerdere eer en glorie van hun liefdesspel. Een versleten leren kunstpenis, een godemiché uit vervlogen dagen. Nog eenmaal uit de kast gehaald, waar hij tot voor kort stof lag te vergaren. De oude lul die eraan vastzit nemen ze er zonder verder zeuren bij. Ik kan hier net zo goed niet zijn.

Als om die stelling te bewijzen verschijnt het hoofd van Phillip naast het hare. Hij berijdt haar nu als een paard, zijn beide voeten op de matras, zijn knieën in haar flanken, zijn lijf diep voorovergebogen, zijn hoofd naast haar lange hals. En rijden maar.

Ze vindt het niet erg, zo te horen. Hun beide gezichten hangen nu vlak boven me, weer even hijgend en zwetend als daarnet, toen ik me op de overloop stond op te winden over hun stomende bedrog. Ze zetten het gewoon voort! Pal in mijn gezicht! Alsof mijn ingewanden al niet voldoende protesteren! Phillip heeft zijn ogen al gesloten, Tamara kijkt me nog een keer troebel maar triomfantelijk aan. Dan sluit ze ook de hare. Ik ben voor hen verdwenen. En het ziet er niet naar uit dat ze van plan zijn om snel weer terug te komen.

Fysiek blijven we met z'n drieën onverminderd aan de slag, weg en weer, weg en weer. Tamara schroeft zich afwisselend op Phillip en op mij vast, en geniet twee keer. Ik lig hier maar, alles ondergaand, en Phillip rijdt de charge van de lichte brigade. Mijn uiterste krachtsinspanning geldt alleen het beheersen van mijn onderste opening.

Een marteling is er niets bij. Temeer wanneer Phillip, in zijn galop, te ver uit Tamara schuift en, in de haast om zijn stormloop af te werken, bijna het verkeerde gat kiest. Een verdieping lager, zeg maar. Hij schampt me in de bilnaad. Normaal zou ik hebben liggen kraaien van plezier. Nu moet ik me inhouden of ik brul van ellende.

Hij vindt algauw zijn ware bestemming terug en herneemt zijn charge. Maar om Tamara gerust te stellen, of uit pure begeerte, of om mij definitief te sarren, ik weet het niet, zoekt hij nu ook nog met zijn mond naar haar mond. Hij bijt naar haar, en bijt eerst in haar oor. Dan dwingt hij haar — met één hand, niet eens zachtzinnig, zich acrobatisch in evenwicht houdend terwijl hij haar onverminderd blijft berijden — om haar hoofd een halve slag te draaien, opdat haar mond die van hem zou kunnen vinden.

Niet dat Tamara veel dwang nodig heeft. Met die volle, sowieso van begeerte gezwollen lippen hapt ze de liefde van haar leven tegemoet. Met zo'n felheid en zo'n totale overgave, dat ik heel even hun tanden tegeneen hoor knarsen.

De kus die volgt, vlak voor mijn gezicht, is een van de mooiste en onthutsende gebeurtenissen die ik ooit heb gezien, van dichtbij of van ver. Ik heb nochtans de Namibische woestijnen bezocht, en de watervallen van Victoria in Zimbabwe. Ik heb de abstracte kunst gezien van mijn bloed onder een microscoop, en roofvogels om de tempels van Anchor Wat en de Borubudur. Ik heb gevlogen in een Concorde, en gereden met een Ferrari en op een olifant. Ik zag de schatten van de Hermitage en de duikertjes van Acapulco, biddend voor hun altaartje, klaar voor hun sprong. Ik heb operahuizen bezocht van Sydney tot Milaan, wolkenkrabbers van Chicago tot Hongkong. Ik heb van zeker zeventig uitheemse volken de schoonste jongens naakt mogen zien, en niet zelden van hun naaktheid mogen genieten. Ik heb mijn eigen Gaëtan naakt mogen zien toen hij nog jong was, en ik heb hem prachtig gekleed zien glunderen toen hij, veel later, in Boedapest, goed gebruind en nog net verliefd op mij, de deuren opengooide van de bruidssuite die hij als verrassing voor ons had gehuurd in het Gellerthotel. Ik heb zoveel gezien dat nooit verloren zou mogen gaan.

En ik zeg niet dat deze momenten, en alle andere die ermee kunnen concurreren, wegsmelten in de hitte van deze kus, pal voor mijn neus. Maar hij bezit één extra troef, deze kus. Hij schokt me tot op het bot. Hij toont me hoe overbodig ik inderdaad ben geworden. Hij sluit mij buiten. Deze twee lichamen, en wat zij behelzen? Ze mogen dan vlak boven me tekeergaan, ze zijn oneindig ver van me verwijderd. Onbereikbaar, wat ik ook probeer. Zelfs als dildo tel ik niet meer mee. Deze zuivere levenskracht? Die ik voor mijn neus zie woelen en bijten en slobberen? Ongeremd, ongetemd, vol blinde hartstocht? Terwijl het vrijen verbeten voortgaat, weg en weer? Dit is een aanzegging. Ik zie mijn dood in het gezicht. Mijn nakende verwijdering.

Tegelijk voel ik, zelfs met enig plezier dit keer, hoe alle glimlachspieren in mijn gezicht zich toch weer roeren. Well done, denk ik, Tamara, vrouwtje van me. Ga ervoor. Mijn dievegge, mijn verraadster. Mijn vriendin die niet weet dat ze dat is. Vooruit dan maar. Het weze zo, van nu af aan.

Zo lang het nog moet duren.

Op dat moment hoor ik buiten, op straat, voor onze voordeur, een auto met gierende remmen tot stilstand komen. Gevolgd door een onmenselijk gebrul, klaaglijk, smartelijk, vol razernij. Een beest op de slachtbank.

Er wordt op onze voordeur gebonkt. Iemand schreeuwt mijn naam, en die van Tamara. Pas na een paar seconden herken ik die stem.

Dit moet Vandessel zijn.

VII | 10.

Dit was een van die dagen die rustig beginnen. Een onopvallende winterdag, zonder sneeuw of ijzel of bewolking, met integendeel prachtig gefilterd licht dat, vanuit een staalblauw firmament, door een voorzichtig zonnetje wordt uitgestrooid over een stad waarmee je je nog zou verzoenen ook, mocht ze er altijd zo bij liggen – de arena van voorzichtig huiselijk geluk, van een rustige oude dag, en het vieren en verdiepen van waardevolle vriendschappen.

Vervolgens ga je wandelen en sta je na een halve straat naar adem te happen tegen een tuinhek, in een poging je evenwicht en je bewustzijn te bewaren.

Je komt thuis en je vindt je vrouw in bed met haar broer, die haar broer niet blijkt te zijn. Je vecht met haar, je praat met hem, en voor je het weet lig je met allebei te vrijen. Totdat hun vurige kus, als een mene tekel, jou in het gezicht wrijft dat je al lang buiten het leven verkeert.

Waarna ook de toekomstige man van je vrouw ten tonele verschijnt, en hij je letterlijk naar het leven staat. Met vernieling van nog meer huisraad dan er die dag al is gesneuveld.

We stonden besluiteloos in de logeerkamer. Naast het bed. Naakt. Bespottelijk kwetsbaar. Elkaar ontnuchterd aankijkend, geterroriseerd door het gebonk beneden.

Vandessel laten razen zonder open te doen, was geen optie. Hij schreeuwde de buurt bijeen. Een voorzichtige blik door de nauwe kieren van de luxaflex leerde dat passanten en buren al te hoop liepen, om het komende spektakel niet te missen. We moesten hem wel binnenlaten, alvorens een bezorgde burger het als zijn plicht zag om de politie te alarmeren, waarna – al dan niet op Vandessels aanwijzen – ons huis werd doorzocht.

Ik bezwoer Phillip zich te verstoppen op de zolder, Tamara bad ik zich in de logeerkamer op te sluiten. Desnoods, legde ik uit, kon ik tegen Vandessel zeggen dat ze niet thuis was. In mijn overmoed of mijn verdwazing – wat maakt het uit? – dacht ik dat de raaskallende Vandessel, die onophoudelijk tierde en op mijn voordeur bleef bonken, vanzelf wel zou kalmeren zodra ik hem had binnengelaten, en zodra hij de ernst zou zien waarmee ik hem te woord wilde staan.

Mijn arme Tamara was totaal van slag. Ze wist niet wat ze moest denken van mijn plotse kordaatheid en mijn raad. Ze knikte, weer grauw van angst, en begon zich schutterig aan te kleden, terwijl ze de evenmin vrolijk kijkende Phillip overbriefde wat ik had gezegd. Hij luisterde, nukkig, met gekruiste armen en nog steeds een halve erectie.

Ik liet hen en snelde de trap af in mijn oude kameelbruine kamerjas. Ik zag van ver mijn voordeur daveren in haar hengsels.

En nog zijn de verrassingen van wat begon als een doodgewone domme dag niet uitgeput. Zodra ik de deur open, stormt Vandessel naar binnen, gooit met een hak de deur achter zich dicht en duikt me naar de keel.

'Ik vertrouwde jou, Maarten Seebregs,' loeit hij, me voortduwend, door de vestibule heen de living in, me nog altijd bij de nek vastklemmend, 'ik heb jou een fortuin betaald,' ik raak met mijn rug een staander met meerdere beeldjes en artefacten, de hele reutemeteut klettert op de grond, het is een slechte dag voor theepotten, 'ik heb je gewaarschuwd,' nog duwt hij me voort, over het salontafeltje heen, we komen bijna ten val, er kraakt weer van alles, en dan pas komt die verrassing op de proppen, 'en nu is ze zwanger,' loeit Vandessel, 'zwanger!' Eindelijk een muur vindend waar hij me tegen kan vastzetten. 'Zwanger!' Met zijn beide brede boerenhanden pas goed een klem makend om mijn nek.

Ik wil hem ervan op de hoogte brengen dat ik niets af weet van de gezegende toestand van Tamara, maar mijn stem klinkt zwak en gorgelend. Ik krijg nauwelijks lucht binnen. Amper genoeg om — met de verscherping van de zintuiglijke waarneming die verhoogde adrenaline teweegbrengt — mezelf te ruiken: angstzweet, vermengd met alle geuren van verse seks.

'Je zou met je poten van haar afblijven,' raast Vandessel, 'dat had je me gezworen.' Maar zijn razernij is al anders van toon dan daarnet. Ze staat op het punt om in een klaagzang te verkeren. Wat niet wil zeggen dat zijn greep om mijn hals verslapt. Of dat hij stiller gaat spreken. 'Ik vond dat ik geloof moest hebben in jou,' klaagt hij. Hij ziet er vreselijk uit. Hij lijdt. Het passiespel is van alle tijden. Nog iets wat ik inzie, terwijl het zich afspeelt op een handbreedte van mijn gezicht. Zo dicht brengt hij zijn schreeuwende gezicht bij dat van mij. 'Ik wilde jullie niet de hele tijd volgen, je deed het net zo goed. Je deed het zó goed!' Bij die laatste zin schudt hij mijn hoofd onzacht heen en weer. 'Zó goed!' Zijn greep is als een bankschroef. 'Maar denk je nu echt dat ik niet weet wanneer ze naar de dokter gaat? En dat ik niet te weten kom waarom?'

Ik was vergeten wat voor een logge kerel hij is. Ik heb geen enkel verweer. Ik sta tevergeefs aan zijn klauwen en zijn armen te plukken. Zijn haar dat in Oostende nog tegen zijn schedel plakte staat alle kanten op, in pieken, zijn hoornen bril is tot halverwege zijn neus gezakt.

'Heb je er ook maar enig idee van,' klaagt hij, mijn hoofd eindelijk weer stilhoudend, me verontwaardigd en uitzinnig aankijkend, opnieuw van heel dichtbij, 'wat het betekent, jou te moeten zien rondparaderen met haar? Dat je onder hetzelfde dak slaapt als zij, en ik niet?' Ik kan me vergissen, maar ik denk dat hij ondanks zijn razernij op het punt van huilen staat. 'Ik heb je gewaarschuwd, kerel.' Hij kijkt me aan alsof hij het spijtig vindt wat hij hier aan het doen is, maar dat het onvermijdelijk is. 'Waar of niet?'

Ik bied geen weerwerk meer. Ik heb er vrede mee. Misschien is het maar beter zo. Laat hij me in 's hemelsnaam wurgen. Hier en nu. Komaan: de korte pijn. Ik vraag niet liever. Het is een mooie dag voor drama. Ondanks mijn ademnood beweeg ik eens te meer mijn glimlachspieren, allemaal. Maar dit keer van ganser harte.

Vandessel kijkt me verbijsterd aan. Zijn greep verslapt even. Voldoende om mij naar verse lucht te laten happen en uit te stoten – rochelend, gorgelend: 'Doe het. Alsjeblieft, man. Kom. Begin eraan.'

Vandessel staat perplex. Dan begint hij inderdaad te janken. Zonder geluid. Ik zie zijn niet onknappe ogen, verkleind achter de half omlaaggeschoven bril, waterig worden. Ze lopen rap over.

Net zo goed begint hij me te wurgen, zijn belofte van lang geleden getrouw.

Ik kan niet zeggen dat het prettig is te voelen hoe twee varkensroze kolenschoppen je keel dichtknijpen, en hoe het bloed zich lijkt op te stapelen in je hoofd. Hoe je slapen beginnen te kloppen. Hoe je lichaam in paniek raakt, hoe je voeten in wanhoop trappelen, hoe je armen in weerwil van je doodsdrift tegensputteren en steeds wanhopiger beginnen te plukken en te rukken aan je belager, die geen ogenblik zijn greep lost, ook al begin je hem, vertraagd, verzwakkend, regelrecht te slaan.

Tegelijk ervaar ik een deugddoend gevoel van opperste vervulling, dat me daarnet bij het vrijen ontzegd leek te worden.

Het is zover. Laat maar komen. Laat maar gaan.

Gaëtan vroeg hetzelfde aan mij. In die kliniek, waarheen ik hem vergezeld had in de ambulance. Hij kon niets meer ophouden. Hij had doorligwonden, hing dag en nacht aan een infuus, zat nog vol andere buisjes en draadjes, verbonden aan monitoren. 'Ik bliep als een flipperkast,' was zijn favoriete gezegde. Je moest het hem drie keer vragen voor je het verstond. Als hij al stem hád. Hij werd kunstmatig gevoed en door professionelen gewassen, ververst, ingesmeerd met vergeefse crèmes. Drinken moest uit een gesloten beker met een tuitje. En dan liep de helft nog van zijn kin op zijn servet, dat geen servet was maar een half tafellaken. Holle wangen, magere benen en armen, akelig breekbare polsen. Een geraamte met een doodskop, nog wat vel en nog wat haar.

Maar nog altijd zo helder als de pest. 'Maak er een eind aan,' zei hij, eiste hij, 'alsjeblieft.' Mij aankijkend. Met zijn ogen was niets fout. Aan die blik viel niet te ontsnappen. Zijn droge mond draaide de woorden rond, als moest hij er eerst op kauwen voor hij ze uit zijn mond kon laten vallen, zoals klodders puree op zijn servet, toen hij wel nog echt mocht eten. 'Als ik ooit iets heb betekend? Help me dan. Ik wil je zien terwijl ik ga.'

Ik heb het geprobeerd. Ik heb mijn handen om zijn schrale schildpadnek gelegd, met mijn duimen op zijn broze strottenhoofd. Minutenlang heb ik zo gezeten. Op de rand van zijn bed. Met als enige geluid het gezoem van de lichten, het bliepen van een monitor en het verwachtingsvolle raspen van zijn adem.

Ik kon het niet. Niet eens vanwege een mogelijke veroordeling. Ik had gerust een straf willen uitzitten. Ook niet vanwege de doodsstrijd of de pijn. Hij zat onder de morfine. Ik kon het gewoonweg niet.

Hij begon me uit te schelden. Weer op en top Gaëtan. Ik had zijn hals nog in mijn handen. Ik voelde zijn strottenhoofd bewegen onder mijn duimen. Ik deugde nergens voor, zei hij. Ik was over heel de lijn een mislukking. Hij vervloekte de dag dat hij me had ontmoet. Ieder uur met mij was een verloren uur geweest. Hij had zijn toekomst vergooid aan mij. De woorden bleven als klodders vuil uit zijn droge muil vallen. Mijn moeder, zei hij. Mijn moeder had ik tenminste uiteen durven rijten. Voor hem deed ik niets. Ik liep naar buiten. Ik liet hem achter. Voor het eerst.

Hij bleef schelden. Ik hoorde zijn schorre beledigingen tot op de gang, totdat de deur van de lift eindelijk dicht wilde schuiven.

Al bij het wegscheuren in onze oude Alfa begonnen mijn twijfels. Allicht had hij gelijk. De lafheid van mijn liefde liet hem leven, waar echte liefde hem gewurgd zou hebben. Het scheelde niet veel of ik reed de weg af, op een boom af. Ik had het moeten doen.

Nu is het toch zover. Geen boom, maar een beeldrijm. Een rijm van gebeurtenissen: Vandessel voert eindelijk uit wat ik niet kon volbrengen.

Akkoord, mijn lichaam sputtert tegen. Het luistert naar zijn overlevingsinstinct. Mijn handen grijpen buiten mijn wil om zelfs de polsen van Vandessel beet, in de hoop mijn keel van de bankschroef te bevrijden. Ik weet dat mijn gezicht inmiddels hoogrood moet aanlopen, en dat het geen prettige aanblik kan bieden. Tegelijk doorvloeit me een gevoel van rechtvaardigheid dat grenst aan de jubel. Het kan te wijten zijn aan zuurstofgebrek in de hersenen, maar ik ben Vandessel vurig dankbaar. Ik zou zelf ook wel kunnen janken. Ik zou de brave man willen omarmen. Hem loven en prijzen voor dit eerherstel.

Hijzelf merkt er niets van. Daar is hij te verbeten voor, en zelf te zeer geëmotioneerd. Het is sterker dan hemzelf. Hij wil in feite niet bewerkstelligen wat ik het meest van hem verlang. Dat is het enige wat ik jammer vind. Aan deze constellatie zeg maar. Dat ik Vandessel niet zeggen kan, hoezeer ik hem waardeer. En dat hij zich schuldig noch treurig hoeft te voelen.

Uitgerekend dan dient zich de laatste verrassing aan van deze zo doodgewoon begonnen dag. Ik zie, in een waas van opdoemende bewusteloosheid, achter de rug van Vandessel een schim naderen. Pas als hij dicht genoeg uit de nevelen is opgedoemd, herken ik hem. Verbaasd ben ik niet.

Het is Phillip. Hij is nog naakt. Hij is nog stoned. Hij is gewapend. Met de klauwhamer die ik al die tijd gereserveerd had voor mijn grijnzende dolfijnen. Ik heb hem nooit gebruikt. Phillip houdt hem klaar, hoog boven zijn hoofd. Ik zie nu pas de waarheid. Die Phillip is ook maar een verloren jongen die niet weet wat hij hier wil of doet. Onmachtig zoek geraakt tussen minstens twee continenten en drie of vier levens. Niet al te slim, en van een schoonheid die eerder een vloek is dan een zegen, en die sowieso binnen twee zomers is verwelkt. Veel kansen heeft hij niet, en van alle kansen kiest hij consequent de slechtste. Zelf nog meer een kind dan een man, en binnenkort al vader.

Zou Tamara hem gestuurd hebben? Of neemt hij zelf dit initiatief? Hij komt steeds dichterbij. Naar mij kijkt hij niet. Hij fixeert het achterhoofd van Vandessel. Ik wou dat ik hem een teken kon geven dat het niet hoeft. Ik wou dat ik kon roepen om hem tegen te houden. Of om Vandessel te waarschuwen voor de komende klap. Maar er stijgt zelfs geen gerochel meer op uit mijn keel. Dit ís een dag voor drama.

Van alle processen die nodig zijn om van een film een geslaagd product te maken, is de geluidsband de meest onderschatte. Ook het geluid is een decor, dat met zorg en precisie moet worden geconstrueerd om authentiek te lijken. Correctie. Om de kijker ervan te overtuigen dat wat hij ziet geloofwaardig is.

Op welke locatie er ook wordt gefilmd, de bruiteur zal ofwel vooraf in zijn eentje op de set verschijnen, ofwel zal hij, tussen twee takes in, de hele ploeg om stilte vragen, en vervolgens een geluidsopname starten. Die stilte, die geen stilte is, maar een geheel van diverse soorten ruis en gezoem — vermeerderd met de constante dreun van onze autostrades, veraf — die volgeladen stilte past bij een plaats zoals een afdruk bij een vinger. Nooit is ze helemaal dezelfde. Ze maakt een vast onderdeel uit van de locatie. Behalve met een fototoestel ben ik nooit op jacht gegaan naar een plek, laat staan naar een keizerskei, zonder bandrecorder.

In de montage komen daar nog de geluidseffecten bovenop. Gestolen uit de werkelijkheid, of zodanig uitgeknobbeld en gefabriceerd, desnoods in een studio, dat ze waarachtiger klinken dan de realiteit zelf. De moeilijkste hebben allemaal te maken met geweld. Met welk geluid breekt een been? Hoe klinkt een vuistslag? Klinkt-ie anders op een dik en oud gelaat dan op een kinderkaak? Vast wel. De kijker vindt dat ook, bij voorbaat, zelfs zonder kennis. Het komt er dan op aan niet het geluid te kiezen dat de werkelijkheid voorschrijft. Alleen het geluid dat de kijker verwacht, is het juiste voor je film. Die zoektocht is nooit afgelopen. Elke bruiteur kent daar een karrenvracht indianenverhalen over. Een maffialid wordt de rug gebroken met een honkbalknuppel? De een slaat effectief met een honkbalknuppel een pas geslacht kalf de ruggengraat kapot. De ander legt een oude boksbal op de grond, sproeit hem nat en slaat hem open met een houwbijl.

Het geluid van de klauwhamer die neerkomt op de schedel van Vandessel past totaal niet bij mijn verwachtingspatroon. Dat ligt heus niet aan mijn zuurstofnood en mijn halve zwijm. Het ligt aan het geluid zelf. Ik zou het nooit gebruiken, zelfs niet in een documentaire. Het is niet de doffe, door merg en been gaande doodsdreun die je doet vrezen dat de schedel van Vandessel minstens is gebarsten – wat ik inderdaad vrees. Het is een ietwat fletse klap, meer een plets, snel voorbij, die net zo goed een kleine buil had kunnen verwekken, en weinig meer.

Net zo goed voel ik dat Vandessel zijn greep lost. Verse lucht schiet pijnlijk mijn longen in, mijn keel loeit gorgelend. Vandessel kijkt me vreemd aan, zijn bril staat scheef, een straaltje bloed loopt uit zijn haar over zijn slaap en jukbeen naar zijn kin. Zijn handen vallen van mijn hals weg, en de brave man zelf zijgt voor mij op zijn knieën neer. Mij niet begrijpend aankijkend, zijn handen nu langzaam naar zijn hoofd brengend.

Mijn lichaam ademt gekweld maar fanatiek in en uit. Ik leef. Nog altijd. Tot mijn spijt.

Pas als hij op zijn knieën zit, kijkt Vandessel moeizaam achterom. Daar staat zijn belager, boven hem uittorenend.

Een zwarte jongen, in al zijn naaktheid, zelf bevend als een riet, de ene hand vertwijfeld aan het voorhoofd, de andere hand half geheven, met daarin een hamer, klaar voor een tweede uithaal, mocht dat nodig zijn. Een erectie heeft-ie al lang niet meer. Zijn schoonheid is door zijn afgrijzen vertekend.

In verbijstering keert Vandessel zich weer naar mij. Hij houdt zijn hoofd nog altijd vast. Zijn mond hangt open. Zijn bril valt af. Het bloed loopt over zijn slaap en zijn jukbeen.

Hij wil iets zeggen. Of vragen. Maar hij valt opzij.

VIII.

Ik heb gewacht tot de zon is ondergegaan. Ze toonde zich op haar best. Als afscheidsgeschenk, of eresaluutje. Of als treiterige geheugensteun van wat ik voortaan toch ook zal moeten missen. Een espresso met perfect schuim is nog het minste. Mijn Betamax-boys zijn er ook bij. Mijn lijsten, mijn archiefdozen. Mijn memorie aan zo veel zinloze momenten. De eeuwige sonnetten die ik uit het hoofd ken, en die nooit zullen verdwijnen. En nog het meest van al: mijn kleine kennis. De geliefde geheimen van mijn vak.

Het is een machtig ruisen dat mij wacht.
Het roert zich voor mijn voeten. Onze zee.

Wat ik zag zakken was niet eens een zon. Het was een langzaam dovende theaterspot die ietwat pompeus neerzonk achter een deinende einder — de uiterste grens van ons Avondland, als we Groot-Brittannië niet bij Europa rekenen tenminste. En waarom zouden wij dat doen? De Britten doen het zelf niet eens.

Naarmate de spot daalde, werd zijn harde winterse licht roder, dikker, warmer. Een kwijnend strijklicht viel op mij en wierp achter mijn rug een lange slagschaduw. Zoals er vielen over heel ons Versleten Continent, dat zich achter mij lag te vervelen als vanouds. Wachtend op wat er nu weer komen moest, na zo veel duizend jaren. Morgen weer een dag.

Toen hij de horizon raakte, die zonnespot, liep zijn licht met slordige pastelstrepen uit in de grijsblauwe lucht. De golfslag daaronder, zover het oog reikte, ving het laatste strijklicht op. Met brede gebaren, altijd eender, nooit gelijk. Rood de toppen van de rollers, zwartgroen het water daartussen. Als deed een legertje figuranten een donkerzijden toneeldoek kalmpjes golven. Sereen maar onverstoorbaar, van hier tot aan de kim.

Ik word het allerlaatste zonlicht op mijn gezicht gewaar. Het had een niet onaardig slotshot kunnen vormen. De close-up van een geteisterde karakterkop. Niet gespeend van pathos, maar daarom nog niet bombastisch. Daar voel ik me te gelukkig voor. Correctie. Te vreedzaam. Men kán een gevoel van thuiskomst hebben, mijlenver van huis. Bovendien zit ik genoeg onder de pijnstillers om een onverstoorbaar beate glimlach te produceren. Met dank aan de nodige spieren. Allemaal.

Als ik zou mogen adviseren aangaande dat slotshot, ik opteerde voor een doodgewone camera. Losweg op de schouder gedragen, als een wapen, een korte bazooka. Eén lange take is voldoende. Een paar keer schokkerig om mij heen draaiend. Tegelijk uitzoomend. Zo geeft de hele arena zich tergend langzaam prijs.

Links en rechts van mij: het verlaten strand. Zijn vloedlijn spiegelend nat, waar een golf is uitgelopen en verdwijnend weer terugglijdt. Achter mij, daar in de verte: de dichtstbebouwde kustlijn van het Westen. Kitscherig knap in dit late licht. Gevel naast gevel aaneengeschurkt, met veel feestelijk aanfloepende lichtjes. Een pluim voor de decorafdeling!

Daarvoor, voor die gevels dus: de dijk. Met zijn ijzeren reling en zijn arduinen rand. Met zijn aflopende bakstenen wand naar het strand. Aan de voet van die helling, hier en daar: de haiku van een strandcabine. Van hen tot hier: het rulle zand. Het Noordzeestrand.

De plage van Oostende.

Onder mijn voeten: het korrelige natte zand, het bleke fijne zand, dat onze kust zo beroemd maakt in het buitenland. Het kleeft in korsten aan mijn schoenen, en aan de randen van mijn broek. Daar mag gerust op worden ingezoomd. Kijk! Een golf glijdt tot aan de tippen van mijn schoenen.

Ze verzinkt meteen. Kleine bellen blazend in het zand. Behalve ruisen bestaat de geluidsband uit, veraf, het brommen van wat auto's en het krijsen van de kusttram. Dichtbij weerklinkt een ander krijsen, dat van hoge meeuwen, onzichtbaar al, in dit schemerduister, want de zonnespot is nu helemaal onder. De lucht verduistert snel. Ik zie nog net het laatste blinken van de golfbrekers — basalten, brokkelige ruggengraten van een of ander uitgestorven beest. Het water loopt er zo ver mogelijk overheen, maar druipt er halverwege aan weerskanten af. De geur van wier en zout is overweldigend. Ik heb opeens zo'n zin in een flinke portie mosselen. Met friet en mayonaise, en met een pittige pils erbij. Maar daar is het nu wat laat voor. Zo kun je bezig blijven. Het is tijd.

Ik volg met mijn blik een nieuwe golf die uit het donker aan komt glijden en aan mijn schoenen likt. Ik trap erop en ze verdwijnt. Ik doe een stap waar ze verdween. En nog een. Nog een.

Een nieuwe golf spoelt over mijn enkels. Dit keer verdwijnt ze niet. Ik voel het zand beginnen te zuigen aan mijn zolen. Ik geef gehoor en stap. En stap. Het klotst. Opnieuw een golf. Het water dringt mijn schoenen binnen. Het maakt mijn kousen nat en kietelt aan mijn tenen. Van de kou voel ik niet veel. Ik heb alle pijnstillers geslikt die overbleven na het tramincident. Wat goed is voor je leuter kan niet slecht zijn voor je lijf.

Opnieuw een golf. Tot aan mijn knieën. Blijven stappen is de boodschap. Ik tast voor de zekerheid naar de bakstenen die ik in mijn jasje heb gepropt. In iedere zak een. Ze pasten er maar net in zonder dat de zakken scheurden. Stevig stofje, prima snit. Zo dient mijn dure huwelijkspak tenminste nog een keer. Er is niets mis met wat decorum, als een mens de zee in wandelt.

Een golf slaat tegen mijn onderlijf en gooit een waaier op van druppels. Ik voel ze vallen, op mijn aangezicht, mijn kruin, mijn schouders. De lichte schok brengt mij tot stilstand. Ik zet mijn tocht direct weer voort. Even vreedzaam, even koppig. Zeg maar: even recht door zee.

Met elke stap lijk ik wat lichter. Nog even en ik zweef. Wat ik achterlaat, heeft mij niet langer nodig, of is zonder mij zelfs beter af. Het moest er toch van komen, binnenkort. Dan hak ik liever zelf mijn knopen door. Er schuilt een nederige overwinning in het eigenhandig plaatsen van een laatste punt.

Het water staat mij om het middel.

Vandessel is aan de beterhand. De klap van de hamer viel al met al nog mee. De andere klap kwam zwaarder aan. Tamara ziet Vandessel niet meer zitten, als echtgenoot of wat dan ook.

Hij is ontroostbaar maar durft tegen niemand te procederen. Tamara heeft hem wel beloofd om alles terug te betalen, ooit.

Daar nam hij vrede mee. Hij is een man die weet wanneer hij heeft verloren. Het is hem vaak genoeg gebeurd. Je zou zelfs denken: die kerel zoekt het op. Allicht probeert hij het opnieuw. De ene zoekt locaties dicht bij huis, de andere een lief uit verre landen. En op het einde stellen beiden zich tevreden met een stoplap. 'Het gaat om het zoeken. Niet om het vinden.'

Van Jenny en Karel heb ik niets meer vernomen. Misschien zijn ze me gewoon vergeten. Misschien ligt mijn dossier te verkommeren op hun bureau, wachtend op definitieve klassering. Ze krijgen snel genoeg hun zin. 'Dossier Maarten Seebregs: zonder voorwerp — afgerond!' Toch jammer dat ik hun koppen niet zal kunnen zien als ze het nieuws vernemen.

Vooropgesteld dat ze meer voelen dan de basisopluchting van de bureaucraat: al één dossiertje minder. Nu de andere honderdduizend nog.

Ik sta tot aan mijn borst in de zee. Het wandelen wordt een kruising tussen drijven en dansen. Als er een golf nadert — ik zie ze in de schemering nog net opdoemen, ik hoor ze ook — zet ik me af en dein met de watermassa mee omhoog, totdat ze is gepasseerd en ik weer vaste voet verkrijg.

Mijn jasje en mijn broek, van water verzadigd, maken mij zwaar, geholpen door de stenen in mijn zak. Ook mijn leren schoenen trekken mij terneer. Alle geluiden van de kust, de auto's, de tram, de meeuwen, hebben plaatsgemaakt voor het steeds machtiger bruisen om mij heen. Ik ken muziek die lelijker is. Correctie. Ik ken weinig muziek die mooier is. Kou voel ik nog altijd niet. Ook geen hemels vuur of doffe slaperigheid. Een vriendelijke verdoving komt het meest in de buurt. Een zachte jubel die verwant is aan de jubel die ik voelde toen Vandessel mij de adem benam.

Ik heb een tijdje spijt gehad. Dat Phillip hem niet een kwartiertje later op het hoofd had geslagen. Dan was alles al voorbij geweest. Mijn spijt ging over toen ik besefte dat ik nog van alles te regelen had. Nu ben ik Phillip dankbaar. Ik heb mijn testament kunnen herschrijven.

Veel heb ik niet. Het is allemaal voor Tamara. Mijn archiefdozen moet ze maar schenken aan het filmmuseum, of verbranden indien de schenking wordt geweigerd. Het huis is voor haar. Met huisraad en dolfijnen. Ze mag ermee doen wat ze wil.

Ik zie haar in staat om mijn verwekker te doen intrekken, met of zonder verpleegster. Kan ze binnenkort nog een tweede erfenis binnenrijven ook. Zodra 'papa' te weten komt dat zijn lieve schoondochter zwanger is? Hij legt van geluk zijn kop neer. Nadat hij een laatste keer aan haar kont heeft gevoeld, en haar de rest van zijn geld cadeau heeft gedaan.

Nog een paar momenten van geluk? In een huis dat hij nooit heeft bezocht? Vooruit dan maar: het weze hem gegund. Het zien van de finish maakt een mens genereus. Ik hoop alleen één ding. Dat hij zijn kop neerlegt voordat Tamara's zwangerschap is afgelopen. Hij zou bij zijn kleinkind lang moeten zoeken naar die neus van mij en hem.

Hij bleef er alsnog in.

Ik voel nauwelijks grond onder mijn trappelende voeten. Ik hang scheef, nu zus, dan zo, om toch de grond te raken. Er komt opnieuw een golf op mij af. Een grote zo te horen.

Ik misreken mij, duw mij te laat af, met de tip van één voet. Ik word overspoeld, ga kopje-onder en kom proestend weer tevoorschijn in het volkomen duister. Het voelt als een heftig doopsel aan. Het water bruiste in mijn oren en brandt in mijn ogen na. Het zout dat ik ruik en dat ik proef is hard en elementair, zoals het grofkorrelige zout in een vismijn, waarmee de vangst wordt ingelegd. Bijtende, scherpe kristallen. Ik ben blij dat ik nooit mijn haar heb laten verven. Stel je voor dat ik, wanneer ik aanspoel of word opgedregd, eruit zou zien als Dirk Bogarde op het einde van *Dood in Venetië*. Het zwart liep hem bij beken uit de haarlijn. Het was geen gezicht. Dan mag je nog zo'n goede acteur zijn, je zit voor lul, in je strandstoel op het Lido van Venetië, desintegrerend als een loden soldaatje in een oven. Aan theaterschmink geen gebrek. Potsierlijk. Nooit begrepen dat die prent voor een meesterwerk wordt aangezien. Aan het blonde mormel dat moest doorgaan voor de goddelijke Tadzio vond ik helemaal geen zak. Een anorexiepatiënt in een matrozenzwembroek, waarvan het gestreepte onderlijfke vastzit aan een vormeloze, slecht gevulde onderbroek? Ik zou er ook zwart van beginnen te zweten, en de cholera krijgen — of was het malaria?

Ik begin niet te zweten. Ik begin te zwemmen. Van de kust weg. Zo goed en zo kwaad als dat gaat. Sporten is mijn regel niet. Het deinen wordt almaar sterker, en alles wil mij onder water trekken. Ikzelf wil dat gerust laten gebeuren, maar voorlopig biedt mijn lichaam weerstand. Die eeuwige automatische piloot, genaamd instinct. Je wordt er zo moe van. De golven worden almaar hoger, en ze rollen steeds meer over me heen. De eerste ongewilde slok heb ik al binnen. De tweede laat niet lang op zich wachten.

De derde evenmin.

Na de dag die zo doodgewoon begon met een mislukte wandeling, en die eindigde in zo'n zonderling kwartet — Tamara, turbulent omringd door Phillip, Vandessel en mij — heb ik niet echt meer gesproken met haar. We schaamden ons. We vermeden het elkaar in de ogen te kijken. Er was geen kwaadheid, geen verwijt, geen onverschilligheid. Maar er was te veel veranderd. We zouden helemaal overnieuw hebben moeten beginnen.

Daar was geen tijd meer voor. Ik had er ook geen zin meer in. Ze snapt het wel. Morgen of zo, of volgende week. Als er iemand aan de deur belt, en het is geen sociaal controleur maar de wijkagent. En als ze kort daarna de erfenis krijgt.

Ik geloof in haar. Met die Phillip moet ze maar zien wat het wordt. Het zou me niet verwonderen als ze hem de deur uit trapt. Ze zou het moeten doen. Maar ik wil me niet moeien. Misschien ben ik gewoon jaloers. Het is aan haar, nu. Ze kan het aan. Mijn huis is in goede handen. Alles is in goede handen. De toekomst, ook de onze, is een vrouw met Afrikaanse tietjes. Waarom komen ze niet ineens allemaal? Ze zouden het moeten doen. Of ze nu blaken van gezondheid of stinken van de honger, ze kunnen dat evengoed hier komen doen. Op de toekomstige schroothoop waar ik van wegzwem, en waar ik steeds minder van hoor, daar in de verte. Dat is geen verwijt. Een schroothoop is fantastisch. Dan valt er tenminste wat te doen. Daar kunnen er mouwen worden opgestroopt en zo. Ik laat liever iets achter wat heropgebouwd moet worden, dan dat ik iets achterlaat wat men moet aanvaarden als onveranderlijke nalatenschap. Dat zou geen nalatenschap zijn maar een molensteen. Daar kan ik Tamara niet mee opzadelen. Laat de nieuwe tijden echt nieuw zijn. Zonder mij. Dan pas zijn ze nieuw. Ze zal dat wel begrijpen als het zover is. En daarna trekt ze maar haar plan.

Een molensteen heb ik niet rond mijn nek. Toch lijd ik steeds meer onder de zwaartekracht. Het is al zeker een minuut geleden dat ik – proestend, en ondanks al mijn zachte jubel protesterend met heel mijn lijf – nog boven ben gekomen. Mijn armen malen log in het rond, mijn trappende voeten zoeken loom naar bodem, ze vinden niets, ik voel integendeel een stroming die aan mijn benen trekt. Ik ga minutenlang onder, kansloos, weerloos, maar weet mij toch nog één keer naar boven te wurmen. Mijn hoofd breekt door het vlies dat lucht en water scheidt. Net wil ik een diepe teug adem halen, als uitgerekend boven mij een golf breekt. De grootste tot nu toe.

In plaats van lucht die pijnlijk mijn longen doorstroomt, zoals toen de handen van Vandessel mijn keel loslieten, adem ik nu zout water. Ik hoest, reflexmatig in paniek. Maar ik hoest en proest en adem enkel water. Ik tol om mijn lengteas, gegrepen door de branding. De bakstenen raken los uit mijn jaszakken. Ik weet niet meer waar boven is of onder. Ik tast wild naar het vlies tussen lucht en zee, maar vind het niet meer. Mijn longen vullen zich. Terwijl ik zink. Terwijl ik drijf. Terwijl ik weggezogen word. Daar is hij dan. De kortfilm van mijn leven.

Het zijn verbazingwekkend veel fragmenten. Jeetje. Kriskras door mekaar. Het ene moment zit ik te klappertanden naast het zwembad van de vakantiekolonie, in een sponzen handdoek die de geur draagt van limoenen, terwijl er iemand een liedje neuriet naast mijn oor. Het volgende moment loop ik met Gaëtan in sportkledij onze trap weer op. Een tel later staat hij al poedelnaakt onder de douche, zijn witte onderbroek ligt voor mijn voeten, terwijl ik me koortsachtig afvraag wat er nog mankeert aan dit perfecte ogenblik. En daar heb je Tamara! Zoals ze in mijn slaapkamer stond, die eerste dag, toen ze bij me introk – wiebelend met haar knie, me uit mijn eigen kamer verdrijvend, de keikop. En hóp. Daar kus ik al de koude neusbrug van Gaëtan, in het crematorium, vlak voor hij wordt verast. Gaëtan: we vrijen op de gehavende parketvloer na ons grote feest, we krassen onze knieën aan de scherven. Gaëtan: we vrijen in Baalbek onder zogenaamd echte tekeningen van Cocteau, in de schaduw van Heliopolis. We zitten samen in onze Alfa Romeo, op de dag dat Gaëtan mijn verwekker een fles Elixir d'Anvers bracht. Hij bloedt uit zijn neus, zijn witte zijden hemd wordt langzaam rood. Tamara staat moordlustig op de boulevard van onze kleine metropool, zwaaiend met haar stilettoschoen, bloedend uit neus en mond. 'You Should Be Dancing' van The Bee Gees. Tamara ligt rustig met haar hoofd te slapen in mijn schoot. Ik durf de zonnewormpjes op haar voorhoofd niet te strelen. Gaëtan gooit de deuren open van onze bruidssuite in ons hotel in Boedapest. Gaëtan komt thuis met 'een kubistische theepot' en is kwaad omdat ik lach. Tamara en Phillip kussen dierlijk heftig voor mijn neus, terwijl ik onder hen lig te lijden. Mijn jankende verwekker tilt mijn hand op, met de zijne, we staan samen voor een graf. Ik zit op het bed bij Gaëtan, met mijn handen om zijn keel. Ik zie de ogen van Vandessel, en voel zijn handen om míjn keel. Ik wist niet dat een kortfilm zo veel beelden kon bevatten. Gaëtan maakt ruzie met een maître en stuikt ineen. Zelf duw ik een vaas met bloemen onderuit. Ik lig op de straatstenen en er wordt op mij getrapt. Ik zit op mijn knieën in het park, met mijn armen stevig om twee jongensknieën. Er klinkt gesmoord gehuil boven me, een wanhoopskreet van pijn, maar ik geef mijn bezigheid niet op. Ik grijp die knieën nog steviger vast. Ik zet door. Je kunt me veel verwijten, maar geen flegma en subtiliteit. Dat moet dan maar. Men moet zijn wie men is. En zo was het nu eenmaal. En het is nog niet gedaan. Gaëtan, Tamara, mijn verwekker. Phillip en Vandessel. Op den duur zelfs onze kruidenier. Het gaat maar door. Van die goede regisseur die me beloofd was merk ik weinig. De montage kon een stuk beter. De belichting ook. Mijn lichaam vecht nog nauwelijks. Ik drijf in wat ik adem. Zeldzaam geborgen. Langzaam deinend, langzaam tollend. Zelf niet meer bewegend. Vooroverhangend, armen en benen naar beneden. Een goedgeklede kwal. Zelfs dat beeld zit er al in! De klankband is al een hele tijd dezelfde. Verstillende dialogen, overstemd door een dof en diep kolken en bruisen. Daaronder loopt nog wel een deuntje. Een kinderliedje dat ik niet herken. Een versje dat mijn kinderlijke geest verzint. Om nog één keer mijn grijnslachspieren te doen werken. Zelfs je finale stuiptrekking kun je volbrengen met wat stijl. De laatste kortsluitingen in een infernaal fabriekje. *One, two, three. Once a man. Once a woman. Now the sea.* Ik zie mijn hand terwijl ik de brief schrijf die ik achter heb gelaten voor Tamara. Dat nog wel. Ik ben geen boer. Ik wens haar het beste toe, schrijf ik. Veel liefs en dat soort dingen. En dat ze een goede bevalling moge hebben, schrijf ik. Hoe formuleer je zoiets? Ze moet zoeken naar een goede vroedvrouw, schrijf ik. Weet ik veel hoe het er precies aan toegaat, met al die vrouwenbesognes? Ook een goede dokter is veel waard, schrijf ik. Daar mag ze niet op beknibbelen. En dat ze zich ook niet mag laten verleiden om haar kind naar mij te vernoemen. Zeker niet als het een meisje is. Haha. En als het een meisje ís? Ook niet 'Martine' of zo. Dat hoeft ze echt waar niet te doen. Ze moet gewoon blij zijn, schrijf ik. Dat het er is. Dat kind, bedoel ik. Dat ze het in haar armen houdt, en zo. Dat ze het kan zogen.

En daarna moet ze zelf maar zien.

colofon Het derde huwelijk *van Tom Lanoye*
werd in opdracht van Uitgeverij Prometheus gezet
door Wilfrieda Paessens. Dooreman ontwierp de cover
en het binnenwerk, Stephan Vanfleteren maakte de foto's.
Drukkerij Koninklijke Wöhrmann te Zutphen verzorgde het drukwerk.

Van de eerste druk werden veertig exemplaren
gebonden door handboekbinderij De Pers te Antwerpen
en door de auteur genummerd en gesigneerd.

De redactie was in handen van
Vincent Schmitz en Anni van Landeghem.

www.uitgeverijprometheus.nl
www.standaarduitgeverij.be
www.lanoye.be
ISBN 90 446 0813 4

ander werk van | Tom Lanoye .

poëzie

In de piste
Bagger
Hanestaart
Niemands Land
Overkant
Stadsgedichten
De meeste gedichten

proza

Een slagerszoon
met een brilletje *(verhalen)*
Alles moet weg *(roman)*
Kartonnen dozen *(roman)*
Spek en bonen *(verhalen)*
Het goddelijke monster *(roman)*
Zwarte tranen *(roman)*
Boze tongen *(roman)*

kritieken

Rozegeur en maneschijn
Het cirkus van de slechte smaak
Vroeger was ik beter
Doén!
Maten en gewichten
Gespleten & bescheten *(pamflet)*
Tekst en uitleg / Woorden met vleugels
Het vroegste vitriool. *1983-1993*
Vitriool voor gevorderden. *1994-2004*

toneel

De Canadese muur *(samen met H. Brusselmans)*
Komieken *(naar T. Griffiths)*
De schoonheid van een total loss
(Blankenberge / Bij Jules en Alice / Celibaat)
Ten oorlog *(naar Shakespeare, samen met L. Perceval)*
Mamma Medea *(naar Apollonios en Euripides)*
De Jossen. Val en revival der saamhorigheid
Diplodocus Deks. Triomf der archeologie
Fort Europa. Hooglied van versplintering
Mefisto for ever *(vrij naar Klaus Mann)*

cd

The very best of the artist formerly known as a young man

video

Gespleten & bescheten